ENTRÄTSELT

DIE ENTFESSELT-REIHE, BAND 1

IVY LAYNE

GQ PRESS

Enträtselt

Erfahren Sie mehr über die Autorin und kommende Bücher online unter www.ivylayne.com

Übersetzung von Anna Skazka

INHALTSVERZEICHNIS

VON IVY LAYNE

Join Ivy's Readers Group @ ivylayne.com/deutsche

DIE ENTFESSELT-REIHE

Enträtselt

Offenbart

Enthüllt

SUMMER

D as Klopfen an der Tür erschreckte mich so sehr, dass ich fast meinen Lockenstab fallen ließ. War ich etwa so spät dran?

Ich hatte sonst niemanden erwartet... Oh, Mist. Ich war *so* spät dran.

Ich zog den Lockenstab aus der Steckdose und trug schnell etwas Mascara auf, eilte zur Tür, schwang sie auf und erstarrte.

Es war nicht Julie, die mich zum Mädelsabend abholen wollte.

Nein, an der Türschwelle stand meine ganz persönliche Achillesferse.

Der Teufel war gekommen, um mich in Versuchung zu führen.

Ev(a) mit dem Apfel.

Okay, schlechter Vergleich. Evers Sinclair konnte ein Teufel sein, aber er war nicht Eva.

Evers Sinclair war die Verkörperung der männlichen Versuchung, und ich hatte ihm noch nie widerstehen können.

Er lächelte mich an, ein Grinsen auf den Lippen, gewürzt mit Unheil und gefüllt mit Versprechen.

Dieses Grinsen haute mich jedes Mal um, auch dann, wenn ich versuchte, ihm zu widerstehen.

Vor allem dann, wenn ich versuchte, ihm zu widerstehen.

Er lehnte an meiner Tür, mit einen Arm am Rahmen gestützt. Seine eisblauen Augen schweiften langsam von meinem Kopf, bis zu meinen Zehen und loderten auf, als sie meine lässig fallenden blonden Locken, mein kleines schwarzes Cocktailkleid und meine kilometerhohen Pfennigabsätze registrierten.

„Gehst du aus?"

Seine Stimme flirtete mit mir, aber seine Augen sagten etwas anderes. Etwas, das ich nicht ganz entziffern konnte.

Ärger?

Gereiztheit?

Das konnte doch keine Sorge sein, oder?

Ich zuckte innerlich mit den Schultern und trat zurück, um ihn hereinzulassen. Ich hatte es aufgegeben, Evers Sinclair verstehen zu wollen. Evers kam herein, als gehöre er in meine Wohnung, und ließ seine überfüllte Aktentasche auf den Stuhl an der Eingangstür fallen, bevor er in die Küche ging, um sich ein Bier zu holen.

Als er die Flasche öffnete, drehte er sich um und lehnte gegen den Tresen, wobei er einen langen Schluck nahm.

„Das Kleid gefällt mir", sagte er, die Lider schwer über seinen kühlen blauen Augen, der Blick glühend.

Ich ignorierte die Hitzewelle. „Es ist neu", entgegnete ich.

„Du hast meine Frage nicht beantwortet", sagte er ruhig, wobei sein Blick den V-förmigen Ausschnitt meines Kleides und die großzügige Darbietung des Dekolletés, umrahmt von schwarzer Seide, nachzeichnete.

Seine Augen schälten mir das Kleid von den Schultern, zogen mich aus. Es war drei Wochen her, seit ich ihn gesehen hatte, und ich hatte seine Abwesenheit jeden Tag gespürt.

Die wachsende Hitze in meinem Bauch schlug eine weitere Welle. Ich knirschte mit den Zähnen und drängte sie zurück. Dafür hatte ich keine Zeit. Meinem Körper war das egal. War es schon immer, wenn es um Evers Sinclair ging.

Er brauchte nur aufzutauchen, mich anzulächeln, und mein Körper war bereit.

„Welche Frage?", schoss ich zurück, immer bereit, das Spiel mit Evers zu spielen, auch wenn ich es besser wissen sollte.

Seit wir uns begegnet waren, ging er mir unter die Haut. So sehr ich mich auch bemühte – ich konnte ihn nie so recht von dort loswerden.

„Hast du etwas vor? Wenn es ein schlechter Zeitpunkt ist, kann ich auch gehen."

Ich blieb stehen, die schnelle Erwiderung gefror mir auf der Zunge. Ich warf einen weiteren Blick auf Evers, vorbei an seinen markanten Augen, seinen breiten Schultern und scharfen Wangenknochen, an seiner Schönheit und direkt auf den Mann dahinter.

Er war müde, stellte ich überrascht fest. Mehr als müde, er sah erschöpft aus. Sein Gesicht war gezeichnet, Linien verliefen um seinen Mund, violett-graue Schatten lagen unter seinen Augen.

Ich hatte keine Ahnung, was er getan hatte, seit er das letzte Mal vor meiner Tür aufgetaucht war, aber was auch immer es war, er sah aus, als bräuchte er nichts weiter als eine gute Mahlzeit und einen erholsamen Schlaf.

Ich schluckte die sarkastische Antwort, die mir auf der Zunge lag, herunter und sagte ihm die Wahrheit. „Das habe ich. Es tut mir leid, ich wusste nicht, dass du vorbeikommen würdest und..."

„Ein heißes Date?"

Die Schärfe in seiner Stimme hatte ich mir also nicht nur eingebildet. Ich überlegte, wie ich antworten sollte.

Es ging ihn nichts an, ob ich ein heißes Date hatte. Es war etwas zwischen uns, ja. Etwas, was keiner von uns je zu benennen versucht hatte. Etwas, was definitiv nicht eindeutig klar war.

Ich wusste nicht, mit wem er zusammen war, wenn er nicht bei mir war.

Ich konnte mich nie dazu überwinden, zu fragen. So etwas brach einem das Herz.

Evers Sinclair war ein Draufgänger.

Er war kein Eine-Frau-Mann, und er würde es auch niemals sein.

Ich wusste von Anfang an, dass ich die Wahl hatte, das zu nehmen, was er bereit war zu geben, oder wegzugehen.

Es war mir nie in den Sinn gekommen, dass es ihm etwas ausmachen würde, wenn ich mich mit anderen Männern traf, aber die Art und Weise, wie er mich nach *einem heißen Date* fragte, war nicht gerade entspannt.

Auch hier blieb ich bei der Wahrheit.

„Nicht heute Abend. Kennst du noch meine Freundin Julie?" Evers nickte. Ich hatte Julie schon einmal erwähnt. Wir kannten uns seit dem College. „Sie und Frank haben sich getrennt."

„Na endlich", kommentierte Evers.

Er hatte Julie nie getroffen, aber er hatte mich mehr als einmal über ihren Freund schimpfen hören. Frank war ein Arschloch, das meine süße, lustige Freundin nicht verdient hatte, und sie hatte es endlich kapiert. Halleluja.

„Ich weiß. Sie hat ihn erwischt, wie er mit der Kellnerin geflirtet hat, als sie zum Abendessen ausgegangen sind, was schon schlimm genug gewesen wäre, aber als er etwas zu lange auf der Toilette verschwunden ist und sie nach ihm gesucht hat..."

„Lass mich raten, sie hat ihn mit den Händen unter dem Rock der Kellnerin erwischt", sagte Evers trocken.

Ich zuckte mit den Schultern. „Nah dran. Die Kellnerin hat ihm eine geklatscht - anscheinend hatte sie also ein besseres Arschlochradar als Julie - und dann gab Julie ihm einen Tritt in die Eier und hat ihn verlassen."

„Gut gemacht", sagte Evers.

Das war die Sache mit Evers. Er war ein Draufgänger und ein Charmeur, aber er war dabei immer ehrlich. Er hatte mir nie falsche Versprechen gemacht und kein einziges Mal angedeutet, dass er mir mehr geben wollte, um mich hinterher zu enttäuschen.

Er war ein Frauenheld, aber kein Lügner.

Das war der einzige Grund, warum ich dieses verrückte Arrangement akzeptieren konnte. Nun, das und der *Sex*.

Der Sex war großartig.

Verdammt fantastisch.

Verflucht fantastisch.

Wie auch immer man es auch ausdrücken wollte – mit Evers Sinclair ins Bett zu gehen, war es wert.

Ich würde am Ende verletzt werden.

Ich wusste es, aber ich konnte mich nicht von ihm fernhalten. Er war gefährlich, aber er war Evers.

Es war genau wie beim zweiten Stück Schokoladenku-chen. Ich redete mir immer wieder ein, nur noch einen Bissen zu essen, und fand mich auf dem Weg zurück, um noch mehr zu holen.

Immer und immer wieder.

Irgendwann würde ich den Willen aufbringen, ihn ganz aufzugeben.

Irgendwann, aber nicht heute Abend.

Ich holte meine Handtasche von der Küchentheke, nahm Lipgloss, Brieftasche und Bargeld für Notfälle heraus und legte sie in die kleine schwarze Clutch, die zu meinem Kleid passte.

„Julie ist endlich über das kitschige Film- und Eiscremestadium hinaus und will ausgehen. Sich schick machen, sich ein bisschen amüsieren und eine neue, Nach-Frank-Welt entdecken."

„Und du spielst den Lockvogel?", fragte Evers und nahm noch einen Schluck Bier, wobei seine Augen auf dem kurzen Saum meines Kleides verweilten.

„So etwas in der Art", antwortete ich, sein Blick hinterließ heiße Spuren auf meiner Haut. Ich fragte mich, ob ich absagen sollte. Ich war nicht die Einzige, mit der Julie weggehen könnte, und – nein.

Nein.

Ich hatte nicht vor, eine Freundin wegen Evers im Stich zu lassen.

Auf keinen Fall.

Das war Julies Abend. Sie für heißen Sex - unglaublich heißen Sex - zu versetzen, war nicht cool. Ich drückte die Oberschenkel zusammen und versuchte meinen Körper unter Kontrolle zu bringen.

Ein Blick auf Evers genügte, und meine Hormone spielten verrückt.

Er zog noch einmal am Bier und sagte nichts. Etwas in der Nackenlinie, dem Umriss seines Kiefers ließ mich glauben, dass ihm der Gedanke nicht gefiel, dass ich Männer für Julie anlocken sollte.

Ich wehrte mich gegen den Drang, eine Ausrede zu erfinden, zu erklären, dass ich niemanden aufreißen würde, dass ich nur mitkäme, um eine Freundin zu unterstützen.

Es ging ihn nichts an, was ich tat.

So war es nicht zwischen uns.

Ich wusste nicht, was zum Teufel zwischen uns war, aber ich wusste, so war es nicht. Keine Erklärungen und Versprechungen.

Nur flüchtige Augenblicke.

Es war die Gegenwart, nicht die Zukunft.

Das wusste ich. Warum ertappte ich mich also dabei, wie ich sagte: „Es wird nicht sehr spät werden. Wenn du hierbleiben willst, habe ich noch chinesisches Essen im Kühlschrank. Orangenrindfleisch, dein Lieblingsgericht, und ein paar Frühlingsrollen. Du kannst zu Abend essen und dir das Spiel ansehen, bis ich nach Hause komme."

Mein Magen meldete sich.

Warum habe ich das gesagt?

Evers war nie ohne mich in meiner Wohnung gewesen. Er hatte noch nie bei mir übernachtet. Wir schliefen normalerweise zusammen ein, zu erschöpft, um uns nach einem Sex-Marathon zu bewegen, mit erschlafften Muskeln und vor Lust versengten Nerven, aber morgens war er immer weg.

Warum hatte ich ihm mein Essen, meine Couch und meinen Fernseher angeboten? Und warum sah er erleichtert aus?

Mein Telefon meldete sich mit einer Textnachricht. Julie wartete unten auf mich. Ich hatte keine Zeit, die Geheimnisse von Evers Sinclair zu lüften. „Das ist Julie. Ich muss los. Willst du bleiben?"

Evers stellte sein Bier auf den Tresen und stolzierte auf mich zu, seine kühlen blauen Augen blickten in meine. „Komm her", knurrte er und streckte die Hand aus, um mich in seine Arme zu ziehen. Sein Mund landete auf meinem Hals, direkt unter meinem Ohr, und schickte Feuerfunken durch jeden Nerv in meinem Körper.

Evers kannte alle meine empfindlichsten Stellen. Seine

Lippen zeichneten die Linie meines Halses nach, seine starken Arme absorbierten mein Zittern, und sein Bein schob sich zwischen die meinen, während seine Hand nach unten wanderte, um meinen Hintern zu umfassen und mich näher an sich heranzuziehen, bis ich gegen ihn stieß und unter seinem Mund erzitterte. Das Streicheln seiner Lippen, die Hitze seiner Zunge auf meiner Haut.

Er hob den Kopf und knabberte an meinem Ohrläppchen, bevor er mir mit heißem Atem ins Ohr flüsterte: „Viel Spaß. Halte dich von Ärger fern. Wenn du zurückkommst, bumse ich dich, bis du nicht mehr laufen kannst."

Ich dachte *Versprechen, Versprechen,* aber die Worte blieben unausgesprochen, ein Kurzschluss zwischen meinem Gehirn und meinem Mund. Alles, was ich tun konnte, war zu keuchen, als seine Zähne an meinem Kiefer knabberten und sein Mund mit meinem verschmolz.

Evers Sinclair wusste, wie man küsst. Ich meine, er wusste wirklich, wie man küsst. Ich schlang meine Arme um seinen Hals und klammerte mich an ihn, als ginge es um mein Leben, seine Lippen teilten die meinen, als seine Zunge mich streichelte, und ich seine Hände überall spürte.

Einen Herzschlag später glühte ich vor Hitze, meine Hüften rieben an den seinen, jeder Zentimeter von mir zum Zerreißen gespannt.

Voller Verlangen. Nach ihm.

Mein Telefon piepste wieder, der hohe Ton drang durch den Nebel. Widerwillig löste ich mich von ihm. Meine Hüften entglitten seinem Griff, ich nahm meine Hände von seinem Hals und brach den Kontakt zwischen unseren Mündern ab.

Ich musste gehen.

Ich musste gehen, aber ich wollte nicht, dass dieser Kuss jemals endete.

Ich wusste, dass ich chaotisch aussah, meine Haare durcheinander, mit geröteten Wangen, und verschmiertem Lipgloss.

Aber die roten Flecken auf Evers' Wangenknochen, den angespannten Kiefer und das Glitzern in seinen Augen hatte ich nicht erwartet. Seine Hände bewegten sich, als wollte er sie ausstrecken, um mich zurückzuhalten.

Auf zittrigen Beinen trat ich zurück und verbarg die Wucht meiner Empfindungen, meiner Lust und meines Verlangens. *Sehnsüchtig.*

„Ich muss gehen", sagte ich gedämpft. Er wusste bereits, dass ich los musste. Warum ging ich nicht einfach?

„Dann geh. Ich werde hier sein, wenn du zurückkommst."

Seine Worte klangen verdächtig nach einem Versprechen. *Das sind sie nicht*, sagte ich mir, als ich über einen weiteren Kuss nachdachte und mich dann eines Besseren belehrte.

Wenn ich ihn noch einmal küsste, würde ich meine Wohnung nie mehr verlassen, und Julie wartete auf mich.

Ich schnappte mir meine Clutch und ging ohne ein weiteres Wort zur Tür. Als ich beim Aufzug stand, hielt ich mir selbst einen Vortrag.

Sei vernünftig.

Das ist Evers Sinclair.

Er könnte sich langweilen und gehen, bevor ich überhaupt nach Hause komme.

Rechne nicht damit, dass er da sein wird.

Verlasse dich nie auf ihn.

Ich warnte mich selbst davor, aber ich hörte nicht zu. Hatte ich noch nie, wenn es um Evers ging.

Ich hatte keine Ahnung, was ich mit ihm tat. Wir passten überhaupt nicht zusammen.

Von dem Augenblick an, als wir uns trafen, hatten wir uns nicht verstanden.

Er war herrisch, autokratisch, arrogant und ein unverbesserlicher Charmeur. Evers war in vielerlei Hinsicht nicht mein Typ. Ich bevorzugte ernste Männer, normalerweise süß, aber nicht heiß. Typen mit normalen Jobs und einem normalen Leben.

Das klingt aufregend, nicht wahr? Aber das ist es ja, ich bin nicht aufregend. Ich bin ein ganz normales Mädchen, mit einem ganz normalen Leben. Zumindest war ich das, bis zu dem Tag, an dem Evers in mein Leben stürmte und alles auf den Kopf stellte.

Ich war auf einer Konferenz in Houston gewesen, irgendwie gelangweilt, irgendwie fröhlich und freute mich auf das Wochenende, da ich einen Besuch meiner besten Freundin Emma erwartete.

Evers war wie aus dem Nichts aufgetaucht und behauptete, Emma sei in Gefahr und sie bräuchte meine Hilfe. Hätte ich diesen Satz von jemand anderem gehört, hätte ich ihn nicht ernst genommen. Zumal er sich weigerte, mir zu sagen, was das Problem war, oder warum sie meine Hilfe brauchte.

Ich hatte gewusst, so wie es beste Freundinnen immer wissen, dass Emma in etwas verwickelt war, aber das bedeutete nicht, dass ich Evers traute. Trotzdem war ich mit ihm den ganzen Weg nach Atlanta gefahren und hatte mich die ganze Zeit mit ihm gezankt.

Ich konnte nicht anders. Er war so selbstgefällig. Er schlenderte herein und erwartete von mir, dass ich seine Anweisungen befolgte, nur, weil er es sagte.

Und die Tatsache, dass jedes Mal, wenn ich ihn ansah, meine Knie schwach wurden, machte es nur noch schlimmer.

Damals hatte er sein Haar fast militärisch kurz getragen, und es brachte jeden Zentimeter dieses gemeißelten Gesichts noch mehr zur Geltung, von seinen dunklen Brauen bis zu seinen eisblauen Augen, seinen scharfen Wangenknochen und seiner vollen Unterlippe.

Allein sein Gesicht ließ ein Mädchen in Ohnmacht fallen. Sein Körper setzte dem Rundumpaket noch eine Krone auf. Ich musste nicht unter seinen Anzug blicken, um zu wissen, dass Evers Sinclair Sex am Stiel war.

So außerhalb meiner Liga. So was von außerhalb meiner Liga.

Wir hatten gestritten und geflirtet, und das war's.

Bis zu Emmas Hochzeit.

Ein bisschen zu viel Champagner, ein Streit um die Hochzeitstorte, und ehe ich mich versah, stand ich mit dem Rücken zur Wand hinter einem Arrangement von Topfpflanzen, und Evers' Hand lag auf meinem Hintern und unter meinem Brautjungfernkleid.

Ich könnte dem Champagner die Schuld darangeben, dass ich mit Evers ins Bett gestiegen war, aber das wäre glatt gelogen. Es hatte nichts mit dem Champagner zu tun, sondern nur mit Evers Sinclair.

Verdammt, der Mann wusste, wie man seine Hände benutzte. Und seinen Mund. Und alles andere auch.

Emmas Hochzeitsnacht verbrachten wir eingeschlossen in meinem Hotelzimmer. Und die Nacht danach. Und die Nacht danach.

Dann flog ich nach Hause, er verließ die Stadt wegen eines Jobs, und ich schrieb Evers Sinclair als einen Fehler des Hochzeitswahnsinns ab.

Vielleicht keinen Fehler.

Es war schwer, so guten Sex als Fehler zu betrachten.

Und was war falsch daran, ab und zu eine Affäre zu haben? Jede Frau sollte eine Affäre haben. Ausgenommen der Tatsache, dass ich keine Affären hatte. One-Night-

Stands schienen mir viel zu viel Arbeit für wenig Bezahlung zu sein.

Bei Evers war das nur gute Bezahlung und überhaupt keine Arbeit. Als ich ihn ein Jahr später auf der Party eines Kunden wiedersah, war mein Körper sofort in Alarmbereitschaft, als meine Augen den seinen begegneten.

Ich hatte mir eingeredet, ich hätte Evers vergessen, aber mein Körper hatte es nicht. Nicht eine glühende Sekunde lang.

Evers besaß seine eigene Schwerkraft, eine magnetische Anziehung, die mich durch den Raum zog und meine Aufmerksamkeit selbst dann forderte, wenn ich mitten auf einer Party war. Am Ende des Abends war er da gewesen, lehnte sich an mein Auto und wartete.

Ich lud ihn nach Hause ein, wir hüpften ins Bett, und unsere Nicht-Beziehung war geboren.

Er tauchte ab und zu auf, klopfte unangekündigt an meine Tür, und ich ließ ihn immer herein. Ab und zu schrieb ich ihm eine SMS, und er kam. Ich war nie bei ihm zu Hause gewesen und wusste nicht genau, wo er wohnte. Irgendwo in Atlanta.

Ich wohnte in Marietta, nordwestlich der Stadt. Nah genug, dass wir uns öfter hätten sehen können, aber keiner von uns bot es an oder bat um mehr.

Ich hatte nicht gefragt, weil ich wusste, dass ich es nicht bekommen würde, und Evers, weil er nicht mehr geben wollte. *Mehr* war nicht sein Ding.

JULIE WARTETE VOR MEINEM GEBÄUDE, der Motor lief, und Musik dröhnte durch die offenen Autofenster. Sie war in Partylaune, aber ihr entging nichts. Ein Grinsen erschien auf ihrem Gesicht, als sie mich sah.

Ich legte meinen Sicherheitsgurt um, als sie bemerkte: „Dein Lipgloss ist verschmiert."

„Ich habe immer noch Lipgloss?" Ich hob die Hand und wischte mir die Lippen ab. Ich wäre schockiert gewesen, wenn Evers nicht jeden Fleck von meinen Lippen geküsst hätte. Bei dem Gedanken drückte ich meine Knie zusammen.

Ruhig, Mädchen, heute Abend geht es nicht um dich. Nicht, bis du nach Hause kommst, falls er noch da ist.

Julie starrte mich einen Moment lang an, bevor sie die Augen weit aufriss und mein Haus anstarrte. „Ist er da oben? Ist er heute Abend vorbeigekommen?"

Sie dachte, diese seltsame Sache mit Evers Sinclair sei der Stoff, aus dem die Träume sind. Evers Sinclair von den Atlanta Sinclairs. Sie stellte sich vor, er würde sich in mich verlieben und wir würden für immer glücklich in einer kleinen Villa in Buckhead leben.

Ich schnaubte bei der Vorstellung. Unwahrscheinlich.

Ich konnte mir nicht vorstellen, dass Evers sich niederlassen würde, und wenn doch, dann nicht mit jemandem wie mir. Jemandem Normalen. Durchschnittlichem.

Er würde irgendeine Society-Prinzessin oder ein ehemaliges Modell finden. Eine Schauspielerin. Jemanden im Blitzlicht. Mit Flair. Jemanden, der aufregend genug war, um in sein Leben zu passen.

Evers Sinclair stammte von einer langen Linie von Atlanta Sinclairs, die vor einigen Generationen die wichtigste Sicherheitsbehörde des Landes gegründet hatten.

Sie schützten Mitglieder der Könighäuser. Berühmtheiten.

Sie entwickelten Sicherheitssysteme, die Fort Knox in den Schatten stellten.

Er war der lebendig gewordene James Bond, vom perfekt geschneiderten Anzug, bis zum Aston Martin. Ich war nicht die Erste, die sich in seinem Netz verfangen hatte, und ich wäre auch nicht die Letzte. Ich würde es einfach nur genießen.

Ich schüttelte den Kopf über Julie. „Er ist da oben, aber mach dir keine Sorgen. Heute Abend geht es nur um dich."

Julie zögerte, bevor sie den Gang einlegte. „Bist du sicher? Ich meine, wir können jeden Abend ausgehen. Er ist seit ein paar Wochen nicht mehr vorbeigekommen, und..."

„Das bin ich", versicherte ich und war erstaunt, dass sogar Julie dachte, die ganze Welt drehe sich nur um Evers Sinclair. „Er hätte auch anrufen können. Er taucht ohne Vorwarnung auf – er nimmt, was er kriegt. Es ist dein Abend. Er kann warten."

Julie beugte sich vor und warf ihre Arme, in Anbetracht unserer Sicherheitsgurte, in einer unbeholfenen Umarmung um mich. „Du bist die beste Freundin der Welt, Summer. Die meisten Mädchen hätten mich für einen heißen Typen wie Evers Sinclair hängen lassen."

Meine Libido beschwerte sich, als ich sagte: „Ich bin nicht wie die meisten Mädchen, und er wird da sein, wenn ich nach Hause komme." *Hoffe ich.*

Ich hoffte wirklich so sehr, dass er da sein würde, wenn ich nach Hause kam.

2

SUMMER

Ich hatte versucht, den Mädelsabend zu genießen. Hatte ich wirklich. Ich hatte nicht gelogen, der Abend war wichtig. Julie brauchte ihre Freunde und etwas Spaß.

Ich hatte mein Bestes getan. Ich hatte etwas getrunken. Ich hatte mit einem Typen an der Bar geflirtet, den Julie süß fand, und lockte ihn an, damit sie ihm ihr scheues, süßes Lächeln schenken konnte.

Julie war eine guter Fang. Hübsch, intelligent, unkompliziert, lustig.

Sie hatte sich für Frank entschieden, aber das musste sie nicht. Sie würde einen guten Kerl finden. Ich wusste es. Vielleicht nicht heute Abend, aber irgendwann.

Es war gegen zehn, Julie und die anderen Mädels stürzten sich in eine weitere Schnaps-Runde, als Julie sich vorbeugte, mich anschubste und sagte: „Geh nach Hause."

„Nein, ich amüsiere mich, ich schwöre, ich..."

Julie rollte mit den Augen. „Nein, das tust du nicht. Du bist ein Schatz, und ich liebe dich dafür, dass du hier bist, aber geh jetzt nach Hause. Jemand sollte heute Abend fantastischen Sex haben, und das werde nicht ich sein."

„Das weißt du doch gar nicht", protestierte ich, obwohl ich es wusste. Wir wussten es beide. Julie hatte vielleicht vier Cocktails und zwei Schnäpse an diesem Abend getrunken, aber sie hatte noch nie einen Kerl in einer Bar aufgegabelt, und ich konnte mir nicht vorstellen, dass sie jetzt damit anfangen würde.

„Werde ich nicht", bekräftigte sie, „und das wissen wir beide. Ich lass mich volllaufen, Steph kann mich nach Hause fahren, oder wir besorgen uns eine Mitfahrgelegenheit und ich hole morgen mein Auto ab. Fahr nach Hause. Er kommt vielleicht erst in ein paar Wochen oder einem Monat wieder, und ich werde nicht dafür verantwortlich sein, dass du keinen Sex bekommen hast. Du wirst launisch, wenn du keinen kriegst."

Sie hatte nicht ganz Unrecht. „Bist du sicher? Ich will dich nicht im Stich lassen."

„Du lässt mich nicht im Stich, du Dummkopf. Ich hätte dich sofort hängen lassen, wenn er in meiner Wohnung gewartet hätte."

„Lügnerin." Julie hätte mich nie für einen Typen versetzt. Freundinnen gingen vor. „Wenn du dir sicher bist", murmelte ich und rief bereits die Mitfahrzentralen-App auf meinem Handy auf.

Ich fuhr in einer alternden Limousine nach Hause, starrte blind aus dem Fenster und versuchte, nicht auf meinem Sitz hin und her zu rutschen, während ich mir vorstellte, was ich mit Evers alles tun wollte, wenn ich dort ankam.

Er würde seine Anzugsjacke ausziehen. Seine Krawatte lockern. Ich wollte die Knöpfe seines Hemdes aufmachen, einen nach dem anderen.

Es von seinen Schultern und Armen ziehen und seine glatte Haut entblößen.

Jede Muskellinie auf seiner Brust bis hinunter zu seinen Bauchmuskeln nachzeichnen.

Seinen Gürtel aus der Schnalle ziehen...

Ich presste meine Knie zusammen, die Hitze zwischen meinen Beinen war bereits außer Kontrolle.

Das hatte er schon immer mit mir gemacht. So verdammt heiß.

Es dauerte eine halbe Ewigkeit bis ich meinen Schlüssel ins Schloss schob und meine Tür öffnete, derart bereit, ihn zu bespringen, dass ich ihn, wäre er im Foyer gewesen, sofort auf dem Boden gehabt hätte.

Stattdessen war es in meiner Wohnung ruhig, bis auf das Gemurmel des Fernsehers, das aus meinem Wohnzimmer kam. Das Spiel endete gerade, die Lautstärke war auf leise gestellt, das einzige Licht war das Flackern des Bildschirms.

Evers lag ausgestreckt auf dem Sofa, die Füße auf die Armlehne gestützt, und schlief tief und fest. Er sah fast knabenhaft aus, mit geschlossenen Augen, zerzausten Haaren, sein schmunzelndes Grinsen fortgewischt.

Ich streckte die Hand aus und strich ihm die Haare aus der Stirn – in einem Ansturm von Zärtlichkeit, der mich überraschte. Ich zog meine Hand zurück und starrte ihn entsetzt an.

Ich konnte keine Zärtlichkeit für Evers Sinclair empfinden.

Zärtlichkeit war keine Wollust.

Zärtlichkeit war ein Gefühl. Ich konnte keine Gefühle für Evers haben.

Ich hatte Gefühle beim Sex mit Evers, klar.

Großartige Gefühle.

Erstaunliche Gefühle.

Das war alles. Ich empfand keine Zärtlichkeit für ihn.

Ich wollte mich nicht neben ihm auf die Couch legen

und meinen Finger an seiner Unterlippe entlangführen, meine Hand über seinen Rücken streichen und mich in seine Wärme kuscheln.

Nein, ich wollte ihn aufwecken, ihn ausziehen und heißen Sex mit ihm haben.

Das war alles. Sex.

Gefühle für Evers zu haben, war ein Rezept für ein gebrochenes Herz, und ich wollte meins in einem Stück behalten.

Ich drehte ihm den Rücken zu und musste mich erst einmal sammeln. Ihn so wehrlos im Schlaf zu sehen, hatte mich überrumpelt. Ich konnte es mir nicht leisten, mit Evers unachtsam zu sein.

Diese Sache zwischen uns hatte nur funktioniert, weil ich von Anfang an die Regeln befolgte, die ich mir selbst aufgestellt hatte.

Nicht mehr daraus machen, als es war.

Keine Erwartungen.

Keine Forderungen.

Keine Gefühle.

Ich ging leise in die Küche, legte mein Portemonnaie auf den Tresen und schaute mich nach meinem Schlüsselbund um. Ich hatte vorher meinen Türschlüssel abgenommen, aber, wenn ich ihn nicht wieder an den Bund steckte, würde ich ihn verlieren. Schließlich entdeckte ich meine Jacke auf dem Stuhl an der Eingangstür und erinnerte mich daran, dass ich sie dorthin geworfen hatte, als ich in Eile nach Hause kam, um mich fertig zu machen.

Die Aktentasche von Evers lag oben drauf, der Reißverschluss halb geöffnet. Er musste etwas Arbeit erledigt haben, während er gewartet hatte. Ich hob sie auf, um nach meiner Jacke zu greifen, und der Griff glitt mir aus den Fingern – Jacke und Tasche fielen auf den Boden.

Vielleicht hatte die letzte Schnapsrunde mehr gewirkt,

als ich dachte. Ich fühlte mich schwindelig, nicht beschwipst. Definitiv nicht betrunken, aber das Chaos zu meinen Füßen bewies das Gegenteil.

Ich ging in die Knie, um die Unordnung zu beseitigen. Es war nicht allzu schlimm, nur ein paar Akten, ein Stift und ein halb gegessener Beutel mit Nüssen.

Ich schob die ersten beiden Mappen in die Aktentasche und warf kaum einen Blick darauf, bemerkte nur das Logo von Sinclair Security, eine etwas prätentiöse Kombination aus einem Königswappen, einem Löwen und dem Firmennamen. Die dritte Mappe erregte meine Aufmerksamkeit. Auf dem Etikett waren sauber die Worte „Smokey W" getippt. *Smokey W?*

Mein Herz setzte einen Schlag aus.

Smokey W. war der Name meines Vaters.

Warum sollte Evers eine Akte mit dem Namen meines Vaters haben?

Ich lehnte mich auf den Fersen zurück und starrte auf die fadenscheinige Manila-Mappe. Der Vorname meines Vaters war Clive Winters, aber alle nannten ihn Smokey.

Er und meine Mutter waren Hardcore-Hippies, das war schon immer so gewesen, und man konnte sich wahrscheinlich leicht denken, warum mein Vater Smokey genannt wurde.

Er glaubte fest an den spirituellen und medizinischen Nutzen von Marihuana und nahm regelmäßig daran teil. Er war nicht das zuverlässigste Elternteil. Smokey Winters war ein Kindskopf – verantwortungslos, unreif, lustig.

Wenn ich ehrlich sein sollte, wusste ich nicht, ob ich ihn einen guten Vater nennen konnte, aber er hatte mich immer geliebt.

Ich hatte ihn in letzter Zeit nicht so oft gesehen wie sonst. Er und meine Mutter hatten sich vor ein paar Jahren getrennt – sie war kein Kiffer-Hippie, sondern ein energischer Aktivisten-Hippie, und sie hatte es satt, die einzige Erwachsene in ihrer Ehe zu sein.

Ich liebte sie beide über alles, aber ich konnte es meiner Mutter nicht vorwerfen, dass sie meinen Vater verlassen hatte. Ich verstand es. Mann, und wie gut ich es verstand. Ich liebte ihn, aber ich würde auch nicht seine Frau sein wollen.

Seit der Scheidung hatte er sich nicht oft blicken lassen, und in letzter Zeit war er... weg. Er benahm sich seltsam.

Angespannt.

Smokey Winters war nie angespannt. Er war chemisch nicht fähig, angespannt zu sein. Dafür sorgte er ständig.

Ich hatte vor, ihn anzurufen und herauszufinden, was los war, aber ich hatte die Hände voll mit Arbeit gehabt und war nicht dazu gekommen.

Warum hatte Evers eine Mappe mit dem Namen meines Vaters?

Was zum Teufel war hier los?

Ich verspürte keine Gewissensbisse, in seine Privatsphäre einzudringen, öffnete die Mappe und blätterte durch die Seiten. Mein Herz verwandelte sich zu Eis bei dem, was ich sah.

Berichte über mich.

Berichte, die bis zu Emmas Hochzeit zurückreichten.

Berichte über meinen Vater, die sechs Monate nach der Hochzeit begannen und regelmäßig fortgesetzt wurden. Berichte über seine Bewegungen und Aktivitäten. Kommentare über mich. Was ich gemacht hatte.

Wo ich gewesen war. Berichte über meine Kunden.

Das meiste davon hatte ich nicht verstanden. Es war verschlüsselt, fast die gesamte relevante Sprache abgekürzt, so dass es mir nichts sagte, aber anhand der Daten konnte ich einiges entziffern.

26.1.18 Su.W. ktk Sm.W. Cl tr. Atl. Su.W. Il 2T. Sm.W. tr. B

26. Januar 2018. Ich hatte meinen Vater auf dem Weg zu einem geschäftlichen Treffen in Atlanta angerufen, bevor ich für zwei Tage nach Illinois flog, um einer Kundin zu helfen. Ich erinnerte mich nur daran, weil ich auf dem Weg zum Flughafen einen platten Reifen hatte und beinahe meinen Flug verpasst hätte.

Da meine Klientin dort mit mir zusammentraf, und sie eine Todesangst vor dem Fliegen hatte, hatte der platte Reifen eine Lawine von Problemen ausgelöst. Ich hatte mich darum gekümmert. Wie sonst auch. Die Dinge zu organisieren, war das, was ich am besten konnte, aber der Tag hatte sich in mein Gedächtnis eingebrannt wie ein Tag für die Aktenbücher. Der Tag aus der Hölle.

Und Evers hatte zugesehen und das Ganze dokumentiert. Während ich am Straßenrand stand, mir den Arsch abfror und von den vorbeifahrenden Autos vom Eis bespritzt wurde, war er da gewesen. Irgendwo. Und beobachtete mich.

Ich hatte keine Ahnung, was Sm.W. tr. B. bedeutete. Sm.W. war mein Vater. Basierend auf Su.W. tr. Atl dachte ich, tr. stehe für traf. B? Ich hatte keine Ahnung. Nicht, dass es eine Rolle spielte. Das Leben meines Vaters war nicht mein Problem.

Ich blätterte weiter durch die Akte. Seite um Seite voller kryptischer Notizen. Ich, mein Vater. Ein paar über meine Mutter, die sich über zwei Jahre erstreckten.

Das Eis in meinem Herzen verwandelte sich in Übelkeit. Ich dachte an Emma und wie sie ihren Mann, Evers' Bruder Axel, kennengelernt hatte. Emma war ein Job gewesen. Axel ermittelte im Auftrag eines Kunden gegen sie, wegen des Verdachts der Veruntreuung. Sie war unschuldig gewesen, aber darum ging es nicht.

Sie war ein Job gewesen.

Genau wie ich.

Ich war ein Job. Wasser sammelte sich in meinem Mund, und plötzlich wurde mir klar, dass ich mich übergeben musste. Ich warf die Mappe auf den Boden und erhob mich, ging direkt zur Toilette und rannte dann, als mein Mund überflutet wurde und mein Magen sich zusammenkrampfte.

Ich schlug mit den Knien vor der Toilette auf und erbrach die ganze Ausbeute des Abends aus Cocktails und Schnäpsen. Alles in mir drehte sich, von innen nach außen, der Körper schwankte, als sich mein Kopf drehte.

Ich saß da, gefühlt ein Jahr lang, die feuchte Stirn auf den Arm gestützt, über die Toilette gelehnt, der Mund sauer, der Atem flach, das Herz rasend.

Ich konnte mich nicht konzentrieren.

Ich hätte es wissen müssen. Ich hätte wissen müssen, dass alles eine Lüge war.

Ich hätte meinen gesunden Menschenverstand benutzen und mich von ihm fernhalten sollen. Ich hatte gedacht, es sei, weil er ein Frauenheld war. Ein Flirt. Ich wollte mich nicht in ihn verlieben und mir nicht das Herz brechen lassen.

Der Schmerz in meiner Brust sagte mir, dass ich alles versaut hatte.

Ich hatte mich überhaupt nicht in Sicherheit gebracht, und es brach mir ohnehin das Herz.

Ich hatte nicht einmal gewusst, dass es das kann. Nicht wegen Evers.

Ich hatte mich so sehr bemüht, ihn auf Distanz zu halten. Ich dachte, ich könnte mein Herz in Sicherheit wähnen, wenn es nur um Sex ginge. Ich dachte, ich würde mich selbst schützen. Er könnte mir das Herz nicht brechen, wenn ich ihn nicht ließe.

Falsch.

Ich war eine Idiotin, und er war ein Lügner.

Ich dachte, ich würde ihn kennen.

Ich dachte, ich hätte alles unter Kontrolle.

Als ich die letzten zwei Jahre schwarz auf weiß sah, kam ich mir so blind vor. Er beobachtete mich, zeichnete jeden meiner Schritte auf und berichtete es... Wem? Warum?

Warum hatte er mich und meinen Vater überwacht? Nichts davon ergab einen Sinn.

Ich hatte nichts getan. Ich konnte mir auch nicht vorstellen, dass mein Vater irgendetwas getan hätte. Er hatte nicht genug Motivation, etwas zu tun. Es gab nichts in meinem Leben, das diese Art von Invasion rechtfertigte.

Ich arbeitete, hatte Spaß mit meinen Freunden, und eine Zeit lang hatte ich eine Affäre mit Evers.

Er war das Aufregendste, was mir seit Jahren passiert war. Und er war eine Lüge. Er war eine verdammte Lüge. Er war nicht wegen mir hier. Er war wegen eines Jobs hier.

Nicht mehr.

Nicht eine Sekunde länger.

Wie ein Roboter stand ich auf, lehnte mich über das Waschbecken und stellte das Wasser an, um mir die Zähne zu putzen. Als ich fertig war, setzte ich meine Zahnbürste wieder in ihren Halter. Ich spülte die Toilette. Ich wusch mir die Hände. Legte die Akte meines Vaters wieder in die Aktentasche zu den anderen. Schloss den Reißverschluss.

Ich ließ sie auf dem Boden liegen und ging Evers wecken.

Jeder Schritt ins Wohnzimmer war schwer wie Blei. Ich stand über Evers, die Fäuste an den Seiten geballt und starrte auf ihn herab. Seine Augen schlugen auf und bekamen einen warmen Ausdruck, ein verschlafenes Grinsen breitete sich über seinem Gesicht aus.

Es hörte abrupt auf, als er meinen Gesichtsausdruck sah.

„Hey, was ist los?"

„Raus. Hier." Mehr konnte ich nicht sagen. Ich hatte Angst an den Worten zu ersticken und in Tränen ausbrechen Angst, die mir in den Augen brannten.

Ich würde nicht vor Evers weinen. Auf keinen Fall.

Er hatte mich angelogen. Er hatte mich benutzt. Aber das war vorbei.

Ich war eine Närrin gewesen, aber ich durfte es nicht zulassen, dass er mich weinen sah. Es reichte schon, dass er wusste, er hatte mich angelogen. Er brauchte nicht auch noch zu wissen, dass er mir wehgetan hatte.

Evers rollte auf die Füße, augenblicklich Herr seines Körpers, des Raumes, von allem.

Ich trat zurück und wiederholte.

„Raus. Hier."

„Summer, ist etwas passiert?"

Ich spielte dieses Spiel nicht mehr mit. Der flirtende, schelmische Evers würde mich nicht aus der Fassung bringen, um das zu bekommen, was er wollte. *Vergiss es.*

„Ich habe die Akte meines Vaters in deiner Tasche gesehen. Ich weiß, dass du mich die ganze Zeit beobachtet hast. Ich weiß nicht, was du willst. Ich weiß nicht, warum du hier bist. Verschwinde. Erledige deinen Job woanders."

Er wurde blass. Die meisten Leute würden sofort in die Defensive gehen, Ausreden erfinden oder mich des Schnüffelns beschuldigen.

Nicht Evers. Eine Mauer stürzte hinter seinen Augen ein, sein Kiefer spannte sich an und er straffte die Schultern.

„Summer, wenn du mir eine Minute Zeit gibst, kann ich es dir erklären."

Der Flirt war verschwunden, das Glitzern in seinen Augen erlosch.

Das war nicht der charmante Evers, das war Evers bei der Arbeit. Hart. Cool. Distanziert. Das war es, was er unter der glatten Oberfläche versteckte. Was er vor mir versteckte.

„Kannst du das?", fragte ich. „Kannst du erklären, warum du mich ein Jahr lang belogen hast? Mich beobachtet hast? Dir Notizen über alles, was ich getan habe, gemacht hast? Kannst du irgendetwas sagen, das es wieder gut macht?"

Wir sahen uns an, Evers' eisblauer Blick bewertete, analysierte. Er war charmant und sexy, aber hinter dieser Fassade war er eine kaltblütige Maschine. Ich wusste es. Ich hatte es immer gewusst.

Ich hatte mir vorgemacht, er hätte die Maschine vor der Tür stehen lassen. Ich hatte mich geirrt.

„Summer", begann er, „es ist kompliziert."

„Sag mir nur eins, Evers. War das auf Emmas Hochzeit geplant?"

„Nein. Absolut nicht."

Das war schon etwas. Ich hätte alles darauf verwettet, dass unser erster Kontakt ein Zufall gewesen war. Eine Kollision voller Lust und Champagner, die zu zwei spektakulären Tagen in meinem Hotelzimmer geführt hatte.

Ich wusste bereits die Antwort auf meine nächste Frage. „Und letztes Jahr? Auf der Party meines Kunden?"

Ein Muskel zuckte an Evers' Kiefer, bevor er zugab: „Ich wusste, dass du da sein würdest."

„Es war also arrangiert. Diese ganze Sache war arrangiert." Der Muskel zuckte wieder. Er nickte.

Mein Herz zog sich zusammen, und ich musste heftig blinzeln. Tränen brannten mir in den Augen. Meine Nase kribbelte. Ich hatte etwa eine Minute Zeit, bevor ich den Kampf verlor.

Ich spürte es kommen, die Welle aus Wut und Schmerz stieg zu schnell an, als dass ich sie zurückhalten konnte.

Ich konnte nicht mehr mit ihm sprechen. Ich wollte es nicht. Es gab nichts, was er sagen konnte, um dies zu rechtfertigen.

Er war nicht mein Freund. Es war nicht real.

Es war Gelegenheitssex, und es war vorbei. Ich drehte ihm den Rücken zu und ging ein paar Schritte den Flur hinunter zu seiner Aktentasche, die immer noch auf dem Boden lag, wo ich sie gelassen hatte. Ich hob sie mit einer Hand auf und drehte mich zur Tür.

Evers' Hand schloss sich um meinen Ellbogen und stoppte mich auf meinem Weg. Mit einem Ruck befreite ich mich und griff nach der Tür, wobei er direkt hinter mir war. Ich öffnete sie und warf seine Aktentasche in die Halle.

„Raus. Hier. Es ist mir egal, was du zu sagen hast. Geh. Es ist vorbei. Hol dir deine Informationen woanders."

„Summer, lass es mich wenigstens erklären."

„Was gibt es da zu sagen? Wirst du mir sagen, warum du gegen mich ermittelst? Wirst du mir sagen, wer dir den Auftrag gegeben hat? Warum du wirklich hier bist?"

Evers sah mich an, sein Schweigen war meine Antwort.

„Das habe ich mir gedacht. Komm nicht zurück."

Ich beobachtete, wie er mit der Aktentasche in der Hand ging und seine langen, geschmeidigen Schritten ihn mühelos zum Aufzug trugen.

Hätte ich gewusst, wie schnell er zurückkommen würde, hätte ich ihn nicht aus der Tür geworfen.

Ich hätte ihn aus dem Fenster gestoßen.

EVERS

"C live Winters wird vermisst," Mein Kopf fuhr hoch, und die dröhnende Langeweile der Besprechung verwandelte sich in pure Konzentration.

„Was hast du gesagt?", fragte ich und sah meinen älteren Bruder Cooper aufmerksam an.

Er nahm einen Bleistift in die Hand und tat so, als würde er eine Notiz in die vor ihm liegende Akte kritzeln.

Er machte sich keine Notizen. Das Arschloch verarschte mich.

Clive Winters, auch bekannt als Smokey Winters, war *mein* Fall. Oder, war er so lange gewesen, bis ich alles versaut hatte und mein Bruder Knox ihn mir abgenommen hatte.

Cooper entschied sich dafür, nicht zu antworten, sondern hob nur eine Augenbraue. Ich drehte mich in meinem Stuhl zu Knox, der in einem großen Sessel neben mir saß und aus einem absurd großen Tankstellen-Reisebecher in der Hand trank.

Er warf mir einen faden Blick zu und fragte: „Was?"

„Ihr habt verdammt noch mal Smokey Winters verloren? Wie zum Teufel konnte das passieren?"

„Warum bist du so angepisst?", fragte Knox in demselben faden Ton, von dem er wusste, dass er mich auf die Palme brachte.

Brüder. Für jeden von ihnen würde ich sterben, aber sie waren ein Haufen Arschlöcher.

„Es ist mir wichtig", antwortete ich unter Zähneknischen, „weil er mein Fall war."

Knox zuckte mit den Schultern und nahm einen langen Schluck Kaffee. „Wenn es dir so wichtig war, hättest du den Fall gar nicht erst vermasseln sollen."

Er irrte sich. Ich hatte den Fall vermasselt, *weil* es mir wichtig war. Zum ersten Mal in meiner Karriere hatte ich Geschäft und Vergnügen durcheinandergebracht und es hatte in einer Zwickmühle geendet.

Knox hatte Recht. Ich hatte die ganze Sache vermasselt.

„Vielleicht wäre all dies nicht passiert, wenn du endlich im 21. Jahrhundert angekommen wärst und aufgehört hättest, Papierakten zu benutzen", kommentierte mein älterer Bruder Axel mit einem verschmitzten Lächeln.

Axel leitete die westliche Abteilung von Sinclair Security und lebte in Las Vegas. Er war nicht oft in Atlanta, aber er war am Abend zuvor aufgetaucht und sagte nur, dass er geschäftlich in der Stadt sei.

Ich hatte noch keine Gelegenheit, ihm die Einzelheiten zu entlocken, aber seine Anwesenheit bei unserem Treffen sagte mir, dass etwas im Busch war. Etwas Größeres als das Verschwinden von Clive Winters.

An das Aufziehen gewöhnt, aber nicht in der Lage, zu wiederstehen, feuerte ich zurück: „Leck mich am Arsch. Ich mag Papierakten."

Leck mich am Arsch. Die allgemeine Antwort auf

brüderliche Hänseleien. Es funktionierte in etwa so gut wie immer. Nämlich überhaupt nicht.

Axel hatte den springenden Punkt getroffen. Es war dumm gewesen, Papierakten zu benutzen. Eine alte Gewohnheit, die ich nicht loswerden wollte, bis es zu spät war. Derzeit war in meinem Büro kein einziger Zettel mehr zu finden. Jede Information zu einem Fall wurde sicher hinter mehreren Verschlüsselungsebenen gespeichert.

Ich wollte nicht wieder erwischt werden. Nicht, dass es eine Rolle gespielt hätte. Der schlimmste Schaden war bereits angerichtet.

Axel war nicht bereit, es gut sein zu lassen. „Wie alles in die Hose ging, ist unwichtig. Was zählt, ist, dass Summers Vater verschwunden ist. Er ist ein Geist. Wir müssen ihn finden. Am besten noch gestern."

„Bist du deshalb hier?", fragte ich ihn.

„Gewissermaßen." Axel tauschte einen langen Blick mit Cooper aus. „Zeig es ihm."

Cooper zog ein Blatt aus dem Stapel auf seinem Schreibtisch und reichte ihn mir. Zahlen in einer Liste, in Spalten angeordnet, Notizen in Coopers präziser Handschrift an der Seite.

Kontonummern, Daten, Beträge. Zahlungen. Oder Überweisungen.

Ich betrachtete die Namen und die Zeitangaben. Geld, das von einem versteckten Konto einer Scheinfirma abgehoben wurde, die unser Vater vermutlich vor seinem Verschwinden gegründet hatte. Geld, das von unserem Vater an den inzwischen verstorbenen William Davis und von Davis an den verdammten Clive „Smokey" Winters transferiert wurde.

Leck mich am Arsch. Das war nicht gut.

Unser Vater, Maxwell Sinclair, war vor fünf Jahren verschwunden. Wir hatten geglaubt, er sei gestorben, als sein Auto durch das Geländer einer Brücke in einen vom Regen angeschwollenen Fluss stürzte.

Vor einigen Monaten waren Informationen ans Licht gekommen, die darauf hindeuteten, dass Maxwell Sinclair ebenso wenig tot war, wie ich.

Tot oder lebendig, er hatte uns ein Chaos hinterlassen.

Ich wuchs in dem Glauben auf, mein Vater sei der König des Universums. Er beschützte Berühmtheiten. Königliche Häuser. Alle liebten ihn. Respektierten ihn.

Das hatte Maxwell Sinclair nicht gereicht. Schon lange vor meiner Geburt, hatte sich mein Vater auf der dunklen Seite versucht.

Ich konnte nur vermuten, dass er es wegen des Adrenalinkicks getan hatte. Wir brauchten das Geld nicht. Er hatte von meinem Großvater unzählige Millionen geerbt, und Maxwell war immer gut darin gewesen, Geld wachsen zu lassen.

Wenige Jahre vor seinem Verschwinden hatten meine Brüder und ich die Leitung des Unternehmens übernommen. Seitdem hatte sich die Größe von Sinclair Security fast verdoppelt.

Was auch immer mein Vater vorhatte, es ging nicht um Geld. Nach dem, was wir herausfinden konnten, hatte er einen alten Freund, William Davis, involviert, und zusammen steckten die beiden in allerlei hässlichen, krummen Geschäften. Waffenschmuggel, illegale Adoptionen und Schlimmeres.

Die Frage war, was zum Teufel Clive Winters mit all dem zu tun hatte. Meinen Vater und William Davis konnte ich sehen. Sie waren seit der High-School eng befreundet, gingen zusammen aufs College, und Davis, der kürzlich verstorben war, war ein durchgeknallter Spinner gewesen.

Ich konnte mir leicht vorstellen, dass Davis ohne Skrupel agiert hatte. Und mein Vater? Ich fand heraus, dass ich viel weniger über Maxwell Sinclair wusste, als ich angenommen hatte.

Aber Smokey Winters... Smokey Winters war ein Hippie-Kiffer, der sich mit dem Unterhalt von seiner Frau und dem Treuhandfonds der Familie, über das er nicht frei verfügen konnte, über Wasser hielt. Gelegentlich päppelte er sein Einkommen auf, indem er Gras verhökerte.

Er war nicht sehr gut darin, angesichts der Tatsache, dass er die Hälfte davon selbst aufrauchte, aber Smokey Winters gehörte zu den Typen, die es immer schafften, auf die eine oder andere Weise über die Runden zu kommen.

Ich konnte mir nicht vorstellen, dass er in irgendein Puzzle passte, das meinen Vater und William Davis miteinschloss. Und doch stand es hier, schwarz auf weiß, in Zahlen und Daten und in kräftigen Geldtransfusionen.

Ich starrte auf diese Zahlen, auf Coopers saubere Handschrift, und mein Magen zog sich zu einem Knoten zusammen. Kalte, schmierige Angst setzte sich tief in mir fest, ihre Tentakel umschlossen mein Herzen und krochen mein Rückgrat hoch.

Summer.

Mein Vater steckte tief in der Scheiße, und wenn Smokey Winters involviert war, brachte es Summer dem Ganzen viel näher, als ich es wollte. Wenn ihr Vater involviert war, war sie nicht sicher.

Scheiße.

Summer.

Allein der Gedanke an ihren Namen weckte in mir den Wunsch, abzubrechen, aufzustehen und den Raum zu verlassen. Ich wollte hier nicht an Summer denken. Sie sollte nichts mit dem Schlamassel meines Vaters zu tun haben.

Von Anfang an, von dem Moment an, als ich sie sah, diese langen blonden Locken und ihre leuchtend blauen

Augen, hatte sie mich verrückt gemacht. Verrückt und dämlich. Noch nie in meinem Leben hatte ich es so sehr mit einer Frau vermasselt.

„Emma weiß nicht, dass du Scheiße gebaut hast", sagte Axel und hielt sich kein Stück zurück. „Ich werde noch länger hierbleiben, bis wir herausgefunden haben, was mit Vater los ist, aber irgendwann wird sie nach Atlanta kommen wollen, um Summer zu sehen. Ich schlage vor, du bringst in Ordnung, was auch immer du getan hast, bevor sie es herausfindet und dir in den Arsch tritt."

„Ich habe keine Angst vor deiner Frau", antwortete ich spöttisch.

Axel hob nur eine Augenbraue. „Lügner."

„Wenn du keine Angst vor Emma hast, bist du ein Idiot", meldete sich Knox.

Ich hatte keine Angst vor Emma Sinclair.

Okay, ich hatte ein wenig Angst vor Emma Sinclair.

Emma war eine ausgezeichnete Schwägerin. Sie war rothaarig, hatte einen scharfen Verstand und einen Bombenkörper und hatte Axel schon beim ersten Mal, als er sie sah, am Haken. Sie war zwar keine Draufgängerin, aber sie war zäh, und sie ließ sich nichts gefallen.

Wenn sie herausfand, dass ich ihre beste Freundin auf der ganzen Welt beschissen hatte? Ich wäre geliefert.

„Ich verstehe immer noch nicht, warum du Summer belogen hast", sagte Knox.

„Es war einfacher", murmelte ich.

„Einfacher, vielleicht. Deswegen hast du aber nicht gelogen."

Knox war kein Schwätzer. Er sparte seine Worte und benutzte sie nur dann, wenn sie den größten Nutzen hatten. Oder den größten Schaden anrichten konnten.

Ich wollte mir nicht anhören, was er zu sagen hatte, aber es gab keine Chance, dass er es sein lassen würde.

Ich hätte den Mund halten sollen. Hatte ich aber nicht.

„Wirklich? Dann sag mir, oh weiser Mann, warum habe ich gelogen?"

„Weil Summer Winters dir eine Scheißangst einjagt. Du weißt schon, dass du nicht Vater bist, oder?"

Hitze überflutete mein Gehirn und ich sah rot. Nur die schiere Willenskraft hielt mich auf meinem Platz.

Ich stieß hervor: „Halt deine Klappe. Du weißt nicht, wovon du verdammt nochmal sprichst."

Knox wusste genau, wie nahe ich dran war, ihm eine zu verpassen. Er nippte nur an dieser hässlichen, übergroßen Tasse und sagte: „Nur zu, sei sauer. Ich habe trotzdem recht."

Ich war es. Und das hatte er.

„Hört auf", schnitt Cooper ein und richtete seinen Blick sowohl auf Knox als auch auf mich. „Warum er gelogen hat, ist unwichtig. Es ist geschehen. Er hat es versaut und jetzt wird er es wieder in Ordnung bringen."

„Warum soll *ich* es in Ordnung bringen? Wenn ich es so sehr vermasselt habe, warum setzt du dann nicht jemand anderen auf den Fall an?"

Allein der Gedanke, dass einer meiner Brüder die Dinge mit Summer „in Ordnung bringen" würde, schnürte den Knoten in meinem Magen noch enger. Sie gehörte mir nicht mehr, fraglich, ob sie es jemals getan hatte. Das bedeutete aber nicht, dass einer von ihnen sie haben konnte.

Ich reichte das Blatt mit den Bankinformationen an Cooper zurück. Er nahm es und schüttelte mit übertriebener Geduld und etwas Mitleid den Kopf.

„Du musst es sein. Glaub mir, ich mag Summer. Ich würde ihr den Umgang mit dir gerne ersparen. Du kannst froh sein, wenn sie nicht versucht, dich im Schlaf zu töten. Aber du musst es sein. Summer ist im Moment unsere beste Chance, ihren Vater zu finden. Knox und ich werden ihm weiter auf der Spur bleiben, aber er ist verschwunden. Summer können wir überwachen. Und die perfekte Gelegenheit ist uns gerade in den Schoß gefallen."

Axel murmelte fast unhörbar: „Das wird dir gefallen."

„Was? Geht es ihr gut? Ist ihr etwas zugestoßen?"

Cooper schüttelte den Kopf. „Summer geht es gut. Erinnerst du dich, dass sie für Cynthia Stevens arbeitet?"

Ich nickte. Summers Arbeit war seltsam, aber sie war gut darin. Sie war eine Art virtuelle Assistentin für eine Handvoll hochkarätiger Leute. Für einige war sie sehr engagiert und verreiste ein paar Tage im Monat, um mit ihnen zu arbeiten. Mit einigen interagierte sie nur über das Internet und verwaltete ihre E-Mails oder sozialen Medien. Sie buchte Flüge und arrangierte Termine. Was auch immer sie brauchten, Summer kümmerte sich darum. Ich wusste, dass sie ab und an für Cynthia Stevens arbeitete.

Cooper nickte erneut. „Cynthia hat beschlossen, dass sie nach Hause kommen will, während sie sich auf ihre nächste Rolle vorbereitet. Ihr Ex ist ein Problem. Die Reha hat nicht geklappt, und er lässt sie nicht in Ruhe. Er behauptet, er will sie zurückhaben. Cynthia möchte in der Nähe ihrer Familie sein, und sie will sich nicht um den Alltagskram kümmern. Sie ließ Summer das Rycroft-Anwesen mieten. Cynthia, ihr Gefolge und Summer ziehen dort ein."

„Rate mal, wer für die Sicherheit zuständig sein wird?", fragte Axel mit einem weiteren verschmitzten Grinsen. Leck mich am Arsch. Er fuhr fort: „Cynthia hat dich persönlich angefordert."

„Ich kümmere mich nicht mehr um Sicherheitsdetails."

„Für diesen Fall machst du eine Ausnahme", sagte Cooper ohne Umschweife, sein Ton ließ keine Widerrede zu.

Der Vormittag hatte beschissen begonnen und wurde nur noch schlimmer.

Verdammte Scheiße.

Cynthia Stevens war die Enkelin von Rupert Stevens, einem engen Freund meines Großvaters. Sie stammte aus dem alten Atlanta und wuchs mit Bällen und Wohltätigkeitsessen auf. Als sie mit achtzehn Jahren nach Hollywood abgehauen war, hatten alle angenommen, dass sie innerhalb von sechs Monaten wieder zu Hause sein würde.

Stattdessen hatte sie sich den Arsch aufgerissen, arbeitete als Bedienung und nahm kleine Rollen an, bis sie ihren ersten Durchbruch hatte. Sie war schön, kultiviert und verdammt talentiert.

Cynthia Stevens war eine Diva. Und sie war meine Ex.

Langsam, in der verzweifelten Hoffnung, dies sei ein böser Traum, sagte ich: „Ihr wollt, dass ich ein Team zusammenstelle, um mit Cynthia und Summer im Rycroft-Anwesen zu wohnen? Euch ist schon klar, dass das in einer Katastrophe enden wird, oder?"

Cooper zuckte mit den Schultern, seine blauen Augen blickten in meine. „Nicht unbedingt. Seit Summer dich rausgeschmissen hat, bläst du hier Trübsal. Das ist deine Chance, alles in Ordnung zu bringen. Wenn du schon dabei bist, finde heraus, wo ihr Vater ist und was er mit Maxwell zu tun hat."

„Cooper-"

„Nein, Evers. Ich will es nicht hören. Knox hat Recht, du hast es mit ihr versaut, weil du Schiss hattest. Wenn du den Kopf in den Sand stecken, und so tun willst, als wäre das nicht passiert, nur zu. Belüge dich selbst. Wenn sie dir egal wäre, hätte es dir nicht so viel ausgemacht, als sie dich rausgeschmissen hat. Du wärst zur nächsten Frau übergegangen und hättest keinen Gedanken an Summer verschwendet. Das ist aber nicht passiert, oder?"

„Wann hattest du das letzte Mal Sex, Evers?", fragte Axel schmunzelnd.

Verdammte Brüder. „Geht dich nichts an, Arschloch."

„Da haben wir's", stellte Knox fest.

Ich würde mich eher in Brand stecken lassen, als zuzugeben, dass ich, seit ich Summers Wohnung verlassen hatte, nicht einmal eine andere Frau geküsst hatte.

Ich hatte darüber nachgedacht, wollte auf eine vage Art und Weise, *mich flachlegen lassen*. Seit Summer hatte keine andere Frau mein Interesse geweckt. Ich wollte keine andere.

„Und was war, als ihr zusammen wart?", drängte Axel.

„Wir waren nicht *zusammen*. Wir hatten was miteinander", protestierte ich.

„Gott, du bist der Stereotyp eines Bindungsphobikers. Mit wie vielen anderen Frauen hast du geschlafen, während ihr *was miteinander hattet*?", fragte Axel, seine Worte troffen vor Sarkasmus.

„Nicht jeder sucht nach häuslicher Glückseligkeit, Axel. Seit du geheiratet hast, bist du eine Nervensäge."

„Er war eine Nervensäge, lange bevor er geheiratet hat", sagte Cooper. „Wenn überhaupt, dann hat Emma ihn erträglicher gemacht."

Das stimmte, aber ich wollte es nicht zugeben.

„Beantworte die Frage", sagte Knox gleichmütig.

Ich wollte die Frage nicht beantworten. Die Beantwortung der Frage würde ihnen alles sagen, was sie wissen wollten, darüber, wie verzweifelt ich wegen Summer war.

„Mit keiner, okay?" Vielleicht würden sie jetzt, da ich es zugegeben hatte, aufhören, mich zu nerven und die Klappe halten.

So viel Glück hatte ich nicht.

„Sie war also nur eine Affäre", sagte Axel, „aber in dem Jahr, in dem du sie überwacht hast - und mit der Zielperson geschlafen hast – hast du nicht einmal eine andere Frau angesehen. Liege ich richtig?"

Ich würdigte seine Frage mit keiner Antwort.

„Aber sie hat dir nichts bedeutet. Du bist über sie hinweg."

Ich machte ein Geräusch in meiner Kehle, das eigentlich ein „Ja" sein sollte. Ich konnte meinen Mund nicht dazu bringen, das Wort auszusprechen. Ich war nicht einmal im Entferntesten über sie hinweg. Ich hatte mir den Kopf zerbrochen, um herauszufinden, wie ich sie zurückgewinnen konnte. Wie ich es ihr erklären sollte.

Es hatte ganz harmlos begonnen.

Meine Brüder und ich wuchsen Seite an Seite mit der Familie Winters auf. Während die Sinclairs bekannt waren und einen schönen Batzen Kleingeld auf der Bank hatten, kam unser Leben nicht annähernd an das der Winters heran.

Skandale und mehrfache Milliardäre – dafür war die Winters Familie bekannt. Als sich also herausstellte, dass Emmas beste Freundin eine entfernte Cousine der Winters war, beschlossen wir, sie im Auge zu behalten. Sie schien sauber zu sein, aber wenn lang verschollene Verwandte aus der Versenkung auftauchten, hatten sie es in neun von zehn Fällen auf das Bankkonto der Winters abgesehen.

Niemand nutzte die Familie Winters unter unserer Aufsicht aus. Entgegen den Erwartungen, hatte Summer keinen Versuch unternommen, auf die restlichen Mitglieder der Familie Winters zuzugehen.

Sie hatte ihr Geschäft in Atlanta gegründet, hatte Freundschaften geschlossen, war ausgegangen, um etwas zu trinken oder ins Kino zu gehen. Hatte Dates hier und da. Obwohl der hohe Bekanntheitsgrad der Winters ihr geholfen hätte, Kunden zu gewinnen, blieb Summer auf Distanz.

Ich hätte sie aus der Ferne beobachten können. Ich brauchte keinen Kontakt herzustellen. Aber ich war nicht in der Lage gewesen, fernzubleiben. In jedem Bereich meines Lebens war meine Selbstbeherrschung unerschütterlich. Bis auf Summer…

Cooper klappte seinen Laptop auf und fing an zu tippen. Ohne mich anzusehen, sagte er: „Ich schicke dir die Stevens-Datei. Sie ziehen am Freitag ein. Du musst mit einem Team zum Haus fahren, dafür sorgen, dass es gesichert ist, und da sein, wenn sie eintreffen. Einzelheiten stehen in der Akte." Er drückte die letzte Taste und blickte auf. „Das ist deine Chance, Evers. Versau sie nicht wieder."

Ich stand auf, begierig darauf, das Büro zu verlassen. Raus aus dem Gebäude. Ich musste meinen Kopf frei kriegen und nachdenken. Ich hatte nach einem Weg gesucht, mich mit Summer zu vertragen, aber den Babysitter für eine Ex-Geliebte zu spielen, während ich versuchte, eine andere zurückzugewinnen, war eine Katastrophe, die nur darauf wartete, loszubrechen.

Eine Katastrophe, und meine einzige Chance.

So oder so, würde ich herausfinden, wie es funktionieren könnte.

Ich hatte nicht vor zu versagen.

Nicht bei Summer.

Nicht dieses Mal.

4

SUMMER

R ycroft Castle sah aus, als gehöre es in ein anderes Jahrhundert. In ein anderes Land. Vielleicht in eine andere Dimension. Mitten auf einem überdimensionalen Grundstück in Buckhead, umgeben von Bäumen, die die Geräusche der Straße dämpften, konnte ich mir gut vorstellen, dass ich mich direkt in einem Märchen befand.

Das massive Gebäude sah aus, als wäre es Jahrhunderte zuvor erbaut worden. Tatsächlich war es der Traum eines Technologie-Milliardärs, der sich in die Idee verliebt hatte, sein eigenes Schloss mitten im Herzen von Atlanta zu bauen.

Er hatte Geld zum Verprassen gehabt, und er hatte es in den Bau von Rycroft Castle fließen lassen. Der Marmor wurde aus Italien importiert, die Bar aus einem Pub in Irland. Nach dem Vorbild eines französischen Schlosses, mit drei Zoll dicken cremefarbenen Kalksteinwänden und einem Schieferdach, ragte es über mich hinaus, sowohl imposant, als auch phantasievoll.

Mit einem Hallenbad nach dem Vorbild der römischen Bäder, vier getrennten Küchen, einem Kino, einem Kartenzimmer, drei formellen Salons, einem Musikzimmer und einem Weinverkostungsraum, der größer als meine Wohnung war, war es schwer zu verstehen, warum der Besitzer es aufgegeben hatte.

Nachdem er einige Jahre auf Rycroft Castle gelebt hatte, langweilte er sich und zog aus, wobei er seine Aufmerksamkeit auf ein modernes Ungetüm im Silicon Valley richtete, das näher an seinem Firmensitz lag. Er besaß das Schloss immer noch und vermietete es unter besonderen Umständen an hochkarätige Gäste. Als Cynthia Stevens mir sagte, sie wolle für ein paar Monate nach Hause kommen, habe aber nicht vor, bei der Familie einzuziehen, wusste ich genau, wen ich anrufen musste.

Sie war fast ausgeflippt, als sie diesen Ort gesehen hatte. Cynthia war eine überragende Persönlichkeit, mit einem Talent, das so überwältigend war, wie ihre Schönheit. Sie war durch und durch eine Prinzessin und würde genau zu Rycroft Castle passen.

Von all meinen Kunden, arbeitete ich für Cynthia am liebsten. Sie konnte eine Diva sein, und wie die meisten wohlhabenden und erfolgreichen Menschen, wollte sie, was sie wollte, wenn sie es wollte. Cynthia hatte hohe Ansprüche und wenig Geduld. Sie war aber auch lustig und liebenswürdig.

Ich würde nicht direkt behaupten, dass wir Freundinnen waren. Ich war eine glorifizierte Projektassistentin und sie ein Oscar-gekrönter Filmstar.

Aber Cynthia hatte mich nie wie eine Angestellte behandelt. Sie hatte mir einmal gesagt, dass sie ihre Teammitglieder als Partner sah, die alle eine Rolle bei der Schaffung der Persönlichkeit Cynthia Stevens spielten.

Hätte einer meiner anderen Klienten mich gebeten, bei sich einzuziehen und ihr Leben rund um die Uhr zu managen, hätte ich wahrscheinlich abgelehnt. Nicht, dass meine anderen Kunden schlecht waren, aber es war ein großer Unterschied, ob man aus der Ferne arbeitete oder mit jemandem im selben Haus wohnte. Vor allem, wenn es der eigene Arbeitgeber war.

Ich war mir nicht ganz sicher, wie es funktionieren würde, aber für Cynthia war ich bereit, es zu versuchen. Sie hatte ein hartes Jahr hinter sich, und ihre bevorstehende Rolle würde körperlich und emotional anstrengend sein. Sie brauchte diese Pause, diese Zeit zu Hause. Ich wollte ihr dabei helfen. Ich hatte meine Arbeit für andere Kunden zurückgestellt und meinen Terminkalender so weit wie möglich befreit, damit ich mich auf Cynthia konzentrieren konnte.

Ich war für fast jeden Aspekt des Umzugs nach Rycroft Castle verantwortlich, außer für die Sicherheit. Cynthia wollte das persönlich regeln. Ich hatte gehofft, dass das bedeutete, dass sie ein Team nach Atlanta mitbringen würde.

Sicherheit von Berühmtheiten in Atlanta bedeutete normalerweise... Stopp. *Nur nicht an ihn denken.* Cynthia würde ihr eigenes Sicherheitsteam aus L.A. mitbringen. Ich war mir sicher. Problem gelöst.

Als ich von der Liste auf meinem Tablet aufschaute, sah ich zwei Männer in passenden Polohemden, die Cynthias Louis-Vuitton-Koffer über die breite Kalksteintreppe zum Vordereingang trugen. Ich wusste es besser, als mich zu fragen, warum sie zehn volle Koffer für nur zwei Monate brauchte.

Ich würde sie noch früh genug auspacken, und ich war mir sicher, dass ich zig Paar Schuhe, haufenweise Kleider, und alles andere finden würde, was Cynthia für zwei Monate Ruhe und Abgeschiedenheit brauchte.

Ich hatte geplant, die Umzugsleute wegzuschicken und Cynthias Sachen auszupacken, bevor sie ankam. Das

Geräusch eines Motors, der sich der Einfahrt näherte, sagte mir, dass das nicht passieren würde. Wenn sie irgendetwas war, dann war es unberechenbar.

Ein übergroßer weißer SUV kam in der Kurve der Einfahrt zum Stehen, direkt vor der Stelle, wo ich am Fuße der Treppe stand. Die Beifahrertür schwang auf, und Cynthia erschien, ihre perfekten Platinlocken leuchteten in der Sommersonne. Ihre apfelgrünen Augen erblickten mich, und ein breites, aufrichtiges Lächeln erhellte ihr Gesicht.

„Summer, Darling, du bist hier!" Ihre spitzen Absätze klopften über die gepflasterte Einfahrt, Cynthia glitt auf mich zu, als ob die Oberfläche spiegelglatt wäre.

Sie legte ihre Arme um mich und umhüllte mich mit einer Wolke aus süßem Parfüm, während sie ihre Wange an meine drückte, erst an der einen, dann an der anderen Seite, und bei jeder Geste einen Kusslaut von sich gab.

„Ich wusste, dass du alles auf die Reihe kriegen würdest. Wir sind etwas früher gekommen. Ich konnte es einfach nicht erwarten, loszulegen. Dieser Ort ist großartig!"

„Warte, bis du drinnen gewesen bist", sagte ich und erwiderte ihre Umarmung. „Ich habe deine Koffer noch nicht ausgepackt, aber ich bin war schon einkaufen, habe den Reinigungsdienst beaufsichtigt und die Schlafmöglichkeiten überprüft. Ich führe dich herum, sobald wir uns eingerichtet haben. Ich habe noch keine Bestätigung vom Sicherheitsteam erhalten. Wir müssen das System durchgehen."

Cynthia winkte mit der Hand in der Luft und wies meine Besorgnis zurück. „Das Sicherheitsteam wird im Laufe des Nachmittags hier sein. Dann können wir mit ihnen sprechen. Es bleibt noch genug Zeit, sich erst einmal einzurichten. Diese beiden reichen fürs Erste." Sie deutete hinter sich auf zwei Schwergewichtler in Anzügen, die aus dem SUV ausgestiegen waren.

Sie ignorierte sie und schaute zu ihrem neuen Zuhause auf. „Dieser Ort ist ein Traum. Ich wusste nicht einmal, dass er hier war. Führe mich herum. Ich denke, dies werden ein paar wundervolle Monate werden."

Sie schlang ihren Arm um meinen, und wir stiegen gemeinsam die Treppe zum Haus hinauf. Zimmer für Zimmer, schlenderten wir durch Rycroft Castle, und Cynthias erfreutes Lächeln machte meine ganze Arbeit lohnenswert.

Der prachtvolle Luxus von Rycroft passte perfekt zu ihr. Als ich ihr die geräumige Hauptsuite zeigte, quietschte sie vor Freude. Nur in einem Haus wie diesem, konnte ich jeden einzelnen dieser zehn Koffer auspacken und hätte noch freien Platz im Schrank.

„Nun, wo bist du untergebracht?", fragte sie. „Ich habe nicht alle mitgebracht. Nur Viggo und Angie. Aber es werden einige Leute ein und aus gehen, während wir hier sind. Ich muss für den Film ein Kampftraining absolvieren, und mein Schauspieltrainer wird ein paar Mal vorbeikommen, um mit mir am Drehbuch zu arbeiten. Ansonsten will ich, dass es ruhig ist. Friedlich. Ich brauche Ruhe."

Ich streckte die Hand aus und drückte verständnisvoll ihre Hand. Im vergangenen Jahr war Cynthia in eine hässliche Scheidung verwickelt gewesen. Ihr Ehemann, ebenfalls Schauspieler, hatte eine Reihe von Flops an den Kinokassen gehabt und hatte sich mit Alkohol und anderen Frauen getröstet.

Cynthia sprach nicht viel über Clint Perry, aber ich hatte mit eigenen Augen gesehen, wie verliebt sie einst gewesen waren. In dem Bemühen, die Scheidung zu verhindern, war er in die Reha gegangen, hatte mit dem Trinken aufgehört und anderen Frauen abgeschworen.

Cynthia war noch bis vor einem Monat hoffnungsvoll gewesen, als er überall in den Boulevardblättern mit einem halbnackten Starlett auf seinem Schoß aufgetaucht war, wobei das Mädchen jung genug war, um seine Tochter zu sein.

Einige Tage später stellte Cynthia einen neuen Plan für den Sommer auf. Kalifornien verlassen und nach Hause gehen. Weg von Hollywood. Weg von den Paparazzi. Weg von Clint.

Clint hatte ihre Abreise nicht gut verkraftet. Er hatte überall - in den Boulevardzeitungen, in den sozialen Medien, in endlosen Voicemail-Nachrichten - darauf bestanden, dass die Bilder nicht das waren, wonach sie aussahen.

Er hatte nicht getrunken. Er hatte nicht rumgevögelt.

Aber Cynthia war fertig. Clint schwor, dass er sie nicht gehen lassen würde. Cynthia hatte seine Nummer gesperrt und für zusätzliche Sicherheit gesorgt.

Beim Entwurf von Rycroft Castle waren keine Kosten gescheut worden, einschließlich des Sicherheitssystems. Für Cynthia Stevens war das nicht gut genug. Wir würden Sicherheitsleute vor Ort haben, rund um die Uhr, solange wir dort waren. Sie brauchte Frieden, und sie hatte das Geld, um dafür zu bezahlen.

Ich führte Cynthia von der Hauptsuite den Flur entlang. Wir gingen eine Reihe von Treppen hinunter, einen weiteren Flur entlang und stiegen eine zweite Reihe von Treppen hinauf, um in einem anderen Flügel des Hauses anzukommen, der vom Abschnitt für den Eigentümer und dem Hauptteil von Rycroft Castle entfernt lag.

Ursprünglich für wichtige Mitarbeiter oder Gäste konzipiert, für die keine erstklassigen Räume vorgesehen waren, war dieser Flügel kaum mehr als ein langer Flur mit Schlafzimmern auf jeder Seite, insgesamt sechs davon.

Einer für mich, einer für den Sicherheitchef, zwei weitere für Viggo und Angie, die letzten beiden für zusätzliches Personal, das kommen und gehen könnte.

Selbst die zweitklassigen Räume waren alles andere als schlicht, was typisch für Rycroft Castle war. Plüsch-Wollteppich, Seidenvorhänge und Marmor im Badezimmer. Ich war dabei, verwöhnt zu werden.

Unser kleiner Flügel war fast autark, mit einem schön eingerichteten Wohnzimmer am Ende des Flurs, ausgestattet mit einem Großbildfernseher, zwei Sofas und einer Küche mit Edelstahl-Geräten, einem Doppelbackofen und einer Imbiss-Theke.

Auf Rycroft Castle lebte sogar das Personal besser als ich, und meine Wohnung war nicht schäbig.

„Darling, sag mir, dass du das Mittagessen arrangiert hast", sagte Cynthia. Sie hielt eine sehr strenge Diät ein, wie man vermuten würde, aber sie hatte nie eine Mahlzeit ausgelassen. Cynthia liebte ihr Essen. Das war eines der Dinge, die ich am meisten an ihr mochte.

Es kostete viel Zeit, Mühe und Selbstdisziplin, die Fassade einer renommierten Schauspielerin aufrechtzuerhalten. Cynthia tat, was sie tun musste. Sie hatte eine gesunde Dosis Eitelkeit, die sie motivierte, aber ich hatte gesehen, wie sie sich genüsslich auf einen Cheeseburger stürzte, auch wenn sie weniger als die Hälfte davon aß.

Ich führte sie vom Personalkorridor zurück zur Haupttreppe und von dort in die Küchen. Die Köchin und zwei Haushälterinnen waren am Tag zuvor eingetroffen. Sie wohnten in den Unterkünften über der fünf-Auto-Garage.

Als wir die Küche betraten, warf die Köchin, eine stämmige Frau in den Sechzigern mit stahlgrauen Haaren, einen Blick auf Cynthia und lief knallrot an. Daran gewöhnt, dass ihre Berühmtheit die Leute nervös machte, lächelte Cynthia ein breites, warmes Lächeln, streckte eine Hand aus und beruhigte die Nerven der Köchin mit den Worten: „Es ist mir ein Vergnügen, Sie kennenzulernen. Sie wurden uns wärmstens empfohlen. Ich schätze es sehr, dass Sie sich der Herausforderung meiner Speisekarte stellen. Ich weiß, dass es frustrierend ist, so viele Anforderungen zu haben, und ich weiß Ihre Geduld zu schätzen."

Ich wusste genau, dass die Köchin missmutig geworden war, als sie die Liste mit Cynthias Geboten und Verboten gesehen hatte. Nun, angesichts von Cynthias Lächeln, plapperte sie erfreut über die Chance, für Cynthia Stevens kochen zu dürften. Sie versicherte uns, dass es ihr eine Ehre wäre, dafür zu sorgen, dass jede Mahlzeit die Erwartungen von Cynthia übertraf.

Ich dankte ihr, bevor sie vor Aufregung ohnmächtig wurde, und fragte: „Wann können wir mit dem Mittagessen rechnen?"

„In etwa einer halben Stunde, wenn das in Ordnung ist", antwortete sie mit einem leichten Stottern.

Ich schaute Cynthia an, die sagte: „Das geht in Ordnung. Wir nehmen es im Hauptspeisesaal ein. Ich danke Ihnen vielmals."

Mit einem weiteren umwerfenden Lächeln drehte sie sich um und schlenderte den Saal entlang, wobei sie eine Parfümwolke hinterließ. Ich folgte ihr, hackte Dinge auf meiner Aufgabenliste ab und machte mir Notizen.

Führe Cynthia herum. *Erledigt.*

Stelle sie dem Personal vor. *Erledigt.* Koffer auspacken. *Noch erledigen.* Mittagessen. *30 Min.*

Treffen mit den Sicherheitsleuten. *Unbestimmt.* „Wann treffen wir uns mit den Sicherheitsleuten?"

Cynthia winkte mit der Hand in der Luft. „Irgendwann nach dem Mittagessen", antwortete sie, „Ich muss in meinem Telefon nachsehen. Sie haben eine SMS geschickt. Sie sagten, das Grundstück sei sicher. Ich werde einfach bis zum Mittagessen spazieren gehen."

Ich wusste, wann ich entlassen war. Das kam mir gelegen, ich musste mich um die Koffer kümmern. „Ich werde mit dem Auspacken anfangen und treffe dich zum Mittagessen im Speisesaal."

„Gut", sagte Cynthia, während sie in ihrem Telefon durch den Bildschirm scrollte und bereits abgelenkt war. Ich machte mich auf den Weg zur Treppe, in der Hoffnung, Cynthias Schrank aufräumen zu können, bevor es Zeit zum Essen war.

Ich schaffte es nur durch drei Koffer, meist Schuhe und Tageskleidung, bevor die Köchin uns zum Mittagessen rief. Wir waren gerade mit dem Essen fertig, als Cynthias Telefon mit einer Nachricht piepte. Als sie auf den Bildschirm hinunterblickte, breitete sich ein geheimnisvolles Lächeln auf ihrem Gesicht aus.

„Das Sicherheitsteam ist hier", murmelte sie. „Das wird bestimmt lustig."

Das lang erwartete Treffen mit dem Sicherheitsdienst, endlich. Cynthia hatte untypischerweise darauf bestanden, die Vorkehrungen selbst zu treffen. Sie hatte jeden Versuch von mir abgeblockt, bei der Koordinierung der Logistik zu helfen. Sie hatte nicht erklärt, warum, und ich hatte nicht darauf gedrängt. Was Cynthia wollte, bekam sie. Ich wurde gut bezahlt, um sicherzustellen, dass dies geschah.

Ich hätte auf eine Erklärung drängen sollen. Ich hätte Antworten verlangen sollen.

Ich hätte alles andere tun sollen, als Cynthia die Führung zu überlassen.

Hätte ich das getan, hätte ich nicht das Gefühl gehabt, mein Mittagessen nur kurze Zeit später loswerden zu müssen.

„Summer, sei ein Schatz und mach die Tür auf, ja?"

Ich öffnete meinen Mund, um ihr zu sagen, dass niemand da war, als, wie von einem Regisseur angekündigt, der Klang von Kirchenglocken durch die Hauptebene hallte. Rycroft Castle traute man zu, eine Türklingel zu haben, die aus einer Kathedrale stammte.

Ich schob pflichtbewusst meinen Stuhl zurück und erhob mich. „Natürlich. Möchtest du, dass ich Kaffee in den Salon bestelle?"

„Das wäre schön. Danke, Summer. Ich treffe dich dort."

Auf dem Weg zur Haustür, schrieb ich der Köchin eine kurze Nachricht. Nachdem ich den schweren eisernen Griff drehte, schwang ich die Tür auf und erstarrte zu Stein.

Evers Sinclair stand vor mir, ein freches Grinsen auf seinen Lippen.

5

SUMMER

Mein Herz setzte aus. Ich hätte es kommen sehen müssen. Warum hatte ich mir eingeredet, es wäre sicher, dass Cynthia ihr Team aus L.A. mitbrachte?

Sie wuchs in Atlanta auf. Wahrscheinlich mit den Sinclairs. Und selbst wenn sie es nicht getan hatte, war Sinclair Security das Beste. Evers' Bruder Axel verwaltete ihre Sicherheit an der Westküste, obwohl er sich nicht persönlich um sie kümmerte. Es sah so aus, als würde Evers das definitiv tun.

Seine eisblauen Augen waren undurchdringlich und auf mich gerichtet. Eine Strähne dunkler Haare fiel ihm über die Stirn. Es juckte mir in den Fingern, sie zurückzustreichen, mit dem Daumen über die Furchen um seinem Mund zu fahren.

An dem Tag, als ich ihn rausgeworfen hatte, sah er müde aus. Jetzt, als die strahlende Julisonne jedes Detail seines Gesichts hervorhob, fragte ich mich, wann er zuletzt geschlafen hatte. Unter seiner Bräune war er blass. Gezeichnet.

Ich erstickte die Sorge, die in meinem Herzen wuchs.

Er sah erschöpft aus, na und? Nicht mein Problem. Es war nie mein Problem gewesen.

Mein Blick landete kurz auf seiner vollen Unterlippe und glitt dann weg. Evers Sinclair war mir seit dem Tag, an dem wir uns kennen gelernt hatten, unter die Haut gegangen.

Ich bekämpfte den Drang, mit den Zähnen zu knirschen, und nutzte jedes Quäntchen Professionalität, das ich hatte. Mit gleichmäßiger, ruhiger Stimme fragte ich: „Ich nehme an, du vertrittst unser Sicherheitsteam?"

Evers' Lippen wölbten sich zu jenem charmanten Lächeln, das jedes Höschen von Küste zu Küste fallen ließ. Nicht meins. Nicht mehr. „Winters. Ich habe vergessen, dass du für Cynthia arbeitest."

„Lügner", sagte ich rundheraus.

Ich hasste es, wenn er mich Winters nannte. Ich hatte für Cynthia gearbeitet, als er gegen mich ermittelte. Ich glaubte keine Sekunde lang daran, dass er es vergessen hatte.

Hinter ihm hörte ich: „Ev, das Mädchen hat deine Nummer. Kommst du jetzt herein, oder sollen wir dieses Treffen auf der Treppe abhalten?"

Ich trat zurück, um sie ins Haus zu lassen. Evers ging an mir vorbei, und der Mann dahinter nahm seinen Platz ein und streckte grinsend seine Hand aus. Ich schüttelte sie und begegnete einem Paar amüsierter seegrüner Augen. Etwas kleiner als Evers, aber immer noch viel größer als ich, war Evers' Partner breitschultrig, hatte sandfarbene, kurz geschnittene Haare und ein stoppeliges Kinn.

Angesichts der Beule auf seinem Nasenrücken, und der darüber verlaufenden Narbe, war seine Nase sicherlich irgendwann schwer gebrochen worden. Die alte Verletzung trug nur zu seinem schelmischen Charme bei. Alles in allem war er mehr als gutaussehend. Fesselnd. Geradezu heiß.

Schade, dass er nichts für mich war. Seit der Katastrophe mit dem Idioten, der neben mir stand, hatte ich kein Interesse mehr an Männern, nicht einmal an einem so attraktiven Mann wie diesem.

„Ich habe schon viel von Ihnen gehört, Summer Winters", sagte er mit einem Augenzwinkern.

Ich verstand sofort, dass er wusste, was mit Evers vorgefallen war, wahrscheinlich kannte er meine Akte in- und auswendig. Bevor ich wütend werden konnte, streckte er seinen Arm aus, legte meine Hand darauf und begann, mich ins Haus zu führen.

Er ignorierte Evers, lächelte mich an und sagte mit der Andeutung eines Schalks: „Ich bin Griffen Sawyer. Ich arbeite mit Evers an diesem Auftrag. Dieser Ort ist erstaunlich, nicht wahr? Wir haben das ursprüngliche System eingebaut, und ich habe das Schloss gesehen, als es noch im Bau war, aber seitdem bin ich nicht mehr hier gewesen. Es ist eine Schande, dass es die meiste Zeit über leer steht. Treffen wir uns im vorderen Salon?"

Er wartete nicht auf meine Antwort, und führte mich durch den Flur in das formelle Wohnzimmer. Evers schlich hinter uns her und blickte Griffen finster an.

„Du brauchst sie nicht in den Salon zu führen", murrte er leise. „Sie weiß, wo es ist."

Griffen warf ihm einen Blick über die Schulter zu. „Ich bin ein Gentleman, im Gegensatz zu manchen Menschen."

Evers reagierte mit einem tiefen Knurren.

Ich ignorierte ihn. Griffens Mundwinkel krümmten sich nach oben, und er schaute zu mir hinunter, seine Augen begegneten, bevor er mir langsam zuzwinkerte. Erstaunt riss ich mich gerade noch zusammen, bevor ich zurückgrinsen konnte.

Es sah so aus, als wäre Griffen bereit, sich mit seinem Freund anzulegen. Ich wusste nicht, warum es Evers etwas ausmachen würde, wenn Griffen mit mir flirtete, aber ich war froh, ihn auf jede erdenkliche Art und Weise ärgern zu können.

Ihn aus meiner Wohnung zu werfen, war nicht annähernd genug Strafe für seinen Verrat gewesen. Ich war mir nicht zu schade, ihn zu reizen, wann immer ich die Chance dazu bekam.

Cynthia schwebte in den Raum, die Arme zur Begrüßung weit ausgestreckt, ihre rosa Lippen zu einem umwerfenden Lächeln geschwungen.

„Evers. Evers Sinclair. Darling. Es ist so lange her." Sie warf sich in seine Arme, verschränkte ihre Hände hinter seinem Nacken und zog ihn zu einem schmatzenden Kuss direkt auf den Mund hinunter.

Ich schaute weg, meine Brust brannte, als sich ihre Lippen trafen. Evers' Hand ruhte auf ihrem Rücken, ihre Finger streichelten seinen Hals. Mein Mittagessen kam mir hoch.

Er gehörte mir nicht. Hatte mir nie gehört. Und Cynthia war mein Boss.

Griffen räusperte sich. Cynthia trat zurück und bemerkte ihn zum ersten Mal. „Na, Sie müssen direkt einer Hauptrolle entsprungen sein. Stark und gutaussehend. Ich glaube, wir kennen uns noch nicht", sagte Cynthia und schenkte Griffen ein langes, langsames, anerkennendes Lächeln.

Sie reichte ihm die Hand. Griffen nahm sie mit beiden Händen und beugte sich in einer höfischen Geste, die albern hätte aussehen sollen, es aber nicht tat, tief über ihre Hand.

„Griffen Sawyer, Ma'am. Es ist mir ein Vergnügen, Sie kennenzulernen."

„Oh, nein, nennen Sie mich nicht Ma'am. Cynthia reicht. Wir werden uns alle sehr gut kennenlernen und müssen uns nicht mit Förmlichkeiten aufhalten."

Mit Entsetzen dachte ich an den Raum, den ich oben für den Sicherheitschef reserviert hatte. *Bitte lass es Griffen sein*, dachte ich und verfluchte Cynthia im Stillen dafür, dass sie mich von den Sicherheitsvorkehrungen ferngehalten hatte.

Da war eindeutig etwas zwischen ihr und Evers. Sie war herzlich und gefühlvoll, aber sie küsste keine Männer, die sie gerade erst kennen gelernt hatte. Sie hatte die Wahl der Sicherheitsleute für sich behalten, sodass sie neben der Sicherheit auch für etwas Gesellschaft sorgen konnte.

Bei dem Gedanken stieg mir die Galle hoch. Ich hoffte, Evers und sie würden sich in ihrem Zimmer treffen. Ich würde es nicht ertragen können, sie auf der gegenüberliegenden Seite des Flurs zu hören.

Ugh, es war sehr gut möglich, dass ich mich doch übergeben musste. Ich schluckte schwer. Natürlich würden sie sich in ihrem Zimmer treffen. Sie war die Prinzessin. Sie würde nicht zu ihm gehen.

Cynthia deutete zu den beiden weißen Sofas, die den kalten Kamin flankierten, und sagte: „Erst die Arbeit, dann das Vergnügen. Setzen wir uns und besprechen die Vorkehrungen."

Wir setzten uns hin, Cynthia neben Evers und ich neben Griffen. Evers betrachtete den Raum zwischen Griffen und mir, während Cynthia näher an ihn heranrutschte, sich anlehnte und ihre Hand auf sein Knie legte, ihre langen rosa Nägel ruhten auf seinem Oberschenkel. Sie flüsterte etwas, und Evers drehte sich um und antwortete mit einem Raunen.

Griffen fragte mich: „Wie lange arbeiten Sie schon für Cynthia?

„Seit ein paar Jahren", antwortete ich, sicherlich wusste Griffen bereits jedes Detail meiner Beschäftigungsgeschichte mit Cynthia Stevens.

Ich war mir nicht sicher, warum er gefragt hatte, bis er näher rückte, seinen Arm hinter meinem Rücken über die Sofalehne streckte und seine Finger meine Schulter streiften. Evers' eisblaue Augen loderten auf, fingen die Bewegung von Griffen auf und verengten sich, wobei ein Muskel an der Seite seines Kiefers zuckte. Ich fühlte das Grinsen auf Griffens Gesicht eher, als dass ich es sah.

„Wird sie uns Ärger machen?"

„Hmm?", fragte ich und konnte ihm nicht folgen.

„Cynthia", sagte Griffen leise, als wir Evers beobachteten, wie er sich mit der Klientin in einem intimen Tonfall unterhielt, den wir aus dieser Entfernung nicht ganz entziffern konnten.

„Oh, nein. Nein, ich glaube, das wird sie nicht. Sie ist normalerweise sehr vernünftig, und die Situation mit Clint macht ihr zu schaffen."

„Gut. Das ist gut. Es gibt nichts Schlimmeres als einen Kunden, der sich ständig einmischt."

Seine Finger streiften erneut meine Schulter. Evers hielt seine Augen auf Cynthia gerichtet, aber der Muskel in seinem Kiefer zuckte. In jeder anderen Situation, hätte ich mich Griffens Berührung diskret entzogen. Er schien nett zu sein, aber das war zu viel Kontakt mit einem Mann, den ich gerade erst kennen gelernt hatte. Ich blieb, wo ich war. Ich wusste, dass er mich nur berührte, um Evers zu nerven, auch wenn ich nicht verstand, warum.

„Kann man mit ihr gut arbeiten? Mit Cynthia?", fragte Griffen, seine Stimme war so leise, dass das Paar auf der anderen Couch nichts hören konnte.

„Normalerweise", sagte ich genauso leise.

Ich habe über meine Antwort nachgedacht. Es war toll,

für sie zu arbeiten. Sie war großzügig und freundlich und nicht anspruchsvoller als jeder andere in ihrer Position. Warum war ich also bereit, aufzustehen und den Raum zu verlassen? Warum machte es mir so viel aus?

Ich war diejenige, die die Sache mit Evers beendet hatte.

Ich wollte ihn nicht zurück.

Tat ich nicht.

Ich hatte ihn von vornherein nie wirklich gehabt. Er hatte mich benutzt und belogen. Was auch immer er mit Cynthia vorhatte, es ging mich nichts an.

Ich dachte über meine Hypothekenzahlungen nach. Das neue Auto, für das ich sparte. Cynthia war großzügig. Sie erwartete viel, und sie zahlte gut für hervorragende Leistungen. Es wäre unprofessionell, meine Arbeit abzubrechen. Wenn ich etwas war, dann war ich verdammt gut in meinem Job. Ich wollte sie nicht im Stich lassen, nur, weil der Arsch von einem nicht-wirklich-Ex-Freund aufgetaucht war.

Ich holte tief Luft, um mich zu beruhigen, und antwortete immer noch in diesem tiefen, kaum hörbaren Ton: „Sie ist großartig. Wirklich großartig. Sie ist etwas extravagant und dickköpfig, aber sie ist ein guter Mensch und meine Lieblingskundin" Es war *fast* mein voller Ernst.

Es war mein voller Ernst. Ich würde nicht zulassen, dass Evers Sinclair eine großartige Arbeitsbeziehung zerstörte.

Gegenüber von uns setzte Evers sich auf, lehnte sich ein wenig von Cynthia weg und richtete seine Aufmerksamkeit auf Griffen und mich. „Da gibt es nicht viel zu überprüfen", begann er. „Wir werden rund um die Uhr Sicherheitsteams auf dem Gelände postieren. Ein Zweierteam ist im Haus. Ein weiteres Zweierteam patrouilliert das Gelände und die Umgebung. Das Grundstück ist ummauert, was unsere Arbeit erleichtert."

„Wir haben letzte Woche die Bewegungssensor-Kameras aufgerüstet. Wir haben auf der unteren Ebene einen Kontrollraum eingerichtet. Jemand wird rund um die Uhr die Monitore überwachen. Niemand wird dieses Grundstück betreten, ohne dass wir davon wissen." Er sah Cynthia an und sagte: „Ich würde es vorziehen, wenn du die Alarmanlage eingeschaltet lässt und im Haus bleibst."

Cynthia schüttelte den Kopf. „Das werde ich nicht. Die Gärten sind wunderschön, und ich liebe es, draußen zu sein."

„Wenigstens ist der Pool drinnen", sagte Evers kaum hörbar. „Du verlässt das Haus nicht ohne eine Wache. Verstanden?"

„Verstanden", antwortete Cynthia mit einem schiefen Lächeln. „Ich will mich nicht wie im Gefängnis fühlen, Evers, aber ich bin kein Dummkopf."

Sie trotzte ihrer eigenen Aussage, indem sie in ihre Tasche griff und ein gefaltetes Stück Papier herauszog.

„Ich habe eine Herausforderung für euch alle", kündigte sie an und schenkte Evers ein süßes und mir ein sympathisches Lächeln. „Nehmt es mir nicht übel, aber ich habe beschlossen, dass wir eine Party feiern müssen. Eine Art Begrüßungstreffen zu Hause. Nichts Aufwändiges."

Sie begegnete meinem Blick und zuckte entschuldigend mit einer Schulter. „Summer, Süße, ich weiß, dass dir das einiges abverlangt, aber wenn es jemand schaffen kann, dann bist du es."

„Keine Partys", sagte Evers entschieden. Ich würgte ein Lachen hinunter.

Er starrte mich an. „Gibt es ein Problem, Winters?"

„Nein, kein Problem", entgegnete ich.

Es *gab* ein Problem, aber ich war es nicht.

6

SUMMER

I ch gebe diese Party, Evers", sagte Cynthia in einem „Ton, den ich gut kannte. „Du bist für die Sicherheit verantwortlich, und du wirst dich darum kümmern. Das ist die Gästeliste", sagte sie und übergab Evers die Liste. Er überflog sie sorgfältig, während sie fortfuhr: „Nächsten Freitag. Du solltest in der Lage sein, es zu regeln. Die Gästeliste ist klein. Nicht mehr als fünfundsiebzig."

Ich schenkte Cynthia mein professionellstes *Ich kann mit allem umgehen, was es auch ist*-Lächeln. Eine Party für fünfundsiebzig Personen in einer Woche? Kein Problem.

Wem wollte ich etwas vormachen? Ein großes Problem. Ich kannte Cynthia. Das wäre nicht Pizza und Bier. Mein Verstand raste und durchsuchte unzählige mentale Listen. Caterer. Vermietung von Ausrüstung. Blumen.

Cynthia war unmöglich. Wie konnte sie mir das antun?

Ich brauchte nicht zu fragen. Cynthia wollte es, und es geschah. So funktionierte es. *Wie* es geschah, war mir überlassen.

Evers griff schweigend über den Tisch und überreichte mir die Gästeliste. Er sagte nichts, aber etwas an der Haltung seiner Schultern, die Art, wie er mir nicht in die Augen sehen wollte, machte mich wachsam.

Bevor ich mich bewegen konnte, beugte sich Griffen vor und riss ihm die Liste aus der Hand. Er überflog sie, bevor er sie mir schweigend übergab.

Ich fing ganz oben an, las schnell und war mit vielen der Namen vertraut. Cynthia war die Enkelin von Rupert Stevens, also erwartete ich Rupert, seine Frau Sloane, Cynthias Eltern, ihre Schwester und ihren Bruder, die alle noch in Atlanta lebten. Ich las weiter und erkannte viele der höchsten Ränge der Gesellschaft von Atlanta, sowie einige Künstler und lokale Interpreten.

Ich war schon halb durch mit der Liste, als mir ein Name ins Auge fiel und mein Herz stehen blieb. Vance und Magnolia Winters. Darunter Aiden Winters, und unter ihm sein Bruder Jacob Winters. Ich brauchte nicht weiterzulesen.

Der gesamte Winters-Clan stand auf der Gästeliste.

Dies war ein Problem. Ein riesiges Problem. Ein so großes Problem, dass das Veranstalten einer Party in einer Woche zum Kinderspiel wurde. Meine Hand zitterte, als ich die Liste auf den Kaffeetisch legte und mit einem leichten Zittern in der Stimme sagte: „Das scheint keine gute Idee zu sein, Cynthia. Ich weiß, du willst diese Party, aber mit allem, was hier momentan los ist, mit Clint…"

„Ich will diese Party, Summer. Ich bin nicht hergekommen, um mich zu verstecken. Ich war seit Ewigkeiten nicht mehr hier, und ich will alle sehen. Möchtest du lieber, dass ich in den Country Club gehe?"

„Natürlich nicht", fuhr Evers dazwischen. Er warf einen Blick auf die Gästeliste, dann zu mir und schließlich zurück zu Cynthia. „Und wir wollen nicht, dass du dich hier gefangen fühlst. Aber eine Party ist unverantwortlich. Gib uns wenigstens mehr Zeit, um zu planen...“

„Nein. Ich habe nicht mehr Zeit. Ich werde nur zwei Monate hier sein, und wenn ich noch ein paar Wochen auf die Party warte, werde ich kaum noch Zeit haben, alle zu sehen, nachdem wir wiedereingeführt sind. Nein. Es muss nächsten Freitag sein.“

Sie stand auf, bürstete sich die Falten aus ihrem Rock, warf ihre Platinlocken über die Schulter und schenkte uns ein weiteres umwerfendes Lächeln. „Ihr seid alle die Besten in dem, was ihr tut. Legt los und tut es.“

Zu Evers sagte sie: „Überleg dir, wie das Haus während der Party gesichert werden kann.“ Und zu mir: „Du hast schon früher Wunder bewirkt, Summer. Ich weiß, du kannst es wieder tun. Ich habe volles Vertrauen in euch alle.“

Ich schüttelte den Kopf, als sie sich umdrehte und aus dem Raum glitt, der süße Duft ihres Parfüms blieb in der Luft, nachdem sie gegangen war. Ich schüttelte ungläubig den Kopf.

„Wie macht sie das?“, fragte ich mich laut. „Gerade als ich sie erwürgen wollte, sagte sie, sie habe absolutes Vertrauen in mich, und ich bin sofort bereit, ans Telefon zu gehen und diesen lächerlichen Plan in die Tat umzusetzen. Wenn ich sie nicht so sehr mögen würde, würde ich sie erwürgen.“

Neben mir kicherte Griffen. „Kannst du das tun? In einer Woche eine Party schmeißen?“

„Ja“, gab ich zu. „Es werden ein paar lange Tage werden, aber ich kann es.“ Ich schaute auf die Namensliste, die zwischen uns auf dem Tisch lag, und dann zu Evers, in der Hoffnung, dass er etwas sagte. Er blieb still, seine Augen auf die Tür gerichtet, durch die Cynthia kurz zuvor gegangen war.

Ich würde mir später über die Gästeliste Gedanken machen. Ich musste mich um wichtigere Dinge kümmern. Ich hätte es vorgezogen, dieses Gespräch unter vier Augen zu führen, aber Griffen zu bitten, zu gehen, würde Evers zu viel Bedeutung beimessen.

Er wusste nicht, wie sehr er mich verletzt hatte. Wenn es nach mir ginge, würde er es auch nie erfahren.

Als ich mich nach vorne beugte, begegnete ich Evers' blauen Augen mit einem harten Blick. „Warum bist du hier?", forderte ich. „Und erzähl mir nicht, dass es nur um Cynthias Sicherheit geht. Offensichtlich seid ihr alte Freunde, aber ich weiß, dass du dich nicht mehr persönlich um Sicherheitsfragen kümmerst. Warum also?"

Evers lehnte sich zurück und verschränkte die Arme lässig vor der Brust, wobei er einen Fußknöchel auf dem Knie abstützte. Er starrte mich einen langen Moment an, sein Blick unergründlich, bevor er sagte: „Wann hast du das letzte Mal mit deinem Vater gesprochen?"

Ich schnappte nach Luft. Ich hatte nicht erwartet, dass er das sagen würde. Ich hatte erwartet, dass er der Frage auswich. Dass er wieder log. Ich versuchte, meine Gedanken zu ordnen und mich an das letzte Mal zu erinnern, als ich mit meinem Vater gesprochen hatte. „Vor ein paar Wochen?"

„Hast du ihn vor ein paar Wochen gesehen oder mit ihm telefoniert?", fragte er, eine Augenbraue hochgezogen.

„Ich habe mit ihm telefoniert. Ich rief an, um mich zu melden, um hallo zu sagen. Wir sprachen nicht lange. Er sagte, er sei gerade beschäftigt. Warum? Was ist los?"

„Dein Vater..."

Griffen nahm seinen Arm hinter mir von der Couch weg und lehnte sich nach vorne, wobei er seine Ellbogen auf den Knien abstützte. „Ev, sie muss nicht..."

„Klappe. Halten." Evers warf Griffen einen wütenden Blick zu, der diesen ignorierte.

„Mit deinem Vater ist einiges los", sagte Griffen und sah mich mitfühlend an. „Du musst dir darüber keine Sorgen machen. Wir haben alles unter Kontrolle."

Evers starrte Griffen an. „Ich habe dir gesagt, du sollst mich das regeln lassen."

„Bis jetzt machst du einen verdammt beschissenen Job", schoss Griffen zurück.

„Wenn mit meinem Vater etwas nicht stimmt, will ich es wissen", sagte ich, „Was zum Teufel geht hier vor, Evers? Warum bist du hier? Warum jetzt?"

Evers nahm den Fuß vom Knie und ließ die Arme sinken, sodass die Illusion entstand, es sei harmlos. Er beugte sich nach vorne und stützte seine Ellbogen auf den Knien ab, wobei er die Haltung von Griffen nachahmte.

Auf gleicher Augenhöhe sagte er: „Willst du die Wahrheit wissen? Ich kann dir schon jetzt sagen, dass sie dir nicht gefallen wird. Griffen versucht, dich zu schonen. Ich habe auch versucht, dich zu schonen. Ich weiß jetzt, dass das ein Fehler war. Du bist deswegen sauer, und ich verstehe es. Aber du musst dir ganz sicher sein, dass du es wissen willst."

„Ich will es wissen", sagte ich sofort.

Evers schüttelte den Kopf. „Okay, aber wenn ich es dir sage, musst du den Mund halten. Dein Vater ist Teil einer größeren Sache, und wenn ich dir diese Information anvertraue, musst du mir versprechen, dass du sie für dich behältst."

„Evers", warnte Griffen und schüttelte den Kopf. „Das ist zu viel. Sie braucht es nicht zu wissen." Er drehte sich um und sah mich mitfühlend an. „Summer, ich weiß, dass er dein Vater ist, und ich weiß, dass Evers zuvor alles mit dir versaut hatte. Aber dieser Fall, das ist ein hässliches

Chaos. Wenn du klug bist, lässt du uns unsere Arbeit machen und alle in Sicherheit bringen, und wenn du von deinem Vater hörst, wirst du es uns sofort sagen. Du brauchst dich nicht einmischen."

Ich schaute von Griffen zu Evers. Ich sah es in Evers' Augen. Er wollte mir nicht sagen, was er über meinen Vater wusste. Aber er würde es tun. Vielleicht war dies seine Art, sich für das Geschehene zu entschuldigen. Seine Art, zu versuchen, es wiedergutzumachen.

Nicht, dass es mich kümmerte. Wir konnten die Vergangenheit nicht ändern.

Das war mein Vater, über den wir sprachen. Er würde nicht Vater des Jahres werden, aber er gehörte zu mir, und ich liebte ihn. Nachdem ich Evers rausgeschmissen hatte, hatte ich ihm vorsichtig auf den Zahn gefühlt, aber Smokey blockte mich jedes Mal ab. Ich wusste, dass etwas nicht stimmte. Er verhielt sich anders. War angespannt. Manchmal rief er mich tagelang nicht zurück. Wenn Evers wusste, warum, musste er mich aufklären.

„Sag es mir", forderte ich.

Evers atmete tief durch.

„Wir kennen noch nicht die ganze Geschichte, aber mein Vater ist in einige... dubiose Geschäfte verwickelt. Er arbeitete mit einem alten Freund der Familie zusammen, der kürzlich verstorben ist."

„Ich dachte, dein Vater sei tot."

Mit einem ironischen, fast bitteren Lachen sagte Evers: „Das dachten wir auch. Es sieht so aus, als wäre das vielleicht nicht der Fall. Wir haben jede verfügbare Information zurückverfolgt und versucht herauszufinden, was er vorhatte und wo er sich befindet. Wir haben Bankunterlagen, aus denen hervorgeht, dass beträchtliche Geldsummen von meinem Vater an seinen Partner und von dort an Clive Winters geflossen sind."

Ich lachte auf. Smokey Winters in dubiose Geschäfte verwickelt? Wenn es nicht darum ginge, sich einen Joint zu drehen oder einen Beutel Gras zu kaufen, wäre Smokey nicht interessiert.

Ich schüttelte den Kopf. „Es muss ein Irrtum sein. Ich weiß, dass mein Vater eine Art ideologischer Extremist ist, aber er ist nicht dazu fähig."

„Es ist kein Irrtum."

„Aber Zahlen und Banküberweisungen beweisen noch gar nichts", protestierte ich und schüttelte immer noch den Kopf.

Evers atmete noch einmal tief durch und schaute einen Moment lang auf die Kassettendecke über uns, bevor er sagte: „Summer, ich habe dich und deinen Vater eine Weile beobachtet. Das weißt du doch."

Ich knirschte mit den Zähnen, sagte aber nichts. Es gab nichts zu sagen.

„Dein Vater kommt viel herum. Viel mehr, als du glaubst. Wir wussten schon vor einigen Monaten, dass etwas im Gange war. Wir wussten nicht, was, und wir hatten keine Ahnung, dass es mit meinem Vater zu tun hatte. Jetzt sieht es so aus, als ob alles zusammenhängt."

„Wenn ihr nicht geglaubt habt, dass es einen Zusammenhang gibt, wenn ihr nicht gewusst habt, was er vorhatte, warum habt ihr ihn dann beobachtet?" Ich schloss den Mund, sobald die Worte ausgesprochen waren. Ich wusste die Antwort bereits. Ich hatte sie herausgefunden, kurz nachdem ich die Sache mit Evers beendet hatte.

Evers sagte sanft: „Du weißt, warum."

„Du musstest mich also im Auge behalten, und du dachtest, du würdest es von meinem Bett aus tun? Was dachtest du, würde ich tun? Mit ausgestreckter Hand an ihre Tür klopfen?"

„Wir mussten sicher gehen. Sie sind wie eine Familie."

Ich sagte nichts. Es gab nichts zu sagen.

Der Winters-Clan war der Grund. Unsere Nachnamen waren kein Zufall. Wir waren verwandt, obwohl ich nicht genau wusste, wie. Das spielte keine Rolle. Wir waren uns nie begegnet, und wenn es nach mir ginge, würden wir uns auch nie begegnen.

Die Gästeliste, die auf dem Kaffeetisch lag, war ein Problem. Bei den Partys, die ich leitete, war ich normalerweise präsent, aber bei dieser wollte ich so inkognito bleiben, wie nur irgendwie möglich.

Ich hatte ein Versprechen gegeben, und ich hatte vor, es zu halten.

„Was willst du?", fragte ich.

„Ich möchte, dass du mir hilfst, deinen Vater zu finden. Und ich möchte, dass du gründlich nachdenkst. Ist in letzter Zeit etwas Ungewöhnliches passiert? Seltsame Anrufe, Dinge, die in deiner Wohnung fehl am Platz waren? Alles Mögliche."

Die Zahnräder drehten sich in meinem Kopf, ich starrte Evers an und fragte flüsternd: „Glaubst du, ich habe etwas damit zu tun?"

„Nein, aber..."

„Evers, was ist hier los?"

„Das versuchen wir gerade herauszufinden."

7

EVERS

Ich ging durch den großen Saal von Rycroft Castle und machte mich mit der Anlage vertraut, nachdem sie nun bewohnt war. Die Köchin war in der Hauptküche mit der Zubereitung des Abendessens beschäftigt.

Am Nachmittag, während wir über die Party diskutierten, war der Rest von Cynthias Stab eingetroffen. Sie reiste mit leichtem Gepäck und brachte nur ihre Stylistin und ihren Fitnesstrainer mit. Angie, die Stylistin, war in der Hauptsuite verschwunden, um sich um Cynthias Garderobe zu kümmern.

Cynthia selbst war mit Viggo, ihrem Fitnesstrainer und Masseur, in der Turnhalle auf der unteren Ebene. Ich hatte das Gefühl, dass er mehr als ihr Trainer und ihr Masseur war. Ging mich nichts an.

Cynthia würde eine Herausforderung sein. In der Sekunde, in der sie ihre Finger um mein Bein geschlungen hatte, wusste ich, dass sie hoffte, dort weitermachen zu können, wo wir vor all den Jahren aufgehört hatten. Ich wollte ihr Ego nicht verletzen. Cynthia war herrisch und fordernd, aber sie war eine Freundin.

Ich würde sie zurückweisen müssen. Vor Summer wäre ich vielleicht in Versuchung gekommen. *Wem mache ich etwas vor?* Vor Summer hätte ich sie wahrscheinlich direkt ins Bett verfrachtet.

Seit Summer mich rausgeworfen hatte? Nicht einmal die spektakuläre und schöne Cynthia Stevens konnte mich in Versuchung führen. Es gab nur eine Frau, die ich wollte, und sie verachtete mich.

Ich brauchte nicht durchs Haus zu gehen. Ich kannte den Grundriss von Rycroft Castle besser, als das von meinem eigenen Heim. Ich war die Baupläne mehrfach durchgegangen, hatte jeden Zentimeter des mehr als 16.000 Quadratmeter großen Anwesens inspiziert.

Nein, ich lief durch die Gänge, um in diesem schmalen Flur hinter der Küche zu landen, vor der verschlossenen Tür des Verwalterbüros, der momentanen Summers Domäne war. Ihre Stimme drang durch die Tür und zog mich wie ein Magnet an.

Wenn Griffen sie noch einmal anfassen, anlächeln, ihr noch einmal zuzwinkern würde...

Der Gedanke machte mich verrückt. Was sollte ich dagegen tun? Ihn verprügeln? Er hatte es nur getan, um mich aus der Reserve zu locken, und wir beide wussten es. Es hätte nicht funktionieren dürfen.

Ich wusste, dass er mich nur auf den Arm nehmen wollte, dass er viel zu viel Loyalität hatte, um sich jemals an eine Frau heranzumachen, für die ich Gefühle hatte.

Ich wusste, dass ich ihm vertrauen konnte. Und dennoch, wenn er auch nur einen Finger auf sie legte... Das Streichen seiner Fingerspitze über ihre nackte Schulter wiederholte sich wie in einer Endlosschleife in meinem Kopf.

Griffen durfte sie nicht berühren. Nicht, wenn ich es nicht durfte.

Ich war allein auf dem Flur, niemand sah meine Schwäche. Ich lehnte mich an den Türrahmen und legte meine Stirn gegen das kühle, dicke Holz der Bürotür, wobei ich die klaren, hellen Töne von Summers Stimme in mich aufnahm.

„May, du bist ein Engel. Ich schulde dir was. Ich schulde dir eine Million. Ich komme morgen um zehn vorbei, wenn das nicht zu früh ist." Eine Pause, die durch leichtes Klopfen unterbrochen wurde, als ob sie mit einem Stift gegen ihren Schreibtisch klopfte.

Sie lachte, klang erfreut und ein wenig erleichtert. „Das wäre absolut perfekt. Ich kann dir gar nicht genug danken." Eine weitere Pause, dann: „Nun, ihr Pech ist mein Gewinn. Das ist eine große Last, die mir von den Schultern fällt. Wir sehen uns morgen, frühestens um zehn. Nochmals vielen Dank. Ja, dir auch."

Summer verstummte. Ich umfasste den Türgriff, bevor mir klar wurde, was ich da tat. Ich zog meine Finger zurück und bewegte mich von der Tür weg, weg von Summer, den Flur hinunter, bis ich die Treppe zur unteren Ebene erreichte.

Ich musste mich an die Arbeit machen. Cynthia hatte einen verrückten Ehemann da draußen, und sie war berühmt genug, dass wir uns um die üblichen Fans und Stalker Sorgen machen mussten. Axel hatte mir einen Überblick über die Details in L.A. gegeben, einiges davon würde hier in Atlanta rotieren, daher wusste ich, dass dies kein rein eitler Auftrag war.

Cynthia brauchte strenge Sicherheitsvorkehrungen, und ich musste wachsam bleiben. Sie hatte Sinclair Security angeheuert, weil wir die Besten waren. Sie hatte nach mir gefragt, weil sie annahm, dass ich ein besonderes Interesse an diesem Job haben würde.

Sie konnte nicht wissen, wie Recht sie hatte. Die eine

Person, die ich mehr als jede andere wollte, lebte innerhalb der Mauern von Rycroft Castle. Ich würde alles tun, was ich tun musste, um Summer zu beschützen.

Niemand kam in dieses Haus. Niemand betrat das Grundstück. Nicht, solange ich da war, um sie aufzuhalten.

Die untere Etage von Rycroft Castle war genauso weitläufig wie die darüber liegenden. Ich warf einen kurzen Blick durch die breiten Doppeltüren auf das römische Bad, ein dekadentes Hallenbad und einen Whirlpool. Gekrönt von einer bemalten Kuppeldecke, die von weißen Säulen getragen wurde, war der gesamte Raum vollständig aus weißem Kalkstein gebaut, einschließlich der maßgeschneiderten Gourmetküche und der Bar. Im Rycroft Castle konnte man eine höllisch gute Pool-Party feiern.

Ich ging am Fitnessraum und am Yoga-Studio vorbei, wo die Musik und das Klirren der Gewichte die Stille des leeren Flurs unterbrachen.

Dann am Weinverkostungsraum, sechshundert Quadratmeter maßgefertigter Holzarbeit, temperaturkontrollierte High-Tech-Lagerung und jedes Accessoire, das ein Weinliebhaber sich wünschen könnte.

Etwas weiter unten in der Halle befand sich der kleine innere Lagerraum, den wir zu unserer Kommandozentrale umgebaut hatten. Ich klopfte einmal an der Tür, um Griffen zu alarmieren, und schwang sie auf.

Er saß halb liegend vor dem L-förmigen Schreibtisch, mit beiden Füßen hoch abgelegt. Von hinten sah er halb schlafend und völlig entspannt aus, aber seine Augen verrieten ihn. Scharf und aufmerksam bewegten sie sich von Bildschirm zu Bildschirm und ruhten gerade lange genug, um jedes Detail aufzunehmen, bevor sie das nächste überprüften.

Ohne aufzuschauen, fragte er: „Alles okay?"

„Bestens. Die Köchin kocht das Abendessen, die

beiden Putzfrauen räumen auf, Cynthia und Viggo trainieren, die Stylistin packt in Cynthias Suite aus, und Summer ist in ihrem Büro und versucht, Wunder zu vollbringen."

Daraufhin nahm Griffen den Blick von den Bildschirmen und schaute auf, sein Ausdruck enttäuschter Verachtung ließ mich fast einen Schritt zurücktreten.

„Was?", fragte ich, obwohl ich die Antwort bereits wusste.

Griffen schüttelte angewidert den Kopf. „Du bist einer der glattesten Bastarde, die ich je getroffen habe. Ich habe gesehen, wie du in fünf Minuten eine Frau in dein Bett gelockt hast. Also, wie konntest du dieses Treffen derart vermasselt?" Er lachte und schüttelte den Kopf über die Katastrophe, die mein Leben darstellte. „Im Ernst, ich wünschte, ich hätte den Scheiß auf Video, sonst würde mir niemand glauben. Verdammter Idiot."

„Ja? Als ob du es besser gemacht hättest", sagte ich, versuchte verächtlich zu klingen, hörte mich stattdessen jedoch erbärmlich an.

Er hatte Recht. Ich hatte das Treffen gründlich vermasselt. Wenn es um Summer ging, war das nichts Neues – ich öffnete den Mund und verbockte alles.

„Zum einen, hätte ich sie nicht *Winters* genannt. Mein Gott, was ist sie, einer der Kerle aus deinem Softball-Team?"

„Ich spiele kein Softball, Arschloch."

Griffen schüttelte nur wieder den Kopf. „Und so zu tun, als wüsstest du nicht, dass sie hier arbeitet? Was, zum Teufel, war das?"

Ich lehnte gegen die geschlossene Tür und atmete tief durch, während ich zugab: „Ich weiß es nicht. Ich weiß es verdammt noch mal nicht. Sie sah sie und..."

Mir fehlten die Worte. Wie sollte ich beschreiben, was los war, wenn ich es selbst nicht einmal wusste?

Ich war charmant. Ich konnte gut mit Frauen umgehen. Ich konnte wirklich verdammt gut mit Frauen umgehen. Ich öffnete meinen Mund, und die perfekten Worte kamen heraus. Ich wusste immer ganz genau, was sie hören wollten, wann sie beruhigt und wann sie herausgefordert werden mussten. Wann ich flirten und wann ich unverblümt sein sollte.

Dann traf ich Summer, und alles ging zum Teufel. Zuerst hatte ich sie herumkommandiert, dann fing ich an, sie *Winters* zu nennen, als ich herausfand, wie sehr es sie ärgerte.

Wie ein Grundschüler, der ein Mädchen an den Zöpfen zog, tat ich alles, um ihr eine Reaktion zu entlocken. Um ihre Aufmerksamkeit zu bekommen. Zuerst war es ganz lustig, zu sehen, wie ihre Augen blaues Feuer fingen, wenn sie wütend wurde. Ich hatte nicht geplant, weiter zu gehen. Nicht wirklich.

Sie war die beste Freundin meiner Schwägerin, und das machte die Sache kompliziert. Mein Ding war es, Spaß zu haben. Ich hatte mich noch nie für „kompliziert" interessiert.

Aber ich konnte sie nicht aus meinem Kopf kriegen. Die seidigen blonden Locken, ihr runder Hintern, ihre vollen, rosa Lippen. Dieses Lächeln. Wie sie mich angestarrt hatte, wenn ich sie verärgerte. Verdammt heiß.

Und dann die Hochzeit. Ihr Hotelzimmer... So einen Sex hatte ich noch nie in meinem Leben. Es war keineswegs nur Bumsen. Es war nicht nur abschalten, Spaß haben und sich gegenseitig kratzen. Es war mehr.

Ich hatte nie an mehr geglaubt, hatte mich nicht besonders darum geschert. Dieses Wochenende mit Summer hatte etwas in mir geweckt.

Ein Bedürfnis, das ich nie gekannt hatte.

Ein Bedürfnis, das bis Summer nicht existiert hatte. Es

war wild und hungrig, und sie war die Einzige, die es stillen konnte. Ich sah sie, und ich wollte sie. Direkt aus dem Bauch heraus, aus dem Mark meiner Knochen – ich musste sie haben.

Es war verdammt erschreckend. Mein Bruder Knox hatte Recht. Sie erschreckte mich zu Tode. Ich brauchte niemanden. Ich hatte meinen Scheiß hinter Schloss und Riegel, bis sie wie ein Lauffeuer in mein Leben kam.

Plötzlich war da ein schwarzes Loch mitten in meiner Welt, und nur Summer konnte es füllen.

Ich war aus diesem Hotelzimmer geflohen, entschlossen, ohne sie zu leben. Mein Kopf war von Lust getrübt. Sie würde verblassen, wenn ich einfach wegbleiben würde. Aber sie verblasste nicht. Es wurde schlimmer.

Ich würde nie die schiere, brutale Erleichterung vergessen, als Cooper mir ihre Akte hinwarf und sagte, jemand müsse sie näher im Auge behalten.

Ich hatte nicht dem Drang nachgegeben, ich hatte nur meine Arbeit getan. Ich dachte, ich hätte alles sehr gut durchdacht. *Behalte sie im Auge, rede dich in ihr Bett und kriege das Mädchen, ohne etwas zu riskieren.*

„Ja, nun, das hast du versaut", sagte Griffen, seine Stimme schnitt durch meine Gedanken.

Einen Moment lang fragte ich mich, ob er Gedanken lesen konnte, bevor ich mich erinnerte, dass er über das Treffen sprach. Ich rieb meine Hände über mein Gesicht und schüttelte den Kopf.

„Ich weiß, Mann, ich weiß."

„Du musst mit Cynthia reden. Wenn du nicht vorhast..."

„Natürlich habe ich es nicht vor. Mein Gott. Denkst du, ich werde mit Cynthia schlafen?"

„Hey, niemand würde es dir verübeln..."

„Sei kein Arschloch", sagte ich. „Ich will Summer. Ich schlafe nicht mit Cynthia. Ich schlafe mit niemandem."

„Kein Scheiß. Deshalb bist du so launisch." Er kicherte über seinen Witz.

„Du bist verdammt hysterisch", murrte ich.

„Ich weiß, es ist ein Fluch."

Ich öffnete meinen Mund, um ihn erneut zu beleidigen, als ein leises Klopfen an der Tür ertönte. Ich drehte mich um und öffnete sie, um zu sehen, wie Summer in ihrem marineblauen Etuikleid dastand. Ihre blonden Locken waren immer noch zu einem strengen Knoten gebunden und seidige Strähnen umspielten ihr Gesicht. Sie verlagerte ihr Gewicht nervös, und zog damit meinen Blick auf ihre Hüften, als meine Hand begann nach ihr zu greifen, bevor ich mich stoppen konnte.

Langsam. Ich musste es langsam angehen.

„Hast du einen Moment Zeit?", fragte sie.

Ich wollte sagen: *Für dich habe ich die Ewigkeit*. Ich öffnete meinen Mund und heraus kam: „Klar, Winters, was gibt's?"

Sie war eine verdammte Vampirhexe. Sie kam in meine Nähe und saugte mein ganzes Talent aus, sodass nur ein stotternder Junge zurückblieb.

Grübelnd, schlug ich vor: „Gehen wir zum Weinzimmer, damit wir Griffen nicht ablenken."

Ich streckte die Hand aus, um ihren Arm zu nehmen, und starb ein Stückchen, als sie mir glatt auswich. *Mist*.

Ich folgte ihr den kurzen Weg zurück zum Weinzimmer. Sie lehnte sich an den rustikalen Holztisch in der Mitte, als sie sich auf einen Weinfasshocker setzte. Sie schaute auf ihre Finger und fummelte mit einem Ring.

Ich wollte ihr so vieles sagen.

Es tut mir leid.

Ich habe nichts mit Cynthia.

Sag mir, was ich tun soll, um es wieder gut zu machen, und ich werde es tun. Ich tue alles.

Stattdessen fragte ich: „Wie geht es mit den Vorbereitungen für die Party voran?"

„Ziemlich gut, eigentlich. Ich hatte Glück, und einer meiner Lieblings-Caterer hatte eine Absage in letzter Minute. Ich komme morgen vorbei, um das Menü durchzusehen, aber ich denke, wir können alles auf Cynthias Party übertragen."

„Ein Glück für euch beide", sagte ich.

Ihr Mundwinkel verzog sich zu einem Lächeln. „Glück für mich, Glück für May. Nicht so viel Glück für den Bräutigam, der eine Woche vor der Hochzeit seine Braut dabei erwischte, wie sie es mit seinem Trauzeugen trieb."

„Autsch."

„Ich weiß. Ich fühle mich schlecht, dass ich so erleichtert bin, aber das löst ein riesiges Problem. Ich kann fast alles außer dem Essen perfektionieren. In ein paar Minuten mache ich mich auf den Weg, um eine Sonderbestellung in meinem Lieblingsschreibwarengeschäft abzuholen. Ich werde die ganze Nacht aufbleiben, um die Einladungen zu schreiben, damit der Kurier sie gleich morgen früh ausliefern kann. Dann muss ich nur noch Musiker finden und für Blumen und Dekorationen sorgen. Das sind die einfachen Aufgaben. Nun, einfach im Vergleich zum schwungvollem Catering für fünfundsiebzig Personen in weniger als einer Woche."

„Gute Nachrichten", sagte ich und meinte es ernst. Dass Cynthia mit kaum einer Woche Vorsprung eine Party für fünfundsiebzig Personen forderte und erwartete, dass Summer das hinkriegen würde... Ich hatte eine vage Vorstellung davon, wie viel Arbeit in sowas steckt. Eine Woche war bei weitem nicht genug.

Ohne zu wissen, was ich sagen wollte, kam ich einen Schritt näher und öffnete meinen Mund: „Summer, ich…"

„Mir sind einige Dinge eingefallen, die du vielleicht wissen solltest", sagte Summer mit gesenktem Kopf, die Augen auf den Ring gerichtet, den sie um ihren Finger drehte.

Es hätte nicht klarer sein können, dass sie meine Entschuldigung nicht hören wollte. Ich war mir nicht sicher, ob ich es ihr verübelte. Ich hätte sie gar nicht erst anlügen dürfen.

Als sie mich erwischte, hätte ich alles andere tun sollen, als sie schweigend anzustarren. Sie war so wütend gewesen. Die Schuld, und die Angst, sie zu verlieren, hatte mich so lange gelähmt, bis ich nur noch weggehen konnte.

Das war die Vergangenheit. Ich hatte meine zweite Chance, und dieses Mal würde ich nicht einfach weggehen. Ich zog einen der Hocker heran und setzte mich.

„Sag es mir."

8

EVERS

S ie drehte wieder an ihrem Ring, bevor sie mit einem verlegenen Gesichtsausdruck aufblickte. „Ich weiß nicht einmal, ob das wichtig ist. Es könnte auch nichts sein, aber du hast gefragt, ob etwas Seltsames passiert sei."

„Das habe ich. Ist etwas Seltsames passiert?" Ich hatte zwar gefragt, aber nicht damit gerechnet, dass es etwas gab.

Summer sollte kein Ziel sein. Sie hatte nichts damit zu tun, in was auch immer ihr und mein Vater verwickelt waren. Sie hatte Smokey Winters kaum gesehen. Er war nicht gerade ein aufmerksamer Vater.

„Es ist wahrscheinlich nichts, aber vor ein paar Wochen hat jemand versucht, in mein Gebäude einzubrechen. Sie haben das Schloss am Hintereingang aufgebrochen und versucht, den Aufzug hochzufahren, aber die Sicherheitsvorkehrungen sind ziemlich gut..."

Sie brach ab, wahrscheinlich dachte sie an all die Male, als ich es problemlos geschafft hatte. „Oder vielleicht sind sie es auch nicht."

„Sind sie bei dir eingebrochen?", fragte ich und das Adrenalin schoss mir scharf und kalt das Rückgrat hoch.

„Nein, aber ich bekomme seltsame Anrufe von unbekannten Nummern, bevor sie schweigend wieder auflegen. Ich dachte, es seien Telefonvertreter oder versehentliche Anrufe. Und dann war da dieser Kunde..."

„Du hast einen neuen Kunden?" Sie konnte keinen neuen Kunden haben.

Ich würde davon wissen. Knox hätte es in den Bericht aufgenommen.

„Nein. Ich habe ihn abgewiesen. Er, äh, er hat mir Angst gemacht."

Ich verließ den Hocker und ging näher heran. Summer schreckte zurück. *Langsam*, erinnerte ich mich. *Mach es langsam.*

Ich hielt mich zurück und fragte: „Er hat dir Angst gemacht? Wie? Hat er dich berührt? Hat er..."

„Nein. Wir haben nur telefoniert. Ich habe ihn nicht persönlich getroffen. Er hat behauptet, er sei nicht von hier, und dass einer meiner anderen Kunden mich empfohlen habe, aber als ich weitere Fragen stellte, passten seine Antworten nicht zusammen."

„Hast du irgendwelche Informationen über ihn? Alter, wo er herkommt?"

„Einige. Ich kann dir die Datei schicken. Ich habe einige allgemeine Fragen gestellt. Er sagte, er sei Anfang fünfzig. Er hatte einen Akzent und behauptete, er sei Grieche, aber ich hatte einen Freund in der Schule, dessen Vater in Griechenland geboren war, und dieser Typ klang überhaupt nicht nach ihm."

„Du hast ihn abgewiesen?" Sie nickte. „Hast du seitdem von ihm gehört?"

„Nein. Ich sagte ihm, ich sei zu beschäftigt, dass ich keine neuen Kunden annähme, und er sagte, das sei in

Ordnung, und legte auf. Ich wollte es nicht einmal erwähnen, aber das Gespräch hatte etwas an sich, das mir nicht gefiel. Er stellte persönliche Fragen. Er erwähnte meine Familie...“

„Besorge mir die Datei. Ich werde sie überprüfen.“ Sie hatte gute Instinkte. Ich wette, sie hatte Recht, und der Anruf war nicht von einem potenziellen Kunden gekommen. Mist.

„Und du bist absolut sicher, dass du nicht weißt, wo dein Vater ist. Wenn du ihn schützen willst, verstehe ich das, aber...“

„Ich weiß es nicht, Evers. Ich weiß wirklich nicht, wo er ist. Wenn ich es wüsste...“ Ihre Stimme brach ab.

„Ich weiß, dass er dein Vater ist“, sagte ich leise, „und dass du ihn beschützen willst. Aber das geht über deinen Horizont. Er ist da draußen nicht sicher. Und wenn du dich einmischst, bist du es auch nicht. Wenn du von ihm hörst...“

„Werde ich es dir sagen. Ich muss wieder an die Arbeit gehen.“ Sie richtete sich auf und bewegte sich, um an mir vorbeizugehen.

Ich blockierte sie, und sie hielt abrupt an und machte einen Schritt zurück, um Abstand zwischen uns zu halten.

Jeder Schritt, mit dem sie sich von mir entfernte, trieb das Bedürfnis höher, sie zu berühren. Es krallte sich in mir fest und verlangte, die wenigen Schritte, die uns trennten, zu überwinden. Es verlangte, dass ich sie zurückeroberte. Sie wieder zu meiner machte. Ich wollte die Hand ausstrecken und sie in die Arme nehmen. Das würde zu weit gehen, und ich wusste es. „Wir müssen reden“, begann ich.

Das Feuer in ihren blauen Augen flackerte auf und ließ sie kalt und hart aussehen. „Nein, das müssen wir nicht. Wir hatten was miteinander. Es ist vorbei. Jetzt müssen wir unsere Jobs tun. Lass uns einfach konzentriert bleiben. Unser Hauptanliegen ist Cynthia."

„Vergiss Cynthia", erwiderte ich, „Ist mir egal..."

„Mir aber nicht. Sie ist meine Kundin, und das hier ist mein Job. Es bedeutet mir etwas und ich werde es nicht wegen dir vermasseln. Geh mir aus dem Weg. Ich muss zum Schreibwarengeschäft, bevor sie schließen, sonst bekomme ich die Einladungen nicht rechtzeitig raus."

„Ich begleite dich."

„Nein, wirst du nicht." Summers Augen entfachten wieder Feuer. Wütend war sie mir jederzeit lieber als kalt. Sie stützte eine Hand auf ihrer Hüfte ab. Ihre runden Brüste pressten sich gegen ihr Kleid. Es brachte mich um, auf Distanz zu bleiben.

„Es ist schlimm genug, dass du hier bist," sagte sie, ihr Temperament schwappte über. „Ich will dich nicht mehr sehen, als unbedingt nötig."

Ihre Stimme erstickte ein wenig bei den letzten Worten, und ich fühlte mich krank. Ich war das. Ich hatte das getan, hatte alles so versaut, dass sie einfach nur von mir wegwollte.

Alles, was ich wollte, war, ihr näher zu kommen.

„Hör zu", sagte ich und versuchte, vernünftig zu klingen, obwohl ich mich ganz und gar nicht so fühlte, „bis wir herausgefunden haben, was mit deinem Vater los ist, will ich dich nicht alleine da draußen haben. Auf dem Grundstück bist du sicher, aber außerhalb der Tore..."

Summer blickte mich finster an und biss die Zähne zusammen. „Dann schicke jemand anderen. Irgendjemanden außer dir."

„Griffen wird mit dir gehen", sagte ich widerwillig.

„Gut."

Ich hasste die Idee, aber da ich wusste, dass sie mit Griffen sicher sein würde, pirschte ich mich zurück in den

Kontrollraum, damit ich meinen Partner hinausschicken konnte, um auf mein Mädchen aufzupassen.

Ich spürte, wie die Frustration in Wellen von mir ausging. Ich konnte nicht auf sie aufpassen. Sie ließ mich nicht erklären. Ich wurde in eine Ecke gedrängt, und das Einzige, was auf meiner Seite war, war die Zeit.

Ich hatte mit Summer schon genug davon verschwendet. Zu viel Zeit. Rumvögeln. Nicht ehrlich sein. Das, was wir hatten, wie ein Spiel betrachten. Als wäre es unwichtig.

Gerade als ich die Tür zum Kontrollraum erreichte, ging mein Telefon in einer Reihe von hochfrequenten Alarmsignalen los.

„Was ist das?", fragte Summer hinter mir.

Ich schwang die Tür auf, und eine Kakophonie schriller Piepstöne strömte heraus. Bevor Summer noch einmal fragen konnte, führte ich sie in den Raum. „Bleib hier. Ich bin gleich wieder da."

Griffen sagte zu ihr: „Alarm im Umkreis. Jemand hat sich an den Toren zu schaffen gemacht."

Ich hörte nicht mehr, was er noch gesagt hatte, da ich bereits zum Fitnessstudio eilte. Ich ging hinein, um Cynthia flach auf dem Rücken auf einer Yogamatte vorzufinden, ein Bein in die Luft gestreckt, während ihr halbnackter Trainer sich über sie lehnte, um ihre Oberschenkel und Gesäßmuskeln zu dehnen, und es so aussah, als würde er noch viel mehr tun.

„Wir haben ein Problem mit dem Tor. Cynthia muss sofort in den Kontrollraum."

Cynthia konnte eigensinnig und eine Diva sein, aber sie war klug. Viggo trat zurück und sie sprang anmutig auf die Füße und schnappte sich ein Handtuch vom Stapel an der Tür, als sie den Flur hinunterstürmte.

Der Kontrollraum diente gleichzeitig als Schutzraum.

Er war nicht so robust, wie der an die Hauptsuite ange-
schlossene Schutzraum, aber er würde seinen Zweck erfül-
len. Cynthia ging mir in den Raum voraus und kam abrupt
zum Stehen, als sie auf dem zentralen Monitor einen Blick
auf die Szene erhaschte.

Clint Perry stand an den schmiedeeisernen Toren, die
den Zugang zu Rycroft Castle versperrten. Mit einem
Rosenstrauß in der einen Hand, drückte er wiederholt auf
den Knopf der Gegensprechanlage mit der anderen, und
brach nur ab, um an den Toren zu rütteln, bis sie
klapperten.

Ich hatte die Erfahrung gemacht, dass die meisten
Schauspieler, insbesondere die männlichen Hauptdarstel-
ler, in Wirklichkeit viel kleiner aussahen als auf der Leinwand. Clint war die Ausnahme.

Er war bekannt dafür, dass er überdimensionale,
brutale Männer in Actionfilmen spielte. In Wirklichkeit
war er noch überdimensionaler, als auf der Leinwand, mit
breiten Schultern, wuchtigen Bizepsen und Oberschenkeln,
die wie Baumstämme aussahen. Sein Alkohol- und
Drogenkonsum schien sein Training anscheinend nicht
beeinträchtigt zu haben.

Ihm fehlte das brütende Stirnrunzeln, das seine Fans so
sehr liebten. Seine Augen waren verzweifelt. Gebrochen.
Ein Teil von mir, ein Teil, den ich ignorierte, wollte den
Knopf drücken und die Tore öffnen, um den armen Kerl
die Frau sehen zu lassen, die er liebte.

Eine Projektion?

Im Gegensatz zu Clint hatte ich Summer nicht betrogen. Ich hatte seit dem Tag, an dem ich sie auf der Party
ihres Kunden vor über einem Jahr abgeholt hatte, nicht
einmal eine andere Frau angesehen.

Einige der Anschuldigungen gegen Clint Perry - sein
Rückfall, Drogenkonsum, versuchte Belästigung - waren

nicht bewiesen. Seine Untreue war eine Angelegenheit von öffentlichem Interesse. Im wahrsten Sinne des Wortes, wenn man bedachte, dass er erwischt worden war, als er auf einem öffentlichen Strand mit einem Starlet gevögelt hatte. Das Beweisfoto war für eine Weile ein unvergessliches Bild gewesen.

„Ich werde rausgehen und mit ihm reden", sagte ich zu Griffen. „Ich würde lieber nicht die Polizei rufen und die Presse alarmieren, wenn ich das nicht muss."

„Verstößt er nicht gegen die einstweilige Verfügung?", fragte Cynthia mit zitternder Stimme. Summer trat näher, legte die Arme um ihre Arbeitgeberin und gab ihr eines von Summers persönlichen Markenzeichen – eine feste Umarmung.

Ich wollte nicht darüber nachdenken, wie sehr ich diese Umarmungen vermisste. So etwas Einfaches, bis ich es verloren hatte.

„Das tut er", bestätigte ich. „Er darf nicht näher als 300 Meter an dich, dein Fahrzeug oder deine Wohnung herankommen. Ich werde mit ihm reden, um zu sehen, ob er zur Vernunft gebracht werden kann, bevor wir einen Schritt weitergehen müssen."

„Sei vorsichtig, Evers. Er ist nicht stabil, wenn er getrunken hat. Er ist normalerweise nicht gewalttätig, aber..."

Cynthia schloss ihre Augen und verstummte. Ich hatte angenommen, sie und Clint seien nur eine weitere Hollywood-Ehe. Dass sie sich von ihm scheiden lassen und weiterziehen würde. Ich fragte mich, ob ich sie unterschätzt hatte. Ob sie unter dieser perfekten Fassade ein gebrochenes Herz verbarg.

„Ihr drei bleibt hier. Öffnet die Tür nicht, bis ich zurückkomme."

„Verstanden, Chef", antwortete Griffen und erhob sich,

um mir zur Tür zu folgen. „Sei vorsichtig da draußen", sagte er leise.

„Immer." Er schloss die Tür hinter mir, das laute Schnappen des Riegels ertönte im leisen Flur.

Sie in den Kontrollraum einzusperren, war wahrscheinlich übertrieben, aber ich wollte kein Risiko eingehen. Nicht bei Cynthia, und schon gar nicht bei Summer.

Ich ließ meine Waffe in meinem Holster, als ich die lange Einfahrt zu den Toren hinunterjoggte. Ich hoffte, ich würde sie nicht brauchen, aber es war gut zu wissen, dass sie da war. Als Clint mich sah, trat er von dem Knopf an der Sprechanlage zurück und kam mit dem Strauß in der Hand zur Mitte des Tores.

„Clint Perry", sagte ich kalt, „sind Sie sich bewusst, dass Sie gegen die Bedingungen von Cynthias einstweiliger Verfügung verstoßen?"

„Ich weiß", sagte er und klang dabei besiegt und verzweifelt, wie ein Hund, der zu oft getreten worden war und nicht aufhören konnte, zurück zu kriechen. „Ich muss sie einfach sehen. Ich muss es erklären. Sie weiß es nicht. Es waren alles Lügen, und sie weiß es nicht. Ich hätte nie..."

„Außer, dass Sie es getan haben. Immer und immer wieder. Sie will es nicht hören. Sie versucht, weiterzumachen. Sie ist den ganzen Weg quer durchs Land gekommen, um etwas Ruhe und Frieden zu finden, und wenn sie Ihnen wirklich etwas bedeutet, sollten Sie ihr das geben."

„Ich muss sie einfach sehen", sagte er erneut. Die Wiederholung, seine Verzweiflung, ließen mich glauben, dass er Drogen genommen hatte oder betrunken war, aber seine Augen waren klar und seine Pupillen normal. Seine Stimme war traurig, aber ruhig.

Er war ein Wrack. Ein Wrack. Es war, als würde ich in einen Spiegel schauen.

„Sehen Sie, ich fühle mit Ihnen", sagte ich. „Aber das ändert nichts daran, was ich tun muss. Haben Sie das verstanden? Entweder Sie verlassen dieses Grundstück in den nächsten zwei Minuten oder ich rufe die Polizei."

Clint Perrys Augen wurden groß, er schüttelte den Kopf und wich vom Tor zurück. „Tun Sie das nicht. Hören Sie zu, das ist nicht nötig. Rufen Sie nicht die Polizei."

„Sie lassen mir keine große Wahl. Die Dame hat eine einstweilige Verfügung, gegen die Sie verstoßen. Sie will Sie nicht hier haben. Sie hat Angst, und jede Sekunde, die Sie bleiben, machen Sie es noch schlimmer. Ich zähle. Zwei Minuten, ab jetzt."

Ich hob meine Uhr und machte eine Show aus der Verfolgung des Sekundenzeigers. Clint fluchte leise und drehte sich auf den Fersen, um zu seinem an der Straße geparkten Mietwagen zurückzugehen.

Ich glaubte nicht, dass er viel Ärger machen würde. Er war ein Arsch. Verzweifelt genug, um quer durchs Land zu fliegen. Verzweifelt genug, um eine Verhaftung zu riskieren. Aber er hatte etwas an sich, das mir sagte, dass er nur ein Ärgernis war. Ein Ärgernis. Keine Bedrohung.

Ich stand an den Toren und wartete, bis er sein Auto gestartet hatte und weggefahren war. Mein Bauchgefühl sagte mir zwar, dass er keine Gefahr darstellte, aber das bedeutete nicht, dass meine Wachsamkeit nachlassen würde.

Cynthia brauchte eine Pause von diesem Mann, und er brauchte sie nicht körperlich zu verletzen, um Schaden anzurichten. Allein die Tatsache, dass er hier war, untergrub ihren Seelenfrieden und zermürbte sie.

Die Straße hinunter, fast außer Sichtweite, blinkten Bremslichter auf. Ein Auto sprang an. Ein Auto, das dort geparkt hatte, wo normalerweise nie jemand anhielt.

Die schmale, kurvenreiche Straße durch Buckhead, die

zu den Toren von Rycroft Castle führte, hatte keine Bürgersteige. Es gab keine Häuser in der Nähe, wo ein Besucher auf der Standspur parken konnte. Dies war nicht diese Art von Nachbarschaft.

Clint Perry hatte mein Radar nicht alarmiert, diese Bremslichter dagegen schon. Clint hätte seine eigenen Sicherheitsleute mitbringen können. Würde er einen Zeugen wollen, wenn er gegen die einstweilige Verfügung verstieß? Warum sollte er jetzt anfangen, Sicherheitsvorkehrungen zu treffen, wenn er das noch nie zuvor getan hatte?

Clint war nicht der Grund für diese Bremslichter. Ich rannte die Einfahrt zurück und machte mir eine geistige Notiz, Kameras entlang der Straße zu installieren.

Zurück auf Rycroft, klopfte ich an der Tür zum Kontrollraum, ein schnelles Muster von drei Klopfzeichen, gefolgt von zwei langsamen. Die Schlösser klickten in schneller Folge auf. Summer stand da, blaue Augen suchten mein Gesicht ab, tasteten mich bis zu meinen Füßen hinunter ab und entspannten sich erst, als sie sah, dass ich unversehrt war.

Sie sagte nichts und trat zurück, um mich hereinzulassen. Cynthia, die auf einem Stuhl neben Griffen saß, sprang auf, stürmte mir entgegen und warf sich an meine Brust. Ich schlang meine Arme um sie und streichelte mit einer Hand über ihren Rücken.

Cynthia hatte seit meiner Ankunft mit mir geflirtet, aber das war ihr übliches Verhalten. Sie war mir sehr ähnlich – sie flirtete so leicht, wie sie atmete. Es hatte nichts zu bedeuten.

Diese Umarmung war kein Flirt. Es war Angst, Schmerz und Nerven, die bis zum Zerreißen gespannt waren. Summer schaute überall hin, nur nicht zu mir, wie ich Cynthia hielt.

Sie verschränkte ihre Arme über der Brust und studierte beharrlich die Monitore, die jetzt nichts anderes mehr zeigten, als die leeren Grundstücke und Gärten.

Cynthia zitterte in meinen Armen. Sie weinte nicht, aber sie war so angespannt, dass sie Schwierigkeiten beim Atmen hatte. Ich konnte es nicht übers Herz bringen, sie wegzustoßen.

„Alles in Ordnung", beruhigte ich sie. „Er ist gegangen. Du hast es auf den Monitoren gesehen. Er kommt nicht durch die Tore, und er schien nichts Böses im Sinn zu haben. Diesmal nicht."

„Wird er zurückkommen?", fragte Cynthia zitternd.

„Ich weiß es nicht", sagte ich ehrlich. „Ich halte es für wahrscheinlich, aber wenn er zurückkommt, bezweifle ich, dass es heute sein wird. Ich möchte, dass du für den Rest des Tages im Haus bleibst. Könntest du das tun?" Cynthia nickte.

Als ich zu Summer blickte und an die Bremslichter dachte, sagte ich: „Ich begleite dich bei deinen Besorgungen."

Mit dem Adrenalin in meinen Adern konnte ich mich nicht dazu durchringen, Summer von jemand anderem beschützen zu lassen. Bevor Summer Einspruch erheben konnte, drückte sich Cynthia noch fester an mich und blickte mit klaren Augen auf.

„Nein, tust du nicht. Du bleibst hier bei mir. Wenn Summer Schutz braucht, kann Griffen sie begleiten."

Griffen sah mich an und hob eine Augenbraue. Es war egal, dass Griffen zwanzig Minuten vorher meine Wahl gewesen war. Es war mir egal, dass sie bei ihm geschützt war, zumal ich nicht absolut sicher war, ob sie überhaupt in Gefahr war.

Logischerweise wusste ich, dass all dies stimmte.

Trotzdem entgegnete ich: „Cynthia, du wirst schon okay sein."

Die Diva erschien. Cynthia richtete sich auf und stützte ihre Hände auf ihre schmalen Hüften. „Ich weiß, denn du bleibst hier bei mir. Du bist der Sicherheitschef und ich bin deine Auftraggeberin. Das ist dein Job. Summer wird mit Griffen absolut sicher sein." Sie sah Griffen über die Schulter und sagte: „Oder etwa nicht, Mr. Sawyer?"

Der entschuldigende Blick, den Griffen in meine Richtung warf, überraschte mich. Ich hätte erwartet, dass er schmunzeln würde, wenn er mich wieder einmal ausgebremst sah. Er muss gewusst haben, wie nahe ich am Abgrund stand.

Widerwillig gab ich nach. „In Ordnung. Griffen, es ist gleich fünf Uhr. Bring Summer zum Schreibwarenladen, bevor er schließt. Hin und zurück, ohne Umwege. *Ohne Umwege.* Verstanden?"

„Verstanden, Chef." Griffen legte seinen Arm um Summers Schultern, als er sie aus dem Zimmer führte und mir dabei verschmitzt zuzwinkerte. Arschloch.

Ich schüttelte den Kopf, als Cynthia sagte: „Ich muss nach diesem Training duschen. Komm mit mir in meine Suite."

Großartig. Summers steife Schultern sagten mir, dass sie jedes Wort gehört hatte.

Leck mich am Arsch. Cynthia wusste es nicht, hatte es nicht mit Absicht getan, aber das Letzte, was ich brauchte, war, dass Summer dachte, ich würde ihre Chefin vögeln.

9

EVERS

Rycroft Castle war ruhig. Endlich. Cynthia hatte zum Abendessen zu viel Wein getrunken, was auf den Stress des Nachmittags zurückführte, und bestand darauf, dass wir uns alle im Kino einen Film ansahen.

Summer war die einzige, die entkommen konnte und darauf hinwies, dass niemand zu Cynthias Party kommen würde, wenn sie die Einladungen nicht rechtzeitig fertig stellen würde. Der Rest von uns versammelte sich im Theatersaal, warf Popcorn ein und schaute uns einen absurden, banalen Frauenfilm an, den Cynthia unbedingt sehen musste.

Ich verstand, dass sie nicht allein sein wollte. Ich wusste, dass sie unter großem Druck stand, aber wenn sie mich noch einmal zwang, so einen Film zu sehen, müsste sie sich einen neuen Sicherheitschef suchen.

Griffen blieb im Kontrollraum und beobachtete die Monitore. Ich sollte im Bett sein und vor meiner Schicht etwas Schlaf bekommen.

Ich konnte es nicht. Ich konnte mich nicht in das Bett legen, dass nur durch einen Flur von Summer entfernt war, und Schlaf finden. Ich versuchte es. Ich starrte an die Decke. Ich zählte Schafe. Ich schloss meine Augen und dachte an Summer. Ihre weiche Haut, den Duft ihres Haares. Wie sie bei mir einschlief, ihren Arm über meine Brust gelegt.

Wie sie mir vertraut hatte, und, wie ich alles ruiniert hatte.

Ich hatte nie die ganze Nacht mit ihr verbracht. Ich hatte es gewollt. Ich hatte so oft darüber nachgedacht. Aber wenn ich nah dran war, wenn ich mir einredete, dass ein einziges Mal auch keinen Unterschied machen würde, hörte ich meinen Vater sagen: *„Lass dich nie von ihnen in die Zange nehmen, Junge. Einfach vögeln und gehen. Sie sagen alle, dass sie dich lieben. Sagen, sie wollen einen Ring und eine Familie. Was sie wirklich wollen, ist deine Freiheit."*

Mein Vater war ein Arschloch, wenn es um Frauen ging. Er hatte meine Mutter ständig betrogen. Ich hatte nie verstanden, warum sie es mit ihm aushielt. Sie hatte mir einmal, nach ein paar Gin Tonics zu viel, erzählt, dass es auf beiden Seiten der Familie nie eine Scheidung gegeben hatte, und sie nicht die Absicht hatte, die Erste zu sein. Lacey Sinclair war keine Aussteigerin.

Die Aufrechterhaltung der Tradition schien ein Leben im Elend wert zu sein. Als wir erfuhren, dass mein Vater tot war, hätte ich schwören können, dass in ihren Augen Erleichterung stand.

Meinem Vater gefiel die Idee, die nächste Generation von Sinclairs zu formen. Er klopfte mir auf die Schulter und sagte: *„Du bist genau wie ich, Junge. Ein Frauenheld – zu klug, um sich Fesseln anlegen zu lassen."*

Ich wusste, dass er falsch lag. Der Ehebruch. Die Art, wie er meine Mutter behandelte. Ich wollte nicht wie er sein, egal wie sehr er sich selbst in mir sah.

In der verborgenen Tiefe meines Herzens hatte ich Angst, dass er Recht hatte.

Dieser tote Blick in den Augen meiner Mutter, als er nach Parfüm riechend nach Hause kam. Die Art, wie sie direkt zur Flasche ging, um es zu verdrängen.

Das könnte ich einer Frau nicht antun. Das würde ich nie tun.

Ich konzentrierte mich auf meine Arbeit, darauf, Sinclair Security zu mehr als nur der führenden Sicherheitsagentur des Landes aufzubauen.

Wir hatten Ambitionen, meine Brüder und ich, und eine Frau, eine Familie, passten nicht ins Bild.

Das hatte ich mir auch gesagt. Obwohl ich gesehen hatte, wie Axel sich verliebte, war ich mir so sicher, dass es nichts für mich war. Ich hatte keine Ahnung, was mir entging, als ich von einer leeren Nummer zur nächsten wechselte. Ich hatte keine Ahnung, wie unglücklich ich sein würde, wenn ich einmal etwas Echtes probiert und verloren hätte.

Schlief sie jetzt auf der anderen Seite des Flurs? Versteckt unter der Bettdecke, das Kissen unter der Wange, goldene Wimpern, gefächert über ihrer Haut?

Trug sie eines ihrer süßen Tank-Tops und Boxershorts, die sie wie eine College-Studentin aussehen ließen? Oder eines ihrer seidigen Spitzenteile, von denen sie sagte, sie trage sie, weil sie das Gefühl des Stoffes auf ihrer Haut mochte?

Ohne auch nur daran zu denken, griff ich unter die Decke und umfasste meinen halbharten Schwanz. Seit ich Summer diesen Nachmittag gesehen hatte, war ich am Rande einer Erektion. Seit ich in der Pubertät war, hatten mein Schwanz und meine Hand nicht mehr so viel Zeit miteinander verbracht.

Ich konnte es nicht leugnen, dass nachdem Summer

mich rausgeworfen hatte, ich darüber nachgedacht hatte, zu einer anderen Frau zu gehen. Zum Teufel, ich hatte es versucht. Einmal. Aber all die anderen Frauen ließen mich kalt.

Ich drückte meine Finger fest um die Länge meines Schwanzes und streichelte, wobei ich mich an ihren Duft nach Zitrone und Blumen erinnerte. Ihre enge, umklammernde Hitze. Das Hüpfen ihrer Brüste, wenn ich sie liebte. Die Art, wie sie mich küsste, wenn ich in ihr war, hungrig und fordernd und so verdammt süß.

Mit einem Grunzen schierer Frustration rollte ich mich aus dem Bett und sprang unter die Dusche, wobei ich mit den Zähnen knirschte, während meine eingeseifte Hand meinen Schwanz pumpte. Summer, wie ihre Zähne auf ihre Lippe bissen, die Pupillen vom Orgasmus geweitet. Mein Mund lutschte an ihren Brüsten.

Als ich kam, war das Vergnügen hohl, eine kurze Erlösung, die nichts dazu beitrug, die Sehnsucht tief in mir zu stillen. Meine Hand war ein schlechter Ersatz für Summer, kaum besser als gar nichts.

Ich trat aus der Dusche, zog mich an und beschloss, durchs Haus zu gehen. Es war offensichtlich, dass ich nicht schlafen konnte. Ich würde mich vergewissern, dass alles ruhig war – obwohl ich bereits wusste, dass es unnötig war, da mein Telefon an das Überwachungssystem angeschlossen war. Ich konnte mir in der Küche eine Tasse Kräutertee oder irgendeinen Mist zubereiten. Vielleicht könnte ich einen Schuss Whisky auftreiben.

Vom Mondschein beleuchtet und still wie ein Grab, erweckte Rycroft Castle bei mir das Gefühl, ich wäre in der Zeit zurückgereist. Der Ort war unglaublich. Überragend. Und das kam von einem Mann, der in einigen der besten Häuser in Atlanta, und im ganzen Land, ein- und ausgegangen war. Ich wuchs praktisch damit auf, in Winters House herumzustreuen.

Schloss Rycroft war etwas Anderes. Wie ich erwartet hatte, war der Ort sicher abgeschlossen. Draußen ruhig. Drinnen ruhig. Ich ging nicht zum Kontrollraum, weil ich wusste, dass Griffen mir die Hölle dafür heiß machen würde, dass ich wach war.

Nachdem ich mit meinem Rundgang fertig war, machte ich mich auf den Weg in die Küche, in der Hoffnung, eine Schachtel Kräutertee aufzutreiben. Ich dachte wehmütig an einen Whisky. Die Bar war mit dem Besten gefüllt, aber ich hatte in weniger als sechs Stunden eine Schicht im Kontrollraum, und ich wollte keinen Alkohol in meinem Kreislauf. Schlimm genug, dass mir der Schlaf fehlte.

Ich trat durch die Schwingtür in die Küche und blieb in einem unerwarteten Anflug von Überraschung stehen. Summer stand da, eingehüllt in einen weißen Frottee-Bademantel, ihre blonden Locken zu einem lockeren Knoten gebunden, mit einem Teekessel in der einen Hand und einer Schachtel Tee in der anderen.

„Genau daran habe ich gedacht", sagte ich. Bei ihrem verwirrten Blick neigte ich meinen Kopf zu der Teekanne. „Ich konnte nicht schlafen. Ich dachte, ich mache mir eine Tasse Tee."

„Du trinkst Tee?", fragte Summer und schaute von der Schachtel mit der Kräutermischung zu mir und wieder zurück.

„Normalerweise nicht", gab ich zu. „Ich dachte, es könnte nicht schaden."

„Willst du, dass ich dir eine Tasse mache?", fragte Summer mit leiser Stimme. Zögernd.

„Wenn es dir nichts ausmacht, wäre ich dir dankbar." So höflich. Ich hasste die verdammte Distanz, aber es war besser, als sich wie ein Trottel aufzuführen, sodass sie mich noch mehr hasste.

„Wie läuft es mit den Einladungen?", fragte ich, darum bemüht etwas zu sagen.

Summer stellte den Kessel auf den Gasbrenner, ließ je einen Teebeutel in die Tassen fallen, die sie aus dem Schrank geholt hatte, und drehte sich zu mir um. Sie lehnte sich gegen den Tresen und schaute auf ihre Finger, die mit Tintenflecken dunkel gefärbt waren.

Sie streckte ihre Hände aus, drückte mit dem Handballen erst die Finger der einen Hand zurück und wechselte dann zur anderen Hand, um dasselbe zu tun.

„Sie sind fertig. Es hat ewig gedauert, aber sie sind fertig."

„Alle? Fünfundsiebzig Einladungen?"

„Ja. Wenigstens haben wir es kurzgehalten. Nur 'Cynthia Stevens lädt Sie herzlich ein', usw., mit Datum, Uhrzeit, und dass um Antwort geben wird."

„Sind deine Hände wund?"

Ich beobachtete, wie sie sich die Finger rieb. Sie war stundenlang in ihrem Büro gewesen, um an diesen Einladungen zu arbeiten.

Sie zuckte mit den Schultern. „Kalligraphie macht meine Finger immer wund. So viel davon..."

Ich durchquerte den Raum und hielt eine Hand hoch, als sie begann, sich zurückzuziehen.

„Tu es nicht. Ich weiß, dass du wütend bist. Ich weiß, dass du mich hasst. Aber lass mich dir helfen."

Summer bewegte sich nicht. Ihr Gewicht balancierte auf den Fersen, sie erinnerte mich an ein Reh, das im Wald aufgeschreckt wurde. Die kleinste falsche Bewegung und sie wäre verschwunden.

Ich streckte die Hand aus und nahm ihre Finger in meine, wobei ich auf Abstand blieb, ihre Hand aber näher an mich heranzog. Ich drückte meine Daumen in das Fleisch ihrer Handfläche und massierte die angespannten Muskeln. Ihre Knöchel waren rot und geschwollen.

„Deine Finger müssen dich umbringen", sagte ich.

„Ja", atmete sie aus.

Als ich näher heranrückte, wechselte ich meinen Griff an ihrer Hand, arbeitete meine Daumen in ihre Handfläche, lockerte die Verspannung und vertrieb den Schmerz aus einem wunden Finger nach dem anderen.

Ich blickte einmal auf, um zu sehen, wie sie gegen den Tresen sackte, den Kopf nach hinten fallen ließ, die Augen schloss und die Zähne in der Unterlippe versenkte. Es verlangte mir alles ab, sie nicht in meine Arme zu ziehen.

Meine knetenden Finger bewegten sich von ihrer Hand zu ihrem Handgelenk, dann zu ihrem Unterarm, wo sich ihre Muskeln zu harten Knoten verkrampft hatten. Fünfundsiebzig Einladungen, alle in Kalligraphie. Normalerweise mochte ich Cynthia, aber diese Party war Schwachsinn. Sie hatte Summer zu hart arbeiten lassen. Sie erwartete zu viel.

„Fühlst du dich besser?", fragte ich.

„Mmm-hmm", antwortete Summer, ihre Stimme undeutlich vor Erschöpfung. Ich erkannte diesen Tonfall. Sie stand kurz davor, umzukippen.

„Dreh dich um", sagte ich sanft.

Sie antwortete nicht, sondern entzog mir ihre Hand, drehte sich um und bot mir ihren Rücken dar. Ich strich ihr die losen Haarsträhnen von den Schultern, schloss eine Hand um ihren Nacken und massierte. Sie stieß ein leises Stöhnen aus.

„Deine Muskeln sind wie Felsen. Deine Schultern sind so verspannt."

„Ich saß stundenlang über meinem Schreibtisch gebeugt", murmelte sie. Ich arbeitete meine Daumen in die

Verhärtungen, lockerte die Muskeln, entspannte sie, und tat alles, was ich konnte, um den Moment hinauszuzögern. Um sie immer wieder berühren zu dürfen.

Sie seufzte und erschlaffte vor Müdigkeit, als die Spannung in ihren Muskeln nachließ. Ich wollte ihr sagen, dass sie ins Bett gehen und etwas schlafen sollte, aber ich wollte nicht gehen. Ich legte meine Daumen um ihre Schulterblätter, und sie stöhnte vor Vergnügen, sodass mein Schwanz im Nu steinhart wurde.

Ich lehnte mich an sie und ließ meinen Kopf sinken, meine Lippen streiften ihr Haar, ich atmete ihren Zitronen- und Blumenduft ein.

„Summer", flüsterte ich, „Summer, ich…"

10

EVERS

Sie drehte den Kopf - vielleicht, um wegzugehen, vielleicht um etwas zu sagen - und mein Mund streifte die warme Haut an ihrer Schläfe. Sie wurde für einen Herzschlag steif, bevor sie sich mir zuwandte, ihr Gesicht zu mir hob, ihre Augen dunkel und nicht lesbar.

Meinem Instinkt folgend, ließ ich meinen Mund in einem weichen, sanften Kuss auf ihren herab, damit sie alle Zeit der Welt hatte, sich von mir zu entfernen.

„Summer", atmete ich in ihren Mund, als meine Lippen sie voller Zärtlichkeit streichelten. „Du hast mir so gefehlt."

Ich umfasste ihre Wange und vertiefte den Kuss. Sie schmeckte noch genauso gut. Besser. Nach allem, woran ich mich erinnerte, und noch mehr. Ich schloss meine Arme um sie, zog sie rasch an mich, das Bedürfnis in mir brach durch, drängte mich, sie härter zu küssen, sich mehr zu nehmen. Sich alles zu nehmen.

Das Schrillen eines Alarms durchbrach die große Stille in der Küche. Summer erstarrte, und schrak zurück, ihre Arme schwangen überrascht und panisch auf, warfen die

Tassen um und trafen beinahe den kochenden Kessel hinter ihr.

Ich zerrte sie vom Herd weg und ließ los, als sie sich von mir losriss und ihre Arme vor der Brust verschränkte. Ich zog mein Telefon aus der Tasche und schaute auf das Display.

Wieder der Umgebungs-Alarm. Diesmal auf der Rückseite des Grundstücks. Ein Tor in der Mauer, die an das Nachbargrundstück grenzte. Ich rief Griffens Nummer auf und wählte. Es ging schneller, als die Treppe runterzulaufen.

„Wo bist du?", fragte er.

„Küche. Ich übernehme."

„Bist du sicher?", fragte er.

„Ich bin direkt an der Tür."

„Sei vorsichtig. Die Kamera zeigt kein klares Bild, aber es ist nicht Perry."

„Verstanden." Ich schob das Telefon in meine Tasche, schaute auf und sah, dass Summer mich beobachtete, ihre Augen weit aufgerissen und mit einem Hauch von Angst.

„Ist es schon wieder Clint?"

„Jemand versucht, durch das hintere Tor einzudringen. Hat sich am Schloss zu schaffen gemacht. Wir haben keinen guten Blickwinkel durch die Kamera, was bedeutet, dass sie wissen, dass sie da ist. Griffen hat gesagt, es sieht nicht nach Clint aus."

„Wenn es nicht Clint ist, wer ist es dann?"

„Das werde ich herausfinden", sagte ich und griff aus Gewohnheit hinter mich, um nachzusehen, ob meine Waffe im Halfter war. Ich zog einen kleinen Ohrhörer aus meiner Tasche und steckte ihn in mein Ohr. Griffen schaltete online und sagte: „Hast du mich verstanden, Chef?"

„Hab ich", murmelte ich zurück.

„Solltest du nicht die Polizei rufen? Wenn jemand versucht, einzubrechen?"

ICH WIDERSTAND DEM DRANG ZU LACHEN. Sie war angespannt. Spröde. Einbrüche und wütende Ehemänner gehörten nicht in Summers Leben.

„Das ist mein Job, Summer. Ich kann damit umgehen. Geh in dein Zimmer. Es gibt nichts, worüber du dir Sorgen machen musst."

„Ich werde hier warten. Ich weiß, dass du gehen musst. Geh. Ich werde hier sein. Komm zurück und erzähl mir, was passiert ist, damit ich weiß, dass es dir gut geht."

„Ich bin gleich wieder da. Versprochen."

Ich ließ Summer in der Küche zurück und rannte zur Seitentür des Hauses, direkt auf die das Grundstück umgebende Mauer zu. In weniger als einer Minute war ich durch die Zugangstür bei der Garage und sprintete so lautlos wie möglich die hohe Kalksteinmauer entlang.

In meinem Ohr sagte Griffen: „Das muss ihn erschreckt haben. Er macht sich davon. Richtung Norden, an der Mauer entlang."

Ein Schatten bewegte sich vor mir. Ein Baum, der sich in der Brise wiegte, eine Wolke, die vor dem Mond vorbeizog, oder mein Eindringling. Ich legte einen Zahn zu.

„Er ist weg von den Kameras. Das letzte Mal, als ich ihn sah, bewegte er sich noch immer an der Wand entlang nach Norden, aber etwa sechs Meter westlich, gerade außerhalb der Reichweite. Er hat Aufklärung betrieben."

Scheiße. Das sah nicht nach Clint Perry aus. Clint Perry tauchte mit einem traurigen Blumenstrauß an den Toren auf und sah aus, wie ein getretener Welpe. Das war jemand anderes. Verdammte Scheiße.

Zu meiner Linken fing ich eine Bewegung im Dunkeln

ein. Definitiv nicht Clint Perry. Kleiner und schlanker. Und schnell. Verdammt schnell. Die Gestalt hob ab, schlängelte sich durch die Bäume, schlüpfte in das gesprenkelte Mondlicht hinein und wieder heraus, die Füße knirschten auf den Zweigen.

Ich kam nah genug heran, um ein Aufblitzen von dunklen Jeans zu sehen. Ein schwarzer Kapuzenpullover, das Gesicht weiß wie ein Gespenst. Eine Maske. Ich kam näher, die Hand ausgestreckt, dachte *fast, fast,* als ich von den Füßen gerissen wurde, eine Schnur aus groben Fasern schnitt in meine Kehle.

Erfahrung und Ausbildung waren meine Rettung. Ich hatte meine Hand unter dem Seil, kurz bevor es straff geworden war und meine Füße den Boden verlassen hatten, als ich hochgezogen wurde, zu sehr damit beschäftigt, nicht zu ersticken, um meinen Angreifer zu attackieren.

Es gelang mir, meine Waffe wieder in ihr Holster zu stecken und meine andere Hand unter das Seil zu bekommen, wobei ich die Schlinge so weit spannte, dass ich atmen konnte. Erstaunlich, was ein wenig Sauerstoff für die eigene Lebenseinstellung tun konnte. Tief einatmend zog ich an der Schlinge, die Schultern angespannt, der Körper wild schwingend. Ich versuchte, den Biss der Schlinge auf meinem Nacken zu ignorieren, zuckte zusammen, als die rauen Fasern an meiner Haut zogen, an meinem Kinn kratzten, dann an meiner Nase, bis mein Kopf freikam und ich einen Meter über dem Boden baumelte.

Verglichen mit dem Beinahe-Tod durch Erhängen, war der Sturz keine große Sache. Ich hatte meinen Ohrhörer verloren. Ein kurzer Blick sagte mir, dass ich mich außerhalb der Reichweite der Kameras befand, und mein Ziel weg war. Ich war allein, die Wälder um mich herum waren still, außer dem Zirpen der Grillen und dem schwachen Rascheln der Blätter in der nächtlichen Brise. Als ich mich nach oben streckte, rieb ich mir die wunde Haut am Hals, wo sich die Schlinge festgezogen hatte. Meine Finger waren klebrig vor Blut.

Ich stand eine Sekunde lang da, um mich zu orientieren und absolut sicher zu sein, dass ich allein war. Sie waren zu zweit gewesen. Einer war klug genug, sich von der Kamera fernzuhalten. Sie mussten geplant haben, mit dem Seil die Hauswand hochzuklettern, wenn sie nicht durch die Tür reinkämen. Nachdem sie erwischt worden waren, waren sie bereit gewesen, mich zu töten.

Ich ging in Reichweite der Kameras zurück und winkte Griffen zu, um ihn wissen zu lassen, dass es mir gut ging. Ich ging langsam zum Haus und legte die Strecke schweigend zurück, benutzte die Schatten der Bäume, um mich zu verstecken, und suchte nach jedem Anzeichen der Eindringlinge. Es war nichts zu sehen.

An der Tür zur Garage rief ich Griffen an. „Habe meinen Ohrhörer verloren. Triff mich in der Küche."

„Was ist passiert?", fragte Griffen, wobei die Spannung die Worte straffzog.

„Es waren zwei. Ich hatte fast den Ersten am Tor geschnappt, als mich der Zweite angriff. Hat versucht, mich zu erwürgen, und als ich mich befreite, waren sie weg."

Alles, was Griffen sagte, war: „Scheiße."

Genau mein Gedanke. Summer wartete in der Küche, genau dort, wo ich sie zurückgelassen hatte, abgesehen von den dampfenden Teetassen auf dem Tresen. Als sie den roten Fleck auf meinen Fingern entdeckte, hielt sie den Atem an.

„Was ist passiert? Du bist verletzt! Wer zum Teufel war da draußen?" Ihre Stimme wurde schrill vor Panik.

Das Letzte, was ich brauchte, war, dass Cynthia von dem Eindringling erfuhr. Ich sollte die Kundin beschützen, und sie nicht zu Tode erschrecken.

Leise sagte ich: „Mir geht es gut. Weck Cynthia nicht auf. Wenn sie das sieht, wird sie in Panik geraten."

„Hat Clint dich geschlagen?"

Griffen drückte die Schwingtür auf, warf einen Blick auf mich und bat Summer: „Würdest du ein nasses Handtuch holen?" Zu mir sagte er: „Dein Nacken ist das reine Gemetzel. Beug dich vor, damit ich einen Blick darauf werfen kann."

Ich tat es, indem ich meine Ellbogen auf der Kücheninsel abstützte und meinen Kopf fallen ließ, damit Griffen den Schaden begutachten konnte. Seine Finger, die meine rohe, zerrissene Haut sondierten, waren nicht sanft. Ich fluchte leise.

„Es ist eine fiese Schramme. Blutig, aber du wirst es überleben." Ich fing an mich aufzurichten, als er sagte: „Bleib so. Ich bin gleich mit dem Erste-Hilfe-Kasten zurück."

„Ich brauche keine Erste Hilfe", murrte ich.

Ich würde meinen Kopf unter Wasser tauchen, um die Sauerei abzuwaschen, und es würde schon gehen. Summer machte eine Handvoll Papierhandtücher in der Spüle nass und kam näher.

„Sei still und halte den Kopf nach unten, damit ich es sehen kann."

Ich wusste nicht, ob ich glücklich oder verängstigt sein sollte. Summer wollte ihre Hände auf mich legen. Das setzte ein Häkchen auf meine Glücksliste. Andererseits blutete ich, und sie wollte sich wahrscheinlich rächen. Ich würde alles nehmen, was sie mir gab.

„Lehn dich weiter nach unten", befahl sie, „du bist zu groß."

Ich tat es, und sie tupfte die wunde Haut an meinem Nacken ab, um das klebrige Blut zu entfernen, das bereits in meinem Haar zu trocknen begonnen hatte. Griffen kam zurück und durchwühlte den Erste-Hilfe-Kasten.

Er reichte Summer eine Flasche. „Hier, schütte etwas davon darauf."

Summer öffnete die braune Plastikflasche und goss mir, wie ich bald erfuhr, Peroxid über den Nacken. Sie beugte sich vor, ihre vollen Brüste drückten gegen meinen Arm und blies sanft auf die gerissene Haut. Für diese Art von Behandlung würde ich mich jeden Tag an einem Ast aufhängen.

„Ich verstehe nicht, warum Clint Evers schlagen sollte", sagte sie. „Er war in letzter Zeit nicht er selbst, aber er hat nie jemanden verletzt. Ich weiß, dass er in den Filmen harte Kerle spielt, aber bevor er anfing, so viel zu trinken, war er ein wirklich süßer Kerl."

Bevor ich mich eines Besseren belehren konnte, antwortete ich: „Es war nicht Clint Perry."

Summer schrak zurück. Bei dem Verlust ihrer Wärme, hätte ich fast aufgestöhnt.

„Ich verstehe nicht. Wenn es nicht Clint war, wer dann?"

Griffen räusperte sich. Summer brauchte nicht lange, um zu begreifen. „Du denkst, es geht hier um meinen Vater, oder um deinen."

„Möglich", sagte ich und begann mich aufzurichten.

Sie streckte die Hand aus und drückte mich wieder nach unten. „Lass mich ein Antibiotikum drauf tun."

Wenn Summer mich wieder berühren wollte, würde ich nicht nein sagen. Ich blieb, wo ich war, während sie mit sanften Fingern Antibiotika-Salbe über meinen Nacken verteilte.

„Es blutet nicht mehr." Sie packte einen übergroßen

Verband aus dem Erste-Hilfe-Kasten aus, drückte ihn auf die schlimmste Stelle des Kratzers und fragte: „Wie kam es zu dieser Wunde?"

„Ein Seil", antwortete ich kurz.

Sie ließ die Hände sinken. „Ein Seil? Wie meinst du das? Wie kann ein Seil so etwas anrichten?"

„Es war eine Schlinge", klärte ich sie auf. Ich wollte es ihr nicht sagen, wollte nicht, dass der Schrecken in ihren Augen groß wurde. „Es geht mir gut."

„Aber du..." Ihre Augen starrten auf meinen Hals, ihr Gesicht war blass. „Sie hätten dich..."

„Mir geht es gut", sagte ich erneut. Ich wollte sie in meine Arme nehmen und ihr zeigen, wie gut es mir ging. Nicht der richtige Zeitpunkt. Ich beschloss, ihre Hand zu nehmen und sie fest zu drücken. „Es braucht viel mehr, als zwei Kerle mit einem Seil, um mich auszuschalten."

„Nicht, wenn sie Glück haben", murmelte sie düster.

„Hatten sie nicht."

Summers studierten mein Gesicht mit vor Sorge betrübten Augen, bevor sie zu Griffen und dann wieder zu mir blickte. „Du glaubst wirklich, dass das etwas damit zu tun hat, in was auch immer unsere Väter verwickelt sind, nicht wahr?"

„Wir sind immer noch dabei, das Chaos zu entwirren", sagte ich. „Wir haben noch nicht das Gesamtbild, aber was wir wissen..." Ich schüttelte den Kopf und dachte an den Sumpf voller Scheiße, den wir aufgedeckt hatten. „Wir wissen noch nicht, mit wem sie gearbeitet haben. Ich bin mir nicht sicher, ob ich es wissen will."

Summer stieß einen langen Seufzer aus, ihre Schultern sackten vor Erschöpfung zusammen.

„Mein Vater, er ist einfach nicht so ein Typ, weißt du? Er ist unzuverlässig und faul. Ich kann mir nicht vorstellen, dass er kompetent genug ist, um sich mit jemandem einzulassen, der tatsächlich gefährlich ist."

„Ich weiß", sagte ich. „Ich weiß, dass es das ist, was du glaubst. Aber die Menschen, für die wir unsere Eltern halten? Die sind Illusionen. Wir sehen nur das, was sie uns zeigen. Was wir sehen wollen. Manchmal gibt es viel mehr unter der Oberfläche. Und manchmal ist alles schlecht."

11

SUMMER

E s mag seltsam klingen, aber mein Büro war einer meiner Lieblingsplätze auf Rycroft Castle. Merkwürdig, weil in all dem übertriebenen Glamour von Rycroft, dieser Raum ziemlich spartanisch eingerichtet war.

Hinter der Küche und dem Waschraum versteckt, war das Büro kaum größer als einer der großzügigen begehbaren Schränke im Obergeschoss, aber es war hell, fröhlich und ganz mein.

Ich vermutete, dass es als Büro des Verwalters konzipiert worden war. Ähnlich, wie beim Rest von Rycroft, hatte der Eigentümer keine Kosten gescheut, es auszustatten. Weiße Wandverkleidungen ging vom Boden bis zur Decke und umrahmte einen eingebauten Schreibtisch, Bücherregale und Schubladen. Eine riesige, ebenfalls weiß angestrichene Anschlagtafel bedeckte den größten Teil der Wand hinter dem Schreibtisch.

Am anderen Ende befand sich ein schmales Fenster, das in den Garten hinter Rycroft Castle blickte. Ich war erst seit ein paar Tage auf Rycroft, aber allein das Büro fühlte sich schon wie ein Zuhause an. Wahrscheinlich, weil ich in der Nacht davor mehrere Stunden dort verbracht hatte, während ich eine Einladung nach der anderen geschrieben hatte. Ich konnte mein Gefühl der Erleichterung nicht beschreiben, als ich sah, wie der Kurier mit seiner Kiste voller knackiger weißer Umschläge zur Auslieferung abfuhr. Ein großer Posten wurde auf meiner To-do-Liste abgehakt.

Ich hatte eine Stunde damit verbracht, mit May das Menü für die Party durchzugehen. Es war nicht schwer, das Abendessen am Tisch, das May ursprünglich geplant hatte, in ein leichtes Buffet mit köstlichen Vorspeisen zu verwandeln. Die Kellner, die für die Hochzeit engagiert worden waren, waren mehr als glücklich, unseren Auftrag zu übernehmen, ebenso wie der Ausrüstungsverleih.

Ich scannte meine Liste, hackte Punkte ab, entschied, was ich später erledigen würde, und blieb bei einem stehen, dem ich ausgewichen war.

• Mama anrufen

Ich liebte meine Mutter. Sie war unglaublich, fantastisch. Ich wollte genauso sein wie sie. Abzüglich der Proteste und des Verhaftungsprotokolls. Ich würde mich nicht an irgendwelche Mammutbäume ketten.

Sie war stark. Selbstbewusst. Soweit ich sehen konnte, bestand der einzige Fehler, den sie je gemacht hatte, darin, so lange bei meinem Vater geblieben zu sein, aber niemand war perfekt. Normalerweise würde ich zum Telefon greifen und eine halbe Stunde damit verbringen, den Rückstand aufzuholen.

Das Problem war, dass Paisley Winters mich in- und auswendig kannte. Für sie war ich ein offenes Buch. Eines, das sie selbst geschrieben hatte. Es war unheimlich.

Ich hatte schon vor langer Zeit aufgegeben, zu versuchen, ihr etwas zu verheimlichen. Hinzu kam, dass ich eine miserable Lügnerin war. Nicht, dass ich irgendetwas hatte, worüber ich lügen musste. Dieser Job hatte mich auf den Kopf gestellt und mich von innen nach außen gekehrt.

Im selben Haus zu sein wie Evers, zerrte an meinen Nerven, auch wenn das Gebäude die Größe eines Schlosses hatte. Meine Mutter würde es an meiner Stimme merken. Ich wollte nicht über Evers sprechen. Es gab nichts zu sagen. Wir hatten eine Sache, die keine Sache war, und ich hatte sie beendet. Ganz einfach. Fast nichts.

Dieses *nichts* war eine blutende Wunde. Jedes Mal, wenn ich ihn sah, öffnete sie sich ein wenig mehr. Ich versuchte, nicht an die Nacht davor zu denken.

Seine Hände massieren die Steifheit aus meinen Fingern. Seine Lippen auf meinen.

Ich habe dich so sehr vermisst.

Er spielte wieder sein Spiel mit mir. Warum?

Ich wollte nicht darüber nachdenken. Evers war ein weiteres Problem, für das ich keine Zeit hatte.

Ich starrte auf mein Telefon. Mama sagte immer, man solle die schwierigsten Aufgaben zuerst erledigen. Dann wäre es vorbei, und alles andere würde bergauf gehen. Das war ein guter Rat. Ich versuchte gewöhnlich, ihre Ratschläge zu befolgen. Mit einem Seufzer entriegelte ich das Display und wählte ihre Nummer in meiner Kurzwahl.

„Summer, Baby, ich habe mich schon gefragt, wann du anrufst. Wie ist der neue Job? Wie geht's Cynthia? Ich kann nicht glauben, dass du in einem Schloss wohnst. Du musst mir unbedingt Bilder schicken", sagte meine Mutter in einem Anflug von begeisterter Zuneigung.

Allein der Klang ihrer Stimme tat mir gut. Sie war ein Springbrunnen der Energie, immer aufgeregt, immer voller Tatendrang. Eine endlose Quelle der Liebe. Mein Herz zog sich zusammen. Eine Sekunde lang wünschte ich mir verzweifelt, sie wäre hier.

Ich holte tief Luft und versuchte, meinen Geist an einen glücklichen Ort zu verfrachten, all meine Unsicherheit, all meine Nerven zu blockieren, damit sie sie nicht in meiner Stimme hören würde.

„Mama, du weißt, dass ich dir keine Bilder schicken kann. Aber Cynthia ist großartig, und Rycroft ist unglaublich. Du solltest die untere Etage sehen. Es ist ein echtes römisches Heilbad, ganz aus weißem Stein, mit einem großen blauen Pool, einem Wandgemälde und dem Nachthimmel an der Decke. Es ist verrückt. Außerdem gibt es fünf Küchen.“

„Fünf Küchen? Wozu braucht jemand fünf Küchen? Wer will schon so viel kochen?“

„Mama, wenn du in einem Schloss wohnst, kochst du bestimmt nicht selbst.“

„Gutes Argument“, sagte sie mit einem Kichern. „Aber läuft es gut?“

„Abgesehen davon, dass Cynthia in letzter Minute beschlossen hat, nächste Woche eine Party für fünfundsiebzig Personen zu geben, ist alles großartig“, log ich.

Meine Mutter schnappte nach Luft. Sie wusste gerade genug über meine Arbeit, um den Wahnsinn einer Last-Minute-Party für fünfundsiebzig Personen zu verstehen.

„Du machst Witze. Ist sie verrückt? Schaffst du das? Ich nehme nicht an, dass Cynthia Stevens ein Barbecue im Garten will.“

Ich lachte. Ich konnte nicht anders. Der Gedanke an Cynthia bei einem Barbecue war einfach lustig. „Nein, nein. Sie hat die Reichsten der Reichsten von Atlanta eingeladen. Ich glaube nicht, dass sie auf Barbecues gehen. Ich hatte Glück, weil eine Hochzeit für den Tag nach Cynthias Party abgesagt wurde. Ich konnte den Caterer und einige der Lieferanten übernehmen. Ich bin die halbe Nacht aufgeblieben, um Einladungen zu schreiben, aber das Schlimmste ist jetzt vorbei."

„Bist du deshalb so müde?", fragte sie scharfsinnig.

„Wahrscheinlich", sagte ich, in der Hoffnung, dass sie mir diese Erklärung abkaufen würde.

„Wie geht es deinem Vater?"

„Papa?" Meine Eltern hatten sich einvernehmlich scheiden lassen, mein Vater war zu entspannt - das heißt ständig bekifft -, um sich über irgendetwas aufzuregen. Meine Mutter war ihm nicht böse, sie hatte nur die Nase voll. Sie waren in den Jahren seit der Trennung freundlich zueinander gewesen, aber ich konnte mich nicht daran erinnern, wann meine Mutter das letzte Mal nach ihm gefragt hatte.

„Als ich das letzte Mal mit ihm gesprochen habe, hat er gesagt, er sei auf dem Weg zu dir."

Ein Schauer kroch mir über die Haut. Ich hatte meinen Vater seit Monaten nicht gesehen. „Wann war das, Mama?"

„Oh, ich bin mir nicht sicher. Vor einem Monat oder so? Er rief an, um..." Sie brach ab, aber ich wusste, was sie sagen wollte und musste ihr Respekt zollen. Sie hatte bei meinem Vater viel zu beklagen, aber sie versuchte immer, mir seine besten Seiten zu zeigen.

„Er hat angerufen, um sich Geld zu leihen", beendete ich für sie.

„Nein, das war ja das Merkwürdige. Er fragte nicht nach Geld, sondern wollte nur wissen, wie es mir geht, und wie es dir geht, und sagte, er würde sich auf den Weg zu dir machen, um etwas Zeit mit dir zu verbringen. Ich habe dir nichts gesagt, weil ich mir nicht sicher war, ob er es durchziehen würde, und ich wollte dir keine Hoffnungen machen."

„Ich habe ihn nicht gesehen, Mama. Wir haben vor ein paar Wochen telefoniert, aber er hat nichts davon gesagt, dass er mich besuchen will."

„Nun, du kennst deinen Vater", seufzte meine Mutter. Ein vertrautes Geräusch, als sie über ihren Ex-Mann sprach. „Das ist zum Teil der Grund, warum ich es dir nicht erzählt habe. Es schien etwas unwahrscheinlich, dass er dich besucht, wenn man bedenkt, dass er ganz oben in Maine war."

„Maine? Was hat Papa in Maine gemacht?"

„Ich weiß es nicht, er hat es mir nicht selbst gesagt. Ich habe nur die Vorwahl erkannt, als er angerufen hat. Kennst du meine Freundin Bobbi Jenkins in der Audubon Society? Sie lebt in Bangor – es ist dieselbe Vorwahl. Also habe ich die 207 auf dem Telefon gesehen und gedacht, dass sie es sei."

„Nun, wahrscheinlich ist er irgendwo auf ein Abenteuer aus. Ich bin sicher, dass er irgendwann auftauchen wird", sagte ich.

Ich hatte nicht vor, meiner Mutter zu erzählen, was nach Evers' Aussage mit meinem Vater los war. Zum einen war ich mir nicht sicher, ob ich es glauben sollte. Nicht, dass ich dachte, Evers würde lügen. Es schien nur so unwahrscheinlich.

Er kannte meinen Vater nicht. Ich aber schon. Smokey hatte sich kaum genug gerührt, um zu meinem Uniabschluss zu kommen. Der Gedanke, dass er bis zum Hals in ein komplexes kriminelles Unternehmen verwickelt war? Nein. Auf keinen Fall. Ich wollte meine Mutter nicht beunruhigen, aber ich wollte, dass sie vorsichtig war. Zumindest bis wir wussten, was vor sich ging.

„Mama, wenn du von ihm hörst, wenn er auftaucht, würdest du es mich wissen lassen? Ich muss mit ihm über etwas sprechen. Es ist keine große Sache, aber er geht nicht ans Telefon, also..."

„Natürlich, Schätzchen. Ich bezweifle, dass er anrufen wird. Ich höre nicht so oft von ihm. Aber wenn er sich meldet, werde ich ihm sagen, dass du ihn suchst."

„Nein. Nein, sag ihm nicht, dass ich ihn suche. Er wird denken, dass ich ihm eine Standpauke halten will, oder so. Schau, ob du herausfinden kannst, wo er ist und was er vorhat, dann lass es mich wissen."

„Abgemacht", antwortete meine Mutter. Ich wusste, dass ich mich auf sie verlassen konnte. Mama war verlässlich. Immer. Ich telefonierte noch ein paar Minuten mit ihr, um dem Klang ihrer Stimme zu lauschen.

Als sie damit fertig war, mir von ihrer letzten Reise irgendwo im Westen zu erzählen, um gegen etwas zu protestieren, das mit nationalen Denkmälern zu tun hatte, wurde mir klar, wie lange wir schon am Telefon waren.

Als ich den Anruf beendete, überkam mich eine Welle von Heimweh. Ich wollte zu meiner Mutter. Ich wollte ihre zähen Quinoa-Kekse, die nach Erde schmeckten, und ihren Patschuli-Weihrauch. Komisch, welche Dinge man vermisste, wenn man das traute Heim verließ.

All die Dinge, die mich als Teenager verrückt gemacht hatten, hatten eine nostalgische Note bekommen. Ich hätte einen Teller dieser Kekse gegessen, nur um den Tag mit meiner Mutter zu verbringen. Vielleicht könnte ich, wenn dieser Job vorbei war, eine Woche frei nehmen und sie besuchen.

Ich schob meinen Stuhl zurück und bereitete mich darauf vor, Evers zu finden und ihm die Information weiterzugeben, dass Smokey vor etwa einem Monat in Maine gewesen war. Ich war ihm den ganzen Tag ausgewichen. Ich hätte ihn zumindest fragen können, wie es ihm ging.

Ich konnte den Schock und die Angst nicht vergessen, als ich das Blut an seinen Fingern gesehen und erkannt hatte, dass er verletzt war. Wie sich mir der Magen umgedreht hatte, als ich die Prellungen an seinem Hals gesehen hatte und die durch die Schlinge ausgerissene Haut. Jemand hatte versucht, ihn zu töten.

Vielleicht hätte ich ihn gestern im Weinzimmer erklären lassen sollen. Vielleicht hätte ich ihm nicht den Rücken zukehren und weggehen sollen. Aber warum? Was würde das bringen? Jedes Mal, wenn ich an die Nacht dachte, als ich ihn hinausgeworfen hatte, erfüllte bittere und heiße Wut mein Herz.

Die Wut war eine Nebelwand – das wusste ich.

Er hatte gelogen und das war nicht in Ordnung. Aber er hatte mir nie irgendwelche Versprechungen gemacht. Er hatte nie gesagt, ich sei seine Freundin. Er hatte nie gesagt, dass ihm etwas an mir lag. Dass das, was wir hatten, mehr war als bequemer, zwangloser Sex.

Ich war diejenige, die mehr darin gesehen hatte. Ich war diejenige, die es kompliziert gemacht hatte. So sehr ich Evers auch für meinen Liebeskummer verantwortlich machen wollte – ich war selbst dafür verantwortlich.

Ich war wütend auf ihn, aber noch wütender war ich auf mich selbst. Ich wusste, dass er nicht in meiner Liga spielte, als er mich das erste Mal mit diesem unwiderstehlich sexy Grinsen *Winters* genannt hatte.

Ein Mann wie Evers würde sich nie in ein Mädchen wie mich verlieben. Er war wohlhabend. Er war wunderschön. Er war in der High Society aufgewachsen und hatte einen Job wie ein Actionheld. Ich war ein normales Vorstadtmädchen, das gerade hübsch genug war, gerade klug genug, um über die Runden zu kommen. Ich mochte meinen Job und ich verdiente gutes Geld, aber wenn man es genau nahm, war ich eine verherrlichte Assistentin.

Keine gute Partie für James Bond. Ich wusste die ganze Zeit, in der wir zusammen waren, dass die Uhr tickte. Irgendwann würde er sich langweilen und weggehen. Es war zu demütigend, herauszufinden, dass er nur blieb, um mich für seine Freunde im Auge zu behalten.

Er war ein Idiot gewesen, und ich hatte mir mehr gewünscht, als ich haben konnte. So einfach war das. Ich musste darüber hinwegkommen.

Schließlich entdeckte ich ihn am Pool.

Wenn es mit uns vorbei war, wenn es keine Rolle mehr spielte, warum wurde mir dann beim Anblick von Cynthia in seinen Armen so übel?

Sie hatten mich nicht gehört, als ich hereinkam, da eine der Türen offen stand. Worüber auch immer sie sprachen, sie schienen in das Gespräch vertieft zu sein. Cynthia musste davor geschwommen sein, denn ihre gebräunte Haut schimmerte, und Wassertropfen perlten an ihren Beinen entlang, zwischen ihren Brüsten und über ihren flachen Bauch.

Ich wusste, wie hart sie für diesen Körper arbeitete und wollte nichts davon selbst tun, aber ich konnte nicht anders, als neidisch zu sein. Cynthia war älter als ich, sogar ein paar Jahre älter als Evers, aber das sah man ihr nicht an. Jeder Zentimeter von ihr war glatt und straff, bis auf die vollen Brüste, die den winzigen Stoff ihres weißen Bikinis überstrapazierten.

Nur eine Frau mit einem spektakulären Körper konnte so einen Badeanzug tragen. Aber Cynthia hatte ihn nicht einfach nur *getragen*. Durch den Neid in meinem Herzen musste ich mir eingestehen, dass sie spektakulär aussah. Sowohl ihr hochgestecktes Platinhaar als auch ihr Make-up waren perfekt.

Sie war reif für ein Fotoshooting und lehnte sich an Evers – eine Hand auf seiner Schulter, die andere auf seiner Brust. Als sie etwas in sein Ohr flüsterte, spürte ich einen bitteren Stich der Eifersucht.

Ich räusperte mich und sagte so neutral, wie ich konnte: „Entschuldigt bitte."

Cynthia drehte sich um und sah mich mit einem Lächeln an, aber Evers erschrak und trat zurück. Er hätte sich aus Cynthias Umarmung befreien können, wenn sie nicht ihre Finger in seinem Hemd festgekrallt und ihn damit an Ort und Stelle gehalten hätte.

Mein Gehirn setzte aus. Ihre roten Nägel auf seinem weißen Hemd, die perfekte Cynthia und der hinreißende Evers – sie waren eine Supernova der Schönheit, die alles auf ihrem Weg verbrannte, mich eingeschlossen.

Ich stand da und starrte, und alles, was ich denken konnte, war, dass sie wie eine glamouröse, perfekte Version von Barbie und Ken aussahen. Cynthia war die Art von Frau, die einen Mann wie Evers für sich beanspruchen konnte. Ich nicht. Niemals.

Cynthia hob eine Augenbraue. „Summer? Was gibt's?"

Ich räusperte mich und merkte, dass ich mit offenem Mund dastand und die beiden wie ein Idiot anstarrte.

Was habe ich gewollt? Warum bin ich hier?

Ich ging hinein, sah sie zusammen, und jede Zelle in meinem Gehirn hatte einen Kurzschluss. Als ich mich wieder räusperte, sagte ich stotternd: „Ich, äh, ähm, wollte dir ein Update über die Party geben."

Ich wollte mich am liebsten in meinem Büro verkriechen, bis der Schmerz nachlassen würde, Evers mit Cynthia gesehen zu haben, aber ich musste sie über die Party auf dem Laufenden halten, und das konnte ich genauso gut tun, während ich wie ein Trottel dastand.

Evers trat zurück und löste Cynthias Hände sanft von seinem Hemd. Er sah mich einen langen Moment an, bevor er mit den Worten: „Ich mache mich besser wieder an die Arbeit", aus dem Raum ging.

Ich sah ihm beim Gehen zu und bemerkte, dass die Abschürfungen an seinem Hals durch den Kragen seines Hemdes perfekt verdeckt waren. Ich wollte ihm folgen, ihn fragen, wie es ihm ging, ob es wehtat, ob er in Ordnung war.

Auch Cynthia sah ihm nach, ihre Augen auf seinem Hintern. Nachdem er durch die Tür verschwunden war, pfiff sie ihm leise und anerkennend nach, zuckte dann mit einer perfekten Schulter und legte sich auf den gepolsterten Liegestuhl, der daneben stand.

Ich räusperte mich wieder. „Schlechtes Timing. Es tut mir leid."

Cynthia winkte mit der Hand ab: „Ist schon gut. Ich komme später auf ihn zurück. Also, ein Update?"

Zurück auf vertrautem Boden, ging ich die Liste der Dinge durch, die ich für die Organisation der Party erledigt hatte. Cynthia lächelte anerkennend, als ich fertig war.

„Summer, du kannst wahre Wunder vollbringen. Ich wusste es. Und die Musik? Ich glaube nicht, dass ich eine ganze Band will, aber ich will auch kein spießiges Streichquartett oder so etwas."

„Das habe ich mir gedacht und eine kleine Gruppe ohne Sängerin gefunden, die populäre Covers macht. Es sind überwiegend Oldies, aber auch einige moderne Sachen. Alles beschwingt und lebendig."

„Das klingt perfekt."

Sie lehnte sich zurück und schloss die Augen, für einen Moment sah es so aus, als wolle sie ein Nickerchen machen. Unter ihren Augen lauerten schwache Schatten, die trotz ihres fast makelloses Make-ups sichtbar waren.

„Ich gehe wieder an die Arbeit."

„Du und Evers kennt euch, nicht wahr?", unterbrach

Cynthia, ihre Augen sprangen auf, ihr klarer, grüner Blick richtete sich auf mich. Bevor ich antworten konnte, sagte sie: „Oh, stimmt ja, deine Freundin ist mit seinem Bruder verheiratet."

Ich war froh über die einfache Erklärung und stimmte zu. „Ja. Wir haben uns vor ein paar Jahren kennengelernt."

„Und das war's? Ihr seid nur Freunde, weil sein Bruder deine allerbeste Freundin geheiratet hat? Ihr habt nie..."

„Wir sind nur Freunde", versicherte ich in der Hoffnung, Cynthia würde es mir abkaufen. Ich war eine miserable Lügnerin, und mir fiel keine Möglichkeit ein, meine Beziehung zu Evers zu offenbaren, ohne dabei die Tür zu einem Gespräch zu öffnen, das ich nicht führen wollte. Nicht mit meiner Arbeitgeberin. Mit niemandem.

Cynthia klopfte mit einem roten Nagel gegen ihr erhobenes Knie und wandte ihre Augen der Tür zu, durch die Evers kurz zuvor verschwunden war. „Du hast nichts dagegen, wenn ich ihn anmache?"

Ihre Augen blitzten zu mir zurück und lasen jede Nuance meines Ausdrucks, während ich versuchte, meine Gefühle zu verbergen. Mit einem faden Lächeln zuckte ich mit den Schultern und sagte: „Klar. Er ist ein großer Junge."

„Das ist er", stimmte Cynthia zu. „Wir hatten was miteinander, vor langer Zeit. Nichts Ernstes, aber ich hätte nichts dagegen, es wieder zu tun, um der alten Zeiten willen. Er könnte genau das sein, was ich brauche."

Die Spur der Traurigkeit in ihren letzten Worten zerrte an mir. Ich ertappte mich bei der Frage: „Geht es dir gut wegen der Sache mit Clint? Dass er hier ist?"

Über Cynthias strahlende Augen huschte ein dunkler Schatten, sie studierte ihre Nägel, und wischte einen nicht vorhandenen Fleck ab. „Ich wünschte, er würde einfach aufgeben. Er schickt mir immer wieder E-Mails. Hinterlässt Nachrichten. Er sagt, der Rückfall sei eine Lüge gewesen. Dass die Presse sich das ausgedacht hat."

„Und das Mädchen?", fragte ich leise.

„Er schwört, dass auch das eine Lüge war. Sie wäre auf der Suche nach Publicity und hätte das Ganze arrangiert."

„Glaubst du ihm?"

„Ich weiß es nicht", sagte Cynthia, ihre Stimme war klein und traurig.

Plötzlich wütend auf Clint erinnerte ich sie daran: „Dich anzurufen, ist ein Verstoß gegen die Bedingungen der einstweiligen Verfügung. Wenn du deine Telefongespräche der Polizei übergeben und ihn anzeigen-"

Cynthias Augen blitzten zu mir auf, und die Traurigkeit in ihnen brachte mich dazu, sie umarmen zu wollen. Ich hielt mich zurück und spürte, dass sie diese Art von Mitgefühl im Moment nicht wollte.

„Ich will ihm nicht die Polizei auf den Hals hetzen, Summer. Ich will meinen Mann zurück, aber der Mann, den ich geheiratet habe, ist weg. Der Mann, den ich geheiratet habe, hatte kein Alkoholproblem. Er nahm keine Drogen, er hatte nicht mit halb L.A. geschlafen, um mich zu verletzen. Jetzt will ich nur noch, dass es vorbei ist."

„Hoffentlich ist es bald so weit. Dann kannst du weitermachen", sagte ich, hin- und hergerissen zwischen dem Wunsch, dass Cynthia glücklich war, und dem Gefühl, dass mir bei der Vorstellung, sie würde dieses Glück mit Evers finden, schlecht wurde.

Als wäre er von meinen Gedanken herbeigerufen worden, schritt Evers durch die offene Tür, die Augen wachsam, das Gesicht leer. Ich kannte diesen Blick. Etwas war geschehen.

„Cynthia, ich muss mir Summer ausleihen. Griffen wird hier übernehmen. Er hat alles unter Kontrolle, und du bist in Sicherheit, bis wir zurückkommen."

„Was ist passiert?", fragte ich. Es konnte nichts mit Cynthia zu tun haben, sonst würde er mich nicht brauchen. Was nur bedeuten könnte, dass...

„In die Wohnung deines Vaters ist eingebrochen worden."

Mein Magen krampfte sich zusammen. Ein Einbruch in der Wohnung meines Vaters könnte ein Zufall sein. Oder es könnte ein weiterer Beweis dafür sein, dass Evers Recht hatte, und mein Vater wirklich in Schwierigkeiten war.

„Evers, kann das nicht jemand anderes machen? Wenn es sich um einen Einbruch handelt, kannst du nicht einfach die Polizei rufen?", fragte Cynthia, ihre Augen studierten uns beide.

„Nein, das geht nicht", sagte Evers ohne weitere Erklärung. „Cynthia, ich habe erwähnt, dass dies passieren könnte. Wir kommen bald zurück. Bis dahin hat Griffen alles unter Kontrolle." Als er mich ansah, hob er eine Augenbraue. „Summer? Lass uns gehen."

SUMMER

F ragen überfluteten mein Gehirn. Ich wollte, dass Evers mit alles über meinen Vater berichtete. Gleichzeitig wollte ich nicht mit ihm sprechen, was das Fragen unmöglich machte.

Ich folgte ihm schweigend zu seinem Auto, hielt mein Telefon in der Hand und beschloss, den einfachen Weg zu wählen. Wir würden eine lange Fahrt zum Haus meines Vaters haben.

Ich murmelte leise: „Ich muss ein paar Anrufe machen", zog mein Telefon heraus und drückte die Nummer des Floristen. Wir überprüften gerade die Liste der Blumenarrangements, als Evers die I-85 in Richtung Augusta verließ.

Wo wollte er hin? Wir mussten auf der I-85 bleiben, um nach North Carolina und in die kleine Bergstadt zu gelangen, in der mein Vater in den letzten Jahren gelebt hatte. Ich beendete das Gespräch mit dem Floristen, machte ein paar kurze Notizen auf meinem Telefon und legte es auf meinen Schoß.

„Wo fahren wir hin? Das ist nicht der Weg zu meinem Vater.“

„Wir fahren zu seinem Haus in Atlanta.“

„Mein Vater hat kein Haus in Atlanta“, sagte ich verwirrt.

Mein Vater hatte nicht genug Geld, um eine zweite Unterkunft zu haben. Der Blick, den Evers mir zuwarf, war zärtlich, aber etwas nachsichtig.

„Er hat sie vor einigen Jahren gekauft.“

„Aber warum-“, ich brach ab und verstummte. Es gab so viele *warums*.

Warum sollte sich mein Vater auf kriminelle Aktivitäten mit Evers' Vater einlassen?

Warum sollte mein Vater eine zweite Wohnung besitzen und mir nichts davon erzählen?

Warum sollte mein Vater allein nur die Hälfte der Scheiße getan haben?

Meine letzte Frage würde wahrscheinlich unbeantwortet bleiben, und ich weiß nicht, warum ich dachte, ich würde für die ersten beiden eine Antwort finden. Mein Vater hatte immer schon in seiner eigenen Welt gelebt, die eigenen Bedürfnisse waren sein Hauptanliegen.

„Also, wo ist dieses Haus? Und woher weißt du, dass dort eingebrochen worden ist, wenn niemand die Polizei gerufen hat?“

„Es liegt etwas außerhalb von Stone Mountain, und wir haben es verkabelt. Nur für alle Fälle. Dein Vater ist schon eine Weile nicht mehr dort gewesen.“

Evers' Bemerkung zerrte an meinem Gedächtnis. Etwas über meinen Vater, an das ich mich nicht erinnern konnte. Etwas darüber, dass er nicht in der Stadt war. Ich schüttelte den Kopf. Irgendwann würde es mir einfallen. Vom Jonglieren der Details für die Party und dem Umgang mit Evers, waren meine Nerven am Ende. Meinem Gehirn ging es auch nicht viel besser.

Wenn wir nur die Party am Freitag überstehen könnten, könnte ich mich ein bisschen entspannen. Aber mein Vater wurde immer noch vermisst und ich machte mir Sorgen um Evers und Clint Perry – Entspannung schien sehr weit weg zu sein.

Evers kannte offensichtlich den Weg zum Haus meines Vaters. Er navigierte problemlos durch die Vorstadt- und Landstraßen und hielt schließlich vor einem Backstein-Ranchhaus an, das aussah, als wäre es seit den fünfziger Jahren nicht mehr bewohnt worden.

Im Hof wuchs hohes Unkraut, die Büsche neben der Haustür waren überwuchert, und ein Sprung in einem der vorderen Fenster breitete sich wie ein Spinnennetz aus. Die Vorhänge waren geschlossen und versperrten die Sicht ins Innere.

Ich folgte Evers bis zur Haustür. Ich hatte kaum Zeit, mich zu wundern, wie wir hereinkommen sollten, als er einen Schlüssel aus der Tasche herauszog und die Tür aufschloss.

„Woher hast du einen Schlüssel zum Haus meines Vaters?"

Evers antwortete nicht, sondern warf mir lediglich einen Blick zu. „Es steht leer. Wir haben schon nach Beweisen gesucht, ein paar Fingerabdrücke genommen, aber nicht viel gefunden. Die beiden, die eingebrochen sind, haben Masken und Handschuhe getragen. Es gibt kaum Anhaltspunkte."

„Warum bin ich dann hier?", fragte ich und sah mich mit Bestürzung und mehr als nur ein wenig Verlegenheit in der Katastrophe des kleinen Hauses um.

„Schau dich um und finde heraus, ob hier etwas fehl am Platz ist, oder ob etwas fehlt, was hier sein sollte."

Ein hysterisches Kichern brach aus mir hervor.

Nachsehen, ob etwas fehl am Platz war? *Alles* war fehl am Platz.

Sofakissen lagen auf dem Boden, Schubladen waren umgestülpt, ihr Inhalt überall verstreut. Unter dem Durcheinander des Einbruchs war klar, dass mein Vater sein Haus nicht geputzt hatte... niemals.

Auf dem Couchtisch stand eine Glasbong, daneben ein Feuerzeug, die Schüssel noch halb voll mit Gras. Eine halbleere Tüte war achtlos mit einem Magazin abgedeckt. Wer hier eingebrochen war, interessierte sich nicht für Drogen.

„Evers, ich weiß nicht, wo ich anfangen soll. Ich bin noch nie hier gewesen."

„Es sieht so aus, als wäre er in Eile aufgebrochen." Evers steckte seinen Kopf ins Schlafzimmer, ging kurz ins Bad und kommentierte: „Sein ganzes Zeug ist noch hier."

Ich folgte ihm ins Schlafzimmer und sah, was Evers meinte. Deo, eine Zahnbürste und Zahnpasta lagen auf dem Regal im Badezimmer. Ein gebrauchtes Handtuch hing auf dem Ständer. Seine Schuhe standen neben dem Bett, als hätte er sie vor dem Hinlegen ausgezogen.

Es sah so aus, als sei er aufgestanden und aus der Tür gegangen, in voller Absicht, zurückzukommen. Stattdessen war er verschwunden. Hatte ihn etwas verschreckt? War er allein gegangen?

Ich konnte mir jetzt nicht darüber den Kopf zerbrechen. Ich öffnete eine Schublade in seiner Kommode und fand einen Haufen nichtzusammenpassender, vergilbter Socken, gemischt mit abgetragenen Boxershorts. Er hatte sich nicht die Mühe gemacht, den kleinen Beutel mit Pillen oder das gefaltete Geldbündel zu verstecken. Ich rührte beides nicht an, stieß nur einen langen Seufzer aus und rief: „Evers?"

Evers tauchte hinter mir auf und studierte den Inhalt der Schublade. Meine Wangen war gerötet vor Scham. Das war mein Vater. Drogen, Geld und Geheimnisse, kaum versteckt in einem sorglosen Durcheinander.

„Das hätte er nicht zurückgelassen", kommentierte Evers.

„Wahrscheinlich nicht", stimmte ich zu. Nicht das Geld oder die Drogen. Definitiv nicht beides zusammen.

Ich stand vor seiner Kommode, starrte auf das Häufchen Kleingeld, das oben lag, und dachte nach. Irgendetwas stimmte hier nicht. Ich hob einen Schlüsselbund auf, den ich nicht wiedererkannte. Als ich sah, was darunter lag, bekam ich ein flaues Gefühl im Magen.

„Papas Ring", flüsterte ich. Evers nahm den goldenen Ring in die Hand und drehte ihn in seinen Fingern.

„Ich habe diesen Ring schon einmal gesehen."

„Was meinst du damit, dass du diesen Ring schon einmal gesehen hast? Er gehört meinem Vater. Er hat ihn schon immer getragen. Er geht nirgendwo ohne ihn hin."

„Der Ring gehörte deinem Großvater", sagte Evers leise.

„Meinem Großvater? Woher weißt du das?"

Evers hielt mir den Ring entgegen und drehte das Monogramm ins Licht, sodass ich es deutlich sehen konnte.

MWC.

„Marshall Carlisle Winters. Clives Vater. Dein Großvater. Marshall Winters war der Bruder von Daniel und Amelia Winters. Das schwarze Schaf der Familie. Er verließ sein Zuhause, als er jung war, und kehrte nie wieder zurück."

Ich starrte Evers ungläubig an. Ich wusste nicht, wer Daniel und Amelia Winters waren. Ich wusste, dass ich in irgendeiner Weise mit der Winters Familie aus Atlanta verwandt war, ich kannte sogar die Namen der jetzigen Generation. Mehr als das? Ich tappte im Dunkeln. Mein verwirrter Blick musste Evers gesagt haben, dass ich ahnungslos war.

„Du weißt es nicht? Du weißt gar nichts darüber?"

„Nein. Ich habe meinen Großvater nie gekannt. Mein Vater hat nie über ihn oder seine Familie gesprochen. Er sagte immer, wir seien auf uns allein gestellt."

Evers drehte den Ring um und studierte ihn. „Dein Großvater, Marshall Winters, war das älteste Kind seiner Eltern. Es wird erzählt, dass er 1950 mit der Armee nach Korea ging, mit einer koreanischen Braut nach Hause kam, und sein Vater daraufhin durchdrehte. Er warf ihn raus. Soweit ich weiß, waren Marshall, Daniel und Amelias Eltern von der alten Schule. Sie waren intolerant und unflexibel. Marsh haute mit seiner Frau ab und verschwand.

Amelia und Daniel suchten, aber sie konnten sie nicht finden. Er tauchte in 1963 ohne Frau wieder auf. Er blieb weniger als einen Monat, trank und nahm Drogen. Es gab einen großen Familienstreit und Marshall verschwand wieder. Wir verfolgten seine Spur bis nach San Francisco. Er wurde für eine Weile zu einer Art Hippie-Held der Gegenkultur. Er heiratete einen anderen Hippie, deine Großmutter, und sie bekamen deinen Vater in 1965, soweit wir wissen."

„Ich wusste, dass er in seiner Jugend in San Francisco lebte. Er hat gesagt, dass sein Vater starb, als er noch ein Teenager war. Ich weiß nicht, was mit seiner Mutter passiert ist", sagte ich abwesend, wobei mir der Kopf schwirrte.

„Dein Vater hat nie versucht, mit Hugh und James Kontakt aufzunehmen. Oder Amelia. Du bist den ganzen Weg rüber nach Marietta gezogen, direkt in ihre Nähe, aber du hast sie auch nicht kontaktiert. Wir haben gewartet und angenommen, du würdest es tun, aber du hast dich ferngehalten. Warum?"

„Ich musste meinem Vater versprechen, es nicht zu tun", antwortete ich leise und versuchte, dem, was Evers mir erzählt hatte, einen Sinn zu geben. Machte das die jüngste Generation der Winters zu meinen Cousins zweiten Grades? Das musste ich nachschlagen. Wie dem auch sei, wir waren viel enger verwandt, als ich vermutet hatte.

„Was meinst du damit, dass du deinem Vater versprechen musstest, es nicht zu tun?", fragte Evers und steckte den Ring in seine Tasche. Ich wollte protestieren. Wenn überhaupt, dann gehörte der Ring mir und nicht ihm. Aber mehr als alles andere, wollte ich meinen Vater finden, und Evers war meine einzige Chance.

„Ich weiß es nicht. Als er erfahren hat, dass ich hierhergezogen bin, ist er wütend geworden und hat gesagt, ich solle mich von ihnen fernhalten, sie seien nicht unsere Familie, und wenn ich versuchen würde, mit ihnen zu reden, würden sie mich einfach rauswerfen. Ich musste ihm versprechen und schwören, dass ich mich von ihnen fernhalten werde. Er hat sich so sehr darüber aufgeregt, dass ich zugestimmt habe. Ehrlich gesagt, ist mir nicht ganz klar gewesen, wer sie sind, bis ich hergekommen bin. Ich meine, ich hatte von ihnen gehört - jeder hat von ihnen gehört - aber in Atlanta ist die Winters Familie nahezu wie eine Königsfamilie. Die Idee, sie zu kontaktieren, sie anzurufen, erschien mir dumm. Sie müssen Verwandte haben, die aus der Versenkung auftauchen und nach Almosen bitten. Ich wollte nicht, dass sie denken, ich würde etwas von ihnen wollen. Ich dachte, mein Vater hat wahrscheinlich Recht, habe das Versprechen gegeben und bin weggeblieben."

„Sie hätten deiner Karriere behilflich sein können", kommentierte Evers.

Ich richtete mich kerzengerade auf. „Ich bin gut ohne sie zurechtgekommen."

„Das bist du, mehr als gut", sagte Evers, und ein Anflug von Stolz erfüllte mich. „Aber ich verstehe nicht, warum dein Vater dich gezwungen hat, sie nicht zu treffen. Es macht keinen Sinn."

„Ich habe angenommen, dass er einen Groll gegen sie hegt. Oder etwas passiert ist, von dem er mir nicht erzählen will. Vielleicht hat er versucht, sie zu treffen, und sie haben ihn zurückgewiesen?"

„Nicht, soweit ich weiß. James und Hugh leben nicht mehr, aber mein Vater hatte in der Akte keine Notizen über Clives Kontaktaufnahme."

„Wie lange beobachtet ihr uns schon?", fragte ich, verwirrt von der Vorstellung, dass Evers' Vater eine Akte hatte, die bis in eine Zeit zurückreichte, als James und Hugh noch lebten.

„Mein Vater ist paranoid", meinte Evers.

Damit wollte er wahrscheinlich andeuten, dass ich es besser nicht wissen wollte. Ein erschrecktes Lachen entging mir.

„Was?", fragte er und schaute mich mit einer hochgezogenen Augenbraue, und einer Spur von Sorge in den Augen, an.

„Ich denke nur daran, wie dick die Akte meines Vaters sein muss. All der Ärger, in den er gerät. Seine Freunde."

„Er ist kein Durchschnittsvater."

„Nein", gab ich zu und dachte dabei an meinen Kindheitswunsch nach einem normalen Vater. Einen, der sich um mich kümmerte, anstatt dass ich auf ihn aufpassen musste. „Nein, das ist er nicht."

„Die Winters wissen, dass du Cynthias Party organisierst. Sie wissen, wer du bist."

„Ich nehme an, sie wissen, wer ich bin, da du mich für sie ausspioniert hast, um sicherzugehen, dass ich keinen Ärger mache", sagte ich verbittert. Evers widersprach meinen harten Worten nicht. Stattdessen überraschte er mich.

„Sie wollen dich kennenlernen. Ich wollte sie überreden, zu warten, bis wir wissen, in was dein Vater verwickelt ist, aber es ist ihnen egal. Aiden hat gesagt: „Es ist an der Zeit."

„Warum? Warum jetzt? Wenn sie die ganze Zeit gewusst haben, wer ich bin, dass ich in der Nähe wohne, warum haben sie gewartet?"

Evers rieb eine Hand an seinem Nacken und schaute weg. „Es ist zum Teil unsere Schuld. Du schienst unschuldig zu sein, aber dein Vater war schon immer zweifelhaft. Sie haben in ihrem Leben genug Skandale erlebt. Als du praktisch vor ihrer Haustür aufgetaucht bist, habe ich sie überredet, zu warten. Als ich mir dann sicher war, dass du keine Bedrohung bist, hat dein Vater..."

Evers schüttelte den Kopf. „Vielleicht sind wir alle ein wenig übervorsichtig. Ich war ein Kind, als James und Anna ermordet wurden, und im College, als Hugh und Olivia starben. Die Medien waren unerbittlich. Bösartig. Dein Vater ist eine tickende Zeitbombe, und als wir gesehen haben, wozu er fähig ist, wollten wir ihn von der Familie fernhalten."

„Und das bedeutete, mich ebenfalls fernzuhalten", sagte ich und setzte die Puzzleteile zusammen.

„Wir hätten anders damit umgehen können", gab er zu. „Vielleicht hätten wir es tun sollen. Jacob mochte dich, als er dich während der Sache mit Axel kennengelernt hatte. Er stimmte dafür, dich in die Familie aufzunehmen."

„Und du hast es ihm ausgeredet", sagte ich rundheraus.

„Zunächst nicht. Erst, als ich gegen deinen Vater ermittelt habe."

Ich seufzte. Ich wollte wütend sein. Als ich mich in der schäbigen, schmutzigen Katastrophe des Lebens meines Vaters umsah, konnte ich es den Sinclairs nicht verübeln, dass sie uns von ihren Freunden fernhalten wollten.

Ich wollte ihr Geld nicht, aber mein Vater hätte sie bereits um Bargeld gebeten, während sie noch die Hände schüttelten.

„Das spielt jetzt keine Rolle", sagte Evers. „Ich habe gestern mit Aiden gesprochen. Sie wollen dich vor der Party treffen."

„Ich... Ich hatte nicht vor... Ich sah die Gästeliste und..."

Evers lachte und schüttelte den Kopf. „Was wolltest du tun? Dich verstecken? Ich habe dich schon öfter Partys veranstalten sehen, du bist die ganze Zeit anwesend. Wie willst du die Party von deinem Büro aus leiten?"

Meine Schultern sackten zusammen, ich zuckte mit den Achseln und lachte über mich selbst. „Das habe ich noch nicht herausgefunden. Ehrlich gesagt, ich hatte genug damit zu tun, die Party auf die Beine zu stellen. Und, nur damit du es weißt, ich könnte die Party locker von meinem Büro aus leiten, wenn ich müsste."

„Nun, jetzt musst du das nicht mehr. Sie wollen dich kennenlernen. Es werden nicht alle von ihnen da sein. Vance und Maggie, Aiden und Violet, Charlie und Lucas, und Lise und Riley. Der Rest von ihnen schafft es nicht. Lucas und Riley arbeiten für uns. Sie werden auf der Party sein, als Sicherheitspersonal, und verdeckt arbeiten."

„Können wir es nicht verschieben? Ein andermal machen?", fragte ich nervös. Die Familie Winters war überlebensgroß. Ich war noch nicht bereit, sie kennenzulernen. Nicht bei all dem, was sonst noch vor sich ging.

„Vielleicht kannst du dem Rest von ihnen entkommen, aber wenn du versuchst, dich vor Charlie zu verstecken, wird sie dich jagen. Niemand hat ihr von dir erzählt, und sie ist sauer. Du willst Charlie nicht erleben, wenn sie sauer ist. Alles, was Lucas tun konnte, war, sie zu überzeugen, bis Freitag zu warten."

„Aber warum? Warum sollte sie das interessieren? Ich bin ein Niemand."

Evers' Augen richteten sich auf mein Gesicht, Verwirrung und Ärger blitzten in ihnen auf. „Du bist kein Niemand, Summer."

„Verglichen mit den Winters *bin* ich ein Niemand."

„Nein, man ist jemand, egal mit wem man verglichen wird. Und du bist ein Teil der Familie. Du glaubst, sie haben Verwandte, die aus der Versenkung auftauchen, um sie zu schikanieren, aber das tun sie nicht. Du und dein Vater. Das ist alles. Daniel hatte zwei Söhne, die beide tot sind, und Amelia hatte nie Kinder. Sie haben genug Familie verloren."

„Das ist verwirrend", platzte ich heraus. „Du verstehst nicht, Evers, ich musste es meinem Vater versprechen. Er regt sich nicht über viel auf, aber ich habe ihm versprochen, mich von ihnen fernzuhalten."

„Dein Vater ist nicht hier."

Mir kam eine Idee, ich schaute auf mein Telefon und fragte mich. „Mein Vater antwortet nicht auf meine Anrufe", sagte ich langsam, Zahnräder drehten sich in meinem Kopf, „aber ich frage mich, was passieren würde, wenn ich ihm erzählen würde, dass ich mit den Winters auf eine Party gehe. Ich frage mich, ob ihn das dazu bewegen würde, anzurufen."

Evers warf mir einen spekulativen Blick zu. „Tu es.

Ruf ihn jetzt an. Dann hat er genügend Zeit, zurückzurufen und zu versuchen, dich aufzuhalten."

Ich rief die Nummer meines Vaters auf und drückte die Anruftaste. Wie erwartet, ging es direkt auf die Mailbox. Als ich die vage, halb schlafende Stimme meines Vaters hörte, die mich aufforderte, eine Nachricht zu hinterlassen, tat ich es.

„Papa, ich bin's, Summer. Ich habe versucht, dich anzurufen. Weißt du noch, wie du mir gesagt hast, ich solle mich nicht mit den Winters in Verbindung setzen? Nun, ich organisiere nächste Woche eine Party, und sie sind alle eingeladen. Sie sagen, sie wollen mich kennenlernen. Wenn das also ein Problem ist, wenn du immer noch willst, dass ich mich fernhalte, rufe mich zurück, okay? Ich will mein Versprechen nicht brechen, aber ich bin mir nicht sicher, ob ich ohne guten Grund absagen kann."

Ich hielt inne, die ganze verrückte Situation drehte sich in meinem Kopf, und ich fragte mich, was ich noch sagen sollte. *Wo bist du jetzt? Was hast du getan? In was bist du verwickelt?*

Alles, was ich sagte, war: „Ich liebe dich, Papa."

Es gab nichts mehr, was wir in dem verlassenen Haus tun konnten. Ich stieg wieder ins Auto und hielt mein Telefon in der Hand, während Evers abschloss. Ich wollte, dass es klingelte. Wollte, dass mein Vater anrief. Mir Antworten gab.

Die Party rückte immer näher, und dennoch rief er nicht an. Mit jedem Tag, der verging, und ich seine Stimme nicht hörte, wuchs meine Sorge.

Schließlich kam der Tag der Party.

Smokey Winters' Zeit war abgelaufen.

Und meine auch.

SUMMER

Ich ging im Flur vor meinem kleinen Büro hin und her, wobei das Klappern meiner Absätze auf dem Hartholzboden meine Nerven straffer zog. Alles war bereit für die Party.

Ich war angezogen, Angie kümmerte sich um Cynthia, die Caterer waren bereit, die Band war hier, und alle Gäste waren noch nicht eingetroffen.

Fast alle Gäste. Die Familie Winters war im Salon versammelt. Sie warteten auf mich.

Ich warf einen Blick auf mein Telefon, das neben meinem Laptop auf dem Schreibtisch lag. Mein Vater hatte nicht angerufen. Nachdem ich ihm versprochen und geschworen hatte, mich nie mit der Familie Winters in Verbindung zu setzen, sagte ich ihm, dass wir uns treffen würden, und er sagte nichts.

Ich hatte keine Zeit, darüber nachzudenken, wie sehr mir das Angst einjagte.

Ein Teil von mir hatte nicht wirklich geglaubt, dass mein Vater in Schwierigkeiten war. Smokey Winters kam nie in Schwierigkeiten. Er schaffte es immer, sich herauszureden, und schob jemand anderem den schwarzen Peter zu.

Diesmal nicht. Diesmal stimmte wirklich etwas nicht. Ich hatte keine Zeit, mir darüber Gedanken zu machen. Nicht heute Abend. Ich hörte auf herumzulaufen und strich mir mit den Händen den Rock glatt.

Ich machte mich lächerlich. Ich war eine erwachsene Frau. Ich war ein Profi. Ich war erfolgreich und klug, und es gab keinen Grund, über das Treffen mit den Winters nervös zu sein.

Das Flattern in meinem Magen verstärkte sich. All das mochte wahr sein, aber ich hatte immer noch schreckliche Angst. Ich fuhr mir mit der Hand über die Haare und steckte mir eine Strähne zurück in den Chignon.

Für die Party hatte ich ein Wickelkleid aus kobaltblauer Seide gewählt, das mit einem silbernen Schal und passenden silbernen Stöckelschuhen akzentuiert war. Elegant und auffallend genug, um sich einzufügen, und dezent genug, um dem wahren Star der Party nicht die Show zu stehlen.

Ein kurzer Blick auf meine Uhr sagte mir, dass ich die Sache mit den Winters besser hinter mich bringen sollte, bevor die restlichen Gäste eintrafen und Cynthia ihren großen Auftritt hatte.

Ich konnte immer noch nicht glauben, dass es uns gelungen war, das durchzuziehen. Eine Last-Minute-Party für fünfundsiebzig Personen, und bis jetzt lief alles genau nach Plan.

Ich erlaubte es mir, einen Moment lang im Triumph meiner Großartigkeit zu schwelgen. Es gab einen Grund, warum meine Kunden mir treu blieben. Ich war verdammt gut in meinem Job.

Ich ballte die Fäuste und ließ die Nerven durch meinen Körper rasen, bevor ich meine Hände zum Entspannen zwang, die Schultern zurückrollte und tief durchatmete.

Ich konnte damit umgehen. Es waren nur Menschen. Wenn sie mich nicht mochten, nun, war das ihr Problem.

Gerade als ich das Ende des Flurs erreichte, erschien Evers, umfasste meinen Ellenbogen und ging neben mir her.

Leise sagte er: „Sei nicht nervös."

„Bin ich nicht", log ich.

Er war so nett, mir nicht auf das Gegenteil hinzuweisen. Wir betraten den Raum, und alle drehten sich um. Ein Mann löste sich von der Gruppe und ging uns mit ausgestreckter Hand entgegen. Das musste Aiden Winters sein, der Älteste und das derzeitige Familienoberhaupt.

Er umfasste meine Finger mit seinen und schüttelte meine Hand warm und freundlich. Neugierig blickte er auf mich herab und sagte: „Du hast die blauen Winters-Augen. Es ist schwer, die Farbe auf den Fotos richtig zu sehen, aber ich würde diese Augen überall erkennen. Genau wie die von Charlie."

„Hab ich doch gesagt", sagte ein anderer Mann. Er stand neben einer Frau etwa in meinem Alter, mit kinnlangen, kastanienbraunen Locken im gleichen Farbton wie die von Aiden und ozeanblauen Augen, die genau zu meinen passten. Der Mann, der gesprochen hatte, war trotz seines perfekt maßgeschneiderten dunklen Anzugs etwas unheimlich.

Er war groß, und das sagte schon etwas in einem Raum voller Männer, die alle über 1,80 groß sein mussten. Dieser Typ war wahrscheinlich zwei Meter groß, mit breiten Schultern und langen Beinen. Er hätte mich nervös gemacht, wenn da nicht sein freundliches Lächeln und die

Art, wie er seine Begleitung in den Armen hielt, gewesen wären.

„Ich bin Aidan", sagte der erste Mann und bestätigte damit meinen Verdacht.

„Summer. Summer Winters." Ich wurde rot. „Aber das wissen Sie ja schon." Mein nervöses Lachen ließ mich noch tiefer erröten. Ich hasste es, nervös zu sein. Fast so sehr, wie ich es hasste, rot zu werden.

„Nun, *ich* wusste das nicht. Diese Jungs sind alle in großen Schwierigkeiten, weil sie mir nichts gesagt haben", sagte die Frau mit meinen Augen und Aidens Haar. Sie trat vor und zog mich in eine kurze feste Umarmung.

„Ich bin Charlie Jackson, aber früher war ich Charlie Winters. Ich bin die kleine Schwester von diesem hier", sagte sie und nickte Aiden zu. „Und das ist mein Mann Lucas. Er arbeitet bei Sinclair Security mit Evers, Riley, Griffen und dem Rest der Jungs, die hier herumlaufen. Es tut uns leid, dass wir dich alle auf einmal überfallen, wenn du eigentlich arbeiten solltest, aber wir dachten, es wäre weniger seltsam, als dir auf der Party über den Weg zu laufen."

Charlies offene Freundlichkeit entwaffnete mich, entspannte meine Nerven und ließ mich grinsen.

„Es ist so oder so ein bisschen seltsam", sagte ich, „aber das ist viel besser, als euch alle auf der Party zu treffen. Ich, äh, ich hätte mich schon früher melden sollen, aber...“

„Ich wollte gerade dasselbe sagen", sagte Aiden. „Wir hätten es nicht so lange hinauszögern sollen."

„Das Leben war ein bisschen verrückt", fiel eine große, blonde Frau ein. Sie trat vor, zerrte ihren Begleiter mit sich und streckte ihre Hand aus. „Ich bin Annalise. Lise. Die Cousine von Aiden und Charlie. Das ist mein Mann, Riley. Er arbeitet mit Lucas, Evers und dem Rest von ihnen zusammen. Da drüben sind mein Zwillingsbruder Vance und seine Frau Maggie. Alle anderen können es kaum erwarten, dich ebenfalls kennen zu lernen. Sie hätten es einrichten können, wenn sie es etwas früher gewusst hätten, aber..."

Ich schüttelte den Kopf und lächelte. „Cynthia wollte die Party unbedingt heute veranstalten. Sie wollte nichts davon hören, dass sie noch ein oder zwei Wochen warten sollte."

„Summer hat die Einladungen weniger als vierund-zwanzig Stunden, nachdem Cynthia mit der Party auf sie losgegangen war, verschickt", sagte Evers und lächelte mich mit etwas an, das wie Stolz aussah.

Ein Keuchen kam aus Aidens Richtung. Mit silber-blondem Haar und lavendelfarbenen Augen, war seine Begleiterin so perfekt und schön, dass sie ein wenig einschüchternd wirkte. „Eine Woche?", fragte sie mit entwaffnender Bewunderung, „Wie haben Sie es geschafft, *das* in einer Woche auf die Beine zu stellen?"

„Sie wird sagen, dass es keine große Sache war", sagte Evers, „aber sie hat rund um die Uhr gearbeitet, um es zu Stande zu bringen."

„Cynthia hält mich auf Trab", sagte ich diplomatisch.

Sie machte mich vielleicht die Hälfte der Zeit wahnsinnig, aber sie war eine Kundin, und zwar eine gute. Ich würde es nie vor jemandem zugeben, wie hart die letzte Woche gewesen war. Wie erschöpft ich war, und wie sehr ich mich darauf gefreut hatte, zwölf Stunden durchzuschlafen, wenn die ganze Sache vorbei war.

Ich erfuhr bald, dass die Frau neben Aiden seine Freundin Violet war – ihr Name passte perfekt zu der Farbe ihrer Augen. Vance und Maggie kamen herüber, Vance gab mir einen festen Händedruck und Maggie eine Umarmung.

Sie waren alle so... normal. Abgesehen davon, dass sie wunderschön waren und Designerkleidung trugen, waren sie unter der ganzen Politur ganz normal. Sie waren freundlich und nett, und schienen aufrichtig daran interessiert zu sein, mich kennenzulernen.

Wir unterhielten uns über dies und das, wobei mir vor allem die Winters von den verschiedenen Geschwistern und Cousins erzählten, die es nicht zur Party geschafft hatten, und ein spontanes Treffen bei ihnen zu Hause planten. Es war so einfach und angenehm, dass ich die Zeit aus den Augen verloren hatte, bis Angie den Kopf in den Salon steckte und eine Hand hob, um meine Aufmerksamkeit zu erregen.

„Entschuldigt mich bitte für eine Sekunde", sagte ich und traf Angie an der Tür.

„Cynthia ist fast fertig, aber sie hat einen Plan für ihren großen Auftritt, den sie mit dir durchgehen will. Sie braucht dich sofort oben."

„Eine Minute noch. Danke, Angie."

Evers trat vor und gab Lucas und Riley ein Zeichen.

„Zeit, an die Arbeit zu gehen", sagte Lucas, als er sich vorbeugte, um die Schläfe seiner Frau zu küssen und ihr etwas ins Ohr zu murmeln, das sie zum Lachen brachte.

„Ich werde es versuchen", sagte sie mit einem Funkeln in den Augen. Lucas zwinkerte und folgte Evers und Riley aus dem Raum.

Vance schüttelte den Kopf über seine jüngere Cousine und sagte: „Als ob du dich aus Schwierigkeiten heraushalten könntest."

Seine Frau Maggie stieß ihm den Ellenbogen in die Seite. Sie erinnerte mich ein wenig an Emma, mit ihren roten Haaren, ihrer Bombenfigur und ihren freundlichen Augen.

Als Beweis dafür, dass ich sie richtig eingeschätzt

hatte, sagte sie: „Lass dich von uns nicht aufhalten. Ich weiß, dass du hart gearbeitet hast, um dies auf die Beine zu stellen, und die nächsten Stunden werden dich auf Trab halten. Wir werden dafür sorgen, dass wir alles nachholen und etwas mit der ganzen Familie arrangieren, damit du alle kennenlernen kannst."

„Das wäre großartig. Ich würde das gerne wiederholen, wenn ich etwas mehr Zeit habe. Ich bin sicher, ihr habt meine Nummer", sagte ich mit einem Augenzwinkern. „Wir sehen uns auf der Party. Viel Spaß", sagte ich über die Schulter, als ich in die Halle stürmte und die Treppe zu Cynthias Suite hochlief.

Wenn der Rest des Abends nur so gut verlaufen könnte, wie das Treffen mit meiner lang verschollenen Familie, wäre ich einfach glücklich. Komisch, ich war so nervös gewesen, und am Ende waren sie einfach... wirklich nett. Nett war gut. Ich mochte nett.

Mir war ein wenig schwindelig bei dem Gedanken, plötzlich so viel Familie zu haben. All diese Menschen, die schon seit Generationen mit mir verbunden waren.

Eine Spitze des Grolls schlich sich ein. Mein Vater hatte mich davon abgehalten, diese Menschen kennenzulernen. Menschen, die mich gerne willkommen geheißen hätten. Die eine Familie sein wollten.

Warum hatte er das getan?

Weil sich immer alles nur um ihn dreht, murmelte eine nachtragende Stimme in meinem Hinterkopf. *Weil der einzige Mensch, um den er sich wirklich sorgt, er selbst ist.*

Ich verdrängte meinen Vater aus meinen Gedanken. Die persönliche Zeit war vorbei. Ich hatte meine Familie kennengelernt, sie waren großartig, und ich würde später darüber nachdenken.

Von nun an drehte sich der Abend nur noch um

Cynthia. Dies war ihre Party, und sie war die Bienen-königin.

Ich drückte die Tür zu Cynthias Suite auf, um Cynthia am Frisiertisch sitzen zu sehen, während sie eine weitere Schicht Lippenstift auf ihre tiefroten Lippen auftrug. Angie hatte ihr Haar nach hinten frisiert, um ihre dramatischen Wangenknochen und mandelförmigen Augen hervorzuheben. Sie hatte es am Hinterkopf mit einer juwelenbesetzten Spange zusammengesteckt und den Rest in einer Welle von perfekten Platinlocken fallengelassen.

Schmale Träger hielten ihr dunkelrotes Kleid hoch, das tiefe V vorne und hinten zeigte viel Dekolleté und hob Cynthias perfekt getönte Arme hervor. Der Chiffonrock schwebte in Bahnen um Cynthia herum, die beim Bewegen tanzten und schwangen.

Im Stillstand war die Länge vollkommen sittsam. Wenn sie tanzte, würde sie ihre Beine fast bis zur Hüfte entblößen. Winzige, perfekt platzierte Kristalle gaben dem Kleid einen Schimmer, der perfekt zu ihrem Haar passte. Cynthia funkelte mit Juwelen und Aufregung.

Ich sagte vollkommen ehrlich: „Du siehst fantastisch aus, einfach umwerfend."

Cynthia lächelte mich an und scannte mich von Kopf bis Fuß. „Du siehst auch nicht übel aus. Ich liebe den Schal. Er passt perfekt zu diesem Blauton."

„Das tut er, nicht wahr? Ich habe ihn gekauft, als ich das letzte Mal mit dir in Kalifornien unterwegs war. Er ist genau das Richtige, um das Kleid zu beleben."

„Ich bin so aufgeregt, Summer. Du hast wunderbare Arbeit geleistet. Ich weiß, ich bin anspruchsvoll. Du bist die Einzige, die mich ertragen kann. Du kannst Wunder vollbringen."

„Ich ertrage dich gerne", sagte ich, und obwohl mich die Party wahnsinnig gemacht hatte, war das die Wahrheit.

Cynthia konnte eine Nervensäge sein, aber ich liebte die Herausforderung. Ich würde mich langweilen, wenn ich nicht ab und zu schuften musste.

Es ging nichts über das Gefühl des Triumphs, das ich empfand, wenn ich wusste, dass ich mich dem Unmöglichen gestellt und es mit Bravour gemeistert hatte.

„Die Gäste sollten jeden Moment eintreffen", sagte Cynthia, ihre Worte wurden durch den Klang der von unten kommenden Stimmen unterbrochen.

„Es klingt, als wären die ersten schon da."

„Nicht gerade die ersten", sagte Cynthia und sah mich neugierig an. „Warum hast du mir nicht gesagt, dass du mit den Winters verwandt bist?"

Ich schüttelte den Kopf. „Es ist kompliziert. Wir können nach der Party reden. Im Ernst, wir haben jetzt keine Zeit."

„Solange du es versprichst. Ich verpasse ungern Klatsch und Tratsch. Gib mir das TLDR."

Das TLDR. Too Long Didn't Read. Die Kurzversion. Ich lächelte über den Begriff, der von Cynthia kam, die so sehr wie eine Leinwandgöttin der alten Schule aussah, um sich vorzustellen, dass sie jemals ein Internetforum gesehen hatte, geschweige denn wusste, was TLDR bedeutete.

„Okay, und dann müssen wir uns konzentrieren. Kurzversion. Mein Vater ist der Cousin ihres Vaters. Was sie zu meinen Cousins zweiten Grades macht, glaube ich. Mein Großvater hatte sich von der Familie entfremdet, und mein Vater hat mich gezwungen, ihm zu versprechen, nie mit ihnen Kontakt aufzunehmen. Aber er ist im Moment nicht da, und es war an der Zeit. Das war's."

Cynthias Augen verengten sich. „Ich glaube nicht, dass es das *war*. Ich glaube, es steckt noch viel mehr dahinter, aber du hast Recht, jetzt ist nicht der richtige

Augenblick. Also", sagte sie, bereit aufzubrechen, „selbstverständlich will ich einen großen Auftritt haben. Ich dachte mir, wenn du mir Bescheid sagen könntest, wenn die meisten Gäste eingetroffen sind, geben wir der Band ein Signal, etwas Lustiges zu spielen. Etwas Lebhaftes. Dann komme ich die Treppe herunter, und die Party kann richtig losgehen."

„Was ist mit *Shut Up and Dance*? Als die Band vorspielte, spielten sie es instrumental und etwas langsamer, als die Radioversion. Es war fantastisch. Viel Energie und Spaß."

„Das klingt perfekt. Genau das, was ich will."

„Ich gebe der Band Bescheid. Sie sollten jede Minute anfangen zu spielen. Ich denke nicht, dass wir zu lange warten sollten, bis..."

Es klopfte kurz an die Tür, bevor sie aufschwang und Evers erschien, die Stirn gerunzelt, die Lippen zu einer festen Linie zusammengepresst.

„Was ist?", fragte ich. „Was ist los?"

„Clint steht vor dem Tor", sagte er und hackte verärgert die Worte ab. „Meine Leute lassen ihn nicht rein, aber sie können seine Anwesenheit nicht gerade verbergen, wenn man bedenkt, dass die anderen Gäste gerade eintreffen. Ich glaube nicht, dass er von der Party gewusst hat, aber es ist schlechtes Timing. Bei so vielen Leuten, die durch die Tore kommen, sind uns Grenzen gesetzt, wie wir mit ihm umgehen sollen. Er besteht darauf, mit dir zu sprechen", informierte er Cynthia.

All ihre Freude verschwand, ihre Augen verkrampften sich, ihr Lächeln sah gezwungen aus. Ich wollte die Einfahrt hinunter marschieren und Clint Perry ins Gesicht schlagen. Oder schlimmer. Vielleicht würde Evers mir seine Waffe leihen.

Cynthia hatte ein hartes Jahr hinter sich. Sie hatte sich

auf die Party gefreut, und nun versuchte er, auch diese zu ruinieren.

Sie starrte an die Decke, anscheinend in Gedanken versunken. Evers und ich warteten. Nach einer gefühlten Ewigkeit holte sie tief Luft, blinzelte heftig und sagte: „Hol ihn ans Telefon. Er wird mir den Abend nicht verderben."

„Cynthia", warnte Evers, „ich glaube nicht, dass das eine gute Idee ist. Er..."

„Hol. Ihn. Ans. Telefon."

„Okay", gab Evers nach und zog sein Handy aus der Tasche. Er rief die Wache am Tor an, die Clint vom Grundstück fernhielt. „Hol ihn ans Telefon. Sie will mit ihm sprechen."

Er nahm das Handy vom Ohr und bedeckte es mit seiner Hand, als er sagte: „Du wirst mit ihm über Lautsprecher sprechen, verstanden? Ich muss hören, was er sagt."

Cynthia nickte. „Ist er da?"

Evers nahm die Hand vom Telefon und sagte: „Perry, Sie sind auf Lautsprecher. Cynthia ist hier. Sie möchte mit Ihnen sprechen."

„Baby?" Clints vertraute tiefe Stimme erklang durch den Lautsprecher. „Baby, es tut mir leid, aber ich muss dich sehen. Ich wusste nicht, was ich sonst tun sollte."

„Clint, ich könnte die Polizei rufen", sagte Cynthia, und man hätte annehmen können, sie sei einfach nur verärgert, wenn da nicht der Schmerz wäre, der sich hinter ihren Worten verbarg.

„Tu das nicht, Baby. Ich weiß, dass du mich hasst. Ich weiß, du hast das Recht, so zu fühlen. Ich verspreche dir, wenn du nur einmal mit mir redest, gehe ich weg und lasse dich in Ruhe. Ich gebe dir die Scheidung. Ich gebe dir alles, was du willst. Wenn du mich nur ein letztes Mal triffst. Ich verspreche es."

„Warum?", fragte Cynthia und blinzelte, um die Tränen zurückzuhalten. „Was ist der Sinn des Ganzen? Wir tun uns nur gegenseitig weh. Wir können nicht mehr zurück, Clint. Wir können nicht retten, was nie da war."

„Sag das nicht. Bitte, Baby. Ich habe Mist gebaut. Ich habe es vermasselt. Ich habe alles ruiniert, ich weiß. Aber ich liebe dich, und ich weiß, dass du mich geliebt hast. Vielleicht tust du es nicht mehr, aber du hast mich geliebt."

„Das ist lange her", sagte Cynthia, ihre Stimme war dünn und traurig. Ich wünschte, er käme einfach auf den Punkt, damit sie auflegen und wieder aufgeregt und glücklich sein könnte.

Cynthia hatte im vergangenen Jahr viel Zeit einsam und elend verbracht. Ich hasste es, sie wieder so zu sehen. Vor dieser Zeit mochte ich Clint Perry und fand, dass sie großartig zusammenpassten. Und jetzt? Ich wünschte mir, sie würde die Polizei rufen, damit wir die Genugtuung hatten, seinen Arsch in den Knast werfen zu können.

„Triff dich einfach mit mir", bettelte er. „Nur einmal. Lass es mich erklären und dann lasse ich dich in Ruhe, versprochen."

„Gut", lenkte Cynthia ein, ihr scharfer Ton übertönte Evers' Stöhnen und mein überraschtes Aufatmen.

Was tat sie da?

Sie hatte sich die Mühe gemacht, eine einstweilige Verfügung zu erwirken, und jetzt setzte sie sie außer Kraft und verstieß sogar selbst gegen die Bedingungen. Ich hielt ein Treffen mit Clint für keine gute Idee, aber ich war nur die Assistentin. Cynthia hatte das Sagen.

Evers versuchte, sie zur Vernunft zu bringen. „Cynthia, das ist keine gute Idee. Ich kann nicht empfehlen..."

„Evers, richte es ein. Ich muss zu meiner Party. Du kennst meinen Zeitplan. Finde einen passenden Zeitpunkt und triff die Vorbereitungen. Nicht hier. In deinem Büro.

Und Clint, nachdem alles arrangiert ist, wirst du gehen. Und zwar sofort."

„Verstanden, Baby. Danke."

Evers schaltete den Lautsprecher aus und hielt das Telefon an sein Ohr, wobei er Cynthia einen finsteren Blick zuwarf, als er aus dem Raum stolzierte und Clint am Telefon anbellte. Ich sah Cynthia kurz an und war erleichtert, dass sie es geschafft hatte, ihre überquellenden Tränen zurückzuhalten. Ihr Make-up war immer noch perfekt.

Ich wollte sie umarmen, aber Cynthia musste die Fassung bewahren. Eine Umarmung würde nicht helfen. Später, nach der Party, wenn niemand sonst es sehen konnte, ließe sie mich vielleicht Trost spenden. Aber nicht jetzt.

Im Moment musste sie sich in ihre Rolle hineinversetzen, und es gab keine Figur, die sie mehr mochte als die fabelhafte, glamouröse und unglaublich talentierte Cynthia Stevens.

Ich streckte dennoch die Hand aus und drückte kurz ihren Arm. Leise fragte ich: „Geht es dir gut?"

„Verdammt fantastisch", antwortete sie entschlossen. Diese Entschlossenheit hatte sie vom Kellnern und von Zahnpastawerbungen bis zur Oscar-Verleihung katapultiert. Sie würde sie auch durch den heutigen Abend bringen.

„Richtig so", murmelte ich. „Ich bin weg, um mich bei der Band zu melden. Ich schicke dir eine SMS, wenn wir für dich bereit sind. Ich glaube nicht, dass es zu lange dauern wird. Nach dem Klang der Stimmen unten zu urteilen, glaube ich, dass alle nur noch auf dich warten."

Noch ein kurzer Druck auf ihren Arm und ich ging, um mich mit der Band zu beraten. Weniger als zwanzig Minuten später stürmte Cynthia herein, begleitet von einem lebhaften Beat, während die versammelten Gäste anerkennend klatschten.

Normalerweise würde ich ihr Bedürfnis nach Dramatik und Aufmerksamkeit mit einem diskreten inneren Augenrollen bedenken. Heute Abend, nach dem, was Clint abgezogen hatte, hoffte ich einfach, dass all die Verehrung das Loch füllen würde, das er in ihrem Herzen hinterlassen hatte.

SUMMER

Die nächsten zwei Stunden vergingen in einem Gewirr von Horsd'oeuvre, verschüttetem Wein, Musik und Gelächter. Bis jetzt lief alles nach Plan. Das Essen war köstlich, nicht, dass ich überrascht war, so wie ich May kannte. Sie war aus gutem Grund mein Lieblings-caterer.

Rycroft Castle zeigte sich bei der Party von seiner besten Seite, und die Gäste waren von der Atmosphäre begeistert. Sie waren wohlhabend, einige von ihnen berühmt, und wohnten wahrscheinlich in ihren eigenen Herrenhäusern, aber Rycroft Castle lag noch eine Stufe höher.

Charlie kam auf mich zu, als die Party gerade in vollem Gange war. Ich stand an der Seite des Raumes, ein Glas Wein in der Hand, und suchte nach allem, was meine Aufmerksamkeit erfordern könnte. Sie hatte sich neben mich geschlichen, stupste mich mit der Schulter an und sagte: „Diese Party ist fantastisch. Rycroft ist fantastisch. Ich bin in Winters House aufgewachsen, was ziemlich beeindruckend ist, aber es ist kein verfluchtes Schloss."

„Ich weiß. Dieser Ort ist einfach jenseits der Wirklich-keit. Jedes Mal, wenn ich den Flur entlanggehe, fühle ich mich wie in einem anderen Jahrhundert", antwortete ich.

„Lucas und ich sind im Immobiliengeschäft. Nun, ich mache das in Vollzeit, und er arbeitet mit mir, wenn er nicht gerade sein Ding bei Sinclair macht. Ich habe gerade meine Lizenz als Bauunternehmerin erhalten, und ich habe eine ziemlich gute Vorstellung davon, was der Bau von Rycroft gekostet haben muss." Sie rollte mit den Augen und grinste. „Das ist es, was sie meinen, wenn sie sagen, der Preis spielt keine Rolle."

„Das ist einer der Vorteile meines Jobs. Normalerweise arbeite ich von meiner Wohnung aus, aber ab und zu darf ich auch an einem Ort wie diesem wohnen." Ich dachte darüber nach und korrigierte: „Okay, niemals ganz an einem Ort wie *diesem*."

Ich hatte bemerkt, dass Charlies Ehemann, Lucas, und Lises Ehemann, Riley, sich unter die Gäste gemischt hatten, ihre Augen scharf und aufmerksam. Ich wusste nicht genau, was sie für Sinclair Security taten, aber beide teilten das kühle, effiziente Auftreten, das Evers an den Tag legte, wenn er bei der Arbeit war. Was auch immer passierte, sie würden sich darum kümmern. Nichts würde ihnen in die Quere kommen.

Als Lucas hinter Charlie und mir auftauchte, schaute ich auf, und war angesichts seines Ausdrucks etwas alarmiert.

„Was ist los? Ist Clint zurück?"

Lucas schüttelte den Kopf. „Kein Sicherheitsproblem, aber ich dachte, du würdest es wissen wollen. Ich war draußen, als die Band eine Pause einlegte. Ich hörte sie sagen, dass sie sich weigern werden, nach zehn zu spielen, wenn du nicht noch einen Riesen drauflegst."

Ich unterdrückte einen Fluch. „Das können sie nicht

tun. Ich habe einen Vertrag. Wenn ihr mich bitte für einen Moment entschuldigt, ich muss etwas Papierkram holen und ein Gespräch mit der Band führen."

Lucas zwinkerte mir zu und sagte: „Gute Idee. Wir kommen mit, nur für den Fall, dass sie dir das Leben schwermachen."

„Ich werde schon mit ihnen fertig", versicherte ich. Ich wollte nicht, dass sie die Party verließen, aber Charlie hatte ihren Arm um meinen geschlungen.

„Lass uns helfen. Lucas ist hervorragend darin, aufzufallen und furchterregend auszusehen. Er wird nicht einmal etwas sagen müssen. Er wird einfach nur dastehen, und du kannst die Sache erledigen. Auf diese Weise ist es effizienter."

Ich lachte und sagte: „Dann vielen Dank. Ich weiß das zu schätzen."

Ich arbeitete mich durch die Menge, bis wir den Flur zu meinem Büro erreicht hatten. Am Rande der Party sagte ich: „Ihr könnt hier warten. Ich bin gleich wieder da."

Der Lärm von Musik, Stimmen und Gelächter verklang, als ich den Flur hinunterging, die Geräusche lösten sich im Geklapper von Besteck und Tellern auf, dem Gedränge der Kellner und der Caterer in der Küche.

Ich ging an der Küche vorbei, schritt den kurzen Flur hinunter zu meinem Büro und geriet ins Stocken. Die Tür stand einen Spalt weit offen, und Licht ergoss sich in den dunklen Flur.

Ich hatte sie geschlossen. Ich wusste es ganz genau. Es gab überall Sicherheitsvorkehrungen, aber es war möglich, dass einer der Kellner oder May nach etwas gesucht und mein Büro überprüft hatten, weil sie dachten, es sei eine weitere Speisekammer oder ein Lagerschrank.

Mit einem Achselzucken ging ich den Flur hinunter und schwang die Tür auf, blieb stehen und starrte in einem

Moment schockierter Verwirrung auf die dunkle Gestalt, die sich über meinen Schreibtisch beugte und auf die Tasten meines geöffneten Laptops drückte, während sie mein Telefon in der Hand hielt.

Was zum Teufel? Wer würde sich für meinen Computer interessieren? Zu spät wurde mir klar, dass die Person an meinem Schreibtisch wahrscheinlich kein Gast war. Ich musste mich verdammt nochmal verdrücken und Hilfe holen.

Ich stand eine Sekunde zu lange da, die Kinnlade heruntergefallen, die Gedanken verwirrt. Die Gestalt richtete sich auf, und ich sah, dass es ein Mann im Alter meines Vaters war, gekleidet in einen Smoking, wie so viele andere Partygäste auch.

Von der Kleidung abgesehen, sah er nicht wie ein Gast aus. Da war etwas in seinen dunklen Augen. Etwas Hartes. Etwas Kaltes. Er schloss den Deckel meines Laptops und steckte ihn unter seinen Arm, wobei er mein Telefon in seine Tasche schob.

Er machte einen Schritt auf mich zu, und ich ging zurück und stolperte ein wenig, als meine Ferse an der Ecke des Türrahmens hängen blieb.

„Was machen Sie da? Das können Sie nicht mitnehmen!"

Dumm. So dumm. Er sagte nichts, antwortete mit seiner Faust. Sein Arm holte aus, sein Handrücken traf meinen Kopf seitlich hart genug, um mich in den Türrahmen fliegen zu lassen, während die scharfe Ecke mir auf die Schulter schlug und mich zur Seite drehte. Mein Absatz verdrehte sich und brach. Aus dem Gleichgewicht gebracht, stolperte ich, und mein Knöchel gab unter mir nach.

Ein weiterer Treffer, diesmal in den Bauch, trieb mir den Atem aus den Lungen. Ich ging zu Boden, fiel auf meinen Hintern und drehte mich, wobei ich mit dem Hinterkopf aufschlug. Mein kaputter Schuh flog weg und rutschte über den Boden, während ich nach Luft schnappte.

Der Mann schaute auf mich herab, als wäre ich nicht mehr als ein Käfer, trat seelenruhig über mich hinweg und ging in einem gelassenen, gemächlichen Tempo den Flur hinunter.

„Stopp! Stopp! Sie können nicht – haltet ihn auf!" Ich versuchte zu schreien, aber er hatte mir die Luft genommen, und meine Worte waren nicht mehr als ein raues Flüstern. Ich krabbelte auf meine Füße, aber der Boden kippte unter mir, als mein Knöchel wackelte, und ich fragte mich, ob ich mich übergeben müsste, bevor ich Hilfe holen konnte.

Ich stolperte, mein Magen zog sich zusammen, und ich fiel auf die Knie. Das Trommeln meines Herzschlags in meinen Ohren verwandelte sich in Fußgetrampel.

AUF EINMAL HOCKTE LUCAS VOR MIR UND SAGTE ÜBER DIE SCHULTER: „HOL EVERS."

Charlies Stimme, hoch und angespannt: „Bin gleich wieder da."

„Summer, geht es dir gut? Was ist passiert?"

Er zog mich hoch und half mir beim Aufsetzen. „Atme tief durch. Du bist okay."

„Ich kam den Flur entlang. Die Tür stand ein wenig offen, obwohl ich sie vorhin geschlossen hatte. Ich weiß es genau. Er war da drin. Er hat meinen Laptop und mein Telefon genommen."

„Wer war es, Summer? Hast du ihn erkannt?"

Meine Sicht klärte sich langsam, und das Chaos in meinem Kopf nahm ab. „Nein. Ich habe ihn noch nie zuvor gesehen. Er war vielleicht in seinen Fünfzigern? Dunkle Haare. Dunkle Augen. Er trug einen Smoking."

„Hat er etwas gesagt?"

„Nein. Er hat mich geschlagen, meinen Laptop und mein Telefon mitgenommen und ist gegangen. Ich... ich hätte ihn aufhalten sollen, aber er hat mich geschlagen, und ich bin hingefallen, und dann war er weg."

Evers kam den Flur entlang. „Wo ist sie? Was zum Teufel ist passiert?"

In der Sekunde, als Lucas Evers sah, stand er auf und rannte los. Als er an Evers vorbeikam, sagte er: „Frag Summer. Ich werde ihn verfolgen."

Evers fiel neben mir auf die Knie, umfasste mein Gesicht mit beiden Händen, drehte meinen Kopf ins Licht und suchte nach Verletzungen.

„Was ist passiert? Wo bist du verletzt?"

„Mir geht es gut", ich holte tief Luft und kämpfte darum, meine Lungen zu füllen.

Evers blickte zu Charlie und sie sagte: „Er hat ihr in den Bauch geschlagen und sie geschubst, aber das ist alles."

Er streichelte mit der Hand über meinen Rücken und murmelte: „Einfach atmen. Alles wird gut."

Ich musste schlucken, meine Augen schlossen sich in Anbetracht seiner Zärtlichkeit.

„Atme tief durch und erzähl mir, was passiert ist."

Ich erzählte Evers, was ich Lucas berichtet hatte. Er fluchte leise und setzte sich, stützte sich an der Wand ab und zog mich auf seinen Schoß, schlang seine Arme um mich und schmiegte meinen Kopf in seine Halsbeuge.

„Lucas wird ihn finden", flüsterte er in mein Haar. „Er hat dich zweimal geschlagen, in die Schulter und in den Bauch, und du bist gefallen und hast dir den Kopf gestoßen. Dein Knöchel ist vielleicht verstaucht, aber sonst nichts? Du bist sonst nirgends verletzt?"

Ich schüttelte den Kopf und lehnte mit meiner Stirn gegen seine warme Haut.

„Summer?", drängte er.

„Nein. Nirgendwo sonst, aber ich kriege immer noch keine Luft. Ich fühle mich krank." Ich schien nicht mehr als ein paar Worte auf einmal aneinander reihen zu können. Ein Stahlband war um meine Brust geschlungen, und mein Inneres fühlte sich gequetscht an. Es tat weh.

Irgendwo hinter mir hörte ich Charlie sagen: „Ich schaue mal im Gefrierschrank nach Erbsen, oder einem Beutel Eis für ihr Knöchel."

„Ich brauche kein Eis", sagte ich langsam und die Enge in meiner Lunge ließ endlich nach, Stück für Stück. „Es geht mir gut. Ich brauche nur Aspirin oder so etwas."

„Du musst dich ausruhen", sagte Evers und lehnte mich an sich. „Das Team wird diesen Typen finden."

Als dieser Gedanke durchsickerte, klärte ein Alarmsignal meinen Verstand.

Ich konnte mich nicht ausruhen.

Ich war gerade dabei, eine Party zu schmeißen.

Ich hatte einen Job zu erledigen, und ich wollte Cynthia nicht im Stich lassen. Ich kämpfte gegen Evers und versuchte, mich aufzusetzen und wieder auf die Beine zu kommen.

Seine Arme versteiften sich und er knurrte: „Wohin glaubst du, dass du gehst?"

„Ich muss zurück zur Party, und wieder an die Arbeit gehen."

„Nein", sagte Evers entschieden. „Du bist verletzt. Sobald wir dich versorgt haben, werde ich dich mir genauer ansehen und entscheiden, ob wir dich ins Krankenhaus bringen, oder einfach den Arzt rufen müssen."

„Du bist nicht ins Krankenhaus gegangen, als du fast getötet wurdest", sagte ich verärgert.

Ich wollte nichts weiter, als mein Seidenkleid auszuziehen und zwischen die Laken meines Bettes zu kriechen, damit ich einschlafen und dem wachsenden Schmerz in meiner Schulter, dem Pochen in meinem Knöchel und dem Hämmern in meinem Kopf entkommen konnte.

Es spielte keine Rolle. Ich würde es durchstehen. Ein paar Stunden und die Party wäre vorbei. Dann könnte ich mich ausruhen.

Über mir hörte ich das Rascheln von Seide und Charlies Stimme. „Wann wärst du fast getötet worden, Ev?"

Evers bewegte sich, und eine Sekunde später breitete sich die wohltuende Erleichterung von Kälte über meinen Knöchel aus.

„Das geht dich nichts an", erwiderte er.

„Hmm", murmelte Charlie, und auch wenn ich sie noch nie zuvor getroffen hatte, spätestens bei diesem kurzen Austausch, hätte ich gewusst, dass sie wie Bruder und Schwester waren.

Wir saßen einen langen Moment schweigend da, ich saugte die eisige Erleichterung der Kältepackung an meinem Knöchel auf, und Charlie dachte offensichtlich intensiv nach.

Als sie das Schweigen brach, platzte sie mit „Oh, mein Gott" heraus.

„Es ist Summer. Summer ist dein Geheimnis. Heilige Scheiße."

„Halt die Klappe, Charlie."

„Ich halte die Klappe nicht. Wusste Lucas davon?"
Keine Antwort von Evers.

Ich drehte leicht den Kopf, um Charlie über uns stehen zu sehen, die Arme über der Brust verschränkt, auf Evers herabblickend, ihr Blick verärgert, aber ihr Mund zu einem teuflischen Grinsen verzogen.

Evers stieß einen Seufzer aus. „Ich weigere mich, die Frage zu beantworten, mit der Begründung, dass das meinen Kumpel in Schwierigkeiten bringen wird."

„Er *wusste* es. Dieses Wiesel. Er ist zu gut darin, Geheimnisse zu bewahren." Charlie drehte sich weg und wollte den Flur hinuntergehen, als Evers' Kopf hochschellte. „Lass das. Bleib hier, bis Lucas zurückkommt."

„Warum? Glaubst du, er ist noch im Haus?"

„Nein. Tue ich nicht, aber ich gehe kein Risiko ein. Lucas verfolgt den Eindringling, Riley führt das Team an und sichert das Haus, und du bleibst hier bei uns, bis einer von ihnen zurückkommt und uns Entwarnung gibt. Es ist schon schwer genug, alle Gästen da draußen im Auge zu behalten, wir müssen es nicht noch schwieriger machen."

„Cynthia-", begann ich zu sagen.

Evers schnitt mir das Wort ab. „Cynthia geht es gut. Ich habe zwei unserer Leute, die sie nicht aus den Augen lassen."

Griffen erschien am Ende des Flurs: „Lucas ist noch nicht zurück."

„Ist er...?", fragte Charlie, zum ersten Mal war Nervosität in ihrer Stimme zu hören.

„Er hat zwei Männer mitgenommen", beruhigte Griffen. „Ich höre ihn", sagte er und klopfte auf einen versteckten Ohrhörer. „Es geht ihm gut, er versucht nur, den Kerl zu schnappen, der eingebrochen ist. Cynthia ist sicher. Niemand da draußen hat irgendeine Ahnung. Wir haben zwei Teams, die das Haus durchsuchen, alle Ausgänge sind gesichert. Wir können Summer nach oben bringen."

Kaum hatte er seine Rede beendet, hob Evers mich in seine Arme, als er aufstand und den Saal entlang schritt.

„Ich habe deine Schuhe, Summer", sagte Charlie hinter uns.

„Ich kann laufen", sagte ich zu Evers.

„Du kannst, aber du wirst nicht."

Ich habe versucht, nicht erleichtert auszusehen. Ich musste zurück zur Party, zurück an die Arbeit.

Mein Körper hatte andere Pläne. An sich allein war keine meiner Verletzungen so schlimm. Ein schmerzender Bauch, eine geprellte Schulter, ein verdrehter Knöchel, und eine Beule am Kopf. Aber alles zusammen hinterließ bei mir das Gefühl, als wäre ich von einem Lastwagen überfahren worden.

Evers setzte mich auf mein Bett und legte mir den Eisbeutel wieder auf den Knöchel. Über die Schulter sagte er zu Griffen: „Ruf Whitmore an."

„Sie ist ein wenig angeschlagen. Sie fühlt sich wahrscheinlich höllisch schlecht, aber sie braucht keinen Arzt", sagte Griffen.

„Ruf ihn trotzdem an", bestand Evers. „Sie hat sich den Kopf gestoßen."

Griffen ignorierte ihn und ging zur anderen Seite des Bettes.

Er beugte sich vor und schubste Evers aus dem Weg. Als er die Nachttischlampe einschaltete, sagte er: „Mach die Augen auf und schau mich an, Summer."

Er studierte einen Moment lang meine Augen. „Schließe sie." Ich tat es.

„Öffne sie." Ich blinzelte erneut. „Die Pupillen reagieren normal. Übelkeit?"

„Nicht wirklich. Gleich nachdem er mich geschlagen hat, aber nicht jetzt", sagte ich.

„Atme tief ein." Meine Brust schmerzte, aber meine Lungen funktionierten endlich wieder.

„Noch einmal."

Nach zwei weiteren vollen Atemzügen nickte Griffen. Er hielt eine Hand hoch, einen Finger ausgestreckt. „Folge meinem Finger." Er bewegte seinen Finger von Seite zu Seite, dann auf und ab.

„Verschwommene Sicht? Schwindelgefühle?"

„Mir ist etwas schwindelig", gab ich zu. „Keine verschwommene Sicht."

Er zeigte drei Finger. „Wie viele?"

„Drei."

Er testete mich noch einige Male, warf mir etwas Mathe vor und erklärte, dass ich Schmerzmittel und Nachtruhe brauche.

„Es geht ihr gut", sagte er zu Evers und klopfte ihm auf die Schulter.

„Du bist kein Neurologe", murmelte Evers.

„Sie braucht keinen Neurologen. Es geht ihr gut. Du hattest es viel schlimmer als Summer, und du hast dich von *mir* nähen lassen. Entspann dich."

Ich drehte mich um, um mir die Kratzer an seinem Hals anzusehen, die größtenteils von seinem Kragen verdeckt waren. Ich streckte die Hand aus, um sie zu berühren, anber er fing sie auf.

„Du hast mir nicht gesagt, dass du genäht werden musstest", sagte ich, seltsamerweise wütend, weil er verheimlicht hatte, wie schlimm es war.

„Musste ich nicht. Das war ein anderes Mal", sagte er abwesend und hielt meine Hand immer noch in seiner, während sein Daumen meine Knöchel streichelte. „Hast du nicht etwas zu tun?", fragte er Griffen.

Griffen schenkte mir ein Augenzwinkern und ein Grinsen. Dann, wieder ernst, sagte er: „Wenn du dich krank fühlst, deine Kopfschmerzen sich verschlimmern, du aus der Nase oder den Ohren blutest, verwirrt bist oder verschwommen siehst, lass es Evers wissen. Grundsätzlich solltest du dich bald besser fühlen. Wenn es dir aber schlechter geht, bringen wir dich ins Krankenhaus. Ansonsten denke ich, dass du in Ordnung bist."

„Danke, Griffen."

Er hob die Hand zu einem fröhlichen Salut an seine Stirn, bevor er durch die Tür verschwand.

Charlie ging zum Fenster und spähte durch die dunkle Nacht. Sie murmelte: „Ich ziehe es vor, nicht zu wissen, was er tut, wenn er im Einsatz ist. Das ist einfacher. Ich hasse es, hier zu sitzen und zu warten."

„Er kann auf sich selbst aufpassen", beruhigte Evers.

„Ich weiß", sagte Charlie mit einem Seufzer. „Ich weiß, dass er es kann. Ich werde mich trotzdem besser fühlen, wenn er zurück ist und ich sehen kann, dass es ihm gut geht."

Sie ging auf und ab, was wie eine Ewigkeit erschien, aber wahrscheinlich weniger als zwanzig Minuten dauerte. Sie blieb erst stehen, als sich die Tür öffnete und Lucas eintrat, von Riley gefolgt.

Lucas begegnete Evers' Blick und schüttelte den Kopf. „Ich habe ihn verloren. Ich habe zu lange gewartet, aber ich wollte Summer nicht allein lassen, da ich nicht gewusst habe, wie schlimm es ist."

„Du hast das Richtige getan", sagte Evers sofort. „Wir müssen in ihrem Büro nachsehen, ob er nur den Laptop und das Telefon, oder noch etwas anderes mitgenommen hat."

Zum ersten Mal sackte die Realität durch. Mein Laptop und mein Telefon waren weg. Gestohlen. Ich hatte alles da drauf. Was nicht auf meinem Laptop gespeichert war, war auf meinem Telefon.

Ich ermahnte mich, mich zu entspannen. Ich hatte von beidem Sicherungskopien. Die Anschaffung eines neuen Laptops und Telefons war zwar eine zusätzliche

Ausgabe und umständlich, aber es war nicht das Ende der Welt.

Ich hatte mir nicht die Mühe gemacht, zu fragen. Ich wusste, dass der Einbruch nichts mit Cynthia zu tun hatte. Jemand, der sich für Cynthia interessierte, wäre direkt auf sie zugegangen. Statt in mein Büro, wäre er in ihr Schlafzimmer gegangen, um ihre Unterwäsche zu durchsuchen. Vor ein paar Jahren hatte ein Stalker genau das getan.

Ihre Haushälterin war mit einem Stapel sauberer, weißer Laken in ihr Schlafzimmer gekommen und schrie vor Schreck, als sie einen stämmigen kleinen Mann mit Spitzbart sah, der Cynthias Unterwäscheschublade durchwühlte und dessen Taschen mit Seiden- und Spitzentangas gefüllt waren. *Bäh.*

Danach hatte Cynthia die Sicherheitsvorkehrungen verschärft. Hier ging es nicht um sie.

Nein, wer auch immer es war, hatte direkt nach meinem Laptop und Telefon gegriffen. Ich hatte keine digitalen Informationen, die es wert waren, gestohlen zu werden. Irgendwie dachte ich nicht, dass er hinter dem Inhalt meiner bescheidenen Spar- und Anlagenkonten her war.

Wenn er einen Beweis für den Kontakt mit meinem Vater gesucht hatte, hatte er Pech. Smokey Winters war nicht der E-Mail-Typ, und er hatte mich seit Wochen nicht mehr angerufen.

„Wie ist er entkommen?", fragte Evers.

„Soweit wir das beurteilen konnten", sagte Riley, „kletterte er wie ein gottverdammter Klammeraffe über die Mauer. Es sah aus, als hätte er sich den Laptop auf den Rücken geschnallt und er...", Riley mimte das Klettern nach. „Als wir auf die andere Seite kamen, war er verschwunden."

„Verdammt."

„Braucht Summer einen Arzt?", fragte Riley.

„Nein", antwortete ich und bemühte mich, aufzusitzen. „Griffen hat gesagt, es geht mir gut."

Evers drehte sich um und warf mir einen strengen Blick zu. „Denk nicht einmal daran, aufzustehen. Lass das Eis auf deinem Knöchel und bleib, wo du bist."

„Wichtigtuer", sagte Charlie vor sich hin und erntete dabei ein winziges Kichern von mir und einen finsteren Blick von allen Männern im Raum.

Sie rollte mit den Augen und ich lächelte zurück.

„Ich muss zurück zur Veranstaltung", sagte ich. „Cynthia..."

„Cynthia geht es gut", sagte Evers kurz. „Ihr ist nichts passieren. Ich bleibe hier bei dir."

Ich öffnete meinen Mund, um Einspruch zu erheben, dann nahm ich die Entschlossenheit in seinen eisblauen Augen und den störrischen Ansatz seines Kinns wahr und hielt meinen Mund. Ich hatte nicht die Kraft, mit Evers zu streiten, aber mehr als das – ich wollte nicht, dass er ging.

Ich war müde und war verprügelt worden. Erschöpft und verängstigt.

Bei Evers fühlte ich mich sicher.

Ich verstand mich selbst nicht mehr.

Ich vertraute ihm nicht. Ich war immer noch wütend auf ihn, aber als ich darüber nachdachte, wen ich am meisten wollte, war die Antwort – Evers.

Nur Evers.

Ich wünschte mir, dass es diesmal nicht um einen Fall ginge. Dass es diesmal um mich ginge und nicht um seine Arbeit.

EVERS

„Cynthia, ich möchte, dass du dieses Treffen mit Perry noch einmal überdenkst. Wir wissen beide, dass das eine schlechte Idee ist. Er ist unberechenbar und…"

„Ich will, dass er verschwindet, Evers. Wenn es das ist, was dafür nötig ist, tue ich es." Sie stolzierte an der holzgetäfelten Bar vorbei, ihre Absätze leise auf dem dicken Perserteppich, setzte sich in einen breiten Ledersessel und blickte mich finster an.

„Gut", sagte ich kurz.

Ich war müde und nicht in der Stimmung, mit Cynthia über Clint Perry zu streiten. Ich war die halbe Nacht wach geblieben, um bei Summer zu sitzen und ihr beim Schlafen zuzuschauen.

Ich hatte versagt. Irgendwo hatte es eine Lücke in unserer Sicherheit gegeben. Der Eindringling musste eine Einladung gehabt haben, weil die Kameras ihn nur auf dem Weg nach draußen aufgezeichnet hatten. Riley hatte Recht, er war über die hohe Kalksteinmauer geklettert, wie ein verdammter Klammeraffe.

Irgendwie hatte er eine Einladung in die Hände gekriegt. Er war nahe genug an Summer herangekommen, um sie zu schlagen. Zwei Mal.

Als ich darüber nachdachte, was er ihr sonst noch alles hätte antun können, allein in ihrem kleinen Büro, Summer seiner Gnade ausgeliefert…

Ich konnte es mir nicht vorstellen, ohne ihn zerfleischen zu wollen. Ich war hier, um sie zu beschützen. Um ihr zu helfen, ihren Vater zu finden, ja, aber vor allem, um sie zu beschützen.

Ich hatte versagt. Nachdem Riley, Lucas und Charlie gegangen waren, hatte sie mich weggestoßen und war in ihrem Badezimmer verschwunden. Sie tauchte in einem langen T-Shirt auf, bevor sie ins Bett kroch und murmelte: „Du kannst gehen. Es geht mir gut."

Ich ging nicht. Ich machte es mir neben ihr auf dem Bett bequem, ignorierte ihre Proteste und wartete, bis sie eingeschlafen war. Mehr als einmal hatte ich mich davon abgehalten, die Hand auszustrecken, um ihr Haar zu streicheln. Das hätte sie nicht zugelassen. Noch nicht. Vielleicht auch niemals wieder, so wie es jetzt um uns stand.

Nachdem sie eingeschlafen war, postierte ich zwei Wachen vor ihrer Tür und traf mich mit dem Rest des Teams.

Die Gäste waren dabei zu gehen, Cynthia war beschwipst, kicherte und amüsierte sich köstlich, während sie von einer Gruppe zur anderen huschte und Abschiedsumarmungen und -küsse verteilte.

Es ärgerte mich zu sehen, wie sie sich im Erfolg von Summers harter Arbeit sonnte, während Summer selbst verletzt und allein im Bett lag. Riley, Lucas, Griffen und ich trafen uns im Kontrollraum und hatten eine kurze Nachbesprechung. Danach kehrte ich in Summers Zimmer zurück, wo ich neben ihr lag, an die Decke starrte und ihren tiefen, gleichmäßigen Atemzügen lauschte.

Ich verließ sie, bevor die Sonne aufging, weil ich wusste, dass sie beim Aufwachen es nicht schätzen würde, mich neben sich zu sehen. Nie zuvor hatte ich meine Fehler mit ihr so sehr bedauert.

„Du siehst müde aus." Cynthia beobachtete mich mit neugierigen Augen.

„Ich habe nicht gut geschlafen", gab ich zu.

Cynthia stand vom tiefen Ledersessel auf und schlenderte quer durch den Raum auf mich zu, ihre Augen auf meine gerichtet.

Zielgerichtet und raubtierhaft.

Oh, Scheiße! Ich wusste, dass das kommen würde. Ich wusste immer noch nicht, wie ich damit umgehen sollte. Ich wollte ihre Gefühle nicht verletzen, aber es gab keinen verdammten Ausweg.

„Weißt du", sagte Cynthia mit sinnlicher Stimme, „wenn du nicht gut schläfst, könnte ich dir dabei helfen."

Sie kam vor mir zum Stehen und hob ihre Hände, um sie auf meine Brust zu legen, lehnte sich zu mir und neigte ihren Kopf. Ihr Mund hob sich zu meinem und war perfekt für einen Kuss positioniert.

Ich sah sie nüchtern an und fragte mich, ob ein Mann ihr jemals widerstehen könnte. Sie war von Kopf bis Fuß perfekt. Jede Haarsträhne, jede gewellte Wimper, jeder getönte Muskel und jede abgerundete Kurve waren das weibliche Ideal.

Es gab nichts an ihr, was nicht hinreißend und sexy war, und trotzdem ließ sie mich kalt.

Ich wollte Summer.

Cynthia konnte sie nicht ersetzen.

Ich schlang meine Finger um ihre Handgelenke und zog ihre Hände von meiner Brust, um einen Schritt zurückzugehen und Abstand zwischen uns zu schaffen. Ich überlegte, was ich sagen sollte, um es ihr zu erklären, ohne dass sie sich abgewiesen fühlte.

Ich mochte Cynthia, und in letzter Zeit hatte sie Pech mit Männern gehabt.

Ich wollte sie nicht verletzen, aber ich wollte sie einfach nicht.

Ich öffnete meinen Mund, um etwas zu sagen, als Cynthia mir ihre Handgelenke entzog und mit der Hand in der Luft wedelte.

„Bemühe dich nicht. Was immer du sagen willst, ist Blödsinn. Du bist nicht interessiert."

Sie klang nicht verärgert, sondern eher fasziniert. Ich war froh, dass sie nicht wütend war, was mich jedoch nervös machte.

„Bin ich nicht. Es tut mir leid, es ist nicht..."

Ein weiterer Wink ihrer Hand, der alles, was ich sagen wollte, wegwischte. „Ich weiß, was du sagen willst: *Es liegt nicht an dir, es liegt an mir, bla bla*. Aber es liegt nicht an mir *oder* an dir, nicht wahr? Es ist Summer."

Ich blieb still. Das Letzte, was ich brauchte, war, dass Cynthia sich mitten in meine Probleme mit Summer einmischte. „Ich weiß nicht, wovon du sprichst."

„Guter Versuch. Ich habe euch beide beobachtet. Die Art, wie sie dich ignoriert. Die Art, wie deine Augen ihr folgen, wenn sie den Raum betritt. Ich bin nicht blind. Ich war mir nicht sicher, was genau los ist, und habe zu ihr gesagt, ich würde dich anmachen, und sie hat gesagt, es mache ihr nichts aus."

Ich hielt überrascht inne. „Was?"

Cynthia zuckte mit den Achseln und schenkte mir ein wissendes Grinsen. „Ich habe gefragt, ob etwas zwischen euch sei, und sie hat gesagt – absolut nichts. Dann habe ich sie gefragt, ob es ihr etwas ausmacht, wenn ich dich anmache, und sie hat gesagt, du gehörst ganz mir."

Sie ging hinter die Bar, öffnete den kleinen Kühlschrank, holte eine Flasche Champagner raus, schenkte sich ein Glas ein und nippte daran, wobei sie mich wie eine Wanze unter dem Mikroskop studierte.

Ich hatte mich Menschen gegenübergestellt, die weitaus einschüchternder waren als Cynthia Stevens, doch unter der Intensität dieses Blicks wollte ich mich umdrehen und weglaufen. Es gefiel mir ganz und gar nicht, wie dieses Gespräch verlief.

„Also, was ist passiert? Hast *du* es versaut, oder *sie*?"

Besiegt ging ich an die Bar und goss mir einen Fingerbreit Whisky ein. Es war das gute Zeug, und ich nippte langsam, bevor ich zugab: „Ich war es."

„Keine große Überraschung", murmelte sie.

„Was soll das heißen?"

„Evers, komm schon. Du bist der sprichwörtliche rollende Stein. Du gehst von einer Frau zur anderen, zauberst dieses charmante Lächeln hervor, erinnerst sie daran, dass du keine Versprechungen machst, und dann bist du weg. So bist du, seit du entdeckt hast, wozu dein Schwanz gut ist."

Ich grunzte in halbherzigem Protest. Cynthia ignorierte mich.

„Summer ist nicht diese Art von Frau. Es liegt nichts Falsches daran, seinen Spaß dort zu haben, wo man ihn findet, aber so ist sie nicht. Ich kenne sie seit vier Jahren, und sie schläft nicht herum. Sie hat keine One-Night-Stands. All das, was *du* tust. Wenn jemand diese Sache versaut hat, dann warst du das."

„Vielen Dank."

„Ich bin einfach nur ehrlich. Du weißt, dass ich Recht habe."

Darauf wusste ich keine Antwort. Sie hatte Recht, und ich war von mir selbst angewidert.

„Was hast du vor?", fragte sie und nippte an ihrem Champagner. „Hast du Gefühle für sie, oder willst du sie einfach nur wieder nageln?"

„So war es nicht zwischen uns", protestierte ich, irritiert über ihre Worte. Ich hatte Summer nie *genagelt*. Selbst am Anfang war es mit Summer viel mehr als das.

„Was dann? Sag mir nicht, dass Evers Sinclair sich verliebt hat."

„Das geht dich nichts an", schnappte ich zurück. Wenn sie sich über mich lustig machen wollte…

„Es stimmt also", sagte Cynthia in stillem Erstaunen. „Du bist in sie verliebt. Ich hätte nie gedacht, dass ich den Tag mal erleben würde. Du hättest dir kein besseres Mädchen aussuchen können. Also, wo liegt das Problem? Hast du endlich eine Frau gefunden, die du nicht bezirzen kannst?"

Ich warf den Rest meines Whiskys ein, um Cynthia nicht finster anzusehen. Es war generell eine schlechte Idee, den Kunden zu verärgern, aber Cynthia zählte nicht wirklich. Wir kannten uns schon zu lange, und dies war keine geschäftliche Besprechung.

„Du kannst es mir genauso gut verraten", sagte sie zufrieden, als sie sich an einen Tisch lehnte und den Rest ihres Champagners austrank. „Es sei denn, du willst, dass ich sie frage."

Die Drohung wurde in einem süßen Ton vorgetragen, aber das machte sie nicht weniger bedrohlich. Ich seufzte und goss mir noch einen Whisky ein, schwank die dunkle Flüssigkeit im geschliffenen Kristallglas herum und nahm einen langen Schluck, bevor ich antwortete.

„Sie war ein Job, okay? Wir hatten sie entdeckt, als Axel und Emma sich kennengelernt hatten, und fanden heraus, dass sie mit den Winters verwandt ist. Ihr Vater hat Probleme, und wir wollten sie im Auge behalten. Es schien ein zu großer Zufall zu sein, dass sie gerade dann in Atlanta auftaucht war."

„Ihr habt gedacht, sie würde bettelnd an die Tür des Winters House klopfen", sagte Cynthia leise. „Aber das hat sie nicht, oder?"

„Nein, hat sie nicht. Es dauerte alles länger, als es sollte. Ihr Leben wurde hektisch und ihr Vater-", ich schnitt ab und schüttelte den Kopf. Die Probleme von Summer, meinem Vater und den Winters – nichts davon ging Cynthia etwas an.

„Lange Rede, kurzer Sinn – er hat Ärger, und wir wollten den richtigen Zeitpunkt abwarten, bevor die Winters sie kennenlernen sollten, und haben es für das Beste gehalten, sie zu beobachten. Ich habe sie im Auge behalten."

„Oh, ich verstehe. Du hast sie aus nächster Nähe im Auge behalten."

Ich schaute weg. Als sie es so sagte, klang es schäbig. Hässlich.

„Ja und nein. Das erste Mal, als wir...."

„Jaaa?", fragte sie, zog das Wort in die Länge und lechzte nach mehr.

„Als wir das erste Mal zusammen waren, ging es weder um die Arbeit, noch um die Winters. Wir waren auf einer Hochzeit, hatten ein paar Drinks zu viel, und ich..." Ich suchte nach Worten. „Ich habe meinen Kopf verloren."

Cynthia stieß einen wehmütigen Seufzer aus. „Ich weiß, wie es ist. Dein Kopf sagt dir, du sollst dich zurückhalten, und der Rest von dir legt direkt los. Ich wette, sie hat dich zu Tode erschreckt, nicht wahr?"

Ich hatte die Nase voll von Leuten, die andeuteten, dass ich ein Feigling war. Nur weil ich keine Beziehungen führte, hieß das nicht, dass ich Angst hatte. Ich war nicht feige. Ich war anspruchsvoll.

Ja, klar.

Was auch immer ich mir vormachten wollte.

„Ein Jahr lang haben wir uns hin und wieder getroffen", sagte ich und lenkte das Thema von meiner Feigheit ab, „und dann fand sie heraus, dass sie Teil eines Falles war, dass wir sie und ihren Vater beobachtet haben..."

„Und sie hat deinen lügenden Arsch rausgeworfen."

„Ziemlich genau."

„Also, wie sieht dein Plan aus? Du scheinst kein Fortschritte bei ihr zu machen. Sie verkrampft sich jedes Mal, wenn du den Raum betrittst."

„Ich arbeite daran", sagte ich. „Sie vertraut mir nicht, und ich weiß nicht, wie ich es ändern kann."

„Als Allererstes solltest du ihr von uns erzählen."

„Es gibt nichts zu erzählen", protestierte ich. Es gab nichts zu sagen. Cynthia und ich hatten mal eine flüchtige Affäre, und diese Affäre war über ein Jahrzehnt alt.

„Vertrau mir, Evers, es ist wichtig." Auf meinen Protest vorbereitet, fuhr sie fort: „Nicht, weil wir jetzt etwas miteinander haben, sondern weil es so war. Und wenn sie herausfindet, dass du es ihr verschwiegen hast? Du wirst wieder als Lügner dastehen."

„Was soll ich denn tun? Einfach damit herausplatzen?"

Ich stellte das Kristallglas auf die Bar, nicht mehr am Whisky interessiert. Ich brauchte keinen Drink. Ich musste herausfinden, wie ich die Dinge mit Summer in Ordnung bringen konnte.

„Ich weiß es nicht", sagte Cynthia, sichtlich amüsiert über mein Dilemma. „Das musst du selbst herausfinden, ich gebe dir nur einen freundschaftlichen Rat."

. . .

DAS KLACKEN VON ABSÄTZE ertönte im FLUR, der Gang war langsam mit einem leichten Holpern. Summer.

Ich war so damit beschäftigt, zu überlegen, was ich Summer über Cynthia erzählen sollte - was sie glauben würde, und was mich nicht in ein tieferes Loch stürzen würde -, dass ich nicht bemerkt hatte, wie Cynthia sich neben mich schlängelte.

Ich hatte nicht wahrgenommen, wie sie sich zu mir umdrehte und sich so positionierte, dass jeder, der durch die Tür kam, uns sofort entdeckte.

Die Tür öffnete sich gerade, als Cynthia sich auf die Zehenspitzen stellte, ihre Arme um meinen Hals warf und mir einen heißen, feuchten Kuss direkt auf den Mund drückte.

1 6

EVERS

S ummer betrat den Raum, blieb abrupt stehen und ließ ein überraschtes *Oh* verlauten. Ich klemmte meine Hände um Cynthias Taille und drückte, wobei ich versuchte, mich aus ihrer Umarmung zu befreien.

Sie war wie ein Tintenfisch, ihre schlanken Arme waren Tentakel, die sich festhielten und nicht lösen ließen. Ich riss meinen Mund von ihrem weg und erhaschte einen flüchtigen Blick auf Summers schockiertes Gesicht. Ärger blitzte in ihren Augen auf.

Ihre Worte waren kaum mehr als ein Flüstern, als sie murmelte: „Entschuldigt mich", und aus dem Raum rannte.

„Cynthia", knurrte ich und versuchte, mich loszurei-ßen, „was zum Teufel machst du da?"

Cynthia ließ mich frei und warf mit einem Grinsen und einem Augenzwinkern ihre Haare zurück.

Was soll der Scheiß?

Sie zeigte zur Tür, durch die Summer erst kürzlich geflohen war.

„Da hast du's, Champ. Jetzt musst du es erklären.

169

Wenn du bettelst und ihr die Wahrheit darüber sagst, was du fühlst, hast du vielleicht eine Chance, sie zurückzugewinnen. *Vielleicht*. Aber du solltest dich lieber beeilen."

„Vielen Dank auch", murmelte ich und lief Summer nach, während ich ihre Absätze draußen klicken hörte.

Ich holte sie vor der Bibliothek ein, packte ihren Arm, zog sie ins Innere, und verschloss die Tür.

„Es ist nicht so, wie du denkst", sagte ich sofort – das Klischee purzelte mir von den Lippen.

Summer richtete sich auf, verschränkte die Arme vor der Brust und weigerte sich, mich anzusehen. „Es geht mich nichts an. Ich wusste es nicht – aber es geht mich nichts an."

„Es geht dich was an. Und es ist nicht so, wie es aussieht."

Summer hob den Kopf und spießte mich mit einem heißen blauen Blick auf, Tränen schwammen in ihren Augen.

„Es sieht so aus, als hättet du und Cynthia euch geküsst. Ihr seid beide erwachsen. Es hat nichts mit mir zu tun..."

„Es hat alles mit dir zu tun", brach ich heraus. „Alles!"

„Ich verstehe nicht." Ihre Stimme brach, Tränen liefen ihr über die Wangen. Sie ließ den Kopf fallen, um ihr Gesicht zu verbergen, und schob sich an mir vorbei, bereit durch die Tür zu fliehen.

Ich hatte wieder Mist gebaut. Ich war fertig mit den Ausreden und musste reinen Tisch machen. Ich musste ihr alles sagen.

Alles.

Einschließlich der Dinge, die ich nicht einmal mir selbst zugestehen wollte.

Ich versperrte ihr den Weg und rutschte zur Seite, als

sie um mich herumgehen wollte. „Hör mich einfach an. Bitte."

Summer schüttelte den Kopf, aber sie blieb stehen. Ich musste anfangen zu reden, und zwar schnell, bevor sie wieder von mir floh.

„Cynthia und ich hatten was miteinander, vor langer Zeit, als sie noch in Atlanta lebte und bevor sie berühmt wurde. Sie war nicht meine Freundin und es war nichts Ernstes. Wir hatten ein oder zwei Mal was miteinander, als sie zurückkam, aber es ist Jahre her. Es war vorbei lange bevor du angefangen hast, für sie zu arbeiten. Es läuft nichts mit Cynthia."

„Warum habt ihr euch dann geküsst?" Summer studierte den Teppich unter ihren Füßen und weigerte sich, mich anzusehen.

„Ich habe sie nicht geküsst. Sie hat *mich* geküsst."

Summer seufzte schwer. „Sie hat gesagt, dass sie interessiert ist."

„Sie hat es deutlich gemacht", stimmte ich zu. „Und als ich sie abgewiesen habe, hat sie sofort gewusst, dass ich auf keinen Fall mit ihr schlafen würde, weil die einzige Frau, die ich will, du bist."

Ich wartete darauf, dass Summer etwas sagte. Irgendwas. Sie hob ihren Blick vom Teppich und sah mich an, die Augen weit aufgerissen und tränenreich, der Mund geschlossen. Sie wartete.

Scheiße! Natürlich reichte es nicht, ihr zu sagen, dass ich sie wollte.

Für mich bedeutete es alles.

Ich wollte nicht nur mit ihr schlafen. Ich wollte *sie*. Ich wollte mit ihr reden und mit ihr lachen. Ich wollte mit ihr einschlafen und mit ihr aufwachen.

Für mich war *ich will dich* – alles.

Aus dem zögerlichen Blick in ihren Augen, der

Verwirrung, die darin lag, wusste ich, dass meine Worte für sie nicht dieselbe Bedeutung hatten. Sie brauchte mehr.

Ich versuchte es noch einmal. „Summer, ich habe alles vermasselt. Wir lernten uns kennen, und es ging immer nur um Sex. Ich ließ dich im Glauben, dass es immer nur um Sex ging. Es war einfacher."

Ich hielt an, überlegte und suchte nach Worten. Alles, was mir durch den Kopf ging, klang erbärmlich.

Summer verlagerte ihr Gewicht von einem Fuß auf den anderen und ließ ihre Hände mutlos fallen, als ich nicht weitersprach.

Ich war schon wieder dabei, zu versagen.

Sie war kurz davor, aufzugeben.

Sie hob die Hände und wischte ihre Tränen weg, wobei sie tief Atem holte. „Ist schon okay, Evers. Es ist vorbei. Du brauchst nichts zu erklären. Du bist mir nichts schuldig."

„Das ist Blödsinn. Ich muss es erklären, weil ich dir nie die Wahrheit gesagt habe. Ich habe angefangen, dich anzulügen, und ich habe weiter gelogen. Ich will es nicht mehr."

„Dann sag es mir", bat sie leise. „Nur einmal, sag mir die Wahrheit."

Ich starrte sie an, die Worte blieben mir im Hals stecken.

Ich liebe dich.

Ich will dich. Es tut mir leid, ich…

Vergib mir.

Es kam kein Ton heraus. Endlich fertig mit meinem Zögern, schob sich Summer an mir vorbei und schritt auf die Tür zu, wobei ihr wackeliger Knöchel sie bremste.

„Warte", rief ich. „Warte!"

„Ich habe das Warten satt, Evers."

„Ich liebe dich", brach ich heraus. „Ich bin in dich

verliebt und habe Todesangst. Das ist die Wahrheit. Das ist es, was ich dir nicht sagen wollte."

Summer drehte sich zu mir um, ihre Augen weit aufgerissen vor Unglauben. „Du liebst mich nicht", sagte sie.

„Tu ich. *Ich liebe dich*. Ich liebe dich mehr, als ich jemals gedacht hätte, dass ich jemanden lieben könnte. Das wusste ich bereits in dieser Hochzeitsnacht. Mit dir war alles anders, und ich hatte keine verfluchte Ahnung, was ich dagegen tun sollte."

„Seit der Hochzeit? Die Hochzeit von Axel und Emma? Danach bist du verschwunden, und ich habe dich ein Jahr lang nicht gesehen", wand sie ein.

„Ich weiß. Und ich hatte das Jahr damit verbracht, mich selbst davon zu überzeugen, dass ich mich geirrt hatte. Getäuscht. Dass du nicht anders warst. Dass ich zu viel getrunken hatte und von der Hochzeit und all dem Scheiß überwältigt war. Dann kam deine Akte auf meinen Schreibtisch und ich war so verdammt erleichtert, Summer. Erleichtert, eine Ausrede zu haben, um dich wiederzusehen. Ich ging auf diese Party und..."

Ich sah sie an und erinnerte mich an das Gefühl in meiner Brust, als ich Summer nach einem Jahr Trennung zum ersten Mal wiedergesehen hatte.

Reine, ungetrübte Freude.

Wieso hatte ich versucht, mir einzureden, dass es nur um Sex ginge? Mit ihr wieder im gleichen Raum zu sein, hatte meine ganze Welt wieder in Ordnung gebracht.

Ich war ein verdammter Trottel.

Ich versuchte, es zu erklären. „Ich kam herein und da warst du. *Ein Schuss ins Herz*. Ich habe nie verstanden, was das bedeutet, bis ich dich wiedersah. Das ganze Jahr über hatte ich mir selbst etwas vorgemacht. Dann sah ich dich, und ich wusste es."

Summer hob hilflos die Hände und ließ sie wieder

fallen. „Evers, ich verstehe das nicht. Wenn du gewusst hast, dass du so fühlst, warum hast du mich dann nicht - *ich weiß nicht* - zum Essen eingeladen? Die Nacht bei mir verbracht? Mich zu dir nach Hause eingeladen? Warum haben wir uns nicht wie normale Menschen verabredet? Stattdessen hast du dich bei mir rein- und rausgeschlichen, als wäre ich dein kleines schmutziges Geheimnis, und ich habe dich gelassen, weil..."

Sie verstummte abrupt. Ich wollte es unbedingt wissen. Warum? Warum hatte sie mich gelassen? Cynthia lag gold-richtig, Summer war nicht die Art von Frau, die einen Mann in ihr Bett rein- und raushüpfen ließ.

Es war nicht an der Zeit, sie zu bedrängen. Nicht bis ich damit fertig war, meine Seele zu entblößen.

„Ich weiß nicht, wie ich es erklären soll", sagte ich ehrlich. „Es ist nur so, dass ich immer derjenige war, von dem mein Vater sagte, ich sei wie er. Ein Frauenheld. Ein Draufgänger. Ich liebte meinen Vater, aber er konnte ein Bastard sein. Und er war ein beschissener Ehemann. Er hat meine Mutter ständig betrogen und sogar direkt vor ihr gesagt, dass die Ehe eine Falle und die Liebe eine Lüge sei. Dass das Einzige, was man tun sollte, vögeln und weglaufen sei."

„Klingt nach einem echten Traummann", sagte Summer.

Ich lachte trocken. „Ja, das ist mein Vater. Ich habe keine Ahnung, warum meine Mutter bei ihm geblieben ist. Sie hätte was viel Besseres verdient. Ich glaube, am Anfang hat sie ihn geliebt und gedacht, wenn sie bei ihm bleiben würde, würde er schließlich zur Ruhe kommen. Ich habe zugesehen, wie sie dahinschwand und immer früher zu trinken begann. Sie fiel Stück für Stück auseinander. Jahr für Jahr."

„Evers, nichts davon ist deine Schuld", sagte Summer und sah dabei immer noch etwas verwirrt aus.

„Das weiß ich", sagte ich, „aber das hätte ich einer Frau, die mir wichtig ist, niemals angetan. Ihr für immer die Treue zu schwören und sie dann zu bescheißen. Das würde ich nie tun. Mein Vater wollte treu sein, als er meine Mutter heiratete. Er wollte ein guter Ehemann sein. Er... es lag einfach nicht in seiner Natur. Und ich dachte immer, was, wenn ich auch so wäre? Was, wenn ich einer guten Frau Versprechungen mache und dann merke, dass ich sie nicht halten kann? Ich wollte nicht dieser Mann sein."

„Also hast du niemandem Versprechungen gemacht", sagte Summer.

„Stimmt. Habe ich nicht. Und das hat lange Zeit funktioniert. Bis zu dir. Ich traf dich und wollte dir *alles* versprechen. Ich wollte etwas, das Bestand hatte. Etwas Echtes. Ich hatte Angst, ich würde es vermasseln. Dich in meine Mutter verwandeln. Ich konnte den Gedanken nicht ertragen, das Licht in deinen Augen verblassen zu sehen. Ich konnte es nicht...

Ich habe versucht, die Dinge einfach zu halten. Dich in eine Schublade zu stecken. Dich dort zu behalten, wo kein Platz für Liebesversprechen und die Ewigkeit war. Wo es nur um Momente der Zweisamkeit ging. Ich dachte, das wäre genug." Mir gingen die Worte aus.

Summer verschränkte erneut ihre Arme vor der Brust, doch diesmal sah sie mir in die Augen.

„Okay, wenn das alles wahr ist, sag mir ehrlich, mit wie vielen anderen Frauen du in dem Jahr geschlafen hast, in dem wir, du weißt schon..."

„Mit keiner", sagte ich sofort.

Sie hob eine Augenbraue. „Evers, wir haben einander nie etwas versprochen. Sag mir einfach die Wahrheit. Ich weiß, es geht mich nichts an, aber ich möchte, dass du es mir sagst."

„Mit keiner", beharrte ich. „Ich habe nicht mal eine andere Frau geküsst, geschweige denn eine andere Frau berührt, seit ich dich vor über einem Jahr auf dieser Konferenz gesehen habe." Ich dachte an Cynthia in der Bar. „Okay, Korrektur, ich schätze, ich habe Cynthia vor zehn Minuten geküsst. Aber das war's auch schon."

Ein beunruhigender Gedanke kam mir in den Sinn. Ich ertappte mich bei der Frage: „Hast du? Wenn ja, geht mich das nichts an, aber..."

„Nein, niemand sonst, nicht seit einer Weile vor dieser Party, wenn du die Wahrheit wissen willst."

Sie klang ein wenig verlegen, aber ich fühlte nur Erleichterung.

„Du hast mich das ganze Jahr über nur alle paar Wochen besucht und dich nie nach einer anderen Frau umgesehen?", fragte Summer langsam.

„Nein, ich sage dir doch..."

„Ich glaube dir, Evers. Aber denk darüber nach, was du sagst. Du machst dir Sorgen, du könntest mich betrügen. Du machst dir Sorgen, dass du wie dein Vater werden könntest, aber wir waren nicht einmal zusammen, und du warst treu. Sag mir nicht, dass du keine Gelegenheit dazu gehabt hast. Gelegenheiten fallen dir praktisch in den Schoß."

Ich hatte nicht vor, es zu leugnen. Ich hatte viele Gelegenheiten gehabt, mit anderen Frauen zusammen zu sein.

Summer hatte Recht. So hatte ich das noch nie betrachtet. Ich hatte ihr keine Versprechungen gemacht. Sie war nicht meine Freundin gewesen, und trotzdem war ich ihr treu geblieben.

Weil sie die eine für mich war. Ich wollte keine andere. Ich wollte nur sie, für immer.

Sie sah mich an, wartete und beobachtete, wie ich diese Offenbarung verarbeitete.

„Also, Evers, die eigentliche Frage ist, was willst du jetzt tun?"

„Ich glaube, das hängt wirklich von dir ab", wich ich aus, mein Inneres unsicher, als hätte sich meine ganze Welt um ihre Achse verschoben.

„Ich will wissen, was *du* willst", sagte sie, das Kinn erhoben, die Augen undurchdringlich.

Sie wollte es mir nicht leichtmachen. Ich war mir sehr wohl bewusst, dass sie meine Liebeserklärung angenommen, sie aber nicht erwidert hatte.

Es war an der Zeit, meine Karten auf den Tisch zu legen und zu sehen, welches Blatt ich bekam. Ich schloss für einen Moment die Augen und tauchte in mein Innerstes ein.

Was wollte ich wirklich? Im tiefsten Inneren meines Herzens, was wollte ich?

Bilder entfalteten sich in meinem Kopf, und plötzlich war es so einfach.

Ich öffnete meine Augen und schaute Summer an, trat näher und streckte die Hände nach ihr aus.

„Ich will, dass du mein bist", sagte ich. „Nicht hier und da, nicht für geheime Augenblicke. Für immer. Ich will morgens mit dir aufwachen und abends mit dir einschlafen. Ich will mit dir streiten und mit dir lachen. Mit dir Abendessen kochen und mit dir tanzen. Ich will alles haben, und ich will es mit dir."

Wenn ich erwartet hätte, dass sie weich würde, in meine Arme fiel, ihre Tränen sich in Freude verwandelten und sie mir ihre ewige Liebe schwor… wäre ich schwer enttäuscht worden.

Sie studierte mich, bevor sie fragte: „Was ist mit Ehe? Kindern? Ist das Teil dessen, was du willst?"

Ich hatte immer gedacht, dass es nicht so war. Das Vorbild meiner Eltern hatte mich nicht von den Freuden des Ehelebens überzeugt. Trotzdem musste ich nicht nachdenken. Ich kannte meine Antwort bereits.

„Mit dir? Ja. Definitiv heiraten. Und Kinder. Irgendwann." Etwas kam mir in den Sinn und ich fragte schnell: „Willst du Kinder?"

„Ja, irgendwann und mit dem richtigen Mann."

„Und was ist mit mir? Gibt es eine Chance, dass ich das sein könnte?" Ich konnte mich nicht erinnern, wann ich das letzte Mal so nervös war.

Summer war nicht gemein. Sie würde mich nie in eine Falle locken, um mein Herz unter ihrem Absatz zu zertreten. Ich hatte ihr wehgetan, aber Summer war nicht die Art von Mensch, die Rache brauchte. Hoffte ich.

„Ich glaube, du wärst ein toller Vater", sagte sie –keine Liebeserklärung, aber immerhin schon etwas.

„Ich weiß, ich würde dabei mein Bestes geben", sagte ich und zog sie näher an mich heran. „Aber das ist nicht die eigentliche Frage, oder? Die eigentliche Frage ist, ob ich ein toller Ehemann sein könnte."

„Machst du mir einen Antrag?", fragte Summer, und zum ersten Mal seit Beginn dieses Gesprächs strahlten ihre Augen mit einem Funken von Unfug. Bei jeder anderen Frau, zu jeder anderen Zeit, hätte mich diese Frage dazu gebracht, aus der Tür zu rennen und nur eine Staubwolke zurückzulassen.

Nicht bei dieser Frau. Nicht jetzt.

„Nein", sagte ich, zog sie in meine Arme und senkte meinen Kopf, um meine Lippen an ihr Ohr zu legen. „Noch nicht. Wenn ich frage, wirst du wissen, dass es ein Antrag ist."

Summer drehte ihren Kopf, so dass meine Lippen ihre Wange berührten, und ihre Arme meinen Hals umschlangen, als ihr Körper mit meinem verschmolz. „Also, wirst du fragen?"

„Irgendwann. Wirst du ja sagen?" Meine Lippen streiften ihr Kinn, der Zitronen- und Blumenduft ihres Haares war wie eine Heimkehr.

Mit einem Lachen, das in ihrer Kehle vibrierte, antwortete sie: „Vielleicht. Ich muss darüber nachdenken."

Ich drückte meine Lippen auf die Stelle direkt unter ihrem Kiefer, was sie immer zum Erzittern brachte, und saugte an der zarten Haut.

„Du bist böse, weißt du das?"

„Du hast es verdient", hauchte sie, als ich noch eine Kostprobe nahm.

Ich hatte es verdient. Und es war mir egal. Ich würde nehmen, was auch immer Summer mir vorsetzte. Ich würde es mit Freuden nehmen, wenn es bedeutete, dass sie mir gehörte.

„Ich liebe dich", murmelte ich an ihrem Hals. „Ich liebe dich, und ich werde es nicht wieder versauen."

Summer lehnte sich zurück und sah mir direkt in die Augen.

„Nein, das wirst du nicht. Und ich auch nicht."

Es war so nahe an einer Liebeserklärung, wie es nur ging.

Ich würde es nehmen.

ICH WAR FROH, dass ich die Tür abgeschlossen hatte, als ich sie endlich küsste.

EVERS

Ich küsste Summer mit allem, was in mir aufgestaut war. Liebe, Lust und Verehrung. Ich küsste sie für all die einsamen Monate ohne sie, für alles, was ich ihr nicht gegeben hatte. Alles, was ich mir selbst verwehrt hatte.

Mein Mund beanspruchte ihren, und sie beanspruchte mich zurück und küsste mich mit einem Hunger, den ich mehr als alles andere vermisst hatte. Ich konnte nicht genug bekommen. Es war so lange her, die ganze Zeit getrennt, als ich glaubte, sie würde mich hassen. Als ich fürchtete, sie nie wieder berühren zu dürfen.

Jetzt war sie hier, in meinen Armen, und mir war schwindlig vor Erleichterung. Hätte ich eine Ahnung gehabt, wie gut es sich anfühlen würde, Summer meine Liebe zu offenbaren, hätte ich es schon vor verflucht langer Zeit getan.

ENDLICH VERBARG ICH NICHT MEHR, was ich fühlte. Versuchte nicht, mich selbst zu schützen. Jetzt gab es nur noch Summer und mich, und sie wusste alles.

Sie wusste alles, und sie küsste mich, als würde sie mich nie wieder loslassen.

Ich schob meine Hände über ihren Rücken, um ihren Hintern zu umfassen, und hob sie in meine Arme. Ihr Rock ging hoch, und sie schlang ihre Arme und Beine um mich und hielt sich fest, während ich sie zu dem breiten, tiefen Sofa quer durch den Raum trug.

Der Rest der Welt existierte nicht mehr. Es gab keine Cynthia, kein Personal, keine Väter, keine Eindringlinge, keine versuchten Einbrüche, und keine wütenden Ehemänner. Es gab nur Summer und mich.

„Ich habe dich vermisst", flüsterte Summer an meinen Mund, während ihre Finger mit den Knöpfen meines Hemdes beschäftigt waren. Meine Hand wanderte über ihren Rücken, suchte den Reißverschluss ihres Kleides. Ich fand ihn schließlich an der Seite und zog ihn bis zur Erhebung ihrer Hüfte hinunter.

Ich setzte mich so weit auf, dass ich mein Hemd ausziehen konnte. Summer schimmerte aus dem Mieder ihres Kleides, der leuchtend rosafarbene Leinenstoff glitt herunter und entblößte ihre Brüste, die in Spitze desselben Rosas eingehüllt waren.

LECK MICH AM ARSCH.

Ich hatte ihre Brüste fast so sehr vermisst, wie Summer selbst. Ihre vollen Rundungen waren betont durch Bräunungslinien vom Bikini, während der verborgene Teil ihrer Brüste sich mir in einem cremigen Weiß darbot und mit rosigen, spitzen Brustwarzen aufging, die mich beinahe anbettelten, sie zu küssen.

Sie schob das Kleid über ihre Hüften hinunter, wobei ein passender rosa Spitzentanga Stück für Stück sichtbar wurde.

Ich stieß mich von der Couch weg und fummelte an meinem Gürtel, wobei ich meine Kleidung in Lichtgeschwindigkeit verlor. Als ich nackt war, ergriff ich den Saum ihres Kleides und zog es an ihren langen Beinen herunter, bevor ich es neben meinen eigenen Sachen auf den Boden warf.

Sie war wunderschön. Perfekt. Ich legte mich auf sie, und ihre weichen Kurven schmiegten sich an meinen Körper. Ihre vollen Brüste, und die Wölbung ihres Bauches, die samtweiche Haut ihrer Oberschenkel, die meine streichelte, als sie ihre Beine hochhob und meine Hüften umschlang. Mein Schwanz, der zwischen uns gefangen war und gegen die Spitze ihres Tangas rieb – *pure Glückseligkeit.*

SUMMER LAG FAST NACKT IN MEINEN ARMEN, mein Schwanz presste sich gegen die Hitze ihrer Mitte. So nah. Ich wollte, dass es für immer währte, und musste in ihr sein. Genau jetzt, verdammt noch mal.

Ich hatte kein Kondom.

„Fuck."

Summer kuschelte sich mit ihrer Nase an mein Ohr, knabberte am Ohrläppchen, bevor sie sagte: „Das ist die eigentliche Idee."

„Ich habe keine Kondome", sagte ich.

Summer drückte eine Linie von Küssen auf meinen Kiefer, die an meinem Mund endete. Sie saugte meine Unterlippe zwischen ihren Lippen ein, zog, und knabberte an mir, bevor sie ihren Kopf nach hinten fallen ließ.

„Wann wurdest du das letzte Mal getestet? Ich hatte vor ein paar Monaten eine Untersuchung, kurz bevor wir..."

Sie brauchte den Satz nicht zu beenden. Kurz bevor sie

mich mit ihrer Akte in meiner Tasche erwischt und aus ihrer Wohnung geworfen hatte. Aus ihrem Leben.

„Ich habe einen Test machen lassen, kurz bevor du mich rausgeworfen hast. Ich wollte ihn dir zeigen und darüber reden, ob wir vielleicht die Kondome weglassen könnten."

Summers Körper zitterte vor Lachen.

„Was? Was ist so verdammt lustig?"

„Hast du eine Ahnung, was ich getan hätte, wenn du mir diesen Test gezeigt hättest? So etwas macht man nicht bei Gelegenheitssex. Das ist Freundinnen- und Beziehungskram."

„Du warst kein Gelegenheitssex", knurrte ich in ihr Haar. Egal, was sie dachte, sie war nie Gelegenheitssex gewesen.

„Das weiß ich jetzt", sagte sie und lachte immer noch. „Aber damals wusste ich das nicht."

„Du hättest nein gesagt." Und täte recht damit, da sie dachte, sie wäre nur Gelegenheitssex gewesen – bei diesem Gedanken fühlte ich mich wie ein mieses Arschloch.

„Ich wäre sehr verwirrt gewesen."

„Und wie sieht es jetzt aus? Bist du jetzt verwirrt?"

„Nein, bin ich nicht. Und ich habe eine Spirale."

Sie war nicht verwirrt, und sie hatte eine Spirale.

Ich wollte gerade fragen, ob das bedeutete, was ich dachte, als sie zwischen uns griff, ihren Tanga zur Seite zog, meinen Schwanz in die Hand nahm und mich genau dorthin führte, wo sie mich haben wollte.

Das war Antwort genug. Ihre Knie drückten sich an meine Seiten, ihre Beine umschlangen mich, als sie mich näher heranzog, bis die Spitze meines Schwanzes Zentimeter für Zentimeter in ihrer Hitze versank.

Himmel.

Als ich in sie eindrang, verstummte Summers Kichern. Das war kein Witz – es war meine Heimkehr. Ich füllte sie bis zum Äußersten aus und hielt still, weil ich genau dort bleiben wollte, wo ich war. Für immer.

ICH DRÜCKTE MEINEN MUND AN IHRE SCHLÄFE UND FLÜSTERTE, „Ich habe dich so sehr vermisst. So sehr."

Es war eine lange Durststrecke gewesen, seit Summer mich rausgeworfen hatte. Mein Körper wollte, dass dieses erste Mal hart und schnell geschah. Ich wollte sie hart nehmen, bis wir beide explodierten und all die aufgestaute Lust freisetzten, die sich seit unserer Trennung angesammelt hatte.

Sie hatte Prellungen von der Nacht zuvor und wir hatten später noch Zeit für rau, schnell und hart. Diesmal sollte es langsam und lang werden. Ich zog meine Hüften zurück, bis die Spitze meines Schwanzes aus ihr glitt.

Sie stöhnte verärgert auf, ihre ozeanblauen Augen blitzten gleißend zu meinen. Ich bewegte meine Hüften im Kreis, wobei die Krone meines Schwanzes an ihrer glatten, geschwollenen Klitoris rieb. Ihre Beine spannten sich an, und ihre Hüften wippten und versuchten, mich wieder nach innen zu befördern.

„Willst du es?", murmelte ich, und ließ meine Lippen zur empfindlichen Haut direkt unter ihrem Kiefer wandern und genoss es, wie sie dabei erschauderte.

VOR SUMMER HATTE ICH DAS NIE ZU SCHÄTZEN GEWUSST. Ich kannte ihren Körper, ihr Vergnügen, und wusste genau, wie ich sie necken konnte, bis sie ganz wild war. Wie man ihr genau das gab, was sie wollte. Nach einem Leben voller One-Night-Stands und bedeutungslosem Sex, fühlte ich mich wie ein König, über Summers Körper zu herrschen.

„Du weißt, dass ich es will", sagte sie und wand sich unter mir. „Hör auf zu necken und nimm mich endlich."

Ich saugte an ihrer Haut und knabberte an ihrem Hals, und genoss es, wie sie ein lachendes Stöhnen ausstieß. Ich wanderte mit meinem Mund über jede Stelle, an der sie kitzlig war, die sie aber gleichzeitig vor Lust erbeben ließ.

Wir hatten beim Sex immer viel gelacht. Nicht nur, weil ich es liebte, wie sie sich um meinen Schwanz verengte, wenn sie lachte. Eines Abends hatte ich sie unter mich gedrückt und sie so lange gekitzelt, bis ich allein durch ihr Lachen am Rande eines Orgasmus stand. So gut, so erstaunlich. Aber wir hatten immer gelacht, denn mit Summer war sogar Sex neu. Es machte Spaß und war ein Abenteuer, in das wir uns gemeinsam stürzten. Scheiße, ich hatte das vermisst.

„Du hast blaue Flecken. Ich will dir nicht wehtun", gab ich zu.

„Das ist mir egal. Du machst mich wahnsinnig. Nimm mich einfach. Ich habe das Gefühl, ich warte schon ewig drauf."

Ich auch. Ich hörte auf, meinen Schwanz über ihre Klitoris zu streichen und drang in sie ein. „Heb deine Knie an und öffne deine Beine für mich. Ich gebe dir, was du willst."

Summers Finger umklammerten meine, ihre Augen glühten. Sie war biegsam und stark, und als sie ihre Knie zurückzog, neigten sich ihre Hüften nach oben, und ich sank tiefer in sie hinein.

„Jetzt", forderte sie. Ich hatte nicht vor, nein zu sagen. Ich begann mich zu bewegen, nahm sie in langen, tiefen Stößen, bis ihre enge Hitze an meinem Schwanz saugte und versuchte, mich drinnen zu halten.

In dieser Position, mit den Armen über ihrem Kopf, und den Knien weit geöffnet, konnte sie sich kaum bewegen. Das brauchte sie auch nicht. Ich beschleunigte, stieß härter zu, bis meine Augen mit ihren verschmolzen, ihre Pupillen geweitet. Der Fokus verschwamm, ihr Atem kam in schnellen Zügen.

Ja. Das war mein Mädchen. Genau da, wo ich sie haben wollte.

Sie balancierte am Rande eines Orgasmus und ihre heiße, glatte Muschi war kurz davor, um meinen Schwanz herum zu explodieren. Ich musste es fühlen. Ich brauchte es mehr als die Luft zum Atmen, mehr als das Leben. Ich musste es ihr nach so langer Zeit geben.

Nach unten greifend, umfasste ich ihren Hintern und neigte ihre Hüften noch ein wenig mehr, bis die Basis meines Schwanzes an ihre Klitoris drang. Ihr überraschtes Keuchen voller Vergnügen war alles, was ich hören musste.

„Evers", atmete sie. „Oh, Gott, Evers."

Sie stand kurz vor dem Höhepunkt, und ich war direkt bei ihr. Meine Finger gruben sich in ihre Hüften, ich ritt sie bis zur Explosion, bis sie meinen Namen schrie. Ihre Hand fiel herunter, um sich um meinen Hals zu schlingen, und ihr Mund suchte nach meinem.

Ich fiel in den Kuss ein, schluckte ihr Keuchen und fütterte sie mit meinem eigenen Stöhnen, während der enge Druck ihrer Mitte mich zusammen mit ihr zum Orgasmus zog.

Ich konnte nicht atmen. Für jemanden, der jeden Tag joggte, sollte mein Herz-Kreislauf-System besser sein. Summers Körper erschauderte unter mir, und ich merkte, dass sie wieder lachte. Ihre feuchte Umklammerung, als sie kicherte, schickte schmerzhafte Lustbolzen durch meinen zu empfindlichen Schwanz. Ich blieb, wo ich war, nicht bereit, die himmlische Nähe ihres Körpers zu verlassen.

„Lachst du etwa?"

„Ich war so…oh, mein Gott…so laut. Wenn jemand in der Halle war…"

Ihre Wangen waren rosa, gerötet von Sex, Verlegenheit und Belustigung, ihre Augen leuchteten zum ersten Mal, seit ich durch die Türen von Rycroft Castle gegangen war.

„Wenn jemand in der Halle war, wüsste er es besser, als uns zu stören."

„Ich habe vergessen, wo wir sind", gestand sie. „Und auch, wie gut du bist."

„Nein, hast du nicht", antwortete ich selbstgefällig.

„Nein, habe ich nicht."

„Ich habe eine lange Durststrecke aufzuholen", sagte ich und stöhnte, als sie sich unter mir bewegte. Noch ein paar Minuten, und ich wäre bereit, wieder loszulegen, denn mein Körper war begierig darauf, die verlorene Zeit aufzuholen.

„Ich auch. Du schuldest mir… Oh, mindestens zwei Monate Orgasmen, bevor wir quitt sind."

„Das sind eine Menge Orgasmen. Ich sollte lieber gleich damit anfangen."

Ich schaukelte mit meinen Hüften und rieb an ihrer Klitoris. Mein Schwanz hatte Summer so sehr vermisst, wie der Rest von mir. „Jetzt, wo die Anspannung weg ist, lass uns sehen, ob wir das noch ein bisschen länger machen können."

Summer hob ihren Mund zu meinem. Ich küsste sie, und meine Augen schlossen sich, als ich in meinen schönsten Tagtraum geriet – es wurde wahr. In Summer eingehüllt, ihre Arme um meinen Hals, ihr Mund auf meinem, mein Schwanz in ihrer Hitze versunken.

Ich konnte für den Rest meines Lebens genau hierbleiben. Das hätte ich auch, wenn mein verdammtes Telefon nicht angefangen hätte zu klingeln. Coopers Klingelton. Ich ignorierte ihn. Genau wie Summer. Das Klingeln hörte auf und ich konzentrierte mich wieder auf die Aufgabe, die vor mir lag.

Summer wieder kommen zu lassen. Und wieder. Und wieder.

Das Telefon fing erneut an zu klingeln, bis sich die Mailbox einschaltete, und es immer weiter klingelte. *Scheiße.*

„Willst du nicht drangehen?" Summer keuchte, ihre Hände an der Armlehne gestützt, der Rücken gewölbt und die Brüste angehoben, während sie meinen Mund neckten. Ich leckte einen harten, rosigen Nippel.

„Es ist Cooper. Und es ist mir scheißegal, ob die ganze Welt in Flammen steht. Ich rufe ihn in einer scheiß Minute zurück."

„K…", hauchte Summer. Meine Lippen schlossen sich um ihre harte, rosa Brustwarze und saugten, Zähne reizten ihr Fleisch, und die zusätzliche Stimulation trieb ihre Hüften dazu, härter und schneller zu schaukeln. Ich wollte, dass sie gespreizt auf mir saß, damit ich sie nach vorne ziehen und meine Hände und meinen Mund mit diesen hübschen Brüsten füllen konnte.

Später. Nächstes Mal. Das verdammte Telefon klingelte immer noch, aber ich ging nicht ran, bis Summer und ich fertig waren. Cooper konnte verdammt noch mal warten.

Ich hatte mir vorgenommen, dass es dieses Mal so viel länger dauern sollte. Einmal war nicht genug, um die Kante abzuheben. Nicht einmal annähernd. Summer schlang ihre Beine um meine Taille, so offen, dass sie mich noch tiefer einlud. Ich gab ihr alles, was ich hatte. Ich griff zwischen uns und schob einen Finger an ihrer glatten

Mitte entlang, fühlte, wie mein Schwanz sie ausfüllte, die Hitze von ihr, wo wir vereint waren.

Das war der Kern unserer Vereinigung. Ihr Körper brachte mich tief ins Innere. Summer gab sich mir hin. Mein Daumen rieb ihre Klitoris, ein wenig hart, ein wenig rau, genau so, wie sie es mochte, als sie so kurz vor dem Höhepunkt stand.

Sekunden später stieß sie ein heftiges Stöhnen aus, und ihr Körper zog sich in rhythmischen Pulsen um mich. Ich ergoss mich wieder in ihr und wusste, dass noch nie zuvor etwas so gut gewesen war. Nicht einmal mit Summer. Es war nicht nur das Fehlen eines Kondoms, obwohl das an sich schon verdammt erstaunlich war.

Es war das Wissen, dass sie mein Herz besaß, dass ich es ihr vollständig geschenkt hatte. Ich hatte mich nicht zurückgehalten, ich versteckte mich nicht hinter einer Lüge. Sie wusste alles, wusste, was ich fühlte, wusste, was ich wollte. Sie wusste alles, und sie nahm mich in ihren Körper auf. Sie gab sich mir zurück.

Ich wollte mich zu ihr legen und sie festhalten. Hier, hinter dieser verschlossenen Tür zu bleiben und den Rest der Welt zur Hölle fahren zu lassen. Was mein Vorhaben ruinierte, war die Couch, die nicht groß genug war, und das gottverdammte Telefon, das nicht aufhören wollte zu klingeln.

Als hätte sie meine Gedanken gelesen, sagte Summer: „Du solltest lieber drangehen."

Widerwillig entfernte ich mich von ihr und griff zum Beistelltisch, um eine Schachtel Taschentücher zu holen. In der Bibliothek zu vögeln, war nicht der beste Plan, wenn es um die Folgen von Sex ohne Kondom ging.

Ich zog meine Klamotten an, drehte mich um, um Summer eine Sekunde Privatsphäre zu geben, und ging schließlich ans Telefon. „Was ist? Du hättest eine verdammte Nachricht hinterlassen können."

Die Stimme meines älteren Bruders kam durch das Telefon, hart und abgehackt. „Wenn ich eine Nachricht hinterlassen hätte, hättest du sie vielleicht erst später abgehört. Ich brauche dich jetzt. Wir haben ein Problem."

SUMMER

I ch war noch nie in den Büros von Sinclair Security gewesen. Ich hatte nie einen Grund dazu. Evers hatte mich bei Cynthia entschuldigt und sagte ihr, dass wir beide zu einer Besprechung gehen müssten, während ich in mein Zimmer rannte, um mich frisch zu machen.

Ich hatte keine Ahnung, was er zu ihr gesagt hatte, aber sie entließ mich mit einem wissenden Lächeln und einem Augenzwinkern. Es hätte mir peinlich sein müssen, aber ich war zu glücklich.

Als ich hereinkam und Cynthias Mund auf Evers' sah, war es schlimmer als ein Pflock durchs Herz. Es war die reinste Qual.

Hatte ich mir nicht gesagt, ich sei über ihn hinweg?

Ich hatte mich selbst belogen.

Ich wäre nie über Evers hinweg.

Zum ersten Mal sah es so aus, als ob ich das nicht müsste.

War er in mich verliebt?

Das hatte er gesagt.

In einer Million Jahren hätte ich das nicht gedacht. Er

wollte mich, sicher... das schien ziemlich offensichtlich. Aber Liebe? Nicht Evers.

Ich wollte ihm glauben.

Ich glaubte ihm. Größtenteils.

Ich hätte ihm sagen sollen, was ich empfand. Ich wollte es. Ich hatte meinen Mund geöffnet, um die Worte zu sagen, aber es kam nichts heraus.

Später. Ich würde später darüber nachdenken. Die Probleme, die um uns herumschwirrten, waren größer als das, was zwischen Evers und mir geschah.

Cooper hatte Evers nicht nur gesagt, dass er ihn im Büro brauchte, sondern er hatte darauf bestanden, dass Evers mich mitbrachte. Ich war mir nicht sicher, was das hieß, aber es konnte nichts Gutes bedeuten.

Es war nur eine kurze Fahrt bis zum Büro von Sinclair Security in Buckhead, einem vierstöckigen, schicken, modernen Bürogebäude, das diskret hinter einem gemischt genutzten Gebäudekomplex lag.

Es hatte den Vorteil eines idealen Standorts, ohne direkt an der Straße zu stehen. Die Garage schien fest verschlossen, bis Evers' Auto am Tor langsamer wurde. Es musste eine Art Scanner gegeben haben, der uns erkannt hatte, denn die Metalltür glitt reibungslos nach oben, um seinen Geländewagen reinzulassen.

DAS INNERE DES GEBÄUDES WAR IN EDELSTAHL UND SCHWARZ GEHALTEN, rote Elemente waren die einzigen Farbakzente. Es war ein wenig dunkel und für meinen Geschmack etwas unheimlich, aber wenn sie den Eindruck unbezwingbarer Stärke erwecken wollten, hatten sie es geschafft.

Evers' Handabdruck und Stimme riefen den Aufzug auf, der uns zu dem Hauptbüro brachte. Ich folgte ihm bis zum Empfangsbereich und sah einen leuchtenden Strauß roter Lilien auf dem Tresen. Dahinter saß eine zierliche dunkelhaarige Frau mit einer Lesebrille im Stil der Fünfziger, einem kurzen Bob und gestutztem Pony. Sie schenkte uns ein warmes Lächeln.

„Schön, dich zu sehen, Evers. Ihr geht besser gleich in Coopers Büro. Ich weiß nicht, was los ist, aber er hat schlechte Laune."

Ihre Augen landeten auf meiner Hand in Evers', aber sie sagte nichts, zwinkerte mir zu und winkte uns den Flur entlang.

„Danke, Alice. Summer, das ist Alice. Alice – Summer." Evers lief einfach weiter. Ich winkte Alice zu, während ich versuchte, mit ihm Schritt zu halten.

Evers zog mich einen breiten Gang hinunter, der von geschlossenen schwarzen Türen umgeben war. Am Ende des Flurs bogen wir nach rechts ab, dann nach links und landeten in einem offenen Konferenzraum mit einem langen, schwarz lackierten Tisch, Stühlen aus glänzendem Chrom und schwarzem Leder und einer Glaswand, die auf den Hof darunter hinausblickte.

Cooper Sinclair saß am Kopfende des Tisches, seine dunklen Augen waren schwer verärgert, als sie auf Evers landeten, blickten aber weicher, als sie mich erblickten. Griffen saß zu seiner Rechten. Links von ihm saß Axel – Evers' Bruder und der Ehemann meiner besten Freundin Emma. Axel erhob sich von seinem Stuhl und kam um den Tisch herum, um mich in eine Umarmung zu ziehen.

„Summer, es ist schön, dich zu sehen. Emma findet es schade, dass sie es diesmal nicht raus geschafft hat."

„Arbeit?", fragte ich. Das letzte Mal, als ich mit ihr gesprochen hatte, hatte sie nicht gesagt, dass Axel kommen würde, geschweige denn, warum sie nicht mitkäme.

„Das auch. Außerdem will ich sie nicht hier haben, bis wir herausfinden, was vor sich geht. Sieht so aus, als war das eine gute Entscheidung gewesen."

Bei meinem fragenden Blick schüttelte er den Kopf und ließ seine Augen auf meine mit Evers verschränkten Finger fallen. Er blickte wieder auf, um Evers' Haltung neben mir zu registrieren. Zu nah, zu intim für einen einfachen Freund oder Kollegen.

Mit leiser Stimme fragte Axel: „Bist du okay?"

Ich war mir nicht ganz sicher, worauf er hinauswollte. In gewisser Hinsicht war ich sehr okay. Andererseits, bezüglich der ganzen Situation mit meinem Vater, nicht so sehr.

„Okay mit...?"

Axel blickte zu seinem Bruder, der neben mir stand. Evers ließ meine Hand los, schlang seinen Arm um mich und zog mich in einer besitzergreifenden, unmissverständlichen Geste an seine Seite.

Axel warf ihm einen Blick zu, den ich nicht deuten konnte, und sagte: „Mit diesem Trottel hier. Muss ich ihn umbringen? Du bist Emmas beste Freundin, was dich zur Ehrenschwester macht, und ich bin gesetzlich dazu verpflichtet, dieses Arschloch umzubringen, wenn er die Sache mit dir nicht in Ordnung gebracht hat."

Evers grunzte und zog seinen Arm noch fester um meine Schulter, als ich lachte.

„Er ist reumütig zu Kreuze gekrochen", sagte ich.

Was genau passiert war, ging Axel nichts an, aber es war süß von ihm, auf mich aufpassen zu wollen. Oder vielleicht sagte es nur etwas darüber aus, wie sehr er meine beste Freundin liebte.

„Gut", erwiderte Axel. „Er kann ein Idiot sein, aber du könntest es viel schlechter treffen. Du könntest es wahrscheinlich auch viel besser treffen, aber du könntest es halt auch schlechter treffen."

Ich lachte wieder, als Evers' linker Arm hervorschoss und er Axel hart in die Schulter boxte, was seinen älteren Bruder ein paar Schritte zurücktaumeln ließ.

Von der anderen Seite des Raumes knurrte Cooper: „Um Himmels willen, keine Kämpfe im Büro! Setzt euch auf eure Ärsche."

Wir hatten gerade Platz genommen, als Alice ihren Kopf durch die Tür streckte und einen besorgten Blick auf Cooper warf, bevor sie mit einem strahlenden Lächeln fragte: „Kaffee? Tee?"

„Ich hätte gern Kaffee", sagte Evers.

„Ich auch, wenn es keine Schwierigkeiten macht", fügte ich hinzu.

„Überhaupt nicht. Bin gleich wieder da. Axel, Knox, Griffen? Das Übliche?" Die drei grunzten, nickten und machten jeweils eine Handbewegung, um zu versichern, dass sie das Übliche wollten. Alice verschwand und ließ uns allein.

„Also, was ist passiert?", fragte Griffen.

„Du weißt es nicht?", wunderte Evers sich. „Du warst den ganzen Morgen hier."

„Cooper wollte nichts sagen..."

„Ich wollte warten, bis wir alle versammelt sind. Die Telefone waren heute besetzt. Ich habe diese Nachricht vor einer Stunde erhalten, direkt auf meiner Privatleitung. Ich war in einer Kundenbesprechung, also ging sie auf die Mailbox." Cooper nahm den Telefonhörer in der Mitte des Tisches in die Hand, drückte ein paar Tasten, um auf seine Voicemail zuzugreifen, und lehnte sich zurück, während die Nachricht abgespielt wurde.

„Cooper Sinclair. Dein Vater hat etwas, das mir gehört", sagte eine Männerstimme mit einem Akzent, den ich nicht zuordnen konnte. Osteuropäisch vielleicht. Was auch immer es war, es klang genau wie der Kunde, den ich ein paar Wochen zuvor abgelehnt hatte.

Ein Schauer lief mir über den Rücken, als er weitersprach.

„Maxwell wird seit drei Monaten vermisst. Ich werde nicht länger warten. Finde, was dein Vater gestohlen hat, oder deine Mutter wird sterben. Wenn ich mit ihr fertig bin, werde ich hinter jedem einzelnen seiner Söhne her sein, bis jeder Sinclair tot ist. Niemand bestiehlt einen Tsepov. Gebt mir zurück, was Maxwell gestohlen hat, und ihr werdet leben. Wenn ihr das nicht tut, werde ich eure gesamte Linie auslöschen."

Der Anruf wurde abgestellt. Axel lehnte sich in seinem Stuhl zurück und schüttelte den Kopf. „Verdammte Russen. So melodramatisch. *Ich werde eure gesamte Linie auslöschen*", sagte er und ahmte den Anrufer nach. „Tsepov Junior geht mir auf die Nerven. Zu viel Ego, nicht genug Verstand. Ich wünschte fast, Emma hätte seinen Onkel nicht getötet."

„Dies bekam ich per E-Mail zur gleichen Zeit wie den Anruf." Cooper warf ein Foto auf den Tisch. Es rutschte, und schwebte in der Luft, bevor es genau in der Mitte zum Stillstand kam. Ich sah es an, aber ich verstand es nicht.

Es zeigte die Fassade eines Wohnkomplexes, das aussah, als sei es in Strandnähe. Nur ein Gebäude, sonst nichts. Ich wusste, dass mir die Informationen fehlten, denn Evers, Knox und Axel erstarrten.

Griffen fragte: „Das ist die Wohnung deiner Mutter, oder?"

Cooper bestätigte: „Ja, und es gibt noch mehr Bilder von drinnen. Er will uns damit sagen, dass er weiß, wo sie ist, und dass er jederzeit an sie rankommen kann."

Knox stieß sich plötzlich vom Tisch ab und stand auf.

Er sagte nichts weiter, und schritt zur Fensterwand, um auf den Hof hinabzublicken. Seine Hand im Nacken war so sehr angespannt, dass die Knöcheln fast weiß schienen.

DEN BLICK AUF DAS FOTO GERICHTET, sagte Axel, „Ich gehe runter nach Florida. Ich bleibe bei Mutter."

„Was ist mit Emma?", fragte Cooper. „Sie wird wissen wollen..."

„Ich will sie nicht in Florida haben, wenn diese Typen dort herumkriechen. Ich will sie ganz sicher nicht dort haben. Ich vertraue meinen Jungs in Vegas. Sie hat jemanden, der rund um die Uhr auf sie aufpasst. Sie steht ihrer eigenen Familie sehr nahe. Sie wird verstehen, dass ich auf Mutter aufpassen muss." Axel sah mich mit hochgezogener Augenbraue an, und ich nickte.

„Das wird sie ganz sicher."

„Wir haben kein Zeitlimit", sagte Evers. „Er will, dass wir das zurückgeben, was Vater von ihm gestohlen hat, oder er wird uns alle töten, aber er hat nicht gesagt, wie viel Zeit wir haben oder wonach wir suchen sollten."

„Schlampig", kommentierte Cooper. „Wir hatten bereits einen Hinweis, dass Vater nicht in seinem Auto saß, als es von der Brücke stürzte. LeAnne Gates erzählte Chase, dass Vater ihr bis vor kurzem noch Schecks geschickt hatte. Es ist schwer, einen Scheck auszustellen, wenn man tot ist. Die Briefkastenfirma, die die Zahlungen leistete, hat ihre Jahresberichte und Steuern pünktlich eingereicht. Jemand muss das alles koordinieren. Vater macht mehr Sinn, als jeder andere."

„Ich werde ihm den Hals umdrehen, wenn wir ihn finden", murmelte Knox und starrte immer noch in den Innenhof.

„Da musst du dich hinten anstellen", sagte Evers leise.

Ich nahm seine Hand in meine. Mein Vater war kein so guter Vater. Er war egozentrisch und nachlässig, aber zumindest hatte er seinen Tod nicht vorgetäuscht und mich und meine Mutter in Gefahr gebracht. Maxwell Sinclair hatte eine Menge zu verantworten.

Alice schwang die Tür auf und stellte ein Tablett auf den Tisch. Da sie die Stimmung richtig eingeschätzt hatte, teilte sie schweigend Getränke aus und verließ den Raum so unauffällig, wie sie ihn betreten hatte.

„Wir haben nicht viele Spuren", sagte Cooper. „Wir haben nach Vater gesucht, seit LeAnne Gates bestätigt hat, dass er am Leben sein könnte. Bis jetzt habe ich nichts. Vater ist vieles, aber dumm gehört nicht dazu. Er weiß, wie man sich versteckt."

„Der einzige halbwegs vernünftige Hinweis, den wir haben, ist Summers Vater", sagte Axel.

„Mein Vater? Inwiefern ist mein Vater ein Anhaltspunkt?"

„Weil wir wissen, dass er Geld von unserem Vater bekommen hat", erklärte Evers, „und wir wissen, dass diese Zahlungen immer noch kommen. Wir wissen auch, dass kürzlich etwas passiert ist, das deinen Vater dazu veranlasst hat, unterzutauchen. Aufgrund des Zeitpunkts würde ich wetten, dass es unser Vater war, der mit Tsepovs Eigentum abgehauen ist."

„Verdammter Idiot", murmelte Knox. Er sah Cooper an und sagte: „In den meisten Punkten hast du Recht. Vater ist nicht dumm. Aber manchmal hatte er einen gefährlichen toten Winkel. Er war schon immer auf Frauen und Geld versessen."

Keiner von Knox' Brüdern widersprach.

„Glaubt ihr, dass mein Vater weiß, wo euer Vater ist? Und auch, was er genommen hat und wo es zu finden ist?"

„Es wäre möglich, dass er keine Ahnung hat", sagte

Cooper, „aber im Moment ist Smokey Winters alles, was wir haben, um weiterzumachen. Soweit ich es beurteilen kann, hat er sich erst in der Nähe von Asheville aufgehalten und ist dann weiter nach Greenville entlang der I-85 gezogen."

Alle anderen im Raum hatten einen wissenden Ausdruck, der mir sagte, dass diese Information ihnen mehr sagte, als nur die Fahrgewohnheiten meines Vaters. Ich schickte Evers einen fragenden Blick. Er kniff sich in den Nasenrücken und sagte dann leise: „Wahrscheinlich schmuggelt er Drogen von Atlanta in die Berge."

„Er dealt mit Drogen?", fragte ich und wünschte, ich wäre überrascht.

„Vielleicht. Wenn er nicht dealt, dann transportiert er."

Ich fühlte mich ein wenig krank. Ich wusste, dass mein Vater ziemlich oft nach Atlanta zurückkam, obwohl ich nicht wusste, dass er hier eine Wohnung hatte, aber ich hatte mich nie gefragt, warum.

Vielleicht hätte ich das tun sollen. Etwas, was Cooper gesagt hatte, blieb mir im Kopf hängen. Sie wussten nicht, wo er gewesen war. Aber ich wusste, wo er gewesen war, nicht wahr? Und ich hatte es völlig vergessen.

19

SUMMER

„Oh, mein Gott", stieß ich hervor.

„Summer, was hast du?", fragte Evers, seine Augen besorgt.

Ich schaute auf, von Schuldgefühlen geplagt. „Es tut mir so leid. Vor ein paar Tagen habe ich mit meiner Mutter gesprochen. Ich habe sie gefragt, ob sie Vater gesehen hätte, und es total vergessen, dir Bescheid zu sagen. Ich…"

Ich biss mir auf die Lippe und legte meine Handflächen auf meine plötzlich heiß gewordenen Wangen. Ich konnte in diesem Raum voller Männer nicht zugeben, dass ich wichtige Informationen über meinen Vater vergessen hatte, weil ich hereingekommen war und Evers beim Küssen mit meiner Filmstar-Chefin erwischt hatte.

Wie konnte ich nur so dumm sein? Wie konnte ich zulassen, dass meine Emotionen bei etwas so Wichtigem im Weg standen? Lahm wiederholte ich einfach: „Ich habe es vergessen. Es tut mir so leid."

„Summer", sagte Evers sanft, „was hast du vergessen?"

„Er war in Maine."

Coopers Kopf schoss in die Höhe, seine Augen waren auf mich gerichtet. „Maine? Bist du sicher?"

„Meine Mutter hat gesagt, er habe sie vor etwa drei Wochen aus Maine angerufen. Sie hat die Vorwahl erkannt. Er sagte ihr, dass er mich besuchen will, aber ich habe ihn seit Monaten nicht mehr gesehen."

„Weißt du, warum er dort war? Oder wie lange schon?", forschte Cooper.

Ich schüttelte den Kopf. „Ich weiß nur, dass er lange genug da war, um meine Mutter anzurufen."

Cooper lehnte sich in seinem Stuhl zurück und verschränkte die Arme vor der Brust, scheinbar in Gedanken verloren.

„Jemand muss nach Maine fahren", sagte Griffen.

Langsam nahm Cooper den Hörer ab und tippte auf die Tasten. „Interessant, dass du das sagst. Heute Morgen erhielt ich einen weiteren Anruf. Kurz nach vier Uhr morgens auf die Mailbox gesprochen."

Er drückte den Knopf für die Freisprecheinrichtung, und eine Frauenstimme erfüllte den Raum. Sie klang ungefähr so alt wie ich. Verängstigt. Die Stimme war hoch, ihre Worte kamen schnell und überschlugen sich, während sie sprach.

„Hier spricht Lily Spencer. Ich, mein Ehemann - mein ehemaliger Ehemann - ich bin eine Witwe, äh, sagte mir, ich solle Sie anrufen, falls es jemals Probleme geben sollte. Ich… wir leben, ich wohne in Maine, und es gab einige Einbrüche. Äh, glaube ich. Die Polizei hat nichts gefunden, aber heute Nacht ist jemand eingebrochen. Sie haben den Alarm abgeschaltet. Ich weiß nicht, was ich tun soll. Ich weiß nicht, ob Sie helfen können, aber Trey sagte, wenn je etwas passiert, soll ich Sie anrufen, also rufe ich an. Bitte, wenn Sie mich zurückrufen könnten, wäre ich Ihnen sehr dankbar. Nochmals, hier ist Lily Spencer."

Sie rasselte eine Telefonnummer herunter, dann wieder ihren Namen und ein zweites Mal die Nummer, bevor sie sich kurz verabschiedete und auflegte.

Evers schaute Cooper an. „Wer, zum Teufel, ist Lily Spencer?"

Cooper warf eine Manila-Mappe auf den Konferenztisch. Evers griff hinüber, um sie aufzuschlagen, und eine Frau sah uns an. Ich hatte Recht, sie war etwa in meinem Alter.

Tiefe, braune, mandelförmige Augen in einem Gesicht mit karamellgoldener Haut. Sie trug ihr dunkles Haar in einem langen, glatten Bob, der ihre Schultern streifte, eine schlichte Perlenkette um den Hals, kleine Diamanten in den Ohren und etwas, das wie ein Twinset aus Kaschmir aussah.

Sie stand neben einem etwa gleichaltrigen Mann mit weißblonden Haaren in einem dunklen Anzug. Sein Arm lag um ihre Schultern, seine Augen entspannt und glücklich. Obwohl sie höfflich lächelte, war ihr Blick verkrampft. Beunruhigt. Das Foto war in einem Zeitungsartikel abgedruckt worden. Die Unterschrift lautete: *Trey und Lily Spencer bei der Spendenaktion der Alphabetisierungsstiftung*.

Knox verließ das Fenster, nahm seinen Platz am Tisch wieder ein und streckte die Hand aus, um die Akte von Lily Spencer zu sich rüber zu ziehen. Er hob das Foto auf und legte es beiseite, bevor er den Inhalt der Mappe durchblätterte.

„Lily Spencer, kürzlich verwitwet", sagte Cooper. „Ihr Ehemann, Trey Spencer, war mit Vater in diesem Adoptionsgeschäft tätig, und noch mehr. Eine der Scheingesellschaften führt zum Teil zu ihm zurück."

„Wie ist er gestorben?", fragte Evers, die Stirn gerunzelt, als er sah, wie Knox die Akte von Lily Spencer scannte, seine Hand über dem Gesicht ihres Mannes, seine Finger streiften ihr Haar.

Etwas an dem Bild zerrte an mir. Sie sah... gefangen aus.

Ich weiß nicht, warum es mich so getroffen hatte. Warum mir dieses Wort in den Kopf sprang. *Gefangen*. Es lag Spannung in ihren Augen. Irgendwas an ihrem Kinnansatz.

Cooper antwortete: „Seltsame Umstände. Autounfall. Fast genau wie bei Vater, nur, dass man diesmal die Leiche fand."

„Also können wir sicher sein, dass Trey Spencer wirklich tot ist?", fragte Griffen.

„Sehr sicher. Und es sieht so aus, als ob seine Witwe in Schwierigkeiten steckt."

„Ich fahre nach Maine", sagte Knox mit leisem Raunen, seine Augen absorbierten die Akte, seine Hand immer noch auf Lily Spencers Bild.

„Gut. Besprich mit Riley alles, was du brauchst, bevor du Vorkehrungen triffst. Ich rufe Lily Spencer zurück und sage ihr, dass wir dich hochschicken."

Cooper legte seine Hand auf den Tisch. Er schaute Evers und mich an. „Ihr zwei geht Smokey aufspüren. Wir müssen ihn finden, bevor uns die Zeit davonläuft."

„Ich kann nicht", sagte ich sofort.

Cooper richtete seine dunklen Augen auf mich, und die Willenskraft, die darin lag, hätte mich fast dazu gedrängt, alles zu tun, was er wollte. Es war klar, dass Cooper Sinclair Widerspruch nicht gewohnt war.

Ich presste die Lippen zusammen. Er würde mich nicht dazu zwingen, zu gehorchen. Ich war nicht seine Angestellte.

Ich hatte bereits eine Chefin, und sie erwartete, dass ich in den nächsten Monaten jeden Tag an ihrer Seite war und nicht, dass ich auf der Suche nach meinem umherirrenden Vater in der Welt herumwanderte.

„Ich kann Cynthia nicht verlassen. Ich habe einen Job. Ich habe ihr versprochen, dass ich auf Rycroft sein werde."

„Ich bleibe bei Cynthia", versprach Griffen, so als ob die Diskussion beendet sei.

„Nein, das ist nicht dasselbe. Du kannst vielleicht Evers ersetzen, aber ich bin ihre Assistentin. Du kannst nicht meine Arbeit tun. Sie braucht mich."

„Sie wird ohne dich auskommen müssen", sagte Cooper und betrachtete das Thema offensichtlich als erledigt.

„Cooper, ich kann nicht einfach meinen Job bei Cynthia kündigen." Ich drehte mich um und sah Griffen an. „Warum kannst du nicht nach meinem Vater suchen?"

„Nein, Griffen bleibt hier", sagte Cooper.

Diesmal war sein Ton so endgültig, dass ich den Mund schloss, ohne zu wissen, was ich sagen wollte.

Ich hatte nicht vor, mich von Cooper Sinclair herumkommandieren zu lassen. Ich wollte helfen, aber ich hatte nicht vor, meine Karriere zu torpedieren und meine beste Kundin im Stich zu lassen, nur, weil Cooper das wollte.

„Ich werde mit Cynthia reden", sagte Evers. „Es wird schon gut gehen. Ich verspreche es."

Ich war fast bereit zu glauben, dass Evers Cynthia dazu bewegen könnte, uns für ein paar Tage gehen zu lassen. Aber ich verstand es immer noch nicht. „Warum kann Griffen nicht..."

„Griffen bleibt hier", sagte Evers im gleichen entschiedenen Ton, den Cooper benutzt hatte.

Ich warf Griffen einen Blick zu, bereit, ihn erneut herauszufordern, als ich sah, dass sein Kiefer zusammengepresst war, seine dunkelgrünen Augen flach und kalt blickten.

Okay, Griffen blieb hier.

Auch hier fehlte mir der Subtext. Ich würde Evers später dazu bringen, mich aufzuklären.

„Evers, du musst das mit Cynthia regeln. Ich will sie nicht im Stich lassen. Zum Teil, weil ich diesen Job nicht vermasseln will, und zum Teil, weil sie meine Freundin ist und ich sie nicht enttäuschen will."

Evers zog meinen Stuhl näher an seinen. Die Räder verschoben sich so lange, bis sie quietschten, dann rollte er mich leicht auf sich zu, bis wir direkt nebeneinander waren. Er legte einen Arm um mich und küsste meine Schläfe. „Ich verspreche es, ich werde mich darum kümmern. Griffen schafft das. Ich muss gehen, und ich lasse dich nicht zurück."

„Du lässt mich nicht zurück, aber Cynthia lässt du bei Griffen?"

„Ich glaube, wir haben gestern Abend gesehen, dass der Einbrecher nicht hinter Cynthia her war. Er war hinter dir her."

„Hinter meinem Laptop", korrigierte ich, „nicht, dass es ihm etwas nützen würde."

„Das weißt du nicht", sagte Griffen. „Er wäre ein Narr gewesen, wenn er versucht hätte, dich in dem über-füllten Haus mitzunehmen. Wer weiß, was passiert wäre, wenn er auf dich gestoßen wäre, wenn du mal nachts zum Kühlschrank gegangen wärst? Niemand sonst in der Nähe, das Haus ruhig. Vielleicht war sein Plan, den Laptop und das Telefon zu nehmen und abzuhauen. Oder vielleicht wollte er sie sich schnappen, sich irgendwo im Haus verstecken und dich später holen. Du solltest mit Evers gehen. Ein bewegliches Ziel ist schwerer zu erwischen."

Ich starrte Griffen an, völlig sprachlos. Ich dachte an meinen Vater, hier und dort und überall.

Atlanta, Maine, Asheville, und wer weiß, wo sonst noch.

Ein bewegliches Ziel war schwerer zu erwischen.

Bei dem Gedanken, dass der Eindringling sich in einem Schrank versteckt haben und in der Dunkelheit der Nacht herauskommen könnte, um mich zu entführen, während ich schlief, lief mir ein Schauder den Rücken hinab.

Ich lehnte mich zurück, warf Griffen meinen strengsten Blick zu und sagte: „Halte Clive von Cynthia fern, bis wir zurückkommen. Ich weiß, dass sie eingewilligt hat, sich mit ihm zu treffen, aber das geschieht nicht, während wir weg sind. Versprich es mir. Du kennst ihn nicht. Er hat eine aalglatte Zunge, und sie ist immer noch halb in ihn verliebt. Sie trifft ihn dort nicht ohne mich."

„Ich verspreche es. Ich halte ihn hin, bis du zurückkommst."

„Und halte sie von Ärger fern."

„Das kann ich jetzt nicht versprechen", sagte Griffen grinsend.

„Versuch es", drängte ich. Griffen lehnte sich in seinem Stuhl zurück, ein Lachen in den Augen, der düstere Blick wie weggewischt, als hätte ich es mir nur eingebildet. „Ich werde mich für die Sache opfern, wenn ich muss."

„Armer Griffen, gefangen in einem Schloss mit einer Prinzessin. Wir alle weinen um dich", sagte Cooper sarkastisch.

Griffen lachte wieder und schnippte seinem Chef einen Kaffeerührer über den Tisch zu. Cooper fing ihn auf, bevor er ihn an der Stirn treffen konnte. Er schob seinen Stuhl zurück und sagte: „In Ordnung, lasst uns weitermachen. Solange mir dieser Trottel kein Zeitlimit setzt, müssen wir davon ausgehen, dass die Axt jede Minute fallen kann.

Axel, wir bringen dich heute Nachmittag nach Florida. Knox, mach dich bereit, nach Maine zu fahren. Wenn Lily Spencer Informationen hat, die uns nützen können, wollen wir nicht, dass derjenige, der hinter ihr her ist, sie ausschaltet, bevor wir etwas erfahren. Und Evers, Summer..."

Er verstummte kurz, auf der Suche nach den richtigen Worten. „Viel Glück."

Viel Glück. Wir würden es brauchen.

20

SUMMER

Meine Tasche lag auf dem Rücksitz des Autos, vollgestopft mit allem, was ich für ein paar Tage in der Ferne zu brauchen glaubte. Da ich keine Ahnung hatte, was auf uns zukam, hatte ich vielleicht zu viel eingepackt, aber ich wollte lieber auf alles vorbereitet sein.

Daneben lag eine zweite Tasche, in der sich ein nagelneuer Laptop und ein Telefon befanden. Cooper hatte sie mir ausgehändigt, bevor wir das Sinclair-Büro verlassen hatten, und sagte: „Es ist unsere Schuld, dass du sie brauchst. Niemand hätte auf Rycroft einbrechen dürfen. Wenn sie dir nicht gefallen, lass es Evers wissen, und wir werden dir was anderes besorgen."

Ich hatte sie mir auf der Rückfahrt nach Rycroft angeschaut. Das Telefon war das neueste Modell, und der Laptop war eine ernsthafte Verbesserung gegenüber dem, der in der Nacht zuvor gestohlen worden war.

„Evers, das ist zu viel", protestierte ich.

„Keine Widerrede. Cooper hat Recht. Es war unsere Schuld, dass deine Sachen gestohlen wurden. Sie zu ersetzen ist das Mindeste, was wir tun können."

„Würdest du das für eine andere Kundin auch tun?"

Ein schneller, heißer Blick. „Du bist keine Kundin, Summer. Du gehörst mir. Keine Widerrede."

Ich gehörte ihm.

Ich beschloss, keine Einwände zu erheben.

Ich hatte keine Ahnung, was Evers zu Cynthia gesagt hatte, aber sie winkte uns zu, während sie bei Griffen untergehackt an der offenen Haustür stand und breit lächelte. Einige Tage zuvor war sie allein beim Gedanken ausgeflippt, dass Evers lange genug wegging, um mich zum Schreibwarengeschäft zu bringen. Aber nun war sie völlig einverstanden, dass wir beide sie im Stich ließen.

„Was hast du zu ihr gesagt?"

„Ich habe ihr gesagt, du hättest ein persönliches Problem, um das wir uns kümmern müssen."

Ich sah ihn von der Seite an. So einfach war es auf keinen Fall gewesen. „Was musstest du ihr versprechen? Du wirst nicht mit ihr schlafen. Ich hoffe, sie weiß das."

Evers lachte und sah gerade lange genug von der Straße weg, um meinem Blick zu begegnen. „Du weißt, dass ich nicht mit ihr schlafen werde."

„Ich weiß, aber was hast du ihr versprochen? Ich weiß, dass du ihr etwas versprechen musstest."

„Einen riesigen Rabatt", räumte Evers ein.

„Wie riesig?", fragte ich misstrauisch. Cynthia mochte ihren Luxus, aber sie war auch scharf aufs Geld.

„Sagen wir einfach, dass wir bei der Arbeit einen Verlust hinnehmen müssen. Und ich könnte ihre Aufmerksamkeit auf Griffen gelenkt haben."

„Kurzmeldung, sie hat Griffen bereits bemerkt." Cynthia hatte ein Auge für attraktive Männer, und sie müsste blind sein, um Griffen zu übersehen. Ich war verrückt nach Evers, und ich wusste das schelmische Grinsen und die markanten grünen Augen von Griffen trotzdem zu schätzen. Ganz zu schweigen von seinem Körper... Nicht, dass ich geschaut hätte. *Naja*, nur ein wenig.

„Sie wird nichts anstellen, das weißt du", sagte Evers. „Cynthia, meine ich, mit Griffen."

„Nein, das wird sie nicht", stimmte ich zu. „Sie flirtet gerne, aber ich glaube nicht, dass sie seit Clint mit jemand anderem zusammen war. Ich glaube, sie hätte mit dir geschlafen. Ich denke, mit eurer Vorgeschichte fühlt sie sich wohler."

„Das wäre nicht passiert", sagte Evers rundheraus.

Er warf einen weiteren Blick in meine Richtung. Er war besorgt, dass ich ihm nicht glaubte. Ich streckte meine Hand aus, glitt zu seinem Oberschenkel und drückte leicht.

„Das weiß ich, Evers."

„Solange wir das geklärt haben."

Er legte seine Hand auf meine und hielt sie an seinem Bein fest. Ich zeichnete Kreise, Achten und kleine Herzen mit meiner Fingerspitze, wobei meine Fingerknöchel seinen Schwanz durch den Stoff seiner Hose streiften.

„Willst du mich die ganze Fahrt über reizen?"

„Vielleicht. Willst du, dass ich aufhöre?"

„Scheiße, nein." Er nahm seinen Blick von der Straße und sah mich mit schweren Lidern an. „Ich wünschte, all das würde nicht vor sich gehen", sagte er. „Ich wünschte, ich könnte dich irgendwo hinbringen, nur wir beide, und den Rest der Welt vergessen."

„Später", versprach ich. „Wenn das vorbei ist, machen wir Urlaub."

„Auf jeden Fall." Er blickte zu meinen Füßen hinunter, eingehüllt in raffinierten rosa Keilsandalen. „Wie geht es deinem Knöchel? Solltest du diese Schuhe tragen? Ich will nicht, dass du stolperst und es schlimmer wird."

Ich drehte meinen Knöchel langsam im Kreis. Es tat

etwas weh, und als ich meinen Zeh anspannte, spürte ich ein Stechen, aber sonst war es in Ordnung. „Er ist in Ordnung. Ich schwöre es. Ich habe mich gestern Abend schrecklich gefühlt, aber ich glaube, ich hatte mehr Angst als alles andere."

„Du hast einen Bluterguss an deiner Schulter", sagte er und streckte die Hand aus, um mit einem Finger leicht über mein Schulterblatt zu fahren.

„So schlimm ist es nicht."

„Das hätte nicht passieren dürfen. Du hättest im Haus sicher sein sollen."

Ich wusste, worauf er damit hinauswollte. „Es ist nicht deine Schuld, Evers."

„Natürlich ist es meine Schuld."

„Man kann nicht alles kontrollieren. Es geht mir gut. Lass es gut sein."

Das Knurren in seiner Kehle sagte mir, dass er es nicht gut sein lassen konnte, aber er ließ das Thema fallen. Als er meine Hand nahm, schaute er auf die Straße, die vor ihm lag, und Stille erfüllte den Geländewagen.

Sein Daumen rieb abwesend meinen Handrücken, so süß. Das war eines der Dinge, die ich schon immer am Zusammensein mit Evers geliebt hatte. Wir konnten die ganze Nacht reden, wenn wir wollten, aber die Stille war genauso gut.

Ich liebte es, mit ihm zusammen zu sein. Er füllte den Raum um mich herum mit Wärme und Trost. Mit einem seidenen Hauch von Lust. Wenn ich neben Evers saß, konnte ich mich entspannen und einfach nur ich sein. Ich träumte von der kommenden Nacht, beflügelt von der Berührung seiner Hand.

Ich sah die grünen Hügel vorbeiziehen und stellte schließlich die Frage, die mich seit dem Treffen bei Sinclair Security beschäftigt hatte.

„Warum konnte Griffen diese Reise nicht antreten? Und sag mir nicht, dass es daran liegt, dass ich im Haus nicht sicher war. Die einzige Möglichkeit, wie der Typ reinkam, war die Party. Ich weiß, ihr habt Rycroft Castle abgesichert. Du würdest Cynthia nie ungeschützt lassen, also kaufe ich dir diesen Schwachsinn über bewegliche Ziele nicht ab. Was ist der wahre Grund?"

Evers seufzte. „Ich werde es dir sagen, aber sprich es nicht vor Griffen an. Keiner von uns spricht darüber."

Jetzt war ich neugierig. Ich mochte Griffen. Er hatte Emma gerettet, nachdem Axel sie in eine hässliche Situation gebracht hatte, und dafür würde ich ihm ewig dankbar sein. Selbst wenn er nicht das Leben meiner besten Freundin gerettet hätte, war er ein guter Kerl.

Cooper und Evers hatten jeden Vorschlag, dass Griffen nach North Carolina reisen sollte, abgeblockt. Es gab dafür sicherlich einen guten Grund.

„Ich schwöre es", versprach ich. „Ich kann meinen Mund halten, aber jetzt bin ich neugierig."

„Okay. Einiges davon hat er uns erzählt, einiges haben wir selbst herausgefunden. Griffen kommt aus einer Stadt in der Nähe von Asheville. Sawyers Bend."

„Sawyers Bend wie in Griffen Sawyer?", fragte ich.

„Genau. Griffen ist der Älteste von sieben oder acht Kindern."

Ich zuckte zusammen. Acht Kinder? „Seine arme Mutter", murmelte ich.

„Griffens Mutter hatte nur zwei. Sein Vater wechselte Ehefrauen, wie die meisten Männer ihre Schuhe. Wir wissen nichts über seine Kindheit, aber alles, was wir herausgefunden haben, ist, dass sein Vater ein richtiger Bastard ist. Er spielt die Kinder gegeneinander auf, schreibt sie in sein Testament und wieder heraus, je nachdem, wer seinen Arsch am besten küsst. Ein echtes Prachtstück. Griffens Familie besitzt die halbe Stadt, ganz zu schweigen von Immobilien in ganz North Carolina. Eine Holzfirma. Einen der letzten erfolgreichen Textilhersteller und eine florierende Möbel- und Designfirma. Der Vater hält das alles unter seiner Fuchtel."

„Wenn er der Erbe von all dem ist, warum arbeitet Griffen dann für Sinclair Security?

„Wir sind uns nicht ganz sicher", antwortete Evers und lachte. „Er ist ein bisschen älter als ich. Wir haben uns in der Armee kennengelernt, bei den Rangern. Das Beste, was ich mir zusammenreimen konnte, war, dass er sein Leben lebte, die Sawyer-Sache machte, die Familienunternehmen leitete und nach der Pfeife seines Vaters tanzte, bis er einfach wegging."

„Was ist passiert?"

„Keine Ahnung. Er ging weg und kam nie wieder zurück. Von dem, was wir herausfinden konnten, enterbte sein Vater ihn vollständig, warf ihn raus und sagte ihm, er solle nie wieder einen Fuß in Sawyers Bend setzen. Ich habe das Gefühl, Griffen reitet auf einem riesen *fick-dich*-Trip. Er geht weder in die Nähe von Sawyers Bend, noch in den Westen von North Carolina. Zu nah an zu Hause. Wir haben eine Abmachung. Aufträge, die in diese Richtung gehen, geben wir jemand anderem. Er will nichts mit seiner Familie zu tun haben. Ich werde nicht derjenige sein, der ihn dazu zwingt."

„Ich bin mir nicht sicher, ob man Griffen zu irgendetwas zwingen kann", sagte ich leise. Griffen war genauso locker und charmant wie Evers, aber ich hatte diesen harten, kalten Blick in seinen Augen gesehen. Wie auch Evers, hatte er viel mehr, als nur ein hübsches Lächeln zu bieten.

„Diesen Job wollte er nicht anrühren. Die Bleibe deines Vaters ist nicht in Asheville. Sie liegt außerhalb der

Stadt, nicht so weit von Sawyers Bend. Wir haben seine Kreditkartenbelege verfolgt..."

„Wie seid ihr an seine Kreditkartenbelege gekommen?", fragte ich.

Brauchten sie dafür nicht einen Gerichtsbeschluss? Sie waren nicht die Polizei.

Evers antwortete nicht.

„Willst du es mir nicht sagen?"

Evers räusperte sich. „Es ist unwichtig, wie wir sie bekommen haben. Dein Vater zahlt meistens in bar, aber wenn er knapp bei Kasse ist, benutzt er die Kreditkarte. Es gibt ein paar Orte in Asheville, die wir überprüfen sollten. Die Gebühren tauchen oft genug auf, dass wir vielleicht jemanden finden können, der ihn gesehen hat. Er verbringt nicht viel Zeit in Sawyers Bend. Zu viele Touristen, nicht genug Orte, um Ärger zu finden, aber Griffen würde nicht das Risiko eingehen, einen Fall im Hinterhof seiner Familie zu bearbeiten."

„Jetzt möchte ich diese Stadt erst recht sehen", murmelte ich.

„Vielleicht wirst du das. Wir werden sehen, wie es läuft."

Es war Abend, als wir in Asheville ankamen. Die Stadt war voller Touristen, die eine der vielen handwerklichen Brauereien oder eines der einzigartigen Restaurants ausprobieren wollten.

Wir flitzten auf der Schnellstraße durch die Innenstadt, bevor wir durch den Beaucatcher-Tunnel fuhren und auf einer überfüllten Straße landeten, die von Restaurantketten und Hotels gesäumt war. Von der Kulisse der Blue Ridge Mountains abgesehen, hätten wir überall in Amerika sein können.

Evers verlangsamte das Tempo und fuhr in ein kleines, heruntergekommenes Einkaufszentrum zwischen einem großen Steakhaus und einem Hotel. Das Einkaufszentrum hatte ein Leihhaus, ein Videospielgeschäft, ein Nagelstudio und eine Bar mit dem kreativen Namen *The Bar*. Die Fenster waren von innen tapeziert, und das Licht über der Tür war kaputt.

Evers warf einen langen Blick auf den Ort. „Vielleicht sollten wir uns ein Hotel suchen. Du kannst im Zimmer bleiben, und ich mache ein paar Zwischenstopps, um zu sehen, ob ich deinen Vater finden kann. Wir gehen erst mal essen."

„Auf keinen Fall. Du wirst mich nicht in irgendeinem Hotel absetzen. Wir sind hier, um meinen Vater zu finden. Wenn er dich sieht, haut er einfach ab. Wenn er mich sieht, besteht wenigstens die Chance, dass er mit uns redet. Wenn auch nur, um zu versuchen, etwas Bargeld von mir zu bekommen."

Evers schüttelte den Kopf: „Für jemanden, der ziemlich hohe Zahlungen für seine Dienste erhaltenhat, scheint dein Vater ständig pleite zu sein."

Ich lachte müde. „So ist er. Man drückt ihm einen Dollar in die Hand und eine Sekunde später ist er weg. Wenn meine Mutter nicht gewesen wäre, weiß ich nicht, ob ich als Kind genug Essen auf dem Tisch gehabt hätte. Er hat genauso leicht Geld verloren, wie er es verdient hat."

Ich scannte Evers in seinem perfekt zugeschnittenen, dunklen Anzug und seinem knackigen, weißen Hemd. Er war knochenschmelzend heiß, aber genau die Art von Mann, vor dem mein Vater weglaufen würde. Evers strahlte Autorität aus. Kontrolle. Ein Blick auf ihn, und mein Vater wäre weg.

„Er wird nicht mit dir reden, wenn er es verhindern kann. Du wirst mich brauchen, um ihn anzulocken."

„In Ordnung, gut. Du kannst dieses Mal mitkommen."

„Warum nicht gleich so?" Ich schnallte meinen Sicherheitsgurt ab und öffnete die Autotür, bevor er seine
Meinung ändern konnte. Ich trug immer noch mein
Etuikleid aus Leinen, mit passenden Sandalen und einer
Clutch, sowie einem hauchdünnen, gemusterten Schal. Ich
hatte keine Ahnung, was sich hinter diesen mit Papier
überzogenen Fenstern befand, aber ich war mir sicher, dass
es nicht die Art von Ort war, wo mein süßes Outfit ange-
bracht war.

Evers legte seinen Arm um meine Taille, übernahm die
Führung und brachte mich über den kleinen Parkplatz bis
zur Tür. Er schüttelte den Kopf, als er sie aufzog, als
würde er sich fragen, was zum Teufel er sich dabei gedacht
hatte.

Das Innere der Bar sah aus, als wäre es einst ein Diner
im Stil der fünfziger Jahre, mit Sitzbänken und einer
langen Theke. Doch wo früher vielleicht noch Bratpfannen
hingen und Köche arbeiteten, gab es jetzt eine Bar und die
Regale waren provisorisch und klapprig.

Die Stimmen verstummten, als die Stammgäste uns
erblickten. Ich hatte Recht gehabt. Ich war nicht wie alle
andere hier gekleidet, selbst Evers' dunkler Anzug war fehl
am Platz.

Wir stachen heraus, wie der sprichwörtliche Daumen,
und ein Nervenflattern kitzelte meinen Bauch. Die meisten
der Gäste waren männlich und ein wenig unheimlich. Ich
hatte nicht viele Zusammentreffen mit Bikern gehabt, aber
diese Jungs waren so, wie ich mir Biker vorstellte.
Mürrisch und unrasiert, in abgetragenen Lederjacken, mit
gelblichen Zähnen und knurrenden Stimmen.

Nicht sexy knurrend, wie die Stimme von Evers sein
konnte, sondern rau von zu vielen Zigaretten und billigem
Alkohol. Fast hatte ich bereut, dass ich mich von Evers
nicht in ein Hotel bringen lassen hatte. Asheville war eine

Touristenstadt, und zwar eine gehobene. Ich hatte sie noch nie besucht, aber ich wusste, dass es hier einige hervorragende Hotelanlagen gab.

Was tat ich in dieser heruntergekommenen, unheimlichen kleinen Bar, wenn ich gerade eine Massage und Zimmerservice hätte haben können?

Oh, ja, ich suchte meinen Vater. Dies war genau die Art von Orten, an denen Smokey Winters abhängen würde. Mit eingezogenen Schultern lehnte ich mich zu Evers und drängte ihn, weiterzugehen.

Wenn wir schon mal hier waren, konnten wir es genauso gut hinter uns bringen.

21

SUMMER

E vers war von der Bar nicht so eingeschüchtert wie ich, aber ich konnte sehen, dass es ihn nervös machte, mich dabei zu haben. Er legte seinen Arm um meine Taille und führte mich durch den schummrigen, verrauchten Raum.

Ich war mir ziemlich sicher, dass es in North Carolina verboten war, in geschlossenen Räumen zu rauchen, aber niemand in der Bar schien die Info erhalten zu haben. Sie sahen auch nicht allzu besorgt aus, dass sie das Gesetz brechen würden.

Warum hatte ich nur das Gefühl, dass die Einhaltung von Gesetzen für diese Leute kein großes Anliegen war? Wir zwängten uns zu einem Platz an der Bar, und Evers zog einen Geldschein heraus, zeigte ihn dem Barkeeper, bevor er ihn ablegte und mit der Hand bedeckte.

Ich hatte nicht gesehen, wie viel es war, aber der Barkeeper schon, denn er eilte herbei, wobei seine Schnelligkeit dem verdächtigen, verärgerten Blick, den er in unsere Richtung schoss, nicht gerecht wurde.

Als er nah genug herankam, bewegte Evers seine Hand

zurück, und ich sah eine Hundert in der Ecke der Banknote. Ich bezweifelte, dass es an diesem Ort Getränke gab, die hundert Dollar kosteten.

Plötzlich verstand ich, dass Evers kein Getränk, sondern Informationen wollte. Einhundert Dollar war wahrscheinlich der Startpreis.

Mist.

Mein Vater war eine Geldgrube, selbst dann, wenn er nicht da war.

Im Geiste korrigierte ich mein Budget, um Evers das zu erstatten, was er ausgab, um meinen Vater zu finden. Zusätzlich zu dem Rabatt, den ich Cynthia für meine Auszeit anbieten müsste, griff mein Vater auf meine Reserven zurück.

„Habt ihr beide euch verlaufen? Die Innenstadt ist den Hügel hinauf, und durch den Tunnel."

„Wir suchen jemanden."

„Ich kenne niemanden", schoss der Barkeeper zurück, bevor Evers zu Ende sprechen konnte, seine kleinen, dunklen Augen kriegerisch, aber gierig, als sie die Ecke der Banknote unter Evers' Hand registrierten.

„Sind Sie sicher?", fragte Evers ruhig.

Die Augen des Barkeepers verweilten auf dem Geldschein, seine Gier war offensichtlich, fast ergreifend, bevor er sich aufrichtete und wegschaute. „Ich kenne niemanden. Wenn Sie bleiben wollen, bestellen Sie einen Drink."

Evers griff in die Tasche, wahrscheinlich um mehr Geld zu holen. Meine Ausgaben summierten sich in meinem Kopf, ich lehnte mich vor und begegnete dem Blick des Barkeepers.

Sein Gesichtsausdruck, als er mich ansah, war nur unwesentlich weicher als der, den er Evers geschenkt hatte. Ich legte meine Hand auf die von Evers und hielt den Hunderter auf dem Tresen.

„Hey, wir wollen Sie nicht nerven. Ich suche nur meinen Vater. Smokey? Wir haben Familienangelegenheiten zu klären und er ruft mich nicht zurück. Ich mache mir Sorgen und ich muss ihn finden. Können Sie uns wenigstens sagen, ob Sie ihn gesehen haben?"

Der Barkeeper studierte mich. Nach einer langen Pause fragte er: „Du bist Smokeys kleines Mädchen?"

„Sein ein und alles", bestätigte ich. Meinem Instinkt folgend, streckte ich meine Hand aus, schenkte ihm mein schönstes Lächeln und sagte: „Summer. Summer Winters. Sie kennen meinen Vater?"

Zögernd und überrascht, schüttelte der Barkeeper meine Hand und warf Evers dann einen misstrauischen Blick zu. „Wenn du Smokeys Mädchen bist, wer ist dann dieser Typ?"

„Mein Freund. Er wollte nicht, dass ich allein nach Vater suche..."

Ich brach ab. Das Misstrauen des Barkeepers verschwand nicht, aber er gab nun ein zustimmendes Kopfnicken in Evers' Richtung.

Er murmelte, halb zu sich selbst: „Gut mitgedacht."

Er sah mich an und sagte: „Mädchen, du willst nicht durch die Orte wandern, an die dein Vater kommt. Du solltest nach Hause gehen und darauf warten, dass er anruft."

„Ich würde ja", stimmte ich zu, „aber wenn Smokey sich amüsiert, wer weiß, wie lange es dauert, bis er sich meldet? Sie wissen ja, wie das ist. Ich muss dringend mit ihm sprechen."

Der Barkeeper sah sich den Geldschein unter Evers' Hand noch einmal an, die Zahnräder drehten sich langsam in seinem Kopf. „Smokey hat eine Rechnung offen. Ich sage euch, wo ihr ihn finden könnt, wenn ihr sie begleicht."

Ich seufzte. Natürlich hatte er eine Rechnung offen,

und natürlich mussten wir sie begleichen. Ich wollte von Evers zurücktreten, um meine Handtasche zu öffnen und meine Kreditkarte herauszuholen.

Sein Arm versteifte sich und hielt mich zurück, als er murmelte: „Denk nicht einmal daran."

„Wie viel?", fragte er den Barkeeper.

„Fünfhundert."

Die Zahl war Schwachsinn. Keine Barrechnung hatte eine runde Zahl, und ich bezweifelte, dass dieser Ort seinen Gästen eine so hohe Rechnung erlaubte. Wie konnte mein Vater mit billigem Whisky eine Rechnung über fünfhundert Dollar anhäufen? Das wollte ich gar nicht wissen.

Mein Vater war nicht per se gegen Alkohol. Er trank gerne, und er liebte sein Bier, aber Drogen waren schon immer die Chemikalie seiner Wahl gewesen. Ich konnte mir gut vorstellen, dass er bei seinem Dealer eine riesige offene Rechnung hatte, aber nicht in einer beschissenen Bar wie dieser.

„In bar."

Natürlich wollte er es in bar. Mein Sparkonto würde einen Schlag einstecken müssen. Sowas war der Grund, warum ich verstand, dass meine Mutter sich von meinem Vater scheiden ließ. Sie arbeitete hart, war klug im Umgang mit Geld, und dann zog er so einen Mist ab und verplemperte am Ende alles, wofür sie gearbeitet hatte.

Evers war auf diese ganze Szene besser vorbereitet als ich. Er zog nicht einmal sein Portmonee hervor, griff in die Tasche und holte einen Geldclip heraus, aus dem er genau vier Hundert-Dollar-Scheine herausnahm, die zu der bereits auf der Bar liegenden Banknote passten.

Der Barkeeper griff gierig nach dem Geld, aber Evers schob das Geld außer Reichweite.

„Wann haben Sie Smokey zum letzten Mal gesehen?"

„Vor ein paar Tagen. Er kam mit einem Freund. Warren."

Ich kannte Warren. Ich konnte mich nicht an seinen Nachnamen erinnern, aber er und mein Vater waren seit Jahren Freunde. Ich hatte ihn eine Weile nicht mehr gesehen, und ich wusste nicht mehr, wo er wohnte, aber ich konnte es herausfinden.

„Das ist alles? Das letzte Mal haben Sie ihn vor ein paar Tagen mit seinem Freund Warren gesehen?"

„Das war's. Jetzt gib mir mein Geld."

„Warrens Nachname?"

„Ich hab keine Ahnung, er zahlt immer bar. Das ist alles, was ich weiß."

„Wissen Sie, wo mein Vater sonst noch rumhängt?"

Zum ersten Mal wandte sich der Barkeeper unbehaglich und betrachtete mein rosa Kleid und meinen hübschen Schal. Fast zögernd sagte er: „Das tue ich, Mädchen, aber lass deinen Mann hier sich darum kümmern. Dein Daddy, er sucht sich nicht die beste Gesellschaft aus, es ist nichts für ein so hübsches Ding, wie dich."

„Er ist mein Vater", sagte ich leise.

Der Barkeeper schüttelte mitfühlend den Kopf. Er teilte einen Blick mit Evers, der fast schon mitleidig war, und sagte: „Smokey mag *The King's Club*. Du wirst sie nicht mitnehmen wollen."

Ich hatte keine Ahnung, was *The King's Club* war, aber Evers nickte daraufhin. Er würde versuchen, mich auszuschließen, aber ich würde mitkommen.

Evers würde nie zulassen, dass mir etwas passierte, und Smokeys Tochter zu sein, gab uns einen Vorteil. Ich sah ihm so ähnlich, dass der Barkeeper seine Deckung fallen gelassen hatte, um mit uns zu reden. Sonst hätte Evers noch mehr Geld auftreiben müssen, bevor wir überhaupt an die Informationen gelangten.

Mich zurückzulassen, entsprach Evers' Beschützerinstinkt, aber es würde die Suche nach meinem Vater nur in die Länge ziehen. Wir mussten Smokey finden und nach Atlanta zurückkehren. Wir hatten keine Zeit für Evers' Neigungen zum Höhlenmenschen, oder dafür, dass ich kniff und mich in einem plüschigen Hotelzimmer verstecke.

Der Barkeeper griff erneut nach dem Geld, aber Evers hielt es immer noch außer Reichweite. Er zog eine Karte aus der Tasche, steckte sie zwischen die Scheine und reichte sie dem Barkeeper, der ihm das Geld aus den Fingern riss und in seine Tasche steckte.

„Wenn Sie ihn sehen und Information darüber haben, wo er sich aufhalten könnte, ist davon mehr für Sie drin."

Evers nickte in Richtung der Tasche des Barkeepers, die nun mit Bargeld gefüllt war.

Der Barkeeper griff nach dem Geld in seiner Tasche und zuckte mit den Schultern. „Sicher. Wenn ich etwas höre, lasse ich es Sie wissen." Würde er nicht, und wir alle wussten es.

Ich kletterte auf den Beifahrersitz des Geländewagens und wartete, während Evers auf seinem Telefon eine Adresse aufrief.

The King's Club.

„Du hattest den Namen bereits?", fragte ich.

Evers startete den Wagen und fuhr aus der Parklücke. „Es stand auf seiner Kartenabrechnung, aber gut zu wissen, dass er in den letzten Tagen dort war."

Der Geländewagen stand im Leerlauf, der Blinker war an, aber Evers machte keine Anstalten, auf die Straße abzubiegen. Als er mir in die Augen sah, sagte er: „Kann ich dich irgendwie überreden, diese Sache auszulassen? Es gibt viele Orte, an die ich dich gerne bringen würde. *The King's Club* gehört nicht dazu."

Die Warnung minderte meinen Eifer nicht. „Evers, ich bin nicht wirklich scharf drauf, durch die ganze Stadt zu fahren, um meinen Vater in seinen Stammkneipen zu jagen, aber ich will das hinter mich bringen, und du auch. Lass es uns einfach tun."

„Ich könnte uns ein Hotelzimmer nehmen", bot er an, „Abendessen bestellen, wir könnten uns entspannen, bevor ich später hingehe."

Er wollte wirklich nicht, dass ich zu *The King's Club* ging. Das hatte mich nur noch entschlossener gemacht. Ich wäre nicht in der Lage, mich zu entspannen und das Abendessen zu genießen, wenn ich wüsste, dass er mich zugedeckt im Bett zurücklassen und auf die Suche nach meinem Vater gehen würde.

„Ich komme mit."

„Gut. Aber ich trete deinem Vater in den Arsch, wenn wir ihn finden."

„Ich bin mir nicht sicher, ob ich versuchen werde, dich aufzuhalten."

The King's Club war nicht weit von *The Bar* entfernt. Wir fuhren eine weitere Meile vom Stadtzentrum entfernt und bogen in eine Straße ein, die am Fluss entlang verlief und mit kleinen heruntergekommenen Geschäften und Lagerhäusern übersät war.

Evers wurde langsamer, als wir uns dem näherten, was aussah wie ein purpurroter, doppeltbreiter Anhänger mit einem beleuchteten Schild davor. Die Farbe war abgeblättert und verblasst, aber die Abbildung einer Krone und die Worte *The King's Club* kennzeichneten unser Ziel.

Auf dem Parkplatz standen nicht viele Autos. Es war früh am Samstagabend, und wer gerne in *The King's Club* rumhing, war noch nicht da. Ein paar ältere Kleinwagen und ein Kombi parkten am hinteren Teil des Gebäudes, zusammen mit einem aufgemotzten Pickup mit riesigen Reifen und einem roten Motorrad.

Evers fuhr auf den Parkplatz und parkte ein. Aus diesem Blickwinkel konnte ich sehen, dass das Gebäude nicht doppelt breit war, sondern zwei oder drei kastenförmige Anhänger darstellte, die miteinander verbunden waren, wobei die lila Farbe die Nähte halbwegs gut tarnte. Das ganze Gebäude sah aus, als würde es bei starkem Windstoß einstürzen.

„Das ist eine ganz schlechte Idee", sagte Evers.

Wahrscheinlich, aber wir würden trotzdem reingehen. Wenn Evers wirklich dachte, es sei gefährlich, wären wir auf keinen Fall hier. Er wollte nur nicht, dass ich mitbekam, was in diesem klapprigen lila Monstrum vor sich ging.

Komischerweise hatte mich das nur dazu gebracht, es noch mehr sehen zu wollen.

„Wir sind jetzt hier. Wir können genauso gut reingehen und versuchen, meinen Vater zu finden."

Ich wartete nicht ab, dass Evers noch einmal versuchte, mir das auszureden, schnappte mir meine rosa Clutch und sprang aus dem SUV.

Er stieß einen schweren Seufzer aus, als er zu mir kam und seinen Arm ausstreckte. Ich nahm ihn und lächelte ihn strahlend an.

„Also, was ist das für ein Ort?"

Evers schüttelte resigniert den Kopf. „Es ist ein Strip-Club. Und ausgehend von den üblichen Lieblingsplätzen deines Vaters, kein besonders guter."

„Gibt es denn gute?", fragte ich. Bars waren mir nicht fremd, aber ich bevorzugte Wein und Martini am Ende des Abends. Stripclubs lagen nicht in meinem Erfahrungsbereich.

Evers schenkte mir ein unerwartet verschlagenes

Lächeln. „Oh, ja, es gibt gute. Wir werden Axel in Vegas besuchen und ich zeige dir, wie ein guter Stripclub aussieht. Orte wie dieser sind einfach nur..."

„Nur was?"

„Wirst du sehen", war alles, was er sagte, als er mich zum Eingang führte.

22

SUMMER

E in Berg von einem Mann saß auf dem Hocker vor
der Tür, die Augen halb geschlossen, Kopfhörer auf,
sein massiger Körper verdeckte den Sitz unter ihm
beinahe. Als wir uns näherten, öffnete er die Augen und
sagte in einem trägen, schläfrigen Ton: „20 Dollar Eintritt,
mindestens zwei Getränke."

Evers übergab ihm vierzig Dollar und der große Mann
schwang die Tür auf. Draußen war es noch hell, sodass das
Innere des Clubs zunächst wie ein schwarzes Loch
erschien.

Die Gerüche trafen mich, als sich die Tür hinter uns
schloss und das Licht aussperrte. Zigaretten, Schimmel,
saurer Alkohol und Schweiß. Ich hatte nie viel über Stripclubs nachgedacht, gerade genug, um zu wissen, dass
Männer die Idee zu mögen schienen, Frauen nackt tanzen
zu sehen.

Nackt war doch sexy, oder? Ich hatte diesen Ort noch
gar nicht gesehen und allein am Geruch konnte ich bereits
erkennen, dass er nicht sexy war.

Als erstes sah ich die Bühne. Zehn Fuß breit und

dreimal so lang, war sie am Ende geschwungen, mit zwei goldglänzenden Stangen, und Sitzen, die rundherum angeordnet waren. Scheinwerfer waren auf die Bühne gerichtet, auf der nur ein Mädchen tanzte.

Die Musik war ein Hit aus den neunziger Jahren, an den ich mich vage erinnerte. Die Tänzerin war noch größtenteils bekleidet. Wenn man einen roten String und den passenden BH als bekleidet bezeichnen konnte. Ich nahm an, in einem Strip-Club konnte man das.

Sie wiegte sich mit geschlossenen Augen zur Musik und drehte ihre Hüften in Richtung der wenigen Männer, die am Ende der Bühne saßen. Einer griff hoch, um ihr einen Geldschein in den Tanga zu stecken und sie am Hintern zu grabschen.

Ich wäre aufgesprungen und hätte ihm eine verpasst. Sie registrierte jedoch lediglich den Geldschein, nicht den Grabscher.

Andere Mädchen liefen in winzigen Röcken herum, die ihre Hintern nicht ganz bedeckten, und billigen fluoreszierenden Push-up-BHs, die Ansätze ihrer Brustwarzen zeigten. Evers führte mich zu einem Tisch in der Nähe der Bühne und rief eine Kellnerin.

Das Mädchen, das an den Tisch kam, sah kaum alt genug aus, um Auto fahren zu dürfen, geschweige denn, in einem Strip-Club Alkohol zu servieren. Sie trug viel Wimperntusche und knallrosa Lippenstift, ihr leuchtend rotes Haar war in zwei Pferdeschwänze gebunden und hatte ein flauschiges Pony. Ich warf einen Blick auf ihre durchsichtigen Plastik-Plateauschuhe. Hätte ich versucht, diese Schuhe zu tragen, wäre ich flach auf meinem Gesicht gelandet.

Ich erwartete die gleiche träge, verschlafene Haltung wie beim Türsteher und der Stripperin auf der Bühne, aber sie schenkte uns ein strahlendes Lächeln.

„Hey. Was kann ich euch bringen?" Zu mir sagte sie: „Ich liebe dein Kleid. Das Rosa ist so hübsch. Hast du es hier gekauft?"

„Zwei Gin Tonics", sagte Evers schroff. Ich trat ihm mit meiner Sandale seitlich gegen den Fuß. Kein Grund, unhöflich zu sein.

„Nein", sagte ich und lächelte das Mädchen an. „Ich habe es aus Nordstrom's Rack. Sommerschlussverkauf."

„Oh, Nordstrom's. Ich wünschte, wir hätten einen hier. Unser Einkaufszentrum ist so lahm. Nicht, dass ich genug Bargeld zum Einkaufen hätte. Ihr wisst ja, wie das ist."

Sie rollte mit den Augen, und ich nickte zustimmend, auch wenn ich mir nicht ganz sicher war, ob ich wusste, wie das war.

Auf der anderen Seite des Raumes rief eine leise Stimme: „Jade!" Die Kellnerin drehte den Kopf zur Bar, wo sie von einem kleinen, dünnen Mann angestarrt wurde.

Sie rollte wieder mit den Augen und kicherte. „Ich plappere zu viel, und es macht den Chef stinkig. Ich bringe gleich eure Getränke. Wollt ihr ein Kundenkonto anlegen?"

Ich schaute zu Evers, der sagte: „Kein Kundenkonto, nur die Getränke."

„Kommt sofort", sagte sie und glitt auf diesen verrückten High Heels so geschmeidig durch den Raum, dass ich wusste, dass sie sie jede Nacht stundenlang tragen musste.

Auf der Bühne schälte die Tänzerin ihren BH ab, und die Begeisterung der Gäste nahm rapide zu. Hände streckten sich aus, als sie auf die Knie ging, ihre Hüften kreisen ließ und ihre Brüste vorstreckte. Letztere waren nicht echt. Sie waren hübsch, aber nicht echt.

Ich versuchte, meine Augen auf die Tänzerin zu richten und nicht auf die Männer, die sich um sie drängten.

Jetzt wusste ich, woher der Geruch von Schweiß und Zigaretten kam. Ein weiterer Ort, an dem die Nichtraucherregel nicht in Kraft zu sein schien.

Wenn ich auf dieser Bühne stünde, würde ich nicht wollen, dass mir einer dieser Männer die Hand reichte. Die Hälfte von ihnen sah aus, als hätten sie schon lange nicht mehr geduscht, und die andere Hälfte war einfach nur gruselig. Hungrig und ein bisschen aggressiv.

Jade war einen Moment später mit unseren Getränken zurück. Sie stellte sie vor uns auf den Tisch und sagte mit einem seltsam unschuldigen Lächeln: „Möchte einer von euch einen Lapdance?"

Ich atmete tief durch und hoffte, dass Evers ihre Frage beantworten würde. Ich hatte keine Ahnung, was ich sagen sollte.

Wollte ich, dass Evers einen Lapdance bekam? *Nein.*

Wollte ich selbst einen? *Auch nein.*

Jade war hübsch, und im Gegensatz zum *King's Club,* roch sie gut, aber ich stand nicht auf Frauen. Einen Lapdance in diesem schimmeligen, dunklen Club zu bekommen, stand nicht auf meiner Speisekarte.

Um meine Reaktion zu überspielen, sagte Evers ganz ruhig: „Nicht jetzt, aber kannst du dich kurz zu uns setzen? Wir bezahlen dich gerne für deine Zeit."

Jade warf uns einen neugierigen Blick zu, dachte eine Sekunde lang nach und scannte dann den größtenteils leeren Club. Sie gab einer anderen Kellnerin ein Zeichen und zog einen Stuhl neben mir heran.

Sie lehnte sich nach vorne, die Arme auf den Tisch gestützt, zeigte ihre Brüste von ihrer besten Seite, wobei ihr Arm neben meinem glitt. Sie roch wirklich gut, und ihre Haut war so weich, wie sie aussah. Abgesehen von dem schäbigen Minirock und dem kaum vorhandenen BH, sah sie nicht so aus, als gehöre sie hierher.

„Ihr wollt also nicht in ein Hinterzimmer gehen?", fragte sie, hob eine Augenbraue und warf mir einen abschätzenden Blick zu, der meine Wangen zum Glühen brachte.

Ich war völlig überfordert. Ich war mitten in einem Theaterstück auf die Bühne geschubst worden, und niemand hatte mir meinen Text gegeben. Evers beantwortete ihre Frage nicht, also legte ich los: „Nein, ich suche meinen Vater."

„Ich dachte mir schon, es könnte etwas in der Art sein. Wir haben hier ab und zu Paare, die ein Abenteuer erleben wollen, aber sie sehen normalerweise nicht so aus wie ihr beide. Wir dürfen nicht über Kunden sprechen", sie warf einen Blick zur Bar, wo der Barkeeper in ihre Richtung blickte, „aber ich sage euch was. Du sagst mir den Namen deines Vaters. Wenn ich dir helfen kann, werde ich das tun, für dreihundert Dollar und deine Handtasche."

„Meine Handtasche?" Ich schaute auf die rosa Clutch in meiner Hand. Sie passte perfekt zu meinem Kleid und meinen Schuhen, aber ich konnte eine andere finden.

„Ja, deine Handtasche. Ich habe ein Oberteil, das damit fantastisch aussehen wird." Sie wartete, ein erwartungsvoller Blick in ihren Augen.

„Abgemacht", antwortete Evers. „Sein Name ist Smokey. Smokey Winters."

Ihre Augen leuchteten auf und sie lachte, die Klangblasen waren zu hell für den dämmrigen, schäbigen Raum. Leise, damit man sie nicht belauschen konnte, sagte sie: „Oh ja, ich kenne Smokey."

„Dann spuck es aus", sagte Evers kühl. Seine Augen wurden schmal, als Jade ihren Stuhl näher an meinen schob, einen Arm um meine Schulter legte, sich anlehnte und ihre Brüste an meine Seite drückte.

Sie bemerkte seinen Blick. „Ich will nicht, dass der

Chef denkt, dass wir uns nur unterhalten. Soweit er weiß, versuche ich, dein Mädchen hier für ein Champagnerraum zu begeistern. Ihr bezahlt ihn dafür, und sobald wir dort sind, gebt ihr mir das Geld und die Tasche, und ich werde euch alles sagen, was ich über Smokey weiß. Klingt das gut?"

Ihre Stimme war hell und freundlich, aber darunter war Stahl. Wenn Evers nein sagte, würde sie aufstehen und weggehen, und uns nichts verraten. Zu mir sagte sie fast entschuldigend: „Ich möchte euch wirklich helfen, aber ich darf deswegen nicht meinen Job verlieren. Ich muss Rechnungen bezahlen."

Evers nickte. „Bin gleich wieder da", sagte er in mein Ohr, „steh nicht ohne mich von diesem Stuhl auf."

Ich lächelte nur, er hatte nichts zu befürchten – ich wollte auf keinen Fall allein im *King's Club* herumlaufen.

Evers stand auf und ging zur Bar. Ich nahm einen Schluck von meinem Gin Tonic, meine Augen tränten von der Stärke des Getränks. Jade sah es und kicherte wieder. „Er gibt gerne einen kräftigen Schuss in den ersten Drink", sagte sie mit leiser Stimme, „bringt die Kunden dazu, ihre Brieftaschen schneller zu öffnen."

Das machte Sinn. Ich nahm einen weiteren Schluck. „Habt ihr normalerweise mehr zu tun, als jetzt?", fragte ich und kam mir blöd vor, als Jade wieder kicherte.

„Oh, ja. Nicht so sehr unter der Woche, aber heute Abend wird viel los sein. Wir sind der einzige Club in der Stadt. Wenn ihr etwas Größeres und Besseres wollt, müsst ihr bis nach Greenville fahren. Dieser Ort mag wie eine Müllhalde aussehen, aber die Mädchen, die hier tanzen, sind gar nicht so schlecht."

Ich erinnerte mich daran, wie Jade sich in ihren hohen, hohen Plateauabsätzen bewegt hatte. Der Gin musste wohl meine Zunge gelockert haben, denn ich sagte: „Ich wette, du bist eine gute Tänzerin."

Noch ein Kichern. „Bist du sicher, dass ich es dir nicht zeigen soll? Ich liebe es, für Frauen zu tanzen. Sie grabschen nicht, und du riechst gut."

„Ich habe gerade dasselbe über dich gedacht", sagte ich und wurde rot, während ich den Rest meines Getränks austrank, so dass ich nichts mehr sagen konnte. Ich konnte mich nicht blamieren, wenn ich nicht sprechen konnte. Jade drückte mich, als sie wieder lachte.

„Grüner Apfel Glitzerlotion", sagte sie. „Sieht unter dem Licht toll aus und riecht so lecker."

Das tat es wirklich. Ich hätte nicht gedacht, dass Glitzerlotion in mein Leben passte, aber ich hätte gerne etwas mit dem Duft von grünem Apfel. Ich machte mir eine geistige Notiz, um meine Lieblingsparfümerie aufzusuchen und zu sehen, ob sie etwas Ähnliches hatten.

Evers erschien neben meinem Stuhl. Er griff nach meiner Hand und zog mich von meinem Sitz. Jade bewegte sich auf seine andere Seite, schlang einen Arm durch seinen und führte uns zum hinteren Teil des Clubs, an der langen Bühne vorbei, zu einem dunklen Flur mit nummerierten Türen, die das gleiche Violett, wie die Außenseite des Clubs hatten, wobei die Nummern in der gleichen abblätternden Goldfarbe, wie das Schild, waren.

Jade drückte die mit 1 gekennzeichnete Tür auf und führte uns hinein. Ich wusste nicht, was ich in einem Champagnerraum erwartet hatte, aber das war es definitiv nicht.

Das Wort *Champagner* beschwor ein bestimmtes Bild herauf.

Das gerissene Kunstledersofa, die in der Mitte des Raumes angeschraubte Poledance-Stange, und der abgenutzte, fleckige Teppich passten nicht dazu.

Ich hörte mich sagen: „Wo ist der Champagner?" Evers schnaufte vor Lachen.

„Der Champagner kostet im Champagnerraum extra", erklärte er unter Jades Kichern. „Dieses kleine Unternehmen ist schon teuer genug, und ich habe keine Ahnung, was man hier Champagner nennt..."

Die Tür schloss sich fest hinter uns, als Jade sagte: „Du willst es nicht. Vertrau mir."

„Das dachte ich mir", stimmte Evers zu.

Jade ging zur Seite des Raumes und schaltete eine kleine Stereoanlage ein. Sie zeigte zur Couch.

„Hier gibt es keinen Ton, aber es gibt Kameras. Wir können uns nicht einfach hinsetzen und uns unterhalten. Ich tanze und ihr legt das Geld in die Handtasche, damit ich es mitnehmen kann, wenn wir fertig sind."

Evers nickte. Jade begann sich zur Musik zu wiegen, und ich war damit beschäftigt, meine persönlichen Sachen aus meiner kleinen rosa Tasche zu entnehmen. Es war nicht viel. Mein Führerschein, meine Kreditkarte und ein paar Visitenkarten. Ich ließ das Kleingeld liegen, da mein Kleid keine Taschen hatte.

Als ich Evers die Clutch gab, schaute ich zu Jade auf. Mein Mund wurde trocken. Jades Hüften wiegten sich geschmeidig, ihr Körper scheuerte an der Stange hinter ihr, der BH war schon weg. Ihre sehr vollen, sehr natürlichen Brüste schwankten bei jeder Hüftdrehung.

Ich blinzelte. Damit hatte ich nicht gerechnet. Irgendwie dumm, wenn man bedachte, dass ich in einem privaten Raum in einem Strip-Club saß und sie gerade gesagt hatte, sie wolle tanzen.

Trotzdem hatte ich nicht mit Brüsten gerechnet – nicht aus nächster Nähe.

Auf der Bühne, sicher, aber nicht in Armreichweite.

Ich konnte mir vage vorstellen, wo Evers herkam. Ich

hatte ein zu behütetes Leben, um in einem Strip-Club herumzuhängen. Nackte Brüste überraschten mich.

Das Schwingen von Jades Körper faszinierte mich - die Drehung ihrer Hüften, die Neigung ihrer Schultern, das Lächeln auf ihren Lippen -, während sich ihr Rücken wölbte.

Meine Wangen erröteten vor Hitze und ich räusperte mich. Evers rutschte auf der Couch näher an mich heran und murmelte mir ins Ohr: „Wenn du sie weiter so anschaust, werde ich nicht für das verantwortlich sein, was passiert."

Ich schluckte schwer und begegnete seinem Blick. Sie brannten mit eisblauem Feuer. Starkes Verlangen. Nicht nach Jade, sondern nach mir.

Er griff nach oben und fuhr mit dem Daumen über meinen geröteten Wangenknochen.

„Ich nehme dich auf jeden Fall mit nach Las Vegas. Dabei zuzusehen, wie du sie beobachtest? Das ist verdammt heiß."

Meine Wangen brannten. Ich drückte meine Knie zusammen und kämpfte gegen die plötzliche Wärme zwischen meinen Beinen. Evers' heiße Augen, seine Berührungen, der Klang seiner Stimme, der Gin, der mein Gehirn durcheinanderbrachte, und Jade, die nur eine Armlänge entfernt tanzte – von alldem schwirrte mir der Kopf.

Ich blickte zurück, um zu sehen, wie Jade ihre Hände hoch auf die Stange legte und mühelos ihren Körper anhob, bis sie auf dem Kopf stand, die Beine um die matte Goldoberfläche gewickelt. Als sie den Griff wechselte, teilte sie ihre Beine in ein breites V, stellte ihre Füße auf die Stange und drehte sich, während ihre roten Haare flogen. Bevor ich herausfinden konnte, wie sie es tat, hakte sie ein Bein um die Stange, beugte das andere hinter sich in einer Arabeske und drehte sich erneut, den Rücken gewölbt, die vollen Brüste mitten im Vordergrund.

Meine Kinnlade klappte herunter. Leise sagte Evers: „Fuck."

Er schlang einen Arm um mich und zog mich näher an sich heran, bis ich fast an seiner Seite klebte, dann richtete er seine Aufmerksamkeit auf die Mitte des Raumes und hob seine Augen auf die Decke, direkt über Jade.

Durch das Durcheinander der Gedanken in meinem Kopf, kam es mir unglaublich süß vor, dass Evers die wunderschöne, nackte Frau, die nur ein paar Meter entfernt war, nicht anstarren wollte. Und sie *war* jetzt nackt. Irgendwann, irgendwie, während sie auf der Stange war, landete ihr Tanga auf dem Boden.

Ich drückte meine Augen eine Sekunde lang zu und blinzelte dann wieder. Jade war wirklich athletisch. Ich hatte die tänzerischen Fähigkeiten unterschätzt, die man zum Strippen brauchte. Jade hatte gesagt, dass sie sich ziemlich gut machte. Als ich ihr bei der Arbeit an der Stange zusah, war ich nicht überrascht.

Nachdem ich die Tatsache überwunden hatte, dass sie nackt war, sah ich die Kraft in ihren Beinen und die Stärke ihrer Arme. Als sie von der Stange fiel, landete sie auf dem Ballen eines Fußes und drehte sich in zwei schnellen Pirouetten, bevor sie wieder nach der Stange griff und sich in die Luft hob. Ich hatte gerade genug Ballettunterricht als Mädchen genommen, um eine ausgebildete Tänzerin zu erkennen.

„Du darfst schauen", flüsterte ich Evers zu und fragte mich, was in mich gefahren war.

Er schluckte hart und schüttelte den Kopf, weniger aus Verneinung, als aus Verzweiflung. „Smokey Winters", sagte er zu Jade. „Was weißt du?"

„Ist er wirklich dein Vater?", fragte sie mich, kippte

kopfüber gegen die Stange, die Augen auf meine gerichtet, ihre Brüste praktisch an ihrem Kinn.

Abgelenkt, meine Stimme erstarrt in der Kehle, nickte ich.

„Das kann man sehen", sagte sie gesprächig, als ob wir Tee trinken würden und sie nicht splitternackt an einer Stange hing. „Du siehst ihm ähnlich. Dieselben Augen, obwohl deine nicht blutunterlaufen sind."

Ja, sie kannte meinen Vater.

„Wann war er zuletzt hier?", fragte Evers.

„Vor ein paar Tagen. Mit seinem Freund Warren. Kennt ihr Warren?"

„Ich kenne Warren", sagte ich.

Ich zerbrach mir den Kopf darüber, an was ich mich über den Freund meines Vaters, Warren, erinnern konnte. Ich kannte ihn nicht gut, aber ich wusste, dass Vater und Warren schon lange vor meiner Geburt eng befreundet gewesen waren. Ich hatte die vage Vorstellung, dass Warren irgendwo in Alabama lebte, aber vielleicht auch nicht.

„Kommt Warren von hier? Ich dachte, er wohnt wo anders", sagte ich.

„Oh, ja." Jade flippte mit der rechten Seite nach oben und landete auf den Füßen, rutschte mit ihrem Hintern an der Stange und schüttelte ihre Brüste. „Na ja, irgendwie von hier. Er lebt etwas südlich der Stadt. Ich glaube, fast in Sawyers Bend. Ich war noch nie bei ihm zu Hause, aber ich habe gehört, wie er über die Fahrt gemeckert hat."

„Kennst du seinen Nachnamen?", fragte Evers.

„Ich bin mir nicht sicher", sagte Jade vage. Sie drehte sich um und warf mir einen neckenden Blick über die Schulter zu, dann beugte sie sich vor, die Beine gespreizt, die Hüften schwingend.

Ich machte große Augen. Jade fühlte sich völlig wohl

dabei, sich Fremden, die nur einen Meter entfernt saßen, in vollem Umfang zur Schau zu stellen. Ihr Tanz war faszinierend gewesen. Das war zu viel.

Ich räusperte mich und warf einen Seitenblick auf Evers. Er lächelte mich belustigt an. Ich hätte gewettet, dass mein Gesicht die Farbe einer Kirschtomate hatte.

Evers beugte sich vor und streichelte mit seinen Lippen über meine Wange. „Du bist verdammt bezaubernd. Wenn wir das nicht beenden, damit ich dich hier rausholen kann...“

Ich räusperte mich. „Es wäre wirklich hilfreich, wenn du uns einen Nachnamen für Warren geben könntest. Ich weiß ihn nicht mehr. Ich habe ihn seit ein paar Jahren nicht mehr gesehen.“

Jade summte vor sich hin und stand endlich wieder auf, drehte sich wieder um, um uns die Frontansicht zu präsentieren.

Ich konnte mit der Frontansicht umgehen, ohne vor Verlegenheit zu sterben. Sie hatte wirklich sehr schöne Brüste. Hübsche Brüste und einen spektakulären Körper.

Eine Freundin von mir hatte mal an einem Poledance-Kurs teilgenommen. Sie hatte gesagt, es habe Spaß gemacht, sei aber verdammt anstrengend. Nachdem ich es persönlich gesehen hatte, konnte ich mir das gut vorstellen. Ich fragte mich, was Evers denken würde, wenn ich einen Poledance-Kurs machen und zu Hause für ihn tanzen würde. Irgendwie hatte ich die Vermutung, dass er überhaupt nichts dagegen haben würde.

Jade verdrehte ihre Hüften, fuhr mit den Händen über ihre Brüste und summte vor sich hin, während sie überlegte. „Warren, Warren, Warren…“, sagte sie zu sich selbst, immer und immer wieder. Schließlich: „Warren Smithfield. Ich dachte immer wieder an Warren Freshfield, aber das war es nicht. Warren Smithfield. Freshfields ist ein Lebensmittelgeschäft. Warren Smithfield. Das ist es."

„Bist du dir sicher?", fragte Evers.

„Oh, ja, ganz sicher. Ich erinnere mich, wie ich seine Karte gesehen und gedacht habe, es sei ein schrecklich würdevoller Name für einen Typen wie Warren." Sie sah mich an: „Du weißt, was ich meine."

Leider tat ich das. Ich hatte Warren seit ein paar Jahren nicht mehr gesehen, aber er war der letzte Typ, den man mit dem Wort *würdevoll* beschreiben würde.

Evers stand auf, legte meine rosa Clutch auf die Armlehne des Sofas und zog mich auf die Füße, wobei er seinen Arm um meine Taille schlang und mich an seiner Seite hielt.

„Danke für deine Hilfe, Jade. Wir finden selbst hinaus."

„Nein, ich danke euch. Und danke für die Handtasche. Sie wird fantastisch zu meinem Top passen. Ich hoffe, du findest deinen Vater."

„Ich habe meine Karte dort hineingelegt", sagte Evers und nickte zur Armlehne der Couch. „Wenn du Smokey in den nächsten Tagen siehst, mich anrufst und mir sagst, wo er ist, wird es sich für dich lohnen."

Jade zwinkerte uns zu. „Abgemacht. Ich werde die Augen offenhalten."

Ich winkte ihr freundlich zu, als Evers mich wegzog. Wir schritten durch *The King's Club* und zur Tür hinaus, die feuchte Sommerluft war köstlich, vor allem nach dem muffigen, schweißtreibenden Geruch des Clubs.

23

SUMMER

Evers öffnete die Beifahrertür des Geländewagens und wartete, bis ich mich angeschnallt hatte, bevor er die Tür schloss und die Motorhaube umrundete, um selbst einzusteigen.

Sobald die Tür geschlossen war, nahm er sein Telefon, tippte auf den Bildschirm und sagte einen Moment später: „Hier ist Evers. Überprüfe einen Warren Smithfield. Ich brauche eine Adresse. Im Westen von North Carolina. Schick sie mir per SMS."

Er legte das Telefon auf die Mittelkonsole und sah mich mit brennenden Augen an. Die Hitze zwischen meinen Beinen verstärkte sich. Mein Kopf drehte sich vor der Seltsamkeit der Situation.

Diese ganze Nacht war ein großer Schritt außerhalb meiner Welt gewesen. Schäbige Bars und Stripclubs befanden sich nicht in meinem Universum.

„Ich konnte mir dich nicht in einer Million Jahren in einem Strip-Club vorstellen", sagte Evers, seine Stimme dröhnte leise, „aber dir zuzuschauen, wie du dieser Frau beim Tanzen zuguckst, war das verdammt Schärfste, was ich je gesehen habe."

Das hatte er schon einmal gesagt, im Club. Um sicherzugehen, dass ich es verstand, stellte ich klar: „Mir zuzusehen, wie ich sie beobachte? Meinst du nicht, ihr zuzusehen?"

Langsam schüttelte Evers den Kopf. „Nein, Baby. Ich habe schon viele Stripperinnen tanzen sehen. Diese Frau ist nichts im Vergleich zu dir. Aber der Blick in deinem Gesicht, während du sie tanzen sahst, deine großen Augen und die Röte auf deinen Wangen, die Art, wie sie sich deinen Hals hinunter und über deine Brust ausbreitete, bis ich den Reißverschluss deines Kleides aufmachen wollte, um zu sehen, wie weit dieses hübsche Rot ging... Nein, Summer. Zu sehen, wie du sie beobachtest, das ist es, was heiß war."

Helles Licht blitzte durch die Fenster, als ein Auto auf den Parkplatz fuhr, dann ein anderes. Ich warf einen Blick auf die Uhr im Armaturenbrett. Es war nach acht Uhr, und Jade hatte Recht, *The King's Club* nahm langsam Fahrt auf.

Das hatte Evers auch bemerkt. „Ich wünschte, wir hätten schon ein Hotelzimmer. Ich will dich im Bett haben."

Er griff über die Mittelkonsole und glitt mit seinen Fingern über meine Wange, um sich in meinem Haar zu vergraben. Er umfasste mein Hinterkopf und zog mich vorwärts, bis seine Lippen meine trafen, hungrig und ungeduldig.

Ich rutschte in meinem Sitz, drehte mich, spannte mich gegen den Gurt und versuchte, näher heranzukommen. Ich war strikt gegen das Hotelzimmer gewesen, aber jetzt war ich genau seiner Meinung. Wir brauchten ein Zimmer und ein Bett.

Nach fast zwei Monaten Abstand, hatte die Couch in der Bibliothek nicht annähernd gereicht.

Evers' Telefon piepte mit einer SMS, und er zog sich zurück und brach unseren Kuss ab. Ich wimmerte leise über den Verlust des Kontakts, über den Verlust von ihm.

Er sah kurz auf sein Telefon und die Adresse drauf, bevor er sagte: „Ich schätze, dein Wunsch wird erfüllt. Wir sind auf dem Weg zu Griffens Heimatstadt. Der Freund deines Vaters hat ein Haus in den Hügeln außerhalb von Sawyers Bend."

Die Sonne ging langsam hinter den Bergen unter, als wir aus Asheville heraus nach Westen fuhren. Die Stadt verwandelte sich schnell in einen Vorort und dann, im Handumdrehen, in nichts als grüne Berge.

Die Fahrt dauerte nicht viel länger, als eine halbe Stunde, und wieder war der Übergang von den Bergen zur Zivilisation abrupt. Keine Fast-Food-Restaurants oder große Läden, nur die vierspurige Straße, die in zwei Fahrspuren überging, und dann in die Hauptstraße.

Sawyers Bend war ein perfektes Stück Americana. Auf der Hauptstraße war viel los, Paare schlenderten Hand in Hand an Geschäften, Galerien, Restaurants und der gelegentlichen Bar vorbei. Die Schaufensterfronten hatten ordentlich gestrichene Fenster, Blumentöpfe an den Türen, gestreifte Markisen und schmiedeeiserne Bänke.

Evers verlangsamte den Geländewagen zu einem Schritttempo, das durch den Touristenverkehr und überfüllte Fußgängerüberwege aufgehalten wurde, sodass ich genügend Zeit hatte, mich in das lokale Flair zu vertiefen. In Kunstgalerien wurden Gemälde, Skulpturen und dramatische Holzschnitzereien ausgestellt. Zwei handwerkliche Brauereien. In dieser Gegend von North Carolina schien es so viele handwerkliche Brauereien, wie Kirchen zu geben, was etwas in einer gläubigen Gegend zu sagen hatte.

Ganz zu schweigen von all den Restaurants. Aufgrund der Speisemöglichkeiten vermutete ich, dass die Feinschmecker zusammen mit den Bier- und Naturliebhabern in den Westen von North Carolina strömten.

Am Ende der Hauptstraße, gleich nach den letzten Geschäften und Restaurants, ragte ein massives Gebäude aus Stein und Holz über die Straße. Evers fuhr unter einer dunkelroten Markise in die geschwungene Auffahrt ein und parkte. Ein uniformierter Hotelpage kam zu seiner Seite.

„Einchecken?", fragte er, als Evers das Fenster herunterließ.

„Gerne, aber wir haben keine Reservierung. Wissen Sie, ob Sie heute Abend ausgebucht sind?"

„Sie müssen drinnen nachfragen, aber ich bin ziemlich sicher, dass wir Zimmer zur Verfügung haben. Möchten Sie, dass ich mich um Ihr Fahrzeug kümmere? Ich kann es zur Seite fahren, und die Rezeption gibt mir Bescheid, wenn ich es einparken soll."

„Das wäre großartig, danke."

Ich stieg aus dem Auto und schaute durch die Glastüren in die Lobby. Auf einer Messingtafel neben der Tür stand *The Inn at Sawyers Bend*.

Evers und ich wurden an der Rezeption von einer jungen Frau in einer dunkelroten Jacke, ähnlich der des Hotelpagen, empfangen.

„Kann ich Ihnen helfen?", fragte sie mit einem angenehmen Lächeln.

„Wir haben keine Reservierung", sagte Evers. „Haben Sie noch Zimmer frei?"

„Ja, Sir. Wonach suchen Sie?"

„Ich bin offen für Ideen. Was haben Sie frei?"

„Wir haben mehrere freie Zimmer, die alle einzigartig und individuell gestaltet sind und über King-Size-Betten,

Flachbildfernseher, Breitband-Internet und Luxusbade-
zimmer verfügen. Die meisten haben eine wunderschöne
Aussicht auf die Berge. Zwei Suiten und eine der Ferien-
hütten stehen zur Verfügung. Ich glaube -" sie klickte ein
paar Tasten auf ihrer Tastatur. „Ja, das Honeymoon
Chalet."

Evers lehnte sich über den Schreibtisch und zeigte sein
charmantestes Grinsen. „Erzählen Sie mir mehr davon",
sagte er mit einem Augenzwinkern.

Ich öffnete meinen Mund, um ihm zu sagen, dass wir
nichts Ausgefallenes brauchten, als er mich zu sich zog,
seine Lippen an mein Ohr senkte und fast unhörbar flüsterte: „Streite nicht und sage nicht meinen Namen."

Er küsste meine Wange, bevor er sich aufrichtete, und
ich zuckte innerlich mit den Schultern. Wenn er dafür
bezahlen wollte, würde ich ihm nicht im Weg stehen.
Nach dem, was ich ihm für die Informationen über meinen
Vater schuldete, war ich nicht in der Verfassung, ihm
anzubieten, für das Zimmer aufzukommen. Was die Sache
mit dem Namen betraf – das würde ich später
herausfinden.

Die Angestellte starrte uns mit höflicher Spekulation
an und sagte: „Das Honeymoon Chalet besteht aus zwei
Räumen, einem geräumigen Hauptschlafzimmer und
einem offenen Wohnzimmer mit Essbereich und Küche.
Das Bad ist aus importiertem Marmor und verfügt über
eine Badewanne für zwei Personen. Es gibt eine abge-
schirmte Veranda mit Blick auf den Fluss und einen steinernen Kamin, in dem bereits ein Feuer lodert. Das
Innendesign und alle Einrichtungsgegenstände wurden
speziell für uns entworfen. Es ist einer unserer luxuriö-
sesten Räume, und die Lage bietet sowohl Privatsphäre, als
auch eine wunderschöne Aussicht auf den Fluss und die
Berge."

„Wir nehmen es." Evers zog eine Kreditkarte aus seiner Brieftasche und schob sie über den Tresen.

Sie hob sie auf, las die Vorderseite und sagte: „Danke, Mr. Wilcox. Wie lange werden Sie bei uns bleiben?"

„Nur heute Nacht. Ist das Chalet auch für morgen Abend verfügbar, falls sich unsere Pläne ändern?"

„Ja. Darf ich fragen, ob Sie schon gegessen haben?"

„Das haben wir nicht. Haben Sie irgendwelche Empfehlungen?"

„Es gibt eine Reihe hervorragender Restaurants, die zu Fuß erreichbar sind. Wir haben auch ein preisgekröntes Restaurant vor Ort." Als sie uns einen einschätzenden Blick zuwarf, bot sie an: „Zimmerservice ist verfügbar, wenn Sie nicht an einem überfüllten Speisesaal interessiert sind."

Evers' Augen strahlten vor Interesse. „Gibt es im Zimmer eine Speisekarte?"

„Natürlich."

„Bist du damit einverstanden?", fragte er.

Alleine mit Evers? Essen oder kein Essen, irgendwo allein mit Evers zu sein, damit war ich immer einverstanden.

„Klingt großartig", stimmte ich zu.

„Unser Auto steht vor der Tür, der Page sagte, er würde warten..."

„Ich werde mich darum kümmern." Sie gab Evers seine Karte zurück. „Einen Moment, ich lasse Ihnen das Chalet zeigen. Wenn Sie dort essen möchten, sollten Sie sich die Speisekarte ansehen und gleich bestellen. Die Küche schließt in einer Stunde, und ich möchte nicht, dass Sie es verpassen. Falls doch, gibt es noch andere Möglichkeiten in der Stadt, aber unser Restaurant ist wirklich außergewöhnlich."

„Unsere Taschen?"

„Sie werden geliefert, Mr. Wilcox, und folgen Ihnen in ein oder zwei Minuten." Sie blickte auf und sah einen Pagen in der Nähe an. Einen Moment später war er an unserer Seite. „James, bitte führen Sie unsere neuen Gäste in das Honeymoon Chalet."

„Natürlich. Hier entlang."

Evers und ich folgten dem Pagen. Seine Uniform passte zum Rest des Personals, ich war beeindruckt. Dank meines Jobs, hatte ich in vielen Hotels übernachtet, von den großen Firmenhotels, bis hin zu kleinen, exklusiven Boutique-Hotels, davon gehörten einige zu den besten des Landes.

Das Gasthaus in Sawyers Bend hatte einen Glanz und eine Professionalität, die ich in einer größeren Stadt erwartet hätte, nicht aber in einer kleinen Touristenstadt in den Bergen.

Wenn man sich in dem gut geführten Trubel des Gasthauses und des überfüllten Restaurants umsah, war die Liebe zum Detail erstklassig. Die Hauptlobby des Hotels war einladend und majestätisch, mit Steinkaminen auf beiden Seiten, die hoch genug waren, um darin zu stehen, einer gewölbten Decke mit Holzbalken und gemütlichen Sitzecken um Couchtische herum, von denen einige mit Spielbrettern ausgestattet waren. Dame und Schach. Puzzles.

Einige wurden von den Gästen genutzt, die sich im Zentralbereich versammelten, um sich zu treffen und sich über die Erlebnisse des Tages auszutauschen. Als wir vorbeikamen, fing ich Gesprächsfetzen ein. Jemand war mit dem Schlauchboot gefahren, ein anderes Paar war wandern, und ein drittes hatte die örtlichen Brauereien und Restaurants erkundet.

Dies war der Ort, der Griffen verstoßen hatte. Und warum? Als ob meine Gedanken ihn aus dem Nichts heraufbeschworen hätten, erschien Griffen hinter der Bar am anderen Ende des Restaurants. Ich blieb stehen, stolperte in Evers hinein und starrte ihn an. Griffen war mit Cynthia in Atlanta. Was...?

Evers nahm meinen Arm und folgte meinem Blick. Als seine Augen auf dem Griffen-Doppelgänger landeten, zerrte er mich weiter und verschob meine Position, so dass ich auf seiner anderen Seite war und mir die Sicht auf die Bar versperrt war. Bevor ich etwas sagen konnte, warf er mir einen Blick zu und schüttelte kurz den Kopf.

Okaaay... Mir fiel ein, was Evers im Auto gesagt hatte. Die halbe Stadt gehörte der Familie von Griffen. Wenn ihnen die halbe Stadt gehörte, würde ich wetten, dass ihnen das Hotel in Sawyers Bend ebenfalls gehörte. Das war nicht nur ein Doppelgänger von Griffen, sondern einer seiner Brüder oder Cousins. Jemand, der so eng mit ihm verwandt war, dass er fast genau so aussah, wie er.

Seltsam.

Seltsam, und nicht meine Sache. Was immer Griffen aus dieser Stadt vertrieben hatte, so hübsch und malerisch sie auch war, es musste schlimm gewesen sein. Sawyers Bend war ein kleines Fleckchen Paradies, das in der Schönheit der Berge versunken war. Wenn Griffen gegangen war, musste er einen guten Grund gehabt haben.

Ein Teil von mir wollte unbedingt wissen, wieso, aber wenn die Sinclairs nicht in der Lage gewesen waren, die Informationen aufzuspüren, hatte ich kein Glück.

Wir ließen das Restaurant hinter uns und folgten dem Pagen über die hintere Terrasse und einen steinernen Weg hinunter, vorbei an einer Reihe von Häusern, die im gleichen Stein- und Holzstil, wie das Hotel selbst, gebaut waren, akzentuiert durch dunkelrote Markisen an den Fenstern, die zu den Jacken der Angestellten und dem Vordereingang passten.

Am Ende des Weges verstummten die Geräusche des Hotels und der Hauptstraße und wurden durch das Plätschern des Flusses ersetzt. Das Honeymoon Chalet sah aus wie die anderen, war aber ein wenig abgesondert, und genauso privat wie versprochen.

Der Page öffnete die Tür, trat ein und schaltete das Licht an. Im Gegensatz zum Stein und Holz der Außenfassade, war das Innere des Chalets strahlend weiß, frisch und knackig, von den flauschigen weißen Sofas, die den hellgrauen Steinkamin flankierten, bis hin zum Kristalllüster.

Durch eine offene Tür erblickte ich das Schlafzimmer, mit einem breiten Kingsize-Bett und noch mehr weiß in einer dicken Bettdecke und Bergen von Kissen und der gewölbten Decke. Der Page führte uns durch das kleine Chalet und zeigte uns das Badezimmer, einen Raum aus weißem Marmor, und das Schlafzimmer. Er öffnete die Fenstertüren neben dem Kamin und schaltete das Licht auf der abgeschirmten Veranda mit Blick auf den Fluss ein.

Die Main Street war nicht weit entfernt, aber hier auf der Veranda hätten wir mitten im Nirgendwo sein können. Der Page überreichte uns das Zimmerservice-Menü, bevor er einem neu angekommenen Pagen half, die Taschen hineinzutragen, die wir im Kofferraum des SUV zurückgelassen hatten. Evers gab beiden diskret ein Trinkgeld, und sie verschwanden und ließen uns in Ruhe.

Evers durchquerte den Raum, schlang seinen Arm um meine Taille und zog mich an seinen Körper.

„Ich möchte das Abendessen vergessen und dich jetzt gleich ins Bett bringen, aber wir werden es bereuen, wenn das Restaurant schließt und hungrig bleiben. Dies ist eine kleine Stadt. Ich bezweifle, dass sie ein Lebensmittelgeschäft haben, das rund um die Uhr geöffnet ist."

„Gutes Argument", sagte ich, als ich an seinem Hemd zerrte, und es aus der Hose zog, um meine Hand darunter zu schieben und meine Handfläche an seine warme Haut zu drücken.

Ich war am Verhungern. Selbst nach diesem verrückten Tag wusste ich, dass ich Nahrung brauchte, aber mein tiefster Hunger galt Evers.

Ich nahm ihm die Speisekarte aus der Hand und ging sie schnell durch, bevor ich sie ihm zurückgab. „Steak, medium rare. Gefüllte Backkartoffel. Schoko-Käsekuchen."

Evers drückte mir einen harten Kuss auf den Mund. „Das klingt himmlisch."

Er ließ mich frei, ging zum Telefon in der Küche und gab unsere Bestellung auf. Das Essen war gleich, bis auf das Dessert. Evers bestellte sich Himbeer-Käsekuchen. Ich hoffte, dass er mit mir teilen würde.

Ich hörte ihn fragen: „Wie lange brauchen Sie?" Dann sagte er: „Perfekt."

Er legte den Hörer auf und pirschte durch den Raum auf mich zu, seine Augen heiß, entschlossen.

„Sie sagten in zwanzig Minuten. Was glaubst du, was wir mit zwanzig Minuten anfangen könnten?"

Wir konnten mit zwanzig Minuten verdammt viel anfangen.

Ich griff nach dem Reißverschluss unter meinem Arm und riss ihn herunter. Evers' Augen weiteten sich. Ich drehte mich um, um mich ins Schlafzimmer zu stürzen, zog das Kleid über meinen Kopf und ließ es fliegen.

Ohne Vorwarnung hob er mich von meinen Füßen und warf mich auf das Bett. Ich hüpfte auf und ab, die Beine waren gespreizt, ein Sandale hing mir von den Zehen, und meine Brüste quollen aus dem BH.

Evers stand am Fußende des Bettes und verlor schnell seine Kleidung. Ich brauchte nicht lange, um mich meiner Unterwäsche zu entledigen und meine Sandalen auszuziehen. Ich war schon so lange nicht mehr mit Evers nackt gewesen. Fast zwei Monate. Ein ganzes Leben lang.

Die Bibliothek zählte nicht. Evers hatte es damals geschafft, alle seine Sachen auszuziehen, aber ich hatte meine lediglich aus dem Weg geräumt. Nicht, dass ich mich über den spontanen Bibliothekssex mit Evers beklagt hätte, aber das hier - ein großes, breites Bett und komplette Privatsphäre - war so viel besser.

Durch den überstürzten Bibliothekssex war die Hitze zwischen uns nicht annähernd erloschen.

Die ganze Stripclub-Sache hatte die Flammen noch mehr angefacht.

Evers war hart, bevor seine Hose auf dem Boden aufschlug. Ich hatte erwartet, dass er sich auf mich stürzte, aber er streckte die Hände aus, schloss sie um meine Waden und zog mich ans Ende des Bettes.

Er beugte sich vor, spreizte meine Beine mit seinen Schultern und entblößte mich völlig. Wenn es nicht so lange gedauert hätte, wenn ich ihn nicht so sehr gewollt hätte, wäre mir das vielleicht peinlich gewesen.

Dafür hatte ich jetzt keinen Platz mehr. Evers' Finger wanderte von einem Hüftknochen zum anderen, dann zwischen meine Beine, hinunter und wieder hinauf, und hielt inne, um einen Kreis um meine Klitoris zu zeichnen. Seine Berührung war so leicht, dass meine Hüften sich von selbst bewegten und nach mehr suchten.

„Quälgeist", beschuldigte ich ihn. Seine eisblauen Augen leuchteten vor teuflischer Belustigung, als er mit seiner Zunge über meine Klitoris schnippte, und seine Finger nach unten glitten, um sich voll und ganz den Einlass zu gewähren. Seine Berührungen setzten jeden Nerv in meinem Körper in Brand.

Ich brauchte mehr. Nicht das langsame, lange Vorspiel

– das hatte ich schon in den letzten zwei Monaten gehabt, den letzten paar Tagen, vor allem den letzten paar Stunden.

Ich wollte Evers, hart und hungrig, und in mir – *jetzt*.

Ich verlagerte meine Beine, wickelte sie um seinen Rücken und zog.

Seine Augen flackerten überrascht auf.

Ich war beim Sex nicht passiv, aber ich war normalerweise auch nicht aggressiv.

Die Uhr tickte. Uns lief die Zeit davon, bevor jemand an die Tür klopfen würde.

Ich wollte nicht warten.

Evers legte seine Handflächen auf meine Innenschenkel und drückte sie auf. Seine Lippen schmiegten sich an den empfindlichsten Teil Haut und er raunte: „Gefällt dir das nicht? Willst du, dass ich dich bumse? Jetzt gleich?"

Er interpunktierte seine Frage mit einem kräftigen Saugen an meiner Klitoris und schickte mir einen Bolzen weißglühender Ecstasy über die Wirbelsäule, der in meinem Gehirn explodierte.

Alles, was ich sagen konnte, war: „Ja. Bitte, ja. Ich will, dass du mich bumst. Auf der Stelle. Du kannst mich später verführen."

Evers antwortete nicht mit Worten, er antwortete mit seinem Mund.

Er lutschte wieder, fuhr einen Finger, und dann einen zweiten in meine Muschi, während er meine Klitoris bearbeitete, und schickte mich in Sekundenschnelle von heiß und erregt bis zitternd und bettelnd.

Meine Hüften schaukelten seinem Mund und seinen Finger entgegen, kurzes, abgehacktes Stöhnen kam aus meiner Kehle. Ich taumelte am Rande des Orgasmus und stürzte fast ab. Er schob sich über mich. Sein Schwanz drückte langsam nach innen und erfüllte mich, bis ich vor lauter Lust weinen wollte, als Evers sich mit mir verband und ein Teil von mir wurde.

Ich schlang meine Beine um seine Taille und hielt mich fest, die Augen bei der Dehnung und dem Druck fest geschlossen, die exquisite Rutschpartie, als er sich zurückzog und zustieß und mich über den Rand brachte.

Er tat genau das, worum ich ihn bat, und nahm mich hart, ritt mich durch meinen Orgasmus. Meine Nägel gruben Rillen in seine Schultern und mein Mund drückte sich an seinen Hals. Die Lustimpulse gingen weiter, bis es zu viel wurde – mein Körper zu empfindlich für mehr.

Gerade, als ich glaubte, dass mein Gehirn vor der Überlastung der Empfindungen einen Kurzschluss erleiden würde, erstarrte Evers, als die Welle auch ihn überrollte.

Gerade noch rechtzeitig.

Nur Augenblicke, nachdem wir uns getrennt hatten, fiel das erwartete Klopfen an der Tür. Ich machte mich auf den Weg zum Badezimmer, während Evers sich einen Bademantel schnappte und die Tür öffnete.

Ich könnte eine Pause zum Essen einlegen. Solange ich Evers als Dessert haben konnte.

24

SUMMER

Wir aßen auf der abgeschirmten Veranda mit Blick auf den Fluss. In den flauschigen weißen Bademänteln, die uns das Hotel zur Verfügung gestellt hatte, genossen wir das fantastische Steak und zweifach gebackene Kartoffeln, fütterten uns gegenseitig mit Schokoladen- und Himbeerkäsekuchen und tranken den Champagner, der Teil des Honeymoon-Chalet-Pakets war.

Umgeben von so viel echtem Luxus, war es kaum zu glauben, dass wir den ersten Teil des Abends in einer schäbigen Biker-Bar und einem muffigen Strip-Club verbracht hatten. Nachdem wir satt waren, füllten wir die riesige Badewanne und kletterten hinein. Evers zog mich auf seinen Schoß.

Dort, eingetaucht in dampfendes, duftendes Wasser, erfüllte er sein Versprechen, mich zu verführen.

Ich rollte meinen Kopf zurück auf seine Schulter, meine Lippen streiften seinen Hals, sein Ohr, seinen Kiefer, während seine Hände über meine seifige Haut glitten, meine Brüste umfassten, meine Brustwarzen drückten, zwischen meine Beine fielen und über meinen Bauch, meine Rippen wieder nach oben rutschten.

Er war überall und nirgendwo, sein Schwanz zwischen meinen Beinen, nicht auf der Suche nach Einlass, nur da, seine Länge hart und heiß, und für sich schon eine Verführung. Ich lag so lange still, wie ich konnte, und schwelgte in seiner ungeteilten Aufmerksamkeit, bis ich es nicht mehr aushielt.

Als seine umherstreifenden Hände mich an den Rand des Wahnsinns brachten, drehte ich mich um, spritzte Wasser über die Seiten der Wanne, setzte mich auf ihn und griff zwischen uns, um seinen Schwanz dorthin zu führen, wo ich ihn am meisten brauchte.

Jetzt war ich an der Reihe zu necken. Ich ritt ihn langsam, bot meine Brüste seinem Mund an, ließ ihn kosten, bevor ich mich zurücklehnte, rieb meine Hüften an ihm, und spielte. Er verlor die Geduld und schlang seine Hände um meine Taille, hielt mich still und stieß immer wieder fest zu, um mich über den Rand zu treiben und mir einen Augenblick später zu folgen.

Er half mir aus der Wanne, trocknete mich vorsichtig und ehrfürchtig ab, bevor er mich in seine Arme hob und mich zum Bett trug. Wir lagen dort unter der flauschigen weißen Bettdecke, Arme und Beine ineinander verschlungen, küssten und berührten uns. Wir murmelten nichts und alles, bis der Schlaf uns überwältigte.

Als ich im Flitterwochenhaus aufwachte und das Sonnenlicht durch die hohen Fenster strömte, schien es, als könne keine Dunkelheit mehr mein Leben berühren.

Evers schlief neben mir, sein Gesicht entspannt. Er sah jünger aus, als ich ihn je gesehen hatte. Sein dichtes dunkles Haar fiel ihm über die Stirn, seine gebräunte Haut war warm und weich wie Seide. Ich schob eine Hand über seine Brust, meine Fingerspitzen nahmen die

Muskelkämme auf. Die Linien seines Unterleibs verengten sich zu einem V, das direkt auf mein Ziel zeigte.

Ich weckte ihn mit einem Kuss, bevor ich seinen bereits hart werdenden Schwanz zwischen meine Lippen nahm und ihn schmeckte, um ihn wach zu reizen. Nach der Nacht davor, in der Wanne, war ich ihm noch einen Gefallen schuldig.

Evers' Hand sank in meine vom Schlaf zerzausten Locken und hielt sie fest, als ich meinen Mund über seine Länge bewegte, saugte und leckte, mein Mund feucht und so voll von ihm.

Evers war eine echte Herausforderung, aber ich hatte Begeisterung auf meiner Seite. Ich hatte seinen Geschmack schon immer geliebt, die Art, wie er meinen Mund ausfüllte, die Geräusche, die er machte, wenn ich seinen Ansatz drückte und hart lutschte.

Ich liebte seine Stimme, die rau von Schlaf und Hitze war und sagte: „Summer. Oh, Gott, Summer."

Ich dachte daran, auf ihn zu klettern und ihn zu reiten, bis wir beide kamen. Später. Dafür war später noch Zeit. Im Moment wollte ich sein Vergnügen genießen. Ich wollte ihn an den Rand bringen und über die Klippe stoßen, und zwar genau *so*.

Als er sagte: „Summer, ich werde... ich kann nicht...", und an meinen Haaren zog, bewegte ich mich nicht. Ich konnte ihn nicht ganz aufnehmen, aber ich versuchte es, drückte seinen Schwanz und ließ meine Hand im Rhythmus meines Mundes gleiten, bis er unter mir erzitterte, seine Hüften hob und mir seine Erlösung gab. Er gab mir alles.

Als er zu Atem kam, hakte er seine Hände unter meine Arme und zog mich aufs Bett. Er rollte sich auf mich, um mich festzunageln, küsste mich fest und tief, bevor er meine Hände über meinen Kopf hielt und jeden Zentimeter meines Körpers schmeckte, bis ich vor Vergnügen verging.

Ich döste schon halb vor mich hin, als er sich einen Bademantel überzog und Frühstück bestellte.

„Ich sollte aufstehen", sagte ich, „und duschen." Das große, üppige Badezimmer mit der übergroßen Dusche und Evers. Dafür würde ich das Bett verlassen.

„Nein, das solltest du nicht. Du solltest genau dortbleiben. Wir können nach dem Frühstück duschen. Wir müssen noch nirgendwo hin."

Im Morgenmantel kroch Evers zurück ins Bett. Ich rollte mich zu ihm und schob das Revers des Bademantels zurück, damit ich meinen Kopf auf seine Brust legen konnte. Er streichelte mit den Fingern durch mein Haar.

„Ich könnte für immer hier bleiben", sagte ich.

„Hier ist es schön", stimmte er zu, „aber solange ich dich habe, kann ich überall hingehen."

Seine Zärtlichkeit machte mich sprachlos. Ich wusste nicht, was ich sagen sollte. Ich glaubte ihm, aber das war nicht der springende Punkt.

Eine Stimme in meinem Kopf sagte: *Ich liebe dich.*

Ich liebe dich.

Die Worte wollten nicht aus meinem Mund kommen.

Ich glaubte, dass Evers mich liebte.

Das tat ich.

Ich wollte glauben, dass er es tat.

Ich wollte ihm diese Worte sagen, aber sie saßen fest. Alles, was ich sagen konnte, war: „Ich habe dich so sehr vermisst." Das war die Wahrheit.

Evers neigte seinen Kopf, um mich auf den Scheitel zu küssen. „Ich auch. Ich habe dich wie verrückt vermisst."

Evers wollte mich. Ich wollte ihn.

Wir hatten es vermasselt - zum größten Teil hatte *er* es

vermasselt - aber wir hatten uns wieder versöhnt, und wir waren zusammen. Das war das Einzige, was zählte.

Und trotzdem blieben mir diese drei kleinen Worte im Hals stecken.

Evers schien das nicht bemerkt zu haben. Ich war erleichtert. Sobald ich mich daran gewöhnt hatte, ihn bei mir zu haben, würde ich sie sagen können. Ich wusste, ich würde es tun. Ich brauchte nur etwas mehr Zeit, und da wir wieder zusammen waren, hatten wir alle Zeit der Welt.

Wir lagen da und ich lauschte seinem Herzschlag, während er mit den Fingern durch mein Haar fuhr, bis ein Klopfen an der Tür ertönte. Das Frühstück.

Nachdem wir gegessen hatten, duschten wir, zogen uns an und packten unsere Taschen. Evers war still, als wir auscheckten, und erwähnte nicht die Möglichkeit, für eine zweite Nacht zurückzukehren.

Der Spaß war vorbei. Wir mussten wieder an die Arbeit gehen.

Wir fuhren direkt zu der Adresse, die Evers für Warren Smithfield hatte. Komisch, dass ich seinen Nachnamen bis jetzt nicht kannte. Ein Gedanke kam mir, als Sawyers Bend im Rückspiegel verschwand.

„Warum gehen wir zu Warren? Warum gehen wir nicht zu meinem Vater? Ich dachte, er wohnt hier in der Gegend?"

Evers antwortete nicht sofort. Er warf mir einen vorsichtigen Blick zu und sagte schließlich: „Wir haben Kameras in seinem Haus. Es ist leer."

„Ihr hattet Kameras in seinem Haus in Atlanta und habt mich trotzdem hingebracht."

„In sein Haus in Atlanta wurde eingebrochen. Es war schwer zu sagen, ob etwas fehlte." Er presste seine Lippen zusammen, bevor er ein schnelles, verlegenes Lächeln aufblitzen ließ. „Und ich wollte dich allein für mich haben.

Weg von Rycroft. Du wolltest nicht mit mir reden, aber du wolltest deinem Vater helfen."

„Hmmph." Ich wusste nicht, was ich dazu sagen sollte. Süß und hinterhältig, das war Evers. Ich wollte mich nicht beschweren. „Wenn ihr hier Kameras in seinem Haus habt, wisst ihr, wann er zuletzt zu Hause war."

„Vor drei Monaten", sagte Evers, das verlegene Lächeln wurde durch einen zusammengepressten Kiefer ersetzt.

„Was? Wenn er nicht zu Hause war, wo war er dann?"

„Viele Leute hätten gern eine Antwort auf diese Frage."

Unser Problem war auf den Punkt gebracht.

Warren wohnte nicht genau in Sawyers Bend. Wir fuhren zurück in Richtung Asheville, bevor wir auf eine schmale Landstraße abbogen, die von Asphalt, über Schotter, zu Erde führte und kaum breit genug war, um zwei Autos passieren zu lassen. Wir mussten über eine Meile auf der unbefestigten Straße gerumpelt sein, ohne einer anderen Seele begegnet zu sein. Das einzige Anzeichen von Einwohnern, waren die verrosteten Briefkästen, die hier und da auftauchten und sich wie betrunken in alle Richtungen lehnten, so als hätte der Briefträger sie seit Jahrzehnten nicht angerührt.

Evers verlangsamte das Tempo, als wir einen jagd-grünen Briefkasten erreichten, auf dessen Seite die Zahl 48 mit einem schwarzen Marker geschrieben war. Er bog in die zerfurchte Einfahrt, und sein SUV hüpfte und ruckelte. Ich umklammerte den Türgriff, um mich festzuhalten, bevor ich direkt vom Sitz abgeprallt wäre.

Auf den ersten Blick sah das Haus am Ende der Einfahrt verlassen aus. Risse in den Fensterscheiben waren mit ausgefranstem Klebeband repariert worden. Rampo-nierte Pappkartons waren willkürlich auf der Veranda gestapelt. Eine Waschmaschine, die aus den fünfziger Jahren hätte sein können, stand in der Mitte des Vorgartens.

Es gab nicht viel Gras, und definitiv keine Landschaftsgestaltung. Die Eingangstreppe bestand aus Schlackenblöcken, die im Dreck gestapelt waren, und die Sturmtür hing in den Angeln.

Evers warf mir einen strengen Blick zu. „Du bleibst im Auto."

„Nein." Bevor er argumentieren konnte, erklärte ich: „Warren kennt mich. Ich habe ihn eine Weile nicht gesehen, aber er kennt mich. Er wirft einen Blick auf dich..."

Ich scannte den kohlschwarzen Anzug von Evers und sein blauweiß gestreiftes Hemd. Die Krawatte hatte er weggelassen, aber das ließ ihn nicht weniger wie einen wohlhabenden, erfolgreichen Geschäftsmann aussehen.

Wenn man ihn ansah, würde niemand vermuten, dass er ein ausgezeichneter Schütze war, der sich in einem Kampf gut behaupten konnte. Für einen Mann wie Warren bedeutete jeder, der wie Evers gekleidet war, nur eines: Ärger.

Ein Blick auf Evers und Warren würde die Tür verbarrikadieren.

„Du brauchst mich. Warren würde mir nichts tun. Er ist nicht gefährlich."

„Das weißt du nicht. Du hast selbst gesagt, dass du ihn schon lange nicht mehr gesehen hast. Er ist mit deinem Vater befreundet, und dein Vater sitzt tief in der Scheiße. Du weißt nicht, was hinter dieser Tür liegt."

„Ich weiß, wir müssen mit Warren reden. Wir sind jetzt hier. Ich komme mit dir."

Evers saß einen langen Moment lang da, seine Augen auf meine gerichtet, und dachte nach.

Schließlich öffnete er seine Tür. „Bleib hinter mir." Das konnte ich tun, meistens.

Evers versuchte, an die Tür zu klopfen und Warrens Namen zu rufen. Wie ich erwartet hatte, keine Reaktion.

Ich hatte das Gefühl, wenn ich nicht dort gewesen wäre, hätte Evers vielleicht eine weniger konventionelle Methode benutzt, um sich Zutritt zu verschaffen. So etwas, wie die Tür mit dem Fuß einzutreten.

Ich rief: „Warren? Hey, hier ist Summer. Smokeys Tochter. Hör zu, ich suche Papa, ich will nur eine Minute mit dir reden. Kümmere dich nicht um den Kerl bei mir. Ich weiß, er ist ein Anzugträger, aber er ist okay. Könntest du bitte die Tür öffnen? Ich verspreche, wir sind nicht hier, um dir Ärger zu machen. Ich will nur mit dir über meinen Vater reden."

Das Haus blieb still. Ich versuchte es noch einmal. „Warren? Warren? Bitte? Ich möchte dich wirklich nicht stören, aber wir sind den ganzen Weg hierhergekommen, und ich kann nicht gehen, bevor ich mit dir gesprochen habe. Wenn du die Tür öffnen könntest..."

Ein Schlurfen von innen und die Tür knarrte auf. Warren stand da, dünner als in meiner Erinnerung. Er war ein paar Zentimeter kleiner als ich, und er war immer rund gewesen. Breit. Jetzt hing seine Haut locker, und unter seiner verwitterten Bräune, war er grau. Wenn ich auf der Straße an ihm vorbeiginge, hätte ich ihn vielleicht nicht erkannt.

Er blickte an Evers vorbei, seine Augen blieben auf mir stehen. Ein Lächeln huschte über sein Gesicht, und er zog die Tür weiter auf.

„Summer, was machst du hier? Ich dachte, du wohnst in Atlanta."

„Das tue ich, Warren. Ich suche nach meinem Vater. Ich muss ihn finden. Er beantwortet meine Anrufe nicht."

„Du bist den ganzen Weg hierhergekommen?"

„Ich wusste nicht, wohin ich sonst gehen sollte", sagte ich. „Können wir reinkommen und reden?"

Warren warf einen nervösen Blick über seine Schulter und schüttelte den Kopf. „Ich habe keinen Besuch erwartet, wenn du weißt, was ich meine."

„Ich glaube nicht, dass wir das tun", sagte Evers und streckte seinen Hals, um über Warrens Schulter in das dunkle Innere des Hauses zu schauen. „Lassen Sie uns rein. Wir werden nicht viel von Ihrer Zeit in Anspruch nehmen."

„Wir können hier reden..."

Ich schüttelte den Kopf. „Warren, nur fünf Minuten? Bitte."

Er warf einen weiteren Blick über seine Schulter. Als er zurücktrat, um uns hereinzulassen, erwartete ich, noch jemanden im Raum zu sehen. Vielleicht meinen Vater.

Das Haus schien leer zu sein, aber mir wurde schnell klar, warum Warren keine Gesellschaft wollte. Der Ort war eine bizarre Kombination aus Unordnung und Organisation. Ich hatte nicht gewusst, dass Warren ein Messie war.

In der Ecke des Raumes ragten Stapel von Zeitungen über meinen Kopf. Neben ihnen stand eine Holzkiste, die mit altmodischen Weckern überfüllt war, mindestens zwanzig oder dreißig Stück. Eine andere Kiste enthielt Toaster; Toaster-Öfen, Schlitztoaster - einige von ihnen waren älter als ich.

Schaukelstühle wurden entlang einer Wand zusammengepfercht, die Sitze mit Stapeln von Pappkartons gefüllt. Elektrische Kabel ragten aus einem heraus. Alte Kleider aus einem anderen.

Unter Warrens zufälliger Sammlung von Habseligkeiten hatten sich Schichten von Dreck angesammelt. Ich bezweifelte, dass sich in seinem Haus seit Jahrzehnten eine

Flasche Reinigungsspray oder ein Putzlappen befunden hatte.

Auf dem Couchtisch entdeckte ich eine Glaspfeife, ein Feuerzeug und eine kleine Plastiktüte, die mit einem weißen Pulver gefüllt war, das mit kleinen weißlichen Kristallsplittern durchsetzt war. Drogen.

Ich nahm keine Drogen. Mit meinem Vater und seinem allgegenwärtigen Haschischrauchen aufzuwachsen, hatte mir gereicht. Ab und zu trank ich gerne ein Glas Wein oder einen Longdrink, und Bier war okay, aber Drogen waren nicht mein Ding.

Trotzdem konnte man nicht mit Smokey Winters als Vater aufgewachsen, ohne dabei mehr über die Werkzeuge des Handwerks zu erfahren, als einem lieb war. Ich kannte so ziemlich jedes Gerät, mit dem man Gras rauchen konnte, von der Glaspfeife, bis zur Bong. Ich wusste sogar, wie man aus einem Apfel eine Pfeife schnitzte und wie man aus einer Limoflasche eine Schwerkraftbong herstellte. *Danke, Dad.*

Trotz meiner umfassenden Ausbildung im Pot-Rauchen, war ich mir ziemlich sicher, dass nichts auf diesem Tisch etwas mit Pot zu tun hatte. Warren war zu Meth übergegangen. *Scheiße.* Ich schloss meine Augen und schickte ein Gebet zum Himmel, dass mein Vater den Schritt nicht mit ihm gemacht hatte. Gras war eine Sache, aber Meth... Meth war ein ganz anderes Problem.

Evers hatte alles gesehen, was ich sah, wahrscheinlich sogar mehr. Er positionierte sich zwischen mir und Warren. Es war Zeit, das hinter uns zu bringen. Ich wollte nicht länger bei Warren bleiben, als wir es mussten.

„Wann hast du meinen Vater zum letzten Mal gesehen, Warren?"

„Oh, es ist schon eine Weile her", sagte Warren vage und warf einen weiteren Blick über die Schulter.

Ich konnte nicht herausfinden, was er sich ansah. Sein Haus war nicht mehr als ein großer Raum. Es gab ein Schlafzimmer und ein Badezimmer an der Seite, nicht einmal in der Nähe der Stelle, auf die er blickte. Die Küche war hinter ihm, aber auch sie war leer. Dahinter befanden sich nur der Hinterhof und weitere Bäume.

„Okay", sagte ich und wollte nicht zu sehr drängen und ihm Angst einjagen. „Erinnerst du dich genauer? Hast du ihn hier oder in der Stadt gesehen? Hat er dir gesagt, was er vorhatte?"

„Nein. Es tut mir leid, Summer. Ich möchte dir helfen. Tu ich wirklich. Aber dein Papa hat nichts gesagt. Er hat nur..."

Warren drückte seine Hände zusammen, die Finger verkrampft, bis seine Knöchel fast weiß waren. Er verlagerte sein Gewicht und warf einen weiteren Blick über seine Schulter. Dieses Mal sah ich, dass er hinter den Hauptraum, durch das Fenster in der Küche in den Hinterhof blickte.

Etwas im Hof machte ihn nervös.

„Was ist mit meinem Vater, Warren? Du kannst es mir sagen. Ich liebe ihn, aber ich weiß, dass er nicht perfekt ist."

„Summer, Mädchen, du solltest zurück nach Atlanta gehen. Nimm deinen Mann mit. Dein Papa, er hat sich mit einigen Leuten angelegt, und du willst nicht, dass sie von dir erfahren. Du lässt Smokey mit seinen eigenen Problemen fertig werden. Er würde dich nicht hier haben wollen."

Scheiße! Evers hatte mir gesagt, es sei schlimm. Ich hatte ihm geglaubt. Meistens glaubte ich ihm. Aber das hier? Warren war, wie mein Vater, im Allgemeinen zu bekifft, um Angst zu bekommen. Eine Warnung von Warren war beunruhigend.

„Sie können uns nichts darüber sagen, wann Sie Smokey Winters zuletzt gesehen haben oder wohin er gegangen sein könnte?", fragte Evers mit harter Stimme. Entweder hatte er erfahren, was er wissen musste, oder er hatte keine Geduld mehr.

Warren zuckte hilflos mit den Schultern, und mit einem weiteren nervösen Blick über die Schulter sagte er: „Ich wünschte, ich könnte euch helfen, wirklich."

„Vielen Dank für Ihre Zeit", sagte Evers, der mich zur Tür begleitete. Hätte ich gedacht, dass es eine Chance gäbe, mehr aus Warren herauszuholen, hätte ich vielleicht protestiert, oder ein Bestechungsangebot gemacht. Anders, als der Barkeeper und Jade, hatte Warren zu viel Angst, um nützlich zu sein.

Furcht schimmerte in seinen normalerweise stumpfen, blutunterlaufenen Augen. Ich hätte erwartet, dass er wegen der Meth-Utensilien auf dem Tisch nervös wäre, aber er hatte keinen Blick darauf verschwendet.

Er hatte keine Angst, dass wir ihn mit Drogen erwischen würden.

Er hatte Angst, dass wir ihn mit etwas anderem erwischen würden.

Evers sprang von der Veranda und drehte sich um, um mich über die baufälligen Betonblockstufen zu heben. Anstatt zu seinem Geländewagen zu gehen, nahm er meinen Arm und führte mich in zügigem Tempo an der Seite des Hauses entlang.

Warren rief mit hoher, verzweifelter Stimme hinter uns: „Was macht ihr denn da? Ihr könnt nicht nach hinten gehen. Das ist Privatbesitz."

Wir ignorierten ihn. Als ich Evers in den Hinterhof folgte, sah ich, was er entdeckt und ich übersehen hatte. Auf der anderen Seite des rauen Schmutzes im Hinterhof, versteckt in den Bäumen, stand ein winziger, alter Wohnwagen.

Aus dem zerbrochenen Fenster trat Rauch aus. Als wir näher kamen, erkannte ich den Geruch. Evers griff nach der Klinke und riss die Tür auf.

Mein Vater stand da, das Haar war strähnig und brauchte einen anständigen Haarschnitt. Er trug ein altes Grateful Dead T-Shirt und eine Jeans, die an den Nähten weiß verblasst war. Seine winterblauen Augen, blutunterlaufen und trübe, leuchteten auf, als sie mich erblickten.

Er grinste breit und stolperte mit ausgebreiteten Armen durch die Tür. Er zog mich in seine Umarmung und schaukelte mich hin und her, der vertraute Duft von Patschuli und Pot füllte meine Nase.

„Mein kleines Mädchen, mein Baby-Girl. Du bist ein Anblick für meine wunden Augen. Dein alter Papa freut sich, dich zu sehen."

Ich glaubte ihm keine Minute lang.

Und doch lag ich, trotz all seiner Fehler, in den Armen meines Vaters, erleichtert, ihn lebend und in einem Stück gefunden zu haben.

25

SUMMER

„Mein Mädchen, du hast einen wirklich coolen Job", sagte mein Vater auf der hinteren Terrasse von Rycroft Castle.

Meinen Vater in dieser Umgebung zu sehen, war bizarr – seine abgetragenen Jeans, sein vergilbtes T-Shirt und sein zerzaustes Haar passten nicht zu der Pracht von Rycroft Castle.

Auf der Fahrt zurück nach Atlanta war er still gewesen und hatte alle Versuche von Evers, Informationen zu erhalten, blockiert. Evers hatte nach Maxwell Sinclair gefragt. Für wen sie gearbeitet hatten. Danach, was Smokey genau für Maxwell und William Davis getan hatte.

Smokey hatte ihn ignoriert und so getan, als würde er ein Nickerchen machen. Evers wurde mit jedem Kilometer, der vorbeirastete, immer gereizter, sein Kiefer angespannt und seine Augen hart. Als wir Atlanta erreichten, brachte er kaum noch ein Wort heraus.

Ich wollte eingreifen und die Spannung lösen, aber was gab es zu sagen? Evers verfolgte seine eigenen Ziele und Smokey wollte nicht mitspielen.

In meinem ganzen Leben hatte ich Smokey noch nie dazu bringen können, etwas zu tun, was er nicht tun wollte. Smokey ging seinen eigenen Weg.

Keiner von uns wollte ihn in Rycroft haben. Zum einen hatte er nicht das Recht, dort zu sein. Es war Cynthias Haus, und er war ein ungebetener Gast.

Evers wollte nicht, dass Smokey unbeaufsichtigt in meiner Wohnung blieb. Um ehrlich zu sein, wollte *ich* nicht, dass Smokey unbeaufsichtigt in meiner Wohnung war. Ich brauchte nicht viel Fantasie, um mir all den Ärger vorzustellen, in den er geraten konnte.

Der einzige andere akzeptable Ort war der Schutzraum bei Sinclair Security.

Der Schutzraum. Ein so freundlicher Name für das, was ich vermutete, kaum mehr als eine verschlossene Zelle war. Natürlich lehnte Smokey diese Option ab. Auch mir behagte sie nicht.

Ich wusste, dass mein Vater war in Schwierigkeiten war. Wenn er mit Maxwell Sinclair gearbeitet hatte, führte er nichts Gutes im Schilde.

Aber er war mein Vater, und der Gedanke, ihn am Sinclair-Gebäude abzusetzen, damit er weggesperrt blieb, bis er tat, was sie wollten, gefiel mir überhaupt nicht.

Er war nicht immer ein guter Kerl, aber er war kein Krimineller. Nun, okay, er war schon irgendwie einer. Er hatte definitiv das Gesetz gebrochen, wenn es um Drogen ging.

Wenn die Hälfte dessen, was Evers und seine Brüder über ihren Vater vermuteten, wahr war, und Smokey für ihn gearbeitet hatte, dann war er weit über unerlaubten Besitz von Drogen hinaus.

Warum war das nicht von Bedeutung? Warum konnte ich ihm nicht die Tür weisen, damit die Sinclairs sich um ihn kümmern konnten? Ihre Mutter war bedroht worden.

Sie hatten das Recht, besorgt zu sein. Wenn mein Vater etwas damit zu tun hatte, ihre Mutter in Gefahr gebracht zu haben, sollte er das in Ordnung bringen.

Ich war Teil von *Team Evers*, oder?

Oder?

Jedes Mal, wenn ich mich fragte, konnte ich nur daran denken, dass er *mein Vater* war. Er war nie ein großartiger Vater gewesen, aber er war der einzige, den ich hatte.

Ich wollte, dass er das Richtige tat, aber ich wollte nicht, dass er dabei verletzt wurde.

Wir trafen in Rycroft Castle ein, um Smokey so schnell wie möglich loszuwerden. Cynthia traf uns an der Tür und lud ihn zum Bleiben ein.

So einfach war das.

Überhaupt nicht einfach und eine schreckliche Idee.

Wir hatten keine bessere Lösung. Smokey und ich waren absolut gegen die Option des Schutzraums. Evers wollte meine Wohnung oder ein Hotel nicht in Betracht ziehen.

Auf Rycroft Castle wimmelte es von Sicherheitskräften. Die Ein- und Ausgänge wurden bewacht, also würde Smokey nicht einfach verschwinden können.

Evers hatte Smokeys Telefon beschlagnahmt, bevor wir Warrens Haus verlassen hatten, und weigerte sich, es zurückzugeben. Smokey flehte mich an, für ihn einzutreten, aber ich warf einen Blick auf Evers und hielt meinen Mund.

Neben mir sitzend, mit einem Whisky in der Hand, zog Smokey langsam an seiner Zigarette und klopfte die Asche auf den Boden der Terrasse. Ich zuckte zusammen. „Ich bin sicher, wir haben hier irgendwo einen Aschenbecher."

Smokey zuckte mit den Achseln. Was interessierte ihn ein Aschenbecher? Jemand anderes würde die Sauerei aufräumen.

„Hör zu", ermahnte ich ihn, „Cynthia hat dich eingeladen, aber dies ist ihr Haus. Du musst sie mit Respekt behandeln. Du bist hier Gast."

Smokey nahm einen weiteren Zug von seiner Zigarette und blies die Luft in einem dünnen Strom aus. „Du siehst gut aus, Summer-Girl. Glücklich. Ich will dir das nicht vermasseln. Das muss ich auch nicht. Du könntest einfach die Tür öffnen und mich gehen lassen. Ich kann deinem Freund sowieso nicht helfen. Ich weiß gar nichts."

„Das glauben sie dir nicht, und ich bin mir nicht sicher, ob ich es tue."

Mein Vater warf mir einen flehenden Blick zu. Seine Augen, den meinen so ähnlich, verrieten nichts als verletzte Unschuld.

„Summer, ich weiß, dass ich nicht der beste Vater bin. Ich weiß, dass ich mein Gras und meinen Whisky zu sehr mag. Ich weiß, dass ich nicht immer für dich da war, aber glaubst du wirklich, dass ich in echte Schwierigkeiten verwickelt bin? Du weißt, das bin ich nicht."

Er hatte alles gesagt, was ich zuvor auch gedacht hatte, und doch steckte hinter seinen eingeübten Worten noch etwas anderes. Etwas Raffiniertes und Hartes.

„Ich kann nicht glauben, dass du deinen eigenen Vater so behandelst. Du hast nicht das Recht, mich gefangen zu halten."

„Du hast freie Unterkunft und Verpflegung, und das in einem Schloss", sagte ich ironisch. „Ich habe gesehen, wo du mit Warren wohnst."

Mir schauderte es ein wenig bei dem Gedanken an den alten Wohnwagen, der fast so schmutzig war, wie Warrens Haus. Was immer mein Vater getan hatte, er musste wirklich große Angst gehabt haben, dass er sich dort versteckte.

Mit schwerem Herzen fuhr ich fort: „Papa, lüg mich

nicht an. Ich weiß, dass du in Schwierigkeiten steckst, und ich weiß, dass du den Sinclairs helfen kannst. Ich verstehe nicht, warum du ihnen nicht sagst, was du weißt."

„Weil sie das nichts angeht", sagte Smokey und zog noch einmal an seiner Zigarette, bevor er sie an der Schuhsohle ausdrückte und in das Blumenbeet am Rand der Terrasse schnippte.

Ich notierte mir, sie aufzuheben und wegzuwerfen, bevor ich hineinging. Ich musste mich beim Reinigungspersonal entschuldigen und dafür sorgen, dass sie einen Bonus bekamen, auch wenn ich dafür aus meiner eigenen Tasche bezahlen müsste. Mein Vater wurde zu einer Belastung für meinen Geldbeutel.

„Du solltest dich aus meinen Angelegenheiten raushalten, Summer. Auf diese Weise ist es für alle sicherer."

„Wie kannst du das sagen? Ich habe deine Wohnung gesehen. Ich weiß, dass jemand eingebrochen ist und etwas gesucht hat. Ich mache mir Sorgen. Du bist mein Vater."

„Dann benimm dich auch so und tue, was ich dir sage. Dein Freund hat mich gezwungen, mein Versteck im Wohnwagen zu verlassen. Gib mir dein Telefon, damit ich einen Anruf machen kann."

„Nein", sagte ich und sprang auf die Füße. „Ich gebe dir mein Telefon nicht, vor allem nicht, damit du einen Drogenhändler anrufen kannst und er zu Cynthia Stevens' Haus kommt. Bist du verrückt? Es ist mir egal, ob sie gesagt hat, dass du hierbleiben kannst. Das ist lächerlich..."

Smokey winkte mit der Hand und sagte mir, ich solle mich wieder hinsetzen – nicht im Geringsten durch meinen Ausbruch gestört. Ich sank wieder auf meinen Stuhl zurück, eine bekannte machtlose Frustration stieg in meiner Brust auf.

Ich wollte schreien und Forderungen stellen, aber ich

wusste, dass das bei meinem Vater nichts nützen würde. Er würde mich nur genauso träge ansehen und warten, bis ich damit fertig war. Dann würde er genau das tun, was er von Anfang an geplant hatte.

Er schüttelte missbilligend den Kopf und sagte: „Ich weiß nicht, wie deine Mutter und ich ein so langweiliges Kind kriegen konnten. Sie war zu konservativ für mich, aber wenigstens hatte sie einen Funken Leben. Sie hatte Feuer. Dir geht es nur um Regeln, und darum, das Richtige zu tun. Wie eine kleine Aufseherin. Nie hast du Spaß."

Evers' Stimme kam von hinten, hart und wütend. „Halten Sie verdammt noch mal Ihre Klappe."

Seine Hand legte sich auf meine Schulter. Er fuhr mit seinen Knöcheln über meine Wange, bevor er sich mit verschränkten Armen über seiner Brust vor uns stellte.

Er hatte sich umgezogen, als wir zu Rycroft zurückkamen, aber selbst in Jeans und T-Shirt, war er einschüchternd. Smokey blies mich ohne zu zögern weg, aber ein Blick auf Evers und er zuckte zusammen.

Als Beweis dafür, dass er nicht gerade der hellste war, hob er trotzig sein Kinn. „Sag mir nicht, wie ich mit meiner eigenen Tochter reden soll."

„Das werde ich, wenn Sie mit etwas weniger, als Respekt mit ihr sprechen. Ihre Tochter ist klug und erfolgreich. Sie arbeitet hart. Sie ist großartig. Sie ist eine tolle Freundin und alle lieben sie. Und Sie? Das können nicht viele Leute von Ihnen behaupten. Wenn es Ihre Tochter nicht gäbe, wären Sie jetzt eingesperrt. Wenn Sie also ein Hirn im Kopf haben, was ich bezweifle, würde ich vorschlagen, dass Sie sie besser behandeln."

Smokey schaute weg und weigerte sich zu antworten. Evers ignorierte ihn ebenfalls.

Zu mir sagte er: „Ich habe keine Ahnung, was in sie gefahren ist, aber Cynthia besteht darauf, dass Smokey hierbleibt. Sagt, er gehöre zur Familie. Also belassen wir es erstmal dabei."

Zu Smokey, der sich immer noch weigerte, seinem Blick zu begegnen, sagte er: „Das Sicherheitspersonal hat Sie auf ihrem Radar. Sie werden beobachtet, halten Sie sich von den Telefonen fern und benehmen Sie sich."

Immer noch kein Kommentar von meinem Vater. Evers drehte sich erneut zu mir. „Cynthia sucht dich."

Ich begegnete seinem besorgten Blick und versuchte, ihm ein beruhigendes Lächeln zu schenken, aber es gelang mir nicht. „Ich bin in einer Minute bei ihr. Danke."

Evers nickte und ging. Die Suche nach meinem Vater hatte so viel Kraft gekostet, und jetzt, wo er hier war... Ich ließ einen langen Seufzer los.

„Summer-Girl, ich verstehe, was du in ihm siehst. Ich bin nicht blind, und ich kenne die Sinclairs. Reich wie Krösus. Er ist ein guter Fang, aber er passt nicht zu dir."

Smokey zündete eine weitere Zigarette an und zog tief in sich hinein. Als er wieder sprach, drangen seine Worte durch eine Rauchwolke. „Er hat Probleme mit seinem Vater, er muss auf seine Mama aufpassen. Du stehst nicht ganz oben auf seiner Liste, verstehst du mich?"

Ich knirschte mit den Zähnen gegen die Stiche der Angst bei den Worten meines Vaters. Leise sagte ich: „Du irrst dich."

Er irrte sich. Evers hatte gesagt, dass er mich liebte. Er hatte vielleicht schon früher gelogen und mit mir gespielt, um mich von seinen Freunden fernzuhalten, aber bei der Liebe würde er nicht lügen. Das würde er nicht tun.

Mein Vater spürte Schwäche und grub tiefer. „Ich weiß, dass man die Sicherheitsvorkehrungen umgehen kann. Du und ich sollten einfach gehen. Wir können zu dir nach Hause, oder irgendwo anders hin. Du hast Bargeld. Lass uns einfach von hier verschwinden. Er benutzt uns beide. Er hat dich benutzt, um an mich ranzukommen, und jetzt wartet er nur ab und denkt, ich gebe nach. Ich kann ihm nicht helfen, seinen Vater zu finden."

„Du hast gewusst, dass Maxwell noch lebt, nicht wahr?" Ich wurde seiner Unschuldsbeteuerungen überdrüssig. Vielleicht war ich mir bei Evers nicht ganz sicher, aber ich wusste, dass mein Vater nicht ehrlich war.

„Zum Teufel, sie wissen bereits, dass er nicht tot ist. Das ist nicht gerade eine Neuigkeit", sagte er und tat Maxwells Rückkehr ins Leben ab, als ob es keine große Sache wäre.

„Das war ihnen neu", rastete ich aus. „Es bestätigt zu bekommen, wäre hilfreich. Alles wäre hilfreich, alles, außer hier draußen zu sitzen, zu trinken und zu rauchen."

„Summer, du verschwendest deine Zeit. Ich kann dir nicht helfen. Ich kann diesen Leuten nicht helfen. Je länger du träumst und denkst, dass er sich für dich einsetzt, desto härter wird der Sturz, wenn er weggeht. Vertrau mir, ich bin dein Vater. Ich passe auf dich auf."

Ich stieß mich vom Stuhl weg und ging die Stufen der Terrasse hinunter, um die Stümmel aufzuheben, die er ins Blumenbeet geworfen hatte. Er hatte sich nicht verändert, und das würde er auch nie. Wenn mir ein besserer Ort als Rycroft Castle eingefallen wäre, um ihn zu verstecken, hätte ich ihn vorgezogen.

Stattdessen sagte ich: „Ich muss Cynthia finden und sehen, was sie braucht. Das Abendessen ist um sieben Uhr. Versuch, dich aus Schwierigkeiten herauszuhalten."

26

SUMMER

Es war unwahrscheinlich, dass Smokey sich aus Schwierigkeiten heraushalten würde, aber ich gab die Hoffnung nicht auf. Cynthia beschäftigte mich für den Rest des Nachmittags damit, Social-Media-Konten durchzugehen, geplante Posts zu genehmigen und Videos zuzuschneiden, die ihr Training für den kommenden Film zeigten. Ihr Telefon klingelte wiederholt, aber sie ging nicht ran.

Wenn ein Anruf kam, mit dem sie sich nicht befassen wollte, gab sie das Telefon normalerweise an mich weiter, aber auch das tat sie nicht. Ich war neugierig, aber es fiel mir kein guter Grund ein, um einen Blick auf ihr Telefon zu werfen.

Ich hielt meine Neugierde gezügelt und konzentrierte mich auf die Arbeit. Als wir fertig waren, sagte ich: „Bist du sicher, dass es in Ordnung ist, dass mein Vater hierbleibt? Wir können andere Vereinbarungen treffen. Es ist völlig unangebracht..."

„Summer, es ist in Ordnung. Evers kommt für alle Unannehmlichkeiten auf, und ich weiß, wenn dein Vater woanders hingeht, wird Evers das auch tun. Ich kenne die Einzelheiten nicht, und ich verlange nicht, dass du mir das sagst, aber was auch immer vor sich geht, hat seine volle Aufmerksamkeit. Ich fühle mich besser, wenn er hier für die Sicherheit zuständig ist, und wenn das bedeutet, dass dein Vater bleibt, dann bleibt dein Vater. Wenn er gefährlich wäre, hätte Evers ihn nicht durch die Tür gelassen."

„Er ist nicht gefährlich", sagte ich sofort. Ich überlegte es mir noch einmal und fügte hinzu: „Es sei denn, du hast irgendwo im Haus einen Beutel Gras, denn wenn du das hast, garantiere ich dir, dass er den erschnüffeln wird."

Cynthia lachte, der Klang war leicht und klar wie eine Glocke und erinnerte mich daran, wie wenig ich es in letzter Zeit von ihr gehört hatte. „Kein Gras für mich. Kiffen ist die Hölle auf Erden, und ich bin schon seit vielen Jahren kein dummes, junges Starlet mehr. Aber erinnere mich nicht daran, wie lange es her ist."

„Ich weiß nicht, wovon du sprichst", sagte ich mit einem Lächeln. „Es ist lange her, dass du eine Ingénue warst."

„Du bist eine gute Freundin, Summer", sagte Cynthia, plötzlich ernst, „deshalb werde ich dir einen Rat geben. Pass bei deinem Vater auf. Ich kenne Typen wie ihn."

„Kiffer?", fragte ich und versuchte, die Stimmung aufzulockern, aber Cynthia ließ sich nicht ablenken.

„Er ist der Typ, der immer auf seinen eigenen Vorteil aus ist. Der Typ, der Ärger macht und alle anderen im Stich lässt."

Ich seufzte.

„Liege ich falsch?", fragte sie. Ich schüttelte den Kopf und Cynthia fuhr fort. „Du hast eine gute Sache mit Evers am Laufen."

Ich blickte sie überrascht an. Ich wusste, dass sie ihren Kuss arrangiert hatte, aber wir hatten noch nicht darüber gesprochen. Evers und ich waren kurz darauf aufgebrochen, um meinen Vater zu suchen, und es war noch nicht zur Sprache gekommen, seit ich zurück war.

„Evers ist ein guter Mann, Summer. Ein wirklich guter Mann. Und er hat es nicht leicht mit dir. Er ist dir verfallen. Ich habe mich auf ihn gestürzt, und er war nicht mal in Versuchung gekommen. Wir wissen beide, dass das nicht oft vorkommt."

Sie war nicht arrogant. Es war eine Tatsache.

Cynthia Stevens wurde nicht abgewiesen.

Welcher Mann würde nein zu einer Leinwandgöttin sagen, die von Kopf bis Fuß perfekt war?

Nur ein verliebter Mann.

Ich sagte nichts und dachte dabei über meinen Vater und Evers nach. Über Loyalität, und Liebe, und dumme Fehler.

Cynthia fuhr fort: „Es macht mir nichts aus, wenn dein Vater hierbleibt, bis du und Evers geklärt haben, was mit ihm geschehen soll, aber bleib wachsam. Es gibt zwei Männer in diesem Haus, die behaupten, dein Bestes zu wollen, und nur einer von ihnen tut das wirklich."

„Du kennst meinen Vater kaum", protestierte ich und hatte das Gefühl, für meine Familie eintreten zu müssen.

„Liebling, ich weiß besser als jeder andere, wie Familie einen durcheinanderbringen kann. Du bist loyal und hast ein großes Herz. Du willst das Gute in den Menschen sehen, die dir wichtig sind. Das ist eine deiner besten Eigenschaften, aber lass dich davon nicht blenden. Sei klug."

Ich stieß einen kurzen Seufzer aus. Ich wollte nicht zugeben, dass sie Recht haben könnte. Es war schwer, das mit meinem eigenen Vater zu akzeptieren.

Ihr Telefon klingelte erneut. Ich versuchte, das Thema

zu wechseln und fragte: „Lässt Clint wegen dem Treffen nicht locker?"

„Ich vertröste ihn", sagte Cynthia und schob das Telefon über den Tisch. „Ich habe versprochen, dass ich mit ihm sprechen werde, und das werde ich auch, aber ich brauche noch ein paar Tage."

„Er nimmt es nicht gut auf?"

Sie schaute wehmütig auf ihr Telefon. „Nicht wirklich."

Es fiel mir nichts anderes ein, als „Es tut mir leid" zu sagen.

Es graute mir vor dem Abendessen, mit meinem Vater, Cynthia, Angie, Viggo, Evers und Griffen an einem Tisch zu sitzen. Es war jedoch nicht so schlimm, wie ich befürchtet hatte. Mein Vater schaffte es, sich zu benehmen, erzählte nur leicht unpassende Geschichten und hielt die Aufmerksamkeit hauptsächlich auf mir, indem er all die peinlichen Erinnerungen aus meiner Kindheit berichtete.

Danke, Papa. Meine Chefin und mein Freund mussten unbedingt davon erfahren, wie ich beim Buchstabierwettbewerb in der zweiten Klasse hinter der Bühne gekotzt hatte.

Nach dem Abendessen verkündigte Cynthia, dass sie sich im Kino einen Film ansehen und früh ins Bett gehen würde. Sie behauptete, sie sei erschöpft vom Training mit Viggo, aber die Art und Weise, wie sie ihr Telefon in der Hand hielt, machte mich misstrauisch.

Sie hatte nur gesagt, Clint habe angerufen. Sie hatte nicht gesagt, ob sie drangegangen war und sie sich unterhalten hatten. Ich schaute zwischen Evers und meinen Vater hin und her. Ich wusste, mit wem ich den Abend verbringen wollte, ich wusste nur nicht, ob ich es konnte.

„Ich will mir dieses Kino mal ansehen", sagte Smokey

und machte mir damit die Entscheidung leicht. Cynthia lächelte ihn an, ein offenes, freundliches Lächeln, das keinen Hinweis auf ihre Vorbehalte gegenüber meinem Vater gab. Cynthia war eine ausgezeichnete Schauspielerin, die beste.

Sie warf mir einen kurzen Blick zu, der mir sagte, dass ich ihr etwas schuldete, hakte ihren Arm durch Smokeys, führte ihn aus dem Esszimmer und meinte: „Warum bestellen wir nicht Popcorn und Snacks und machen einen Filmabend daraus?"

Angie verschwand nach oben und Viggo blieb mit einem verärgerten Gesichtsausdruck zurück. Ich konnte es nachempfinden. Ich wusste nicht, was er mit Cynthia vorhatte, wenn überhaupt, aber ich war mir ziemlich sicher, dass ich wusste, worauf er gehofft hatte.

Smokey war ihm im Weg. Smokey war allen im Weg.

Ich seufzte. Evers tauchte hinter mir auf, schlang seinen Arm um meine Taille, zog mich an sich und legte sein Kinn auf meinen Kopf.

„Bist du sicher, dass ich ihn nicht in den Schutzraum sperren soll?"

„Bin ich ein schrecklicher Mensch, wenn ich sage, dass ich es irgendwie tun will?"

„Nein. Das bist du wirklich nicht. Ein Anruf und..."

„Ich kann meinen Vater nicht in deinem Schutzraum einsperren lassen, Evers", sagte ich, wobei ich die Schärfe in meiner Stimme hörte und es hasste. Evers' Arm legte sich um meine Taille, und er stieß einen kurzen Seufzer aus.

„Lass uns jetzt nicht an deinen Vater denken. Lass uns schwimmen gehen."

Ich drehte mich um und legte meine Arme um seinen Hals. „Schwimmen? Das klingt gut."

„Ich muss mich im Kontrollraum melden, und sicherstellen, dass der Schichtwechsel gut verlaufen ist und alles ruhig ist. Ich treffe dich dort."

Wir gingen gemeinsam den Flur entlang, während er meine Hand hielt. Ich konnte fast so tun, als wäre alles normal. Evers verließ mich an meiner Zimmertür mit einem Kuss und dem Versprechen, gleich wieder da zu sein.

Ich stand vor meiner Kommode und überlegte, was ich anziehen sollte. Ich hatte drei Badeanzüge für meinen Aufenthalt in Rycroft Castle eingepackt. Ich schwamm gern und hatte gewusst, dass der Pool spektakulär sein würde.

Ein Badeanzug war utilitaristisch, ein Racerback, der für Schwimmrunden konzipiert war. Der Pool war fast lang genug, um Bahnen zu schwimmen. Der zweite Badeanzug war ein gestreifter Tankini. Niedlich, aber langweilig. Geeignet, um vor meiner Arbeitgeberin und ihren Mitarbeiter zu schwimmen.

Und der dritte... Der war einer dieser Badeanzüge, den jede Frau schon einmal aus einem Impuls heraus gekauft hatte und sich dann fragte, was zum Teufel sie sich dabei gedacht hatte. Der himbeerrosafarbene Bikini hatte viel weniger Stoff, als jeder andere Bikini, den ich je getragen hatte. Ich hatte ihn bei einem Einkaufsbummel mit Julie nach einem Zwei-Margarita-Lunch im Einkaufszentrum gekauft.

Julie hatte mich dazu überredet und mir gesagt, ich würde damit jeden Kerl am Strand abkriegen. Wir hatten es nie herausgefunden, denn als wir später im Sommer am Strand waren, hatte ich einen Blick auf den Bikini geworfen und ihn in der Schublade weggeschlossen.

Ich hatte nie den Mut gehabt, ihn zu tragen und Rycroft Castle war wahrscheinlich der einzige Ort, an dem ich jemals privat schwimmen gehen würde. Ich hatte keinen eigenen Pool, und eine weitere Gelegenheit würde sich mir möglicherweise nicht bieten. Ich hatte ihn in meine Tasche eingepackt, weil ich gedacht hatte, dass ich ihn vielleicht endlich benutzen würde, um den Kauf zu rechtfertigen.

Ich schnappte mir den Bikini aus der Schublade und befahl mir selbst, aufzuhören. Ich verdrehte meine Haare zu einem Knoten, zog den Bikini an und schnappte mir einen kurzen Bademantel, den ich genau zu diesem Zweck mitgebracht hatte. Ich war nicht schüchtern, aber ich schlenderte auch nicht im Badeanzug durch Schlösser.

Ich drückte die Türen zum Pool auf, um festzustellen, dass das Licht zwar an, aber der Raum leer war. Ich ließ meinen Bademantel auf einen Liegestuhl fallen und steckte einen Zeh ins Wasser. Ich hatte noch keine Gelegenheit gehabt, zwischen dem Chaos beim Organisieren der Party, dem Einbruch und der Verfolgung meines Vaters, schwimmen zu gehen. Ich dachte, es würden ein paar angenehme Monate werden, in denen ich Cynthia verwöhnen sollte, aber dieser Job hatte sich alles andere, als angenehm erwiesen.

Das Wasser im Pool hatte die perfekte Temperatur. Ich watete hinein, schwamm die Länge des Beckens im Brustschwimmen und sah mich um. Wenn ich die Liegestühle und die Küche an der gegenüberliegenden Wand ignorierte, war es nicht schwer, mir vorzustellen, dass ich mich in einem antiken römischen Bad befand.

Der geräumige Raum wurde aus dem gleichen Kalkstein, wie das Äußere des Schlosses gestaltet, der Pool war ein langes, kirschrotes Rechteck, und das Blau des Wassers leuchtete vor all dem cremefarbenen Stein.

Breite, runde Säulen hielten die Decke hoch, die sich zu einer Kuppel über dem Becken wölbte und mit einem Nachthimmel bemalt war. Ich schwebte auf dem Rücken und blickte hinauf in die Sterne, von denen einige mit winzigen LED-Lämpchen beleuchtet waren, die im tiefen mitternächtlichen Himmel funkelten.

Der Pool war mit Salzwasser befüllt, was im Bad einen schwachen, aber frischen Meeresduft verbreitete.

Vergiss den Rest von Rycroft Castle, ich könnte genau hier leben.

Die Tür wurde aufgestoßen. Evers kam herein und trug eine dunkelgrüne Badehose – und sonst nichts. Mein Herz schlug schneller, als ich all die glatte, gebräunte Haut, die dunklen Härchen auf seiner Brust, die Muskeln auf seinem Bauch und die Schwellung seiner Bizepse sah.

Ich wollte aus dem Pool kommen und in eine dieser festen Waden beißen, um mich Zentimeter für Zentimeter an seinem starken Körper hochzuarbeiten, bis er um mehr bettelte.

Er hielt am Rand des Pools an und sagte: „Meine persönliche Meerjungfrau. Wo zum Teufel war dieser Bikini mein ganzes Leben lang?"

„Ganz hinten in meiner Sockenschublade versteckt, weil ich mich nicht getraut habe, ihn zu tragen", gab ich zu.

Evers absolvierte einen perfekten flachen Sprung vom Beckenrand aus, und glitt an der Oberfläche entlang, bis er bei mir ankam.

Ich stand auf, und streckte mich, um eine nasse Haarsträhne aus seinem Gesicht zu streichen, verlor mich jedoch im Funkeln der Wassertropfen auf seinen dichten, dunklen Wimpern, sowie in seinen eisblauen Augen, die das Blau des Pools reflektierten.

Er war so schön, dass es fast unwirklich war. Ich zeichnete seinen Wangenknochen und die üppige Kurve seiner Unterlippe mit einem Daumen nach.

„Hallo", hauchte ich, ein wenig atemlos.

Evers lief mit zwei Fingern an meinem Schlüsselbein

entlang, erreichte die Vertiefung meines Halses und sank geradewegs zwischen meinen Brüsten hinunter, wobei er die Kurven nachzeichnete, die fast aus dem himbeertotem Bikinioberteil herausquollen.

„Gut, dass ich meinen eigenen Pool habe", sagte er, „da könnte ich dich jeden Tag in diesem Bikini sehen, ohne jemanden töten zu wollen."

„Was ist mit den Überwachungskameras?", fragte ich, und erinnerte mich plötzlich daran, dass jeder öffentliche Raum in Rycroft überwacht wurde.

Evers schüttelte den Kopf. „Hier drin ausgeschaltet. Nur für den Moment."

„Oh", war alles, was ich sagen konnte. Dann nahm ich seine Worte wahr.

„Du hast einen Pool?"

Reue überschattete seine Augen. „Ich hätte dich zu mir bringen sollen. Ja, ich habe einen Pool. Ich schwimme gern. Ich denke, mein Haus wird dir gefallen. Es ist kein Rycroft Castle, aber es ist nicht schlecht, und sehr privat." Seine Hand fiel auf die Schale einer Brust. Ich ging näher ran, und fühlte seine Erektion an meinem Oberschenkel. Die Hitze schoss durch meinen Körper.

„Privat?" Ich atmete ein, mein Kopf schwirrte vor all den Dingen, die wir mit Privatsphäre in einem Pool tun konnten.

Evers senkte seinen Kopf und flüsterte in mein Ohr. „Privat", versprach er. „Nicht zu weit weg von hier, zurückgezogen im Wald. Das Haus muss jedoch renoviert werden."

Seine Lippen wanderten meinen Kiefer entlang. Ich neigte meinen Kopf zur Seite, um ihm Zugang zu der Stelle unter meinem Ohr zu verschaffen, von der nur Evers wusste. Sein Mund fand sein Ziel und ließ Schauder über meine Haut laufen, das Streicheln seiner Lippen war fast

unerträglich süß, als er wiederholte: „Das Haus muss renoviert werden, aber der Pool ist fantastisch."

„Klingt gut", hauchte ich.

Er bewegte seinen Mund auf die andere Seite meines
Halses, knabberte, saugte leicht. Ich schmolz in seinen
Armen dahin, während meine Hand über all diese
geschmeidige, warme, wasserglatte Haut streichelte.

„Wenn alles vorbei ist, wenn wir Zeit haben, bringe ich
dich hin. Ich will dich in meinem Pool, in diesem Bikini."
Er schob einen Finger unter einen der schmalen Träger und
schob ihn mir von der Schulter. Mit den Lippen auf
meinem Nacken sagte er: „In dem Bikini und dann in gar
nichts."

„Nacktschwimmen?", fragte ich fasziniert. Ich war
noch nie nackt geschwommen.

Evers lächelte, seine Lippen streichelten meine Haut,
als er bestätigte: „Definitiv Nacktschwimmen."

Er küsste mich, und ich vergaß das Schwimmen. Evers
hatte mich mit ein paar Worten, ein paar Berührungen und
seiner nackten, wasserglatten Haut verführt.

SUMMER

Schwindelig von seinen Küssen, von Phantasien, die in meinem Kopf wirbelten, schob ich meine Hand durch den Hosenbund seiner Badehose und packte seinen Schwanz. Die harte Länge pulsierte in meinem Griff und sein Kuss wurde hungrig.

Meine Hand glitt von ihm, als er mich hochhob und gegen den Beckenrand drängte. Meine Beine schlängelten sich um seine Hüften, als ich meine Ellbogen am Rand abstützte. Mein gewölbter Rücken drückte meine Brüste nach vorne und dehnte den dünnen Stoff meines Oberteils. Evers hob einen Finger, hakte ihn unter die schmale Schnur zwischen den Körbchen ein und befreite mit einem Ruck meine Brüste.

Die kühle Luft strömte gegen meine heiße Haut. Evers' Mund sank auf eine Brustwarze, leckte das Wasser ab, saugte und zog, und verwandelte jedes Fünkchen an Spannung und Vergnügen zu einem straffen, heißen Punkt, dessen Echo in meiner Klitoris pulsierte.

Meine Hüften rollten, ich spürte den Stoff zwischen

uns. Er brauchte nur seine Badehose runter zu schieben, meinen Bikinihöschen zur Seite zu ziehen und...

Ich konnte nicht denken. Meine Finger gruben sich in seine Schultern. Er bewegte sich spielend von einer Brust zur anderen, und kostete. Es fühlte sich so gut an, alles fühlte sich so verdammt gut an. Glühende Hitze breitete sich zwischen meinen Beinen aus. Ich hatte gehört, dass Pool-Sex unbequem sein könnte, aber ich war bereit, es zu versuchen.

Der Gedanke, nur eine Sekunde länger darauf zu warten, Evers in mir zu haben, brachte mich um. Ich drückte meine Mitte gegen seinen Schwanz und versuchte, seine Badehose zu erreichen, damit ich sie nach unten ziehen und ihn befreien konnte.

Er musste die Botschaft verstanden haben.

Ohne seinen Mund von meiner Brust zu nehmen, schob er seine Badehose gerade weit genug nach unten, riss meinen Bikini zur Seite und stieß den Kopf seines Schwanzes gegen meine Muschi, schob und drückte, vergewisserte sich, dass ich bereit war, bevor er selbst nach Hause kam.

Er stieß einmal kräftig zu, schob mich zurück, bis meine Ellbogen am Beckenrand kratzten. Bei meinem schnellen Aufatmen hielt Evers an.

Als er den Kopf hob, lichtete sich der Nebel der Lust in seinen Augen und er murmelte: „Verdammt."

„Es geht mir gut, hör nicht auf."

Zu meiner großen Enttäuschung, zog sich Evers zurück und schob seine Badehose und meinen Badeanzug wieder an ihre Plätze.

Ich konnte den enttäuschten Ausdruck auf meinem Gesicht spüren. Ich würde gerne ein paar Kratzer einstecken, wenn das bedeuten würde, dass Evers nie aufhören würde, mich zu lieben.

„Du siehst aus, als hätte dir jemand gerade dein Lieblingsspielzeug weggenommen", sagte er, bevor er an meiner Unterlippe knabberte. Ich brauchte mein Gesicht nicht sehen, um zu wissen, dass ich schmollte. Ich *fühlte* es. „Jemand hat mir mein Lieblingsspielzeug weggenommen."

„Ich habe kurz den Kopf verloren, aber die Türen sind nicht verschlossen."

Wie konnte ich das nur vergessen haben?

Die Türen zum Heilbad hatten keine Schlösser, wahrscheinlich aus Sicherheitsgründen. Abgesehen davon, dass man den Pool-Skimmer durch die Griffe schieben konnte, gab es keine Möglichkeit, sie geschlossen zu halten.

Mist, das versetzte meinen Plänen einen Strich durch die Rechnung.

Aber ich irrte mich.

Evers nahm mich in seine Arme und schob sich durch das Wasser, bis wir die Treppe erreichten. Sobald wir aus dem Wasser waren, ging er direkt zur Umkleidekabine.

So ein kluger Mann. Die Umkleideräume hatten Schlösser.

Schlösser und einen schön gepolsterten Diwan. Warum jemand eine Couch in ein glorifiziertes Badezimmer stellen würde, war mir unbegreiflich, aber ich wollte mich nicht beschweren. Irgendwo zwischen dem Drehen des Schlosses und dem Absetzen auf dem Diwan, verlor Evers seine Badehose. Ich griff nach meiner Bikinihose, als er sie mir an den Beinen herunterzog und auf den Boden warf.

Einen Herzschlag später, war er wieder in mir, und ich war vollständig. Nichts in meinem Leben hatte sich jemals so gut angefühlt, wie Evers in mir zu haben. Sein langer, starker Körper auf meinem. Um mich herum. *Ein Teil von mir.*

Es kam mir vor, als ob dieser Morgen im Honeymoon

Chalet eine Million Jahre her war. Mein Körper sehnte sich verzweifelt nach seinem. Evers presste sich in mich, meine Brüste drückten gegen ihn, und das Kratzen seiner Brusthaare schickte ein Feuerwerk durch meinen Körper, das das Feuer zwischen meinen Beinen noch mehr anheizte, bis mein Kopf sich drehte.

Ich umklammerte Evers, meine Finger um seine Bizepse geschlungen, meinen Mund an seinem Hals, küsste, saugte, musste ihn schmecken, ihn überall spüren.

Es gab so vieles, dessen ich mir nicht sicher war, so vieles an ihm, was mir eine Höllenangst einjagte, aber nicht das. Mein Herz schwankte. Ich hatte Angst, ihm zu vertrauen, aber mein Körper hatte keine solche Vorbehalte. Meine grundlegendsten Instinkte riefen mir zu, Evers gehöre mir.

Ich biss ihm in den Hals, als ich kam, scharfkantige Glückseligkeit erschütterte mich, und ein heftiger Aufschrei kam aus meiner Brust, als meine Oberschenkel sich zitternd und eng um ihn pressten. Es war einfach zu viel.

Vergnügen, Liebe, Verlangen. Ein Verlangen, das ich nicht kontrollieren konnte. Ich begrüßte und fürchtete es, hielt mich an allem fest, was ich wollte. Meine Stirn war an Evers' feuchte Haut gepresst, mein Körper pulsierte um ihn herum.

Evers' Arme schlossen sich um mich, seine Hüften bewegten sich in engen, schnellen Stößen.

Er hauchte meinen Namen, als er kam.

Wir bewegten uns nicht und rangen nach Luft. Schließlich sagte er: „Du zitterst", und mir wurde klar, dass ich es tat.

Ich fror nicht. Wie konnte mir kalt sein, wenn Evers auf mir lag?

Nein, mein Körper zitterte mit einem feinen Zittern,

das ich nicht verstand. Mein Herz war zu voll, fühlte zu viel. Ich wollte mein Gesicht an seinem Hals vergraben und weinen. Es war so richtig, so gut, und ich wollte ihn so sehr.

Ich wusste nicht, was ich sagen sollte, aber ich wusste, was ich sagen wollte.

„Ich…"

Die Worte saßen fest. In meinem Kopf sprach ich sie laut und deutlich aus.

Ich liebe dich.

Ich liebe dich so sehr.

Meine Lippen und meine Stimme konnten sie nicht formen, konnten ihnen keine Substanz geben. Ich drückte meinen Mund an seinen und versuchte, all meinen Unsicherheiten zu entgehen. Ich versuchte, ihm zu zeigen, was ich nicht sagen konnte, ihm das zu geben, was in meinem Herzen war, auf dem einzigen Weg, der mir möglich war.

Er küsste mich zurück, drehte sich auf die Seite und nahm mich mit. Er schlang seine Beine um meine, als hätten wir alle Zeit der Welt.

Schließlich standen wir auf und benutzten die Dusche. Mit Seife in den Händen, wusch ich Evers' Rücken und erforschte gründlich jede Kurve seines erstaunlichen Hinterns. Es dauerte nicht lange, bis ich mich mit gespreizten Beinen an die weiße Wand gepresst wiederfand und mich festhielt, als Evers mich zu einem weiteren, blendenden Orgasmus führte.

Meine Beine waren wackelig, als er mich wieder absetzte. Er flüsterte mir ins Ohr: „Wenn wir mein Haus renovieren, bauen wir eine Dusche neben dem Pool. Eine große."

„Ich bin dafür", stimmte ich zu. Ich war ohne Knochen, jedes Gelenk flüssig, als ich meinen nassen Bikini wieder anzog und in mein Bademantel schlüpfte.

Evers musste sich noch einmal im Kontrollraum melden, und ich musste mir die Haare kämmen, sonst würde ich morgens mit einem Vogelnest auf dem Kopf aufwachen.

„Ich begleite dich zum Kontrollraum." Ich fädelte meine Finger durch seine und schlenderte mit einem verschlafenen, selbstgefälligen Lächeln durch den Flur.

Wir kamen an einem der Lagerschränke vorbei, als ich einen vertrauten Geruch wahrnahm und abrupt zum Stehen kam.

Ich war nicht die Einzige, Evers hatte es auch gerochen.

In einem Anfall von Wut, riss ich die Tür zum Schrank auf und fand meinen Vater mit einem angezündeten Joint in der Hand.

„Willst du mich verarschen?" Ich stützte meine Hände auf meine Hüften und starrte ihn an. Mein Vater blickte mit einem leicht verwirrten, völlig reuelosen Blick zurück.

Natürlich war es ihm egal, dass er im Haus meiner Chefin kiffte. Sich um jemand anderen zu sorgen, wäre ihm unbegreiflich.

„Wo zum Teufel hast du das her?", fragte ich.

„Entspann dich, Baby-Girl. Es ist nur ein Joint. Ich hatte ihn in meiner Tasche. Sei nicht so verklemmt."

„Ich bin nicht verklemmt!" Meine Stimme erhob sich zu einem Kreischen. Nicht nur der Sicherheitsdienst war am Ende des Saals, das Theater befand sich ebenfalls dort. Ich wollte nicht, dass Cynthia kam, um nachzusehen, was los war. Nach Fassung ringend, sagte ich: „Das kannst du hier nicht rauchen."

Evers streckte die Hand aus und riss Smokey den Joint aus der Hand. Er drückte ihn auf dem Betonboden des Lagerschrankes aus. „Ich bin gleich wieder da."

Er verschwand mit dem Rest des Joints den Flur hinunter, in Richtung Heilbad.

Smokey lehnte sich aus dem Schrank und beobachtete ihn mit einer Sehnsucht, die er, wie ich vermute, noch nie in seinem Leben gegenüber einem Menschen zum Ausdruck gebracht hatte. Seine Wirbelsäule erschlaffte, und er starrte verzweifelt auf seine Füße.

„Er hätte es nicht tun müssen", murmelte er.

„Er musste es", zischte ich und beugte mich vor. „Ich habe es dir bereits gesagt. Du darfst in diesem Haus keine Drogen nehmen. Das ist Cynthias Haus. Wenn jemand herausfindet..."

„All diese Hollywood-Leute nehmen Drogen. Sie hat wahrscheinlich oben in ihrem Zimmer ein Versteck." Bei diesem Gedanken leuchteten seine Augen auf.

„Oh, nein. Auf keinen Fall. Vielleicht sind andere Leute so, aber Cynthia nicht. Sie nimmt keine Drogen. Sie nimmt keine Medikamente, die nicht verschrieben sind, und sie trinkt selten. Es sei denn, es ist Champagner", korrigierte ich. Cynthia liebte ihren Champagner. „Das ist ihr Zuhause. Sie hat dich freundlicherweise eingeladen, ein paar Tage zu bleiben. Deine andere Option ist der Schutzraum von Sinclair Security, und ich glaube nicht, dass du dort sein willst."

„Ich kann nicht glauben, dass du zulassen würdest, dass sie mich einsperren. Du weißt, was sie mit mir machen würden, wenn sie mich da drin haben. Maxwell hat mir von seinen Jungs erzählt. Sie sind alle Ex-Militär, harte Kerle. Willst du wirklich zulassen, dass dein Freund deinem Papa wehtut?"

Ich starrte Smokey sprachlos an. Ich hatte ehrlich gesagt nicht darüber nachgedacht, was die Sinclairs mit Smokey machen würden, wenn sie ihn unter ihrer Kontrolle hätten. Er hatte Informationen, die sie brauchten, und er redete nicht. Sorge schlich sich bei mir ein.

Mein Vater machte mich so wütend, dass ich dachte, mein Kopf würde explodieren.

Pot rauchen in Cynthias Haus? Wie konnte er so unhöflich sein? Wie konnte er meine Arbeit auf diese Weise gefährden?

Und warum wollte ich ihn beschützen? Warum fühlte ich mich für ihn verantwortlich? Wann hatte *er* mich jemals beschützt?

Evers kam mit einem nassen Papiertuch zurück. Er drückte es Smokey in die Hand und zeigte auf den dunklen Schmierfleck auf dem Betonboden, auf dem er den Joint ausgedrückt hatte.

„Räumen Sie es auf." Als Smokey anscheinend widersprechen wollte, sagte Evers nur: „Jetzt."

Smokey ging in die Knie und begann zu schrubben.

Ich konnte Evers nicht anschauen. Mein Bauch war eng, krank vor Demütigung.

Es gab nichts, was ich sagen konnte, um das Verhalten meines Vaters zu entschuldigen. Nichts, was ich sagen konnte, das es in Ordnung bringen würde.

Wir sahen meinem Vater zu, wie er in steifem Schweigen den Boden reinigte. Als er die Beweise weggewischt hatte, stand er auf. Eine Hand hielt das Papiertuch, während er die andere in seiner Gesäßtasche hatte. Mit dem Kinn hochgezogen, sah er eher wie ein rebellischer Teenager, als wie ein betagter Erwachsener aus.

Unter Vortäuschung von Tapferkeit, oder vielleicht war er wirklich so dumm, versuchte er sich an Evers vorbei zu schleichen und sagte: „Wir können den Film genauso gut zu Ende sehen."

Evers' Hand schloss sich über seiner Schulter in einem so festen Griff, dass Smokey und ich gleichzeitig zuckten.

„Sie gehen auf Ihr Zimmer. Ich postiere eine Wache an

der Tür. Sie kommen bis zum Frühstück nicht mehr heraus."

Ich hatte seine Stimme noch nie so hart erlebt. So kalt.

„Was, wenn ich Hunger bekomme? Oder Durst?" Smokey wimmerte, als er von Evers halb geführt, halb durch den Flur geschleppt wurde. Evers' Hand war immer noch an der Schulter meines Vaters und ich lief hinter ihnen her.

Angewidert von meinem Vater sagte er: „Trinken Sie aus dem Hahn. Sie bekommen Essen zum Frühstück."

Der Gang zu unseren Zimmern war endlos. Smokeys vorübergehendes Quartier befand sich am Ende der Halle, neben Angie und gegenüber von Viggo. Evers schob ihn in den Raum und folgte ihm. Über seine Schulter sagte er zu mir: „Geh in dein Zimmer. Ich bleibe an seiner Tür, bis jemand kommt."

Ich nickte und ging blind den Flur hinunter zu meinem eigenen Zimmer. Ich musste mein Haar auskämmen und trocknen, meinen Badeanzug ausspülen und mein Gesicht waschen. Ich tat das alles rein mechanisch.

Im Dunkeln legte ich meinen Kopf auf mein Kissen, zum Schlafen viel zu aufgeregt, von den Ereignissen aufgewühlt. Einen Moment lang war ich noch selig glücklich, verrückt vor Freude. Einen Wimpernschlag später ertrank ich in Demütigung, Reue und Angst, die mir das Herz gefrieren ließen und mir den Magen umdrehten.

Evers im Pool, in der Garderobe, im Flitterwochenhaus – der Evers, den ich liebte, dem ich vertraute. Für diesen Evers würde ich alles tun.

Evers, der meinen Vater in seinem Zimmer eingeschlossen hatte?

Ich liebte ihn auch, aber ich vertraute ihm nicht. Mein Vater hatte Recht. Evers hatte seine eigenen Beweggründe.

Das konnte ich ihm nicht verübeln. Er musste sich um seine Familie kümmern. Genau wie ich.

Mein Vater war unverantwortlich und gedankenlos, aber er gehörte mir. Er war sechsundzwanzig Jahre lang mein Vater gewesen. Evers war seit zwei Jahren in meinem Leben, und mehr als die Hälfte davon, hatte er mich angelogen. Und mich benutzt.

Wie konnte ich ihn vor meinen eigenen Vater stellen?

Mein Vater hatte sich nie besonders um mich gekümmert. Evers auch nicht. Wenigstens hatte mein Vater nie vor, mich für seine eigenen Zwecke zu benutzen.

Mein Hirn und mein Herz waren uneins, als ich in einen unruhigen Schlaf fiel. Meine Träume blitzten auf, als wäre ich gejagt worden. Vom Wandern in der Dunkelheit, verloren und allein.

Irgendwann wachte ich auf und fühlte Evers neben mir liegen, mit seiner Brust an meinen Rücken gepresst, seinem Arm um meine Taille geschlungen, und seiner Hand auf meiner Brust. Ich schlief wieder ein, eingehüllt in ein Gefühl von Sicherheit, aber ich wusste, dass diese Sicherheit nur eine Illusion war.

28

EVERS

M ein Telefon klingelte, was mich aus dem Schlaf riss. Meine Augen öffneten sich und mein Gehirn klickte online.

Axels Klingelton.

Ich nahm mein Telefon vom Nachttisch.

4:12 Uhr morgens.

„Was ist passiert?"

„Versuchter Einbruch in Mutters Wohnung, durch ihr Schlafzimmerfenster."

Mein Bauch verkrampfte sich. „Geht es ihr gut?"

„Ja, sie hat versucht aus dem Bett zu steigen und sich verfangen. Ihr Knöchel ist verstaucht. Der Eindringling löste den Alarm aus und sprang ab, aber er schaffte es, das Fenster zu öffnen. Wenn er gewollt hätte, hätte er schießen können."

„Habt ihr ihn erwischt?"

„Nein", antwortete Axel und klang verärgert und resigniert. „Ich dachte, sie hätte sich den Fuß gebrochen, und ich wollte sie nicht allein lassen, um ihm nachzulaufen."

„Verdammt." Neben mir rührte sich Summer, drehte

sich um und sah mich fragend an. Ich streckte die Hand aus und fuhr mit dem Daumen über ihre Handknöchel. „Hast du schon mit Cooper gesprochen?"

„Vor einer Minute. Mutter und ich machen uns auf den Weg nach Vegas, sobald ich ihren Knöchel untersuchen lasse."

„Ich dachte, du hast gesagt, es sei eine Verstauchung."

Axel seufzte, und für einen Moment war ich dankbar, dass ich in Atlanta war, im Bett mit Summer, während er mit unserer Mutter in Florida festsaß.

„Es *ist* eine Verstauchung. Hätte sie vor dem Schlafengehen nicht einen übergroßen Gin Tonic getrunken, wäre sie gar nicht erst gestürzt. Sie besteht darauf, dass sie ihren eigenen Arzt aufsucht. Tatsächlich weigert sie sich, aus der Wohnung auszuziehen."

„Was wirst du tun?" Ich war mir nicht sicher, ob ich es wissen wollte.

„Ich bringe sie zum Arzt und fahre sie dann direkt zum Flughafen. Ich werde sie ins verdammte Flugzeug tragen, wenn es sein muss."

„Verdammt", sagte ich noch einmal, hin- und hergerissen zwischen den Schuldgefühlen, dass Axel und Emma mit unserer Mutter eingespannt waren, und der aufsteigenden Wut, dass Tsepov so direkt auf sie losgegangen war.

Ich konnte das geistige Bild nicht abschütteln, wie sie in der Nacht aufwachte, und verängstigt mit ihren Decken kämpfte, während einer von Tsepovs Schlägern eine Waffe auf ihren Kopf richtete. Unser verdammter Vater hatte eine Menge zu verantworten.

Axel unterbrach meine Gedanken. „Cooper hat gesagt, dass du Smokey Winters gefunden hast."

„Gestern", bestätigte ich.

„Er redet nicht?"

„Noch nicht. Behauptet, er weiß nichts."

„Das ist Schwachsinn", stieß Axel hervor, die Sorge brodelte unter seiner Wut.

Ich war auch verdammt sauer. Wir wussten, dass Smokey Informationen hatte, die helfen würden, uns Tsepov vom Hals zu schaffen, und er saß herum, schnorrte bei Cynthia und Summer, scherte sich nur um sich selbst und blies den Rest von uns in den Wind.

„Bring ihn verdammt noch mal zum Reden", forderte Axel.

Summer versteifte sich, und ich wusste, dass sie es gehört hatte.

Ich schaute sie nicht an.

Ich konnte es nicht.

Ich wusste, was ich in ihren Augen sehen würde. Besorgnis. Misstrauen. Furcht.

Sie wollte auf ihren Vater aufpassen. Sie wollte, dass wir sanft mit ihm umgingen, aber mit *sanft* war Schluss.

Ich dachte wieder an meine Mutter – alleine im Bett, als ein Fremder durch ihr Fenster kam. Wir hatten es auf Summers Art versucht. Jetzt war ich an der Reihe.

Axel lenkte meine Aufmerksamkeit wieder auf unser Gespräch. „Cooper will dich und Smokey im Büro sehen. Und zwar sofort. Er wollte anrufen, aber ich hab ihm gesagt, ich würde die Nachricht weiterleiten."

„Verstanden", sagte ich. „Wir rufen dich zurück, wenn wir fertig sind. Grüß Mutter von mir, okay? Sag ihr, dass wir das in Ordnung bringen werden."

„Ja, das werde ich, und du wirst es verdammt nochmal auch." Axel beendete den Anruf.

„Geht es deiner Mutter gut?", fragte Summer. Ich rollte aus dem Bett und sah an ihr vorbei, unfähig, den Vorwurf zu ertragen, den ich in ihren Augen sehen würde, wenn ich ihr sagte, was passieren würde.

„Im Moment schon. Jemand hat versucht, in ihre Wohnung zu gelangen. Sie ist ein wenig angeschlagen und hat Angst. Ich gehe mit deinem Vater zu Cooper."

„Wozu?", fragte sie mit angsterfüllter Stimme. Sie brauchte meine Antwort nicht – sie wusste es bereits.

„Zur Befragung", sagte ich, kurzangebunden. „Wir haben keine Zeit für seinen Blödsinn, Summer. Es wäre anders, wenn sie hinter mir oder meinen Brüdern her wären, aber meine Mutter hat etwas Besseres verdient. Er wird verdammt noch mal reden, ob er will, oder nicht."

Ich war durch die Tür, bevor sie antworten konnte, und ging zu mir, um mich anzuziehen. Dann ging ich zu Smokeys Zimmer, schwang die Tür weit auf, damit der Raum vom Flur hell erleuchtet wurde.

Smokey schlief so tief, dass ich ihn in eine sitzende Position ziehen musste, bevor sich seine Augen öffneten. „Was zum Teufel? Was geht hier vor?"

„Beweg deinen Arsch aus dem Bett. Du kommst mit mir." Ich zog ihn auf seine Füße und schob ihn in Richtung seiner Kommode.

„Hey, Mann, Hände weg. Du kannst mich nicht zwingen..."

Ich ließ Smokeys Arm los und trat zurück, zog meine Waffe aus dem Holster an meinem Rücken und richtete sie auf Smokey.

„Ich kann tun, was immer ich verdammt noch mal will. Steh auf und zieh deine Sachen an."

Smokey wurde blass, als er die Waffe in meiner Hand sah. Er war ein Wiesel, aber er wusste, dass ich keins war. Ich hatte früh gelernt – ziehe nie eine Waffe, die du nicht zu benutzen bereit bist.

Smokey sah die Entschlossenheit in meinen Augen. Er bewegte sich schneller, als ich ihn je gesehen hatte, zog

Jeans und ein T-Shirt an und schob seine Füße in ein Paar abgetragene Flip-Flops.

„Mit dem Gesicht zur Wand und Hände hoch."

Er gehorchte. Ich steckte meine Waffe ein und zog ein Paar Handschellen aus meiner Tasche. Ich legte ihm die Handschellen an und schob ihn in die Halle, wo wir fast mit Summer zusammenstießen, die vor Smokeys Tür herumlief, ihr Haar zu einem lockeren Pferdeschwanz gebunden, und sie trug das leuchtend gelbe Sonnenkleid, das sie gestern Abend zugunsten dieses pinken Bikinis abgelegt hatte.

Ich konnte nicht an Summer in diesem Bikini denken, nicht jetzt. Nicht, wenn ich mich um meine Familie kümmern musste.

„Ich komme mit", kündigte sie an und Bestürzung verdunkelte ihre Augen beim Anblick ihres Vaters, dessen Hände hinter dem Rücken gefesselt waren.

„Summer", sagte Smokey und spürte seine Chance, „Baby-Girl, sag ihm, er soll mich gehen lassen. Ruf die Polizei oder so etwas. Das kann er nicht tun. Das ist gegen das Gesetz..."

„Halt die Klappe, Paps", sagte sie und blickte ihren Vater an. Zu mir meinte sie wieder: „Ich komme mit. Ich lasse nicht zu, dass du mir meinen Vater wegnimmst. Ich komme mit euch."

„Summer-", fing ich an, aber sie schnitt mir das Wort ab.

„Ich komme mit, oder ich zeige dich wegen Entführung an. Du kannst ihn nicht einfach einsperren, bis er euch sagt, was ihr wissen wollen."

Genau das konnte ich tun. Und ich würde es tun. Wenn ich müsste, würde ich auch Summer davon abhalten, die Polizei zu rufen. Ich hoffte, es würde nicht dazu kommen.

„Summer", versuchte ich es noch einmal. Ich riskierte

einen Blick in ihr Gesicht und wusste, dass sie nicht nach-geben würde. Ich konnte sie genauso gut mitkommen lassen. Dann wüsste ich wenigstens, wo sie wäre. „Gut, aber bleib uns aus dem Weg."

Summer ging neben uns her, blickte ihren Vater an und weigerte sich, mich anzuschauen.

Ich hatte wieder Mist gebaut. Ich wusste es, aber ich konnte mich nicht stoppen.

Ich war fertig damit, den Babysitter für ihren Vater zu spielen. Vielleicht wollte sie sich selbst über ihren lieben alten Vater belügen, aber ich musste mich der Realität stellen.

Smokey Winters war ein Verbrecher, einer der unser Mitleid nicht verdiente.

Er hatte Informationen, die wir brauchten, und er würde sie uns geben.

Das war die Realität. Alles andere machte sich Summer nur selbst vor.

Ich würde es später mit ihr klären. Ich musste glauben, dass ich das konnte.

Vorerst hatten Cooper und ich nur eine Aufgabe: Smokey Winters zum Reden zu bringen.

Cooper wartete im Schutzraum, als wir dort ankamen. Lucas Jackson war bei ihm. Ich wusste, was Cooper vorhatte, sobald ich Lucas erblickte.

Folter war nicht unser Vorgehen, wenn es um die Gewinnung von Informationen ging, aber Smokey Winters wusste das nicht.

Lucas Jackson war ein guter Kerl. Wenn es um seine Frau ging, war er weich wie ein Marshmallow. Mit 1,98m Körpergröße und Schultern so breit wie ein Scheunentor war er eine einschüchternde Erscheinung. Er sah aus wie ein Schläger, hatte einige Zeit Undercover in einem Biker-

Club verbracht, aber im Grunde zog Lucas den Frieden dem Krieg vor.

Wir hatten ihn darauf gebracht, weil wir wussten, dass seine militärischen und zivilen Akten Lücken aufwiesen. Viele weiße Flecken. Er hatte Dinge getan, über die er nicht gerne sprach, und er arbeitete mit uns zusammen, weil wir ihn nur selten baten, die dunklen Seiten seiner Fähigkeiten zu zeigen.

Er leitete unsere Abteilung für Computerexperten. Wenn man es nicht besser wüsste, würde man nie vermuten, dass Lucas vor einer Tastatur am glücklichsten war. Er sah aus, wie das komplette Gegenteil eines Computerfreaks, was nur bewies, dass der Schein trog.

Smokey warf einen Blick auf Lucas und seine Augen blitzten vor Angst auf.

Gut, vielleicht würde ein wenig Angst seine Zunge lockern.

In der Mitte des Schutzraums stand ein Tisch, auf beiden Seiten ein Stuhl. Ich schob Smokey auf einen der Stühle zu.

„Setzen."

Cooper übernahm den anderen Sitz und Lucas stellte sich hinter ihn, die Arme über der Brust verschränkt, seine grünen Augen flach, gefährlich und auf Smokey gerichtet.

Smokey wand sich. Summer kam nach vorne, bewegte sich in Richtung ihres Vaters. Ich schloss meine Hand um ihren Ellbogen und zog sie nach hinten.

„Halt dich da raus."

Smokey warf ihr einen flehenden Blick zu, aber sie blieb, wo sie war. Ihre Ruhe würde nicht von Dauer sein.

Sie hatte nachgedacht und versucht, einen Ausweg für ihren Vater zu finden. Es gab keinen. Das war kein Spiel, nicht, wenn es um das Leben meiner Mutter ging. Smokey würde den Raum nicht verlassen, bis er uns sagte, was wir wissen wollten.

Wenn es auf dem Weg dorthin hässlich wurde, mussten wir alle damit leben.

„Wie lange haben Sie mit meinem Vater gearbeitet?", begann Cooper mit der einfachsten Frage.

Ich konnte sehen, wie sich die Zahnräder in Smokeys Kopf drehten. Ich sah, wie er über eine klugscheißerische Antwort nachdachte. Seine Augen, so wie die von Summer, schnippten zu Lucas. Er nahm Coopers Entschlossenheit und seine schweigsame Tochter neben mir auf, und beschloss, eine Kleinigkeit preis zu geben, bevor sie ihm mit Gewalt entrissen wurde.

„Ab und zu seit 2003."

„Was ist in 2003 passiert? Warum damals?", fragte Cooper.

Smokey warf einen Blick auf Summer. „Du brauchst nicht hier zu sein, Mädchen. Lass dich von deinem Mann nach Hause bringen."

Summer wurde steif. „Was ist in 2003 passiert, Dad?", fragte sie, der Verdacht in ihrer Stimme sagte mir, dass sie wusste, dass ihr seine Antwort nicht gefallen würde.

Smokey war ein meist abwesender Vater, aber er kannte seine Tochter gut genug, um zu wissen, wann sie sich stur stellte. Er hielt den Atem an, bevor er nach einem langen Seufzer, eine Flut von Worten von sich gab.

„Hugh starb. Ich rief an, wollte meine Cousins zweiten Grades besuchen, oder was auch immer sie sind. Ich wollte die Kinder sehen."

„Sobald die Cousins ersten Grades tot waren", unterstellte Cooper.

„Wie auch immer. Hugh und James waren weg, ich wollte sehen..."

Es traf uns alle zur gleichen Zeit. Summer machte ein

Geräusch irgendwo zwischen einem Keuchen und einem Wimmern. „Du wolltest doch sehen, ob du Geld aus ihnen herausbekommen kannst, nicht wahr?", fragte sie, ihre Stimme rau vor Schmerz. „Deshalb hast du sie angerufen."

„Nein, ich wollte sehen, ob sie in Ordnung sind. Das war alles, aber..."

„Natürlich waren sie nicht in Ordnung." Cooper blickte Smokey mit Abscheu an, sein Ausdruck spiegelte die Gefühle von Summer und mir wider.

„Ich habe nie mit einem von ihnen gesprochen", sagte Smokey defensiv. „Davis nahm den Hörer ab. Er lud mich ein, sie zu treffen, aber als ich dort ankam, war es nicht die Familie. Es war nur Davis. Er sagte mir, er wisse, wer ich sei, und er wolle, dass ich mich von den Kindern fernhalte. Er, äh, er..."

„Er bot Ihnen Geld an, wenn Sie versprechen, sich von den Winters-Kindern fernzuhalten", beendete ich für ihn.

29

EVERS

„Papa…", sagte Summer, aber die Worte blieben ihr im Hals stecken, sie schlang die Arme um die Brust und umarmte sich selbst.

Ohne nachzudenken, griff ich nach ihr. Sie sah so verloren aus, verraten und am Boden zerstört, als sie ihren Vater, wie einen Fremden, anstarrte.

Bei meiner Berührung zuckte sie zusammen und trat außer Reichweite. Mein Bauch wurde zu Eis, als ich ihr in die Augen sah.

Es war nicht nur ihr Vater. Sie sah mich an, als hätte sie mich noch nie zuvor gesehen. Als ob ich ein Feind wäre.

„Hast du mir deshalb gesagt, dass ich sie nie kontaktieren soll?", forderte sie von Smokey. „Du hast Familie gegen Geld eingetauscht?"

„Sie sind nicht deine Familie, Summer", widersprach Smokey, „und es war eine Menge Geld."

„Sie sind meine Familie, und wir hätten für sie da sein können. Du bist offensichtlich nutzlos, aber Mama und ich, wir hätten da sein können, als sie uns brauchten. Du hast unsere Familie umsonst aufgegeben."

Smokey zuckte auf seinem Stuhl zusammen und versuchte aufzustehen, aber er kam mit gefesselten Händen aus dem Gleichgewicht. Seine Oberschenkel trafen die Unterseite des Tisches, und er fiel zurück in den Stuhl und blieb, wo er war.

Er sah seine Tochter mit verzweifelter Wut an. „Nicht umsonst. Ich habe dir ein Dach über dem Kopf gegeben-"

„Mama hat mir ein Dach über dem Kopf gegeben. Mama hat sich den Arsch aufgerissen. Für uns. Für mich. Du bist nur von Job zu Job geschlendert, hast vergessen, Lebensmittel einzukaufen oder mich von der Schule abzuholen. Was hast du für William Davis und Maxwell Sinclair getan? Was weißt du über Maxwell Sinclair? Darüber, was diese Russen wollen?"

Smokey schüttelte den Kopf. „Du verstehst nicht, Mädchen. Ich war nichts weiter, als ein Laufbursche für sie. Sie gaben mir eine Aufgabe, und ich tat, was man mir sagte."

„Und was hat man Ihnen gesagt, was Sie tun sollen?", fragte Cooper gleichmäßig und hielt eiserne Kontrolle über sein Temperament.

Smokey rutschte auf seinem Stuhl und zuckte mit der Schulter. „Hauptsächlich fahren."

„Was fahren? Wohin?", forderte Cooper, seine Kontrolle würde nicht mehr lange halten. Ein Finger klopfte in einem gleichmäßigen Rhythmus auf die Tischoberfläche. Das war sein Zeichen, ein Hinweis auf die Wut, die sich in ihm aufbaute.

Dies würde sich schnell ändern, wenn Smokey nicht anfangen würde zu reden. Summer stand außer Reichweite, Tränen schimmerten in ihren Augen, als hätte sie ihren Welpen und ihren besten Freund verloren, und mit einem Schlag die Wahrheit über den Weihnachtsmann herausgefunden.

„Die Hälfte der Zeit wusste ich es gar nicht", sagte Smokey. „Ich habe Ware transportiert. Ich wurde bezahlt. Das war alles."

Zähneknirschend fragte Cooper: „Welche Ware?"

Niemand in diesem Raum wollte die Antwort wirklich wissen. Alles, was Smokey sagte, würde nur tiefere Ebenen des Schmutzgeschäftes unseres und Summers Vater enthüllen.

Wenn meine Mutter und Tsepovs Drohungen nicht gewesen wären, hätte ich Smokey aus der Tür gestoßen und meine Hände rein gewaschen. Von allem.

Mein Vater könnte tot sein. Wahrscheinlich war er noch am Leben. So oder so, im Moment war es mir scheißegal. Er hatte genug Ärger gemacht, genug Herzen gebrochen, genug Leben zerstört.

Wenn meine Mutter und Tsepov nicht gewesen wären, wäre ich damit fertig gewesen, aber ich konnte nicht weggehen. Keiner von uns konnte es – wir brauchten Antworten.

Coopers Finger tippte schneller auf den Tisch.

„Welche Ware?", wiederholte Cooper.

Sich unbehaglich windend, sagte Smokey: „Hauptsächlich Drogen, okay? Gelegentlich, manchmal auch Waffen. So was in der Art. Und äh... manchmal waren es... Ich fuhr den Van und, äh..."

„Frauen oder Kinder", schloss Lucas mit einer leisen, tödlichen Stimme.

Das Blut wich aus Smokeys Gesicht. Seine Augen richteten sich auf Lucas und er nickte langsam. „Manchmal war es so." Summer gab ein verzweifeltes Wimmern von sich.

Ich konnte mich nicht zurückhalten. Ich durchquerte den Raum und zog sie in meine Arme. Sie ließ mich, ihren

Kopf an meine Brust gelehnt, als ihre Tränen mein Hemd durchnässten.

Ich konnte es. Ihre Last tragen, sie halten, sie trösten – ich konnte alles tun, solange sie mich ließ. Solange sie nicht diese Distanz in ihren Augen hatte. Solange sie mich nicht zum Feind machte.

Niemand sprach, das Geräusch von Summers rauem Atem erfüllte den Raum. Smokey warf einen Blick auf sie, halb entschuldigend und halb verachtend.

Cooper drängte härter. „Was will Tsepov von uns? Was hat mein Vater genommen?"

„Ich weiß nicht, Mann. Ich habe nicht die leiseste Ahnung. Bis vor einer Woche wusste ich nicht einmal, dass Davis tot ist. Ich sage dir, ich war nur ein Fahrer."

Cooper warf einen Blick auf Lucas. Lucas nickte.

Als er den Tisch umrundete, stellte er sich hinter Smokey und beugte sich vor, um die Handschellen zu öffnen. Smokey hatte kaum eine Chance, „Was-" zu sagen, bevor Lucas eine Hand frei hatte und die andere an die Seite des Metallstuhls gefesselt hatte.

Lucas griff Smokeys freie Hand und knallte sie auf den Edelstahltisch. Smokey riss an seinem Arm und versuchte, sich zu befreien, aber seine Hand rührte sich unter Lucas' Griff nicht.

Mit einer Hüfte an den Tisch gelehnt, zog Lucas ein glänzendes, stählernes Schmetterlingsmesser aus seiner Tasche. Er sagte kein Wort, sah Smokey nicht einmal an, klappte das Messer nur auf und schnippte die Klinge in einem hypnotisierenden Muster hin und her.

Rein. Raus. Das Metall klickte und glitt im Kreis, die scharfe Klinge blinkte im grellen Oberlicht.

Smokey begann zu zittern, dann begann er zu betteln.

„Ich weiß gar nichts. Das schwöre ich. Ich schwöre es. Ich schwöre. Ich weiß von nichts. Bitte, sieh mich an,

Mann, sieh mich an. Ich bin ein Kiffer, Mann, ich bin ein Wrack. Glaubst du, die vertrauen mir was Wichtiges an?"

Lucas' Hand zog sich fester um Smokeys Handgelenk. Smokeys Worte kamen schneller. „Ich tat, was mir gesagt wurde, und ich nahm das Geld. Das war alles. Das war alles, was ich tat. Das schwöre ich." Der beißende Geruch von Urin erfüllte die Luft, als Smokey sich vor Angst in die Hose pisste.

Auf die Verzweiflung in der Stimme ihres Vaters hin hob Summer ihren Kopf und drehte sich in meinen Armen um. Jeder Muskel in ihrem Körper verkrampfte sich, als sie die Szene vor sich sah. Für einen verwirrenden Moment sah ich den Raum durch ihre Augen.

Der Betonboden lief zu einem Abfluss zusammen. Das Bettgestell aus Metall in der Ecke. Der Stahltisch.

Die scharfe, glänzende Klinge in Lucas' Hand. Wir nannten es den Schutzraum. Es war nicht zu verbergen, dass er auch für andere Zwecke genutzt wurde.

Bevor ich etwas sagen konnte, schaute Summer zu mir auf, und das Flehen in ihren Augen brach mir das Herz.

Ich wollte ihr versprechen, dass Lucas ihrem Vater nichts tun würde.

Ihr schwören, dass dies nur ein Bluff war, um Smokey zum Reden zu bewegen.

Ich konnte es nicht.

Es war wahrscheinlich wahr. *Wahrscheinlich*.

Wäre unsere Mutter nicht Stunden zuvor bedroht worden, hätte ich mein Leben darauf verwettet, dass die Klinge in Lucas' Hand nur zur Show da war.

Aber als ich mir Cooper ansah, war ich mir nicht mehr ganz sicher.

Ich wollte glauben, dass mein Bruder keinen Unschuldigen foltern würde.

Nur, Smokey Winters war nicht ganz unschuldig.

Ich wollte glauben, dass Lucas das Messer nicht benutzen würde. In einer anderen Situation würde er es vielleicht nicht tun, aber als ich merkte, wie er auf Smokey herabsah, einen Mann, der gerade zugegeben hatte, nicht nur mit Waffen- und Drogen, sondern auch mit Frauen- und Kindern gehandelt zu haben, war ich nicht mehr sicher, was Lucas tun würde.

Es ging nicht nur um Smokey oder um meinen Vater. Nicht mehr. Ich konnte glauben, dass die Waffen und Drogen das Werk meines Vaters waren. Ich wollte es nicht, aber ich konnte es mir vorstellen. Aber Menschenhandel? Das war Tsepov, voll und ganz.

Wenn mein Vater und William Davis so tief mit Tsepov verbunden gewesen war, hatten wir ein viel größeres Problem. Wir mussten uns Tsepov nicht nur vom Hals schaffen, sondern die ganze Sache beenden.

Mein Vater hatte unsere Verbindung zu Matt Holley, dem SAC der Außenstelle des FBI in Atlanta, immer gehasst. Jetzt wussten wir, warum. Holley war eingesprungen, um Emma zu helfen, als sie die Geschäfte des älteren Tsepov mit ihrem Chef aufgedeckt hatte. Als sie Tsepov erschoss, um Axel das Leben zu retten, sagte Holley, es sei noch nicht vorbei. Er hatte Recht gehabt.

Summer begann, in meinen Armen zu zittern. Ihre Zähne klapperten vom Rausch adrenalingetriebener Angst. Was auch immer ich glaubte, was auch immer Cooper und Lucas geplant haben mochten, Summer war bis in die Knochen verängstigt.

Sie schloss ihre Augen und flehte: „Bitte, Evers. Bitte tut ihm nicht weh. Ich weiß, dass er..." Sie brach mit einem Schluchzen ab.

Ich spannte meine Arme um sie, drückte mein Kinn an ihren Kopf und versuchte, ihr Zittern zu lindern. Ich versuchte herauszufinden, was zum Teufel ich tun sollte.

Cooper, seine dunklen Augen hart wie Granit, sagte: „Lucas."

Lucas bewegte das Messer und näherte sich Smokeys ausgestreckter Hand. Smokey kämpfte und versuchte, sich loszureißen, aber Lucas' Griff war zu stark. Das Messer blitzte auf - schnipp, schnapp - als er es in seinen Griff rein- und rausschnippte, wobei er sein Handgelenk drehte, und es näher und näher brachte.

Summer wimmerte wieder. „Bitte. Evers, bitte…"

Ich hatte keine Zeit mehr, und ich wusste, was ich zu tun hatte. Cooper war zu wütend, Lucas war blind vor Loyalität.

„Stopp", sagte ich. „Stopp. Er weiß gar nichts."

Lucas erstarrte, das Messer baumelte an seinen Fingern, eine leise Andeutung von Erleichterung in den Schatten seiner Augen. Ich wusste, was Lucas mit dem Messer tun konnte. Ich wusste auch, dass er es nicht benutzen wollte. Nicht bei Smokey, nicht bei irgendwem, *nie mehr.*

Der Finger tippte schneller, seine war Stimme trügerisch gleichmäßig, als Cooper warnte: „Halt dich da raus, Evers. Nimm Summer und verschwinde, wenn du damit nicht fertig wirst."

Summer grub sich in ihre Fersen und versuchte, aus meinen Armen zu entkommen. Ich hielt sie, wo sie war. „Nein", sagte ich und schüttelte den Kopf. „Ich gehe nicht weg. Ich lasse ihn nicht mit euch zurück. Er ist ein Arschloch, ein Krimineller, und ich bin mir nicht sicher, ob er ein verdammtes Gewissen hat, aber er kann uns nichts sagen."

„Das weißt du nicht", knurrte Cooper frustriert und wütend.

„Komm schon, ich weiß das. Und du auch." Ich nickte in Richtung Smokeys Stuhls, seine Hand noch an den

Tisch gedrückt und in seinem eigenen Urin sitzend. „Er hat sich vor Angst in die Hose gemacht. Glaubst du wirklich, der Kerl würde nicht reden? Er würde reden. Er hat seine Familie für einen Dollar verkauft, er würde seine Tochter vor den Bus stoßen, wenn er denken würde, dass es ihn retten könnte. Wenn er etwas zu erzählen hätte, hätte er es schon ausgespuckt. Wir müssen einen anderen Weg finden."

„Uns läuft die Zeit davon", sagte Cooper.

„Ich weiß."

Vielleicht irrte ich mich. Vielleicht war Smokey ein so guter Lügner und ich hatte mich getäuscht. Das wusste ich nicht. Ich konnte mein Bauchgefühl nicht deuten. Meine Gefühle spielten verrückt – Angst um meine Mutter, Liebe für Summer, Qualen über ihren Schmerz.

Ich wusste nicht, ob ich das Richtige tat.

Ich wusste nur, dass ich mich für Summer entscheiden würde, wenn ich die Wahl hätte, entweder das zu finden, was Tsepov wollte, oder Summer zu beschützen.

Ich hatte nicht vor, die Sache mit Summer wegen der Scheiße meines Vaters und irgendeinem russischen Mafioso zu versauen, der uns verdammt noch mal nicht sagen konnte, was er wollte und gleichzeitig drohte, uns alle umzubringen.

Ich wusste bis ins Mark meiner Knochen, dass ich Summer für immer verlieren würde, sobald Lucas' Messer Smokey Winters berührte. Sie konnte von den Missetaten ihres Vaters enttäuscht sein, aber wenn sein Blut fließen würde, wäre alles vorbei. Sie würde mir nie verzeihen, und ich war mir nicht sicher, ob ich ihr die Schuld geben würde.

Ich hatte nicht vor, sie deswegen zu verlieren. Und auch sonst nicht.

Lucas schnippte das Messer noch einmal und schickte

es zurück in den Griff, bevor er es in seine Tasche steckte, wegtrat und damit Smokeys Hand losließ. Summers Arme spannten sich um mich, während sie erleichtert in mein Hemd schluchzte.

Ich streichelte ihren Rücken und murmelte in ihr Haar: „Es wird alles gut. Ich verspreche, es wird alles gut."

ICH HOFFTE, dass es die Wahrheit war, und hatte mich noch nie so sehr geirrt.

30

EVERS

„Was machen wir jetzt mit ihm?", fragte Summer mit einem Blick in den Rückspiegel zu ihrem Vater. Er saß hinten, lehnte sich an die Tür, starrte aus dem Fenster und ignorierte uns.

Nur weil ich ihn aus dem Schutzraum geholt hatte, hieß das nicht, dass ich auf seiner Seite war. Weit davon entfernt.

„Ich weiß es nicht", antwortete ich. „Wir könnten ihn zu seiner Bleibe zurückbringen. Er muss noch eine Menge aufräumen und könnte genauso gut jetzt damit anfangen."

Daraufhin erwachte Smokey zum Leben. „Auf keinen Fall! Ihr könnt mich nicht einfach absetzen und loswerden."

„Warum nicht?", fragte Summer. Sie hatte um das Leben ihres Vaters gebettelt, aber sie starrte ihn immer noch an, als sei er ein Fremder. In gewisser Weise war er das auch.

Sie hatte sich Smokey immer als harmlosen Kiffer und Taugenichts vorgestellt.

Ich konnte mir denken, wie schockiert sie war, als sie herausfand, dass er alles andere als das war.

Ich wusste genau, wie sie sich fühlte. Ich hatte dasselbe durchgemacht. Ich war mit dem Gedanken aufgewachsen, dass mein Vater ein Held war. Er beschützte Menschen und rettete sie vor Gefahren. Er war einer der Guten. Hart im Nehmen, sicher. Irgendwie ein Idiot gegenüber meiner Mutter, ja.

Mit der blinden Liebe eines Kindes hatte ich das Gute angebetet und das Schlechte verdrängt. Selbst als ich älter geworden war, sich sein Lob hohl anfühlte und seine Grausamkeit deutlicher wurde, liebte ich meinen Vater dennoch. Er war ein angeschlagener Held für mich, aber immer noch hoch oben auf diesem Podest.

Als alles zusammengebrochen war, als wir begriffen hatten, wer er wirklich war, rückte die Vergangenheit in den Mittelpunkt. Maxwell Sinclair war kein Held. Er erwartete von uns, dass wir seinen blödsinnigen Idealen gerecht wurden, unsere Mutter wie Dreck behandelten und zu Kriminellen wurden, weil er sich in einem normalen Leben langweilte.

Erfolg, Reichtum und eine Familie, die ihn liebte, hatten ihm nicht gereicht. Er musste mehr haben. Es musste immer mehr sein.

Ich dachte an Hugh Winters. Aidens Vater war wie ein zweiter Vater für mich, als ich aufwuchs. Hugh *war* ein Held. Er liebte seine Kinder und betete seine Frau an. Er arbeitete hart und schaffte es dennoch, zu jedem Spiel und jeder Aufführung seiner Kinder zu kommen. Er hatte nie an irgendwelchen Ecken gespart.

Er hatte es nie versäumt, seinen Kindern zu sagen, dass er stolz auf sie war.

Hugh hatte sein Podest verdient.

Mein Vater nicht.

Oberflächlich betrachtet, war Smokey ein Hippie-Kiffer, während bei meinem Vater *Country Club* auf der Stirn geschrieben stand, aber unter der Oberfläche waren sie gar nicht so unterschiedlich. Korrupt und gierig. Egoistisch.

Ich wusste genau, wie sehr es schmerzte zu erfahren, dass die Person, die auf einen aufpassen sollte, nur auf sich selbst aufpasste.

Ich griff über den Sitz und nahm Summers Hand. Sie drückte meine Finger und starrte aus dem Fenster.

Schließlich sagte sie leise: „Ich denke, wir sollten Smokey bei ihm zu Hause absetzen."

„Summer! Was zum Teufel? Ich bin dein Vater, um Himmels willen! Du kannst mich nicht einfach den Wölfen zum Fraß vorwerfen. Ihr habt gesehen, was sie mit meiner Wohnung gemacht haben. Was denkst du, wäre passiert, wenn ich dort gewesen wäre? Es gibt einen Grund, warum ich mich bei Warren versteckt habe."

„Und jetzt erwartest du von uns, dass wir deinen Schlamassel aufräumen?", forderte sie müde.

„Es gibt nichts aufzuräumen. Ich brauche nur einen sicheren Ort, an dem ich für eine Weile bleiben kann. Cynthia hat gesagt, ich darf im Schloss bleiben. Es ist ihr Haus. Sie hat gesagt-"

„Sie hat nur gesagt, sie würde mir einen Gefallen tun und dich bleiben lassen", schnitt Summer ab. „Und ich will dich dort nicht haben. Ich kann dich im Moment nicht mal ansehen."

Summer Worte sickerten langsam durch. Zum ersten Mal, seit ich ihn aus dem Schutzraum geholt hatte, sah ich Panik in Smokey aufsteigen. Seine Worte überschlugen sich: „Nur für ein paar Tage, Summer. Ich werde mir etwas anderes überlegen. Ein paar Tage, und ich bleibe in meinem Zimmer, ich schwöre es. Ich werde keinen Ärger machen." Summer sah zu mir herüber, eine Augenbraue hochgezogen.

Scheiße.

Ich wollte *„Verflucht, nein"* sagen.

Ich wollte am Bordstein vor seinem Haus anhalten und ihn aus dem Geländewagen schubsen. Ich wollte ihn aus Summers Leben haben, und auch aus meinem.

Irgendwann würden wir es schaffen. Ein oder zwei Tage änderten auch nichts daran.

Smokey ignorierend sagte ich zu Summer: „Es ist deine Entscheidung."

Summer warf den Kopf in den Nacken und schloss die Augen. Sie schwieg lange, bevor sie sagte: „Drei Tage. Das ist alles. Drei Tage, und entweder gehst du freiwillig oder ich lasse dich vom Sicherheitsdienst vor die Tore werfen. Wenn du versuchst, wieder reinzukommen, rufe ich die Polizei."

Smokey presste die Lippen zusammen und sagte nichts. Ich wusste bereits, dass er sich nicht die Mühe machen würde, ihr zu danken. Ich hätte drauf gewettet, dass ihm eine Beleidigung auf der Zunge lag. Ich hoffte, er würde klug genug sein, den Mund zu halten. Das war er auch. Ausnahmsweise.

Als wir zu Rycroft zurückkamen, stürmte Smokey aus dem SUV und ging direkt in sein Zimmer. Wenn er sich dort oben verstecken wollte, hätte ich nichts dagegen. Je länger ich sein Gesicht nicht sehen musste, umso besser.

Erschöpft von dem frühen Aufstehen und allem, was seitdem geschehen war, brauchten Summer und ich was zu essen. Es fühlte sich an, als sei ein ganzer Tag vergangen, seit wir Rycroft verlassen hatten, aber das Frühstück wurde immer noch im Speisesaal serviert.

Müde bis in die Knochen wollte ich nichts weiter, als Summer zu packen und abzuhauen. Irgendwo hingehen, wo wir allein sein konnten. Irgendwohin, wo wir dieses Chaos hinter uns lassen konnten. So viele Möglichkeiten. Zum Teufel, wir hätten in ein paar Stunden in Vegas sein können. Wir würden uns eine Suite im *Delecta* nehmen, und dann könnte ich Summer zeigen, wie ein guter Stripclub wirklich aussah.

Ich stellte mir bereits vor, wie sich die Röte über ihren Hals und ihr üppiges Dekolleté ausbreiten würde und war ganz in Gedanken versunken, als Cynthia meinen Namen rief.

Scheiße. *Konzentriere dich auf die Arbeit, Evers.* „Entschuldige bitte, was hast du gesagt?"

„Wohin seid ihr beide so früh verschwunden? Ist alles in Ordnung?", Cynthia warf einen besorgten Blick auf Summer und mich.

„Es gab ein Problem mit meiner Mutter. Es geht ihr gut, aber wir haben gedacht, Smokey könnte etwas wissen. Wir haben ihn ins Büro gebracht, um es herauszufinden."

„Hat er das?"

„Nein", antwortete ich.

„Und deiner Mutter geht es gut?"

„Ja. Axel ist mit ihr in Florida. Er nimmt sie mit nach Vegas, aber wenn wir das nicht bald unter Dach und Fach bringen, muss sie vielleicht nach Atlanta kommen."

„Wenn ich mich recht erinnere, hasst deine Mutter Atlanta", sagte Cynthia mit einem kleinen Lächeln.

„Sie wird darüber nicht glücklich sein", stimmte ich zu, „aber wir werden tun, was wir tun müssen."

„Wenn du willst, dass Smokey geht", bot Summer an, „dann sag es. Das ist alles etwas komplizierter, als wir erwartet hatten. Du solltest dich mit all dem nicht befassen müssen."

„Summer, Schatz, Evers und seine Jungs haben diesen Ort so abgeriegelt, dass niemand rein oder rauskommt, ohne dass sie davon wissen. Hier scheint der sicherste Ort für ihn zu sein. Stimmt's?"

„Ja", gab ich zu, „aber das hier ist deine Sache. Es ist dein Haus, und wir sind dein Team. Du bestimmst, wo es langgeht. Wenn du willst, dass wir ihn woanders hinbringen, betrachte es als erledigt. Wir wissen deine Geduld zu schätzen..."

„...aber wir wollen das nicht ausnutzen", schloss Summer.

Cynthias Handy zwitscherte mit einer eingehenden Nachricht. Sie ließ ihre Augen auf den Bildschirm fallen und legte die Stirn in Falten. Als ob wir nicht mitten im Gespräch gewesen wären, nahm sie es in die Hand und tippte eine Antwort.

„Cynthia?", fragte ich.

Sie blickte auf, biss sich auf die Lippe und hob eine Augenbraue. „Oh, nein, ist schon gut. Smokey kann bleiben. Macht euch darüber keine Sorgen."

Summer beobachtete ihre Arbeitgeberin mit zusammengekniffenen Augen. „Wem schreibst du da?"

Ich war überrascht über ihren Tonfall. Normalerweise war sie Cynthia gegenüber respektvoll. Ein kluger Schachzug, wenn man bedachte, dass Cynthia daran gewöhnt war, dass die Welt sich bei ihr einschmeichelte. Sie schätzte es nicht, herausgefordert zu werden.

Ausnahmsweise schien es Summer nicht zu kümmern. Cynthia drehte ihr Telefon um und schob es halb unter ihren Teller. „Niemandem, um den du dir Sorgen machen musst. Es ist nichts."

Für eine Oscar-gekrönte Schauspielerin, war sie plötzlich zu einer schrecklich schlechten Lügnerin geworden. Summer schien es zu bemerken. „Blödsinn. Also wer ist es?"

Als Cynthia den Mund öffnete, um Summers Frage

erneut abzutun, beugte sich Summer vor und sagte: „Zwing mich nicht, rüberzukommen."

Cynthia seufzte. „Es ist Clint, okay? Ich habe mit Clint gesimst."

„Versucht er, ein Treffen zu vereinbaren?", fragte ich. Cynthia hatte ihn seit der Party vertröstet. Er musste ungeduldig geworden sein. Er hatte nicht mehr versucht, durch die Tore zu kommen, aber irgendwann würde er es tun.

„Nein. Nun, doch, aber er versucht mich auch davon zu überzeugen, dass alle Gerüchte nicht wahr sind. Dass mit dem Mädchen auf dem Foto nichts passiert ist und dass er seit seiner Entziehungskur keinen Tropfen Alkohol oder sonst etwas angerührt hat. Er hat gesagt, dass jemand über ihn Lügen verbreitet und versucht, uns auseinander zu treiben."

„Und du glaubst ihm?", fragte Summer.

Summer kannte Clint Perry. Sie hatte ihn bereits gekannt, als er und Cynthia glücklich zusammen waren, und bevor er angefangen hatte zu trinken und Cynthia zu betrügen, hatte sie ihn gemocht.

Cynthias Schultern sackten nach unten. Sie rieb ihren Daumen am Rand ihrer Kaffeetasse und starrte auf den Bodensatz, der das weiße Porzellan verfärbte.

„Ich habe ihm schon so oft geglaubt. Ich bin es leid, mich wie eine Närrin zu fühlen. Aber wenn ich mit ihm rede..."

„Hat er auch angerufen?"

Cynthia warf Summer einen mahnenden Blick zu und sie ließ locker. Summer kannte ihre Grenzen.

„Wenn ich mit ihm spreche", fuhr Cynthia fort, ihre Worte wehmütig und traurig, „klingt er nicht so, als würde er lügen. Ich weiß nicht, ob er lügt und auch nicht, was ich tun soll." Sie sah mich an und flehte: „Kannst du vielleicht herausfinden, ob jemand diese Gerüchte verbreitet? Ob es wahr ist?"

Ich war hin- und hergerissen. Axel hatte ein Büro in LA, und sein Team dort kannte die Szene. Er kannte die Leute. Denjenigen aufzuspüren, der diese Gerüchte verbreitete - wenn es denn Gerüchte waren - wäre nicht allzu schwer.

Es ging hier um Prominente, nicht um Geheimagenten.

Wenn ich die Stadt für ein paar Tage verlassen wollte, war jetzt der richtige Zeitpunkt. Smokey würde für zweiundsiebzig Stunden nirgendwo hingehen. Meine Mutter war in Sicherheit und mit Axel auf dem Weg nach Vegas. Er hatte Verbindungen in seiner Stadt und seine Wohnung war eine Festung. Dort wäre sie sicher.

Wir hatten die unbekannte Frist von Tsepov, die auf uns lastete. Eine Frist ohne Datum, um ein unbekanntes Objekt zu finden. Der ältere Tsepov, den Emma erschossen hatte, wäre niemals so schlampig gewesen.

Wenn der Russe tatsächlich wollte, dass wir das fanden, was mein Vater mitgenommen hatte, hätte er uns sagen müssen, was es war und wann er es wollte.

Verdammter Amateur.

Das bedeutete nicht, dass er keine Armee zur Verfügung hatte. Ein Amateur, der eine Armee anführte, war gefährlicher als ein Profi. Mit seinem Onkel hätten wir verhandeln können. Dieser Kerl... Dieser Kerl war total eingebildet und egoistisch. Mit jemandem, wie ihm, konnte man nicht verhandeln.

Er war gefährlich, aber nicht so sehr, dass wir uns im Schloss verstecken mussten, bis wir ihn neutralisiert hatten. Ich würde nicht zulassen, dass er uns mit seiner unbefristeten Frist in einen Käfig sperrte.

Auf der anderen Seite waren Cynthias geplante Besuche bei Familie und Freunden, die die Party auslösen sollte, nie geschehen. Mit Clint in der Nähe, war sie in der Nähe ihres Zuhauses geblieben. Isoliert.

Sie war nach Atlanta gekommen, um Frieden zu finden, aber die Cynthia, die ich kannte, war gesellig. Wenn sie die Dinge mit Clint ein für alle Mal geklärt hätte, würde sie sich vielleicht wieder frei fühlen, ihr Leben zu leben.

„Das ist nicht die beste Zeit, um die Stadt zu verlassen", stellte ich fest.

Cynthia, die ihre Chance witterte, warf mir einen flehenden Blick zu, aber ich ließ mich nicht davon beirren, da ich eine preisgekrönte Schauspielerin vor mir hatte. „Evers, es würde mir die Welt bedeuten, wenn du das tun könntest. Wirklich. Die Welt."

„Definiere *die Welt*", konterte ich.

Der süße, flehende Blick verschwand und Cynthia antwortete todernst: „Das bedeutet, dass ich, wenn du mir auf die eine oder andere Weise Informationen besorgen könntest, trotz all dieser Unterbrechungen im Dienst, die ursprüngliche Gebühr bezahlen werde."

Nun, verdammt. Sie wollte wirklich wissen, ob Clint die Wahrheit sagte. Nach dem Einbruch auf der Party und unserer Reise nach North Carolina hatte sie bei mir einen Rabatt ausgehandelt. Zum Vertragspreis zurückzugehen war von großem Vorteil.

Ursprünglich hatten wir geplant, einen satten Gewinn zu erzielen. Man würde nicht die beste Sicherheitsbehörde des Landes, wenn man das Geschäft ignorierte. Dieser Job war ins Stocken geraten, aber wenn ein oder zwei Tage in L.A. es schaffen würden, anstatt von roten, wieder schwarze Zahlen zu schreiben, wäre es das wert.

Summer beobachtete mich mit hoffnungsvollen Augen. Ich brauchte nicht zu fragen, was sie davon hielt. Ich tat es trotzdem. „Ist es okay für dich, wenn ich für ein paar Tage nach L.A. fliege?"

Unter der Tischdecke schob sie ihre Hand an meinem Bein hoch, ihr kleiner Finger streifte meinen Schwanz. „Ich werde dich vermissen, aber wenn du herausfinden kannst, was mit Clint los ist, würde mir das wirklich viel bedeuten."

Ich beugte mich vor und drückte ihr einen Kuss auf die Wange. „Danke", sagte ich leise, meine Lippen streiften ihre glatte Haut.

„Ihr zwei seid so süß, dass ich Karies bekomme. Ihr wisst, dass ihr mir was schuldet, oder?"

Summer rollte mit den Augen über Cynthia. „Vielleicht. Aber ich erinnere mich noch, dass du ihn geküsst hast, also..."

Cynthia zog eine Augenbraue hoch. „Nun, da du ihn nicht küssen wolltest, war es ein Verbrechen, einen Mann wie ihn nicht zu küssen."

Neben mir gab Summer einen missmutigen Laut von sich. Sie warf mir einen bösen Blick zu und sagte: „Er hatte es nicht verdient, geküsst zu werden."

Mir gefiel nicht, wohin dieses Gespräch führte. Ich hielt ihren Mund mit meinem auf. Nachdem ihre Wangen gerötet waren und sie vergessen hatte, warum ich ihre Küsse nicht verdient hatte, nahm ich meine Gabel und begann mit dem Frühstück. Ich füllte meinen Magen, während ich in meinem Kopf die Logistik durchging.

„Lass mich Axel anrufen, um zu sehen, mit wem er mich da draußen zusammenbringen kann. Ich kann nicht lange weg sein, aber ich sollte in der Lage sein, etwas herauszufinden und in ein paar Tagen wiederzukommen."

„Danke, Evers", sagte Cynthia und die Spannung in ihren Augen ließ nach. Sie wandte sich an Summer und sie sahen sich ein Video an, das sie für ihre sozialen Medien drehen wollte. Summer holte ihr Telefon heraus und machte sich mit einer Hand Notizen, während sie mit der anderen aß.

Ich würde in den nächsten Tagen das Frühstück auf Schloss Rycroft verpassen. Als mein Teller leer war, stand ich auf und sagte zu Cynthia: „Alice wird für mich einen Flug buchen. Ich lasse dich wissen, was los ist, sobald ich etwas herausgefunden habe."

EVERS

Wie erwartet, hatte Axel genau den richtigen Mann, um mir zu helfen. Sein Team in Los Angeles konzentrierte sich auf die Details des Prominentenschutzes, und sie wussten alles: Wer aufstrebend war, wessen Stern bereits unterging oder wer ein geheimes Drogenproblem hatte. Wer mit wessen Ehemann, Ehefrau oder Liebhaber schlief, wer Leichen im Schrank hatte oder kurz davor war, sich zu outen.

Wenn es in Hollywood ein Geheimnis gab, dann wussten Axels' Leute davon.

Er hatte angeboten, dass seine Leute die Untersuchung ohne mich durchführten, aber ich hatte Cynthia versprochen, mich persönlich darum zu kümmern. Griffen würde an meiner Stelle auf Rycroft Castle bleiben. Mit Axel in Las Vegas und Cooper, der im Büro die Stellung hielt, war Griffen die einzige andere Person, der ich vertraute, den Job unter Kontrolle zu halten und auf Summer aufzupassen.

Eine Stunde später küsste ich Summer zum Abschied und machte mich auf den Weg zum Flugzeug. Summer zurückzulassen fühlte sich an wie das Abtrennen eines Gliedes. Wir hatten uns gerade erst wiedergefunden, und ich wollte nirgendwo ohne sie hingehen.

Es würde irgendwann verblassen, dieses Gefühl, dass ich sie in den Arme halten musste. Die schwache, nagende Angst, dass ich alles vermasseln und sie wieder verlieren würde. Wenn wir zusammen waren, konnte ich mir vormachen, wir seien solide und dass wir es geschafft hätten.

Wenn ich allein war, erinnerte ich mich daran, wie sie mich rausgeworfen hatte. Ich dachte an die Distanz in ihren Augen im Schutzraum.

Wenn ich alleine war, dachte ich daran, dass ich ihr meine Liebe gestanden und sie es nicht erwidert hatte.

Ich würde es in ein paar Tage schnell hinter mich bringen. Wenn es länger dauern sollte, würde ich den Job abgeben und nach Hause fliegen.

Ich hatte nicht mehr als zweiundsiebzig Stunden eingeplant. Die Reisezeit nicht miteingerechnet, hatte es weniger als achtundvierzig gedauert.

Cynthias Rivalin für ihren kommenden Film hatte es nicht sehr gut verkraftet, dass Cynthia und nicht sie die Hauptrolle bekommen hatte. Sie hatte versucht, Gerüchte zu verbreiten, Cynthia sei alt, angeschlagen und habe ein Drogenproblem.

Keines davon hatte funktioniert.

Nachdem ihre Angriffe auf Cynthia nicht geklappt hatten, beschloss sie, sich an Clint zu halten. Mit seiner Geschichte von Sucht und Untreue war er ein leichtes Ziel gewesem. Wir brauchten nicht lange, um das Starlet aufzuspüren, das auf diesen berüchtigten Fotos über ihn kroch. Ein wenig Überredung, und sie hatte alles ausgeplaudert.

Das Leben einer Nachwuchsschauspielerin in L.A. war teuer. Es vorzutäuschen, bis man es wirklich schaffte, war schwierig, wenn die Rollen dünn besetzt waren. Sie brauchte die Sichtbarkeit, um besetzt zu werden, und ohne die richtigen Rollen war ihr Bankkonto leer.

Es war sonnenklar. Etwas Bestechungsgeld, das ich Cynthia in Rechnung stellen würde, und sie war mehr als glücklich, die ganze Geschichte zu Protokoll zu geben. Ich versprach ihr, dass die Aufnahme unter uns bleiben würde. Sie war verzweifelt genug, um das Risiko einzugehen.

Mit ihrem Videogeständnis und einer Audioaufnahme von Cynthias Rivalin, die betrunken zugab, was sie getan hatte, hatten wir alles, was wir brauchten. Eine Stunde später, saß ich in einem Flugzeug Richtung Osten, mehr als bereit, das LaLa-Land Richtung Heimat zu verlassen. Richtung Summer.

Wir hatten ein paar Mal telefoniert, während ich weg war. Schloss Rycroft war ruhig gewesen. Smokey meckerte und stöhnte über die ganzen Regeln – keine Drogen, kein Alkohol. Summer war am Ende ihrer Kräfte. Ihm blieben weniger als vierundzwanzig Stunden, bevor er gehen musste, und sie zählte jede Minute.

Als ich nach Rycroft kam, hätte ich direkt zu Cynthia gehen sollen. Sie war meine Auftraggeberin, und ich war für sie in L.A. gewesen. Stattdessen ging ich Summer suchen. Cynthia konnte warten.

Wie es der Zufall wollte, arbeiteten sie und Summer gemeinsam in der Bibliothek. Ich betrat den Raum, und mein Gruß blieb mir im Hals stecken, als ich Summer erblickte. Es waren nur zwei Tage vergangen, aber es fühlte sich wie ein ganzes Leben an.

Der Klang meiner Schritte erregte ihre Aufmerksamkeit und ihre blauen Augen leuchteten vor Freude auf. Sie sprang von ihrem Stuhl und warf sich in meine Arme. Es hatte mir nicht gefallen, von ihr getrennt zu sein, aber wenn ich bei meiner Rückkehr eine solche Begrüßung bekam, dann war es das auf jeden Fall wert gewesen.

Cynthia seufzte bei unserem stürmischen Wiedersehen vor Ungeduld und fragte: „Nun?"

Ich ließ Summer frei, nahm Platz neben Cynthia und zog mein Telefon aus der Tasche. „Ich kann dir dieses Video nicht geben. Ich habe Annette versprochen, es zu löschen, sobald du es gesehen hast, aber sie hat zugegeben, dass Meredith Porter sie bestochen hat, um Clint anzumachen. Meredith hat das Ganze inszeniert, die Paparazzi mit den Fotos gefüttert, alles. Annette meinte, dass Meredith auch hinter den Gerüchten stecke, Clint habe wieder getrunken."

„Dieses Miststück. Es ist nicht meine Schuld, dass sie nicht gut genug war, um die Rolle zu bekommen. Was-"

„Willst du das Video sehen?", fragte ich und unterbrach die Tirade, die sich anbahnte.

„Ja, zeig mir das verdammte Video", schnappte Cynthia zurück.

Ich hielt mein Telefon hoch und drückte auf Play. Wir wurden mit einer fünfminütigen Aufnahme von Annette Hunt beehrt, ungeschminkt und nicht gerade reif für den roten Teppich, als sie durch ihr Geständnis stotterte.

Auf Fotos sah sie so mondän aus. Erwachsen. Auf dem Video war leicht zu erkennen, dass sie kaum mehr als ein Teenager war. Sie war noch ein Kind und mit der weitaus versierteren und erfahreneren Meredith Porter überfordert.

Ich spielte die Aufnahme von Merediths Wodka-getränktem Geständnis ab, und beobachtete, wie Cynthias klaren, grünen Augen schattig und nachdenklich wurden. Als die Aufnahme zu Ende war, lehnte sich Cynthia zurück. Mehr zu sich selbst, als zu uns, sagte sie: „Ich muss mit Clint sprechen."

Summer sah sie besorgt an. „Willst du ihm etwa noch eine Chance geben?"

Cynthia schüttelte den Kopf, sagte aber: „Vielleicht.

Ich weiß es nicht. Ich muss mit ihm reden. Ich rufe ihn jetzt an. Wenn er kommt, möchte ich euch beide in der Nähe haben. Nicht im selben Raum, aber geht nicht weit weg, okay?"

Ich konnte mich nicht erinnern, wann ich Cynthia Stevens das letzte Mal so unsicher gesehen hatte. Auch als sie noch jung war, bevor sie von zu Hause wegging, um Ruhm und Reichtum zu finden, war sie voller Zuversicht und Entschlossenheit.

Ich schüttelte den Kopf. „Ich wäre lieber im selben Zimmer, nur für den Fall, dass ..."

„Nein. Clint ist nicht gefährlich."

„Cynthia", begann ich, bereit zu argumentieren. Sie schnitt mich mit einem entschiedenen Kopfschütteln ab.

„Nein, draußen vor der Tür ist in Ordnung, aber nicht im Zimmer. Diese ganze Situation ist schon peinlich genug. Ich führe dieses Gespräch nicht vor einem Publikum."

Clint musste auf den Anruf von Cynthia gewartet haben. Er hatte ein Zimmer im nicht weit entfernten Hotel, *The Intercontinental*. Zehn Minuten später rollte er in seinem gemieteten Sportwagen durch die Tore.

Nun, da er das von ihm gewünschte Treffen bekommen hatte, hätte ich erwartet, dass er forsch sein würde. Aggressiv und fordernd. Aber ich hatte ich geirrt – er dankte mir lediglich, dass ich ihn hereingelassen hatte, und starrte Cynthia wie ein verdurstender Mann ohne Wasser an. Als ob er in dem Wunsch nach ihr, und zwar nur nach ihr, verging.

Summer und ich folgten ihnen zum Salon, wo Cynthia die Türen fest hinter ihnen verschloss.

„Glaubst du...", fing ich an.

„Schhh." Sie hielt einen Finger hoch und brachte mich

zum Schweigen. „Ich will sehen, ob ich hören kann, was sie sagen."

Ich hätte ihr sagen können, dass die Türen dafür viel zu dick waren, es sei denn, sie würden anfangen zu schreien – dann wären wir in einer Sekunde durch sie hindurch. Es kümmerte mich nicht. Stattdessen stellte ich mich neben sie und legte einen Arm um ihre Taille.

Ich hätte es vorgezogen, wenn Cynthia uns aus Sicherheitsgründen in den Raum gelassen hätte, aber ich hatte nichts dagegen, ein wenig Zeit mit Summer allein zu verbringen. Ich versuchte, nicht zu lachen, als sie ihr Ohr an die Tür drückte. Nichts. Mit einem kleinen verärgerten Grunzen drückte sie sich von der Tür weg und flüsterte über ihre Schulter „Bin gleich wieder da", als sie den Flur hinunter verschwand. Eine Minute später kam sie mit einem altmodischen Kristallglas zurück, das sie von der Bar geholt haben musste. Als sie es an die dicke Tür drückte, versuchte sie, einen Ton zu erhaschen.

Ich tat mein Bestes, um mir das Lachen zu verkneifen, und fragte: „Nichts?"

Sie richtete sich auf und ließ die Hand mit dem Glas sinken. „Nichts."

Sie ging zu den Terrassentüren, stellte das Glas auf einen Beistelltisch und starrte aus dem Fenster in den Garten. Ich trat von hinten an sie heran, meine Arme glitten um ihre Taille, und mein Herz beruhigte sich, als sie sich an mich lehnte und ein leises Summen der Freude von sich gab.

„Du hast mir gefehlt", sagte sie ganz unvermittelt. „Ich weiß, du warst kaum weg, aber du hast mir gefehlt."

„Du mir auch. Ich wollte nicht gehen."

„Aber ich bin froh, dass du es getan hast. Egal, was mit Clint passiert, sie musste die Wahrheit erfahren."

Ich war mir nicht sicher, ob es der richtige Zeitpunkt

war, es anzusprechen, sagte aber langsam: „Ich verreise nicht mehr so viel wegen der Arbeit wie früher, aber gelegentlich muss ich es. Manchmal kann ich dich mitnehmen, aber..."

„Ich verreise auch hin und wieder", sagte sie, drehte sich in meinen Armen und hob ihr Gesicht zu meinem. „Wir kriegen das schon hin."

„Meistens darf ich nicht über meine Arbeit sprechen", sagte ich, ohne zu wissen, warum ich das Bedürfnis verspürte, ihr all die Fallstricke zu zeigen, die es mit sich brachte, mit mir zusammen zu sein.

Summer bebte mit leisem Lachen. „Das weiß ich doch, Evers. Wenn ich an einige meiner Klienten denke, darf ich manchmal auch nicht über sie reden." Sie griff nach oben und umfasste mein Gesicht. „Hör auf, dir Sorgen zu machen. Ich kenne all die schlimmen Sachen. Das haben wir hinter uns, oder etwa nicht? Gibt es noch andere Geheimnisse, die du mir vorenthältst?"

„Keine Geheimnisse mehr", versprach ich und schloss die Augen, als sie ihre Lippen auf meine presste. Das war es, was ich vermisst hatte. Summer, ihren süßen Duft, ihre sanften Hände und ihren süßen Mund. Ihr offenes Herz.

Ich küsste sie, genoss ihren Geschmack und das langsame Gleiten ihrer Zunge, während sie mit meiner tanzte, das lustvolle Stöhnen, das in ihrer Kehle summte.

Ich musste die Salontüren im Auge behalten und es liefen Mitarbeiter umher – sowohl Cynthias, als auch meine eigenen.

Es war mir egal.

Ich war nur eine Sekunde davon entfernt, Summer über meine Schulter zu werfen und sie in mein Zimmer zu tragen, als mich die Geräusche von Schritten und Kichern daran erinnerten, wo wir waren.

Zwei der Hausmädchen durchquerten die Halle mit

einem Staubsauger und einem Eimer mit Reinigungsmitteln, beide Augenpaare klebten an Summer und mir. Widerwillig ließ ich Summer los und versuchte, ihnen die Sicht zu versperren, als sie einen Daumen unter die Lippe schob, um ihren verschmierten Lipgloss zu korrigieren.

„Hoppla", sagte sie mit einem verlegenen Kichern. Sie erhob sich auf die Zehenspitzen und küsste meinen Kiefer. „Das hebe ich mir für später auf."

Bei dem Gedanken an das, was sie sich für später aufheben wollte, stöhnte ich. Zwei Tage waren mir noch nie so lang vorgekommen. Ich war schon viel länger ohne Sex ausgekommen, aber mit Summer ohne Sex auszukommen, war eine ganz andere Sache.

Sie brachte etwas Abstand zwischen uns, trat zu den Türen und schaute wieder hinaus in den Garten. Ich brannte darauf, die Distanz zwischen uns zu verringern, aber ich blieb, wo ich war, und hielt meinen Körper im Zaum. So sehr ich es mir auch wünschte, dies war nicht der richtige Zeitpunkt. Wir waren momentan bei der Arbeit, auch wenn das bedeutete, dass wir hier stehen und warten mussten.

Summer betrachtete den Garten hinter Rycroft, mit seinen gepflegten Beeten und hellen Blumen. „Ich finde es irgendwie schade, keinen eigenen Garten zu haben. Das ist der Nachteil einer Wohnung. Sie kostet weniger als ein Haus, aber dafür gibt es auch keinen Garten."

Ich dachte an das Grundstück um mein Haus herum. Es war nicht viel. Ich lebte in Buckhead, nicht auf dem Land, aber es würde für einen Garten reichen. Ich sagte Summer nichts davon. Ich hatte sie gerade erst zurückbekommen und wollte sie nicht abschrecken, indem ich sie bat, bei mir einzuziehen – noch nicht.

Wir hatten Zeit, jetzt, wo ich sie zurückhatte. Summer bewunderte gedankenverloren den Garten, und ich bewunderte sie - den Schwung ihrer Wange, die Wölbung ihres Ohres, die blonden Schattierungen in ihren Locken-, als sie sich plötzlich versteifte und ihre Augen schmal wurden.

„Ist das Smokey?", fragte sie und hob eine Hand, um durch die Terrassentür auf eine Gestalt zu zeigen, die sich an der Wand auf der Westseite des Grundstücks entlang bewegte und durch die Bäume zurück in Richtung des Hauses kam. „Was zum Teufel tut er da?"

„Ich weiß es nicht, aber wir werden es gleich herausfinden." Ich behielt Smokey im Auge, öffnete die Terrassentüren und führte Summer nach draußen. Wir bewegten uns dicht an der Rückseite des Hauses und blieben größtenteils außerhalb von Smokeys Sichtweite. Er ging weiter, bis er die Tür in der Mauer bei der Garage erreichte und begann, am Schloss herumzufummeln.

„Versucht er, rauszukommen?", zischte Summer. „Ich schwöre, ich bin fertig mit ihm. Ich bin einfach fertig. All das, was er im Tresorraum zugegeben hat, war schon schlimm genug, aber wir bieten ihm Hilfe an, und jetzt versucht er, sich hinauszuschleichen?"

„Oder jemanden hereinzulassen", sagte ich düster. Wenn das sein Plan war, würde ich ihm die Hölle heiß machen. Bevor ich Summer aufhalten konnte, rief sie, getrieben von Wut und Verrat: „Papa! Was machst du da?"

Smokey schreckte hoch, drehte sich um, ließ den Griff los und drückte seinen Rücken an die verschlossene Tür in der Mauer. „Nichts. Nichts, Baby-Girl, ich mache nichts. Ich wollte nur etwas frische Luft schnappen."

„Warum fummelst du dann an der Tür herum? Sie ist verschlossen und soll es auch bleiben."

„Ich fummele nicht an der Tür", sagte er, obwohl er genau das getan hatte, und wir es alle wussten. Ich war nur eine Armlänge entfernt und konnte spüren, wie Summers

Temperament überkochte. Ich legte eine Hand auf ihren Rücken, und versuchte, sie zu beruhigen. Es klappte nicht.

„Ich schwöre bei Gott, Papa. Mir reicht's jetzt. Ich weiß, wir haben uns auf drei Tage geeinigt, aber du musst jetzt gehen."

„Mir bleibt noch ein Tag. Ich habe noch nichts anderes. Ich arbeite daran. Morgen. Ich schwöre, ich werde morgen gehen. Ich verspreche es. Hand aufs Herz."

„Ein weiterer Tag macht auch nichts mehr aus", sagte ich zu Summer.

Sie seufzte. „Tut es. Ich könnte ihn im Schlaf erwürgen."

Da musste sie sich hintenanstellen. Smokey starrte auf den Boden, scharrte mit den Füßen und sah so aus, als wolle er gleich an uns vorbei ins Haus stürmen. Ich seufzte.

„Noch ein Tag", wiederholte ich. „Dann fahre ich dich nach Hause und lasse dich dort zurück. Verstanden?"

Smokey verwandelte sich wieder in ein mürrisches Kind, scharrte mit seinem Schuh über den Schmutz und antwortete: „Ja, sicher. Hab's verstanden." Er lief an uns vorbei und stieß Summer dabei mit der Schulter an. Es kostete mich meine ganze Überwindung, ihm keine zu verpassen.

Weniger als ein Tag, sagte ich mir, und wir wären ihn los.

Wir folgten Smokey zurück ins Haus und sahen, wie er den Flur herunter schlenderte und die Treppe zu seinem Zimmer hinaufstieg.

Summer nahmen wieder unsere Positionen an der Tür ein. Wir brauchten nicht lange zu warten. Cynthia öffnete die Tür, mit von Tränen geschwollene Augen, verschmiertem Augen-Make-up und Lippenstift. Clint hielt ihre Hand.

Würdevoll, wie eine Königin, verkündete sie: „Clint und ich sind wieder zusammen. Er wird hier einziehen."

Sie eilten an uns vorbei, den Flur hinunter und auf die Haupttreppe zu, um Cynthias Suite zu erreichen und die verlorene Zeit aufzuholen. Summer sah ihnen mit einer in Falten gelegten Stirn nach. „Ich hoffe, sie weiß, was sie tut."

„Manchmal verdient ein Mann eine zweite Chance", sagte ich leise.

Sie drehte sich um und lächelte mich an. „Das ist wahr, manchmal verdient ein Mann tatsächlich eine zweite Chance. Und weißt du, was mir gerade klargeworden ist?"

„Was?"

„Wenn Cynthia in ihrem Zimmer ist und Clint seine zweite Chance bekommt, habe ich nichts zu tun."

„Das ist schade", sagte ich, „ich würde es hassen, wenn du dich langweilst."

„Möchtest du nach oben kommen und mich unterhalten?", fragte sie.

Ich küsste das Grinsen von ihren Lippen, bevor ich antwortete: „Auf jeden Fall."

32

SUMMER

G eräusche weckten mich, gedämpft und undeutlich, und umgaben meinen Kopf mit einem Wirbel aus Lärm.

Stimmen. Grunzen. Etwas rutschte auf Holz. Ich kam langsam zu mir, mein Gehirn war träge und verwirrt. Der saure Geschmack in meinem Mund ließ meinen Magen rebellieren.

Etwas stimmte nicht, aber ich konnte nicht ausmachen, was es war. Warum saß ich aufrecht? Warum war ich nicht in meinem Zimmer? Wo war Evers? Meine Augen öffneten sich, die Lider schwer wie Blei.

Die Geräusche im Raum wurden klarer.

Stimmen.

Ein Klopfen.

Ein wütendes Grunzen.

Ich war mir vage bewusst, dass etwas nicht stimmte.

Ich sollte nicht hier sein. Ich war in meinem Nachthemd.

Ich sollte im Bett sein.

Ich konnte meine Arme und Beine nicht bewegen. Ich

saß zusammengesackt, Kopf nach vorne gefallen, und mein Haar verdeckte mein Gesicht.

Ich konzentrierte mich, zwang mich, meine Augen ganz zu öffnen, und schaute durch den Vorhang meines vom Schlaf zerzausten Haares.

Der Raum geriet ins Blickfeld, die Szene vor mir so bizarr, dass ich mir zunächst sicher war, dass ich noch schlief.

Ich war in der Bar von Rycroft Castle. Ich erkannte die dunkle Holzvertäfelung, die dicke Eichen-Barplatte, die der Besitzer aus einem Pub in Irland importiert hatte, und den massiven Stuhl, an dem meine Arme und Beine mit Kabelbinder gefesselt waren.

Kabelbinder? Die dünnen Plastikstreifen waren zusammengezogen und schnitten in meine Hand- und Fußgelenke, wodurch ich fest an den massiven Eichenstuhl gebunden war.

Vor mir stand ein großer, schlanker Mann in einem dunklen Anzug und hielt eine Waffe in Hand. Drei weitere Männer, größer und breiter, mit leeren Gesichtern und kalten Augen, standen hinter ihm aufgereiht. Auch sie hatten Waffen.

Als mein träges Gehirn die Fremden und all die Waffen registrierte, überkam mich ein panischer Adrenalinschub, der mein Herz rasen ließ, während mein Instinkt mir sagte, ich solle rennen.

Ich zerrte an meinen Fesseln, mein Gehirn war nicht in der Lage, meinen Drang nach Flucht zu ignorieren. Ich hoffte, dass die vier Männer nicht gesehen hätten, wie sich meine Augen öffneten und dass der dichte Haarvorhang mir etwas Tarnung verschaffte.

Als ich meinen Blick nach rechts richtete, sank mein Herz, als ich Evers sah, in einem der massiven Ledersessel, mit Kabelbindern an Armen und Beinen gefesselt und mit einem breiten Streifen Klebeband über dem Mund. In seinem Gesicht stand Anspannung und seine Augen loderten mit einer blauen wütenden Flamme. Hinter dem groben Knebel gab er dumpfe wütende Geräusche von sich.

Seine Augen hefteten sich an mich wie ein Magnet. Ich brauchte keine Worte, um die Botschaft in seinem wütenden Blick zu verstehen. *Sei vorsichtig. Tu nichts.*

Ich blinzelte, die einzige Botschaft, die ich aussenden konnte, ohne mich zu verraten. Zu meiner Linken erhaschte ich einen Blick auf meinen Vater, der mit Kabelbindern an einen anderen Klubsessel gebunden war. Im Gegensatz zu Evers saß er ruhig da, der Mund frei von Klebeband.

Ich atmete tief durch, meine Gedanken rasten, die Panik lichtete den letzten Nebel und hinterließ dumpfe Kopfschmerzen. Alle schienen auf etwas zu warten. Worauf?

Ich warf einen weiteren Blick auf meinen Vater. Irgendwas an ihm kam mir komisch vor. Falsch. Smokey sah nicht verängstigt aus. Nicht wirklich.

Evers war zu wütend, um Angst zu haben. Ich hatte dieses Problem nicht. Mein Herz raste in meiner Brust und klopfte mir in den Ohren, meine Lungen verkrampften sich panisch, bis ich kaum noch Luft bekam.

Aber Smokey sah einfach nur nervös aus. Wachsam. Und er trug keinen Knebel.

Ich war auch nicht geknebelt, also hatte es vielleicht nichts zu bedeuten. Ich hielt meine Augen nach unten, weg von den Männern, die uns beobachteten, und wollte nicht auf die Tatsache aufmerksam machen, dass ich bei Bewusstsein war. Mein Magen, mulmig und sauer, drehte sich heftig und schickte mir Galle die Kehle hoch. Ich schluckte schwer.

Denk nach, Summer. Was zum Teufel geht hier vor? Evers, Smokey und ich schienen die Einzigen im Raum zu sein. Angenommen, es war mitten in der Nacht, also war das Tagespersonal nicht vor Ort, aber ich hatte keine Ahnung, was mit Cynthia, Clint, Angie, Viggo und dem gesamten Sicherheitspersonal geschehen war.

Die Angst schwoll zu einer Welle an. Ich kämpfte darum, sie abzuschalten. Keine Zeit, sich darüber Gedanken zu machen. Wenn sie in Schwierigkeiten waren, konnte ich ihnen nicht helfen, bis ich mir selbst half. Ich konnte nur hoffen, dass es ihnen gut ging.

Auf einmal wurde es mir klar.

Drogen. Wir waren unter Drogen gesetzt worden.

Dieser dicke Wattebausch in meinem Kopf, meine trägen Glieder, die Übelkeit und der saure Geschmack in meinem Mund. Wir waren betäubt worden.

Ich brauchte nicht lange, um zu begreifen, wann. Oder wie.

Das Abendessen und der Wein. Erinnerungsblitze huschten durch meinen Kopf. Smokey hatte vor dem Essen im Speisesaal herumgelungert. Wir redeten über den Wein, bis wir alle ein Glas getrunken hatten.

Aber die Wachen? Wie ist er an die Sicherheitsleute herangekommen? Sie aßen getrennt, und sie hätten den Wein nicht angerührt. Ich hoffte, dass sie noch am Leben waren. Ich hoffte, ich lebte lange genug, um das herauszufinden.

Smokey, Evers und ich waren hier, an diese Stühle gefesselt, weil der Mann vor uns etwas wollte. Ich brauchte nicht zu wissen, wie wir hierhergekommen waren, um so viel zu verstehen.

Das Sicherheitsteam, Cynthia, Clint, Angie und Viggo mussten unwichtig sein, was bedeuten könnte, dass man sich um sie gekümmert hatte. Für immer. Bei dem Gedanken schloss ich meine Augen.

Cynthia. Oh, Gott, Cynthia. Und Clint. Sie würden nur... Nein. Du kannst ihnen nicht helfen, indem du hysterisch wirst. Reiß dich zusammen und denk nach.

Ich erkannte die Stimme, die meine aufsteigende Hysterie durchbrach. „Miss Winters. Sie haben sich zu uns gesellt. Ich habe mir schon Sorgen gemacht, dass Ihr Vater Ihnen eine zu hohe Dosis gegeben hat."

Er warf einen spöttischen Blick auf Smokey, der mit den Schultern zuckte und sagte: „Ich sagte doch, das habe ich nicht."

Übelkeit schwoll in meinem Magen an bei dem beiläufigen Schuldbekenntnis meines Vaters, bei seiner Sorglosigkeit, dass ich möglicherweise nicht aufgewacht wäre. Ich schluckte hart und kämpfte gegen den Drang, mich zu übergeben, hob den Kopf und warf mir die Haare aus den Augen. Die abrupte Bewegung ließ meinen Kopf pochen.

„Das warst du", zischte ich Smokey an und ignorierte dabei das warnende Grunzen von Evers neben mir. Ich starrte meinen Vater an und fragte mich, wie ich nach allem, was ich gelernt hatte, noch Hoffnung haben konnte, dass er sich um mich sorgte. „Du warst es. Du hast uns unter Drogen gesetzt. Du hast sie reingelassen."

„Das hat er", stimmte der Mann im Anzug mit einem Akzent zu, den ich erkannte.

Er war derjenige, der angerufen und diese Nachricht bei Sinclair Security hinterlassen hatte. Der Mann, der Evers' Mutter bedroht und versprochen hatte, Evers und seine Brüder zu verfolgen.

Das war Andrej Tsepov. Mein Vater hatte uns an Andrej Tsepov verraten.

„Seine Hilfe ist der einzige Grund, warum Ihr Vater noch am Leben ist." Tsepov hob seine Waffe und richtete sie auf Smokey, der zum ersten Mal einen Schimmer von Angst in seinen großen Augen verriet.

„Warum richtest du die Waffe auf mich? Ich bin auf deiner Seite. Ich habe geholfen. Ich habe getan, was du wolltest. Ich habe alles getan, worum du gebeten hast."

„Nicht ganz. Ich habe dich gebeten, das zu finden, was Maxwell gestohlen hat. Darin hast du versagt. Schon wieder."

Smokey wand sich, zog an seinen Fesseln, bewegte sich ruhelos. Er stotterte und bettelte: „Ich weiß es nicht. Ich weiß nicht, was er gestohlen hat. Er hat mir nichts gesagt. Ich weiß nicht, was er genommen hat. Mann, wenn du mir einfach sagst, was es ist, werde ich es finden und zurückbringen. Ich schwöre es."

Ein amüsiertes Glucksen blubberte in Tsepovs Kehle. „Es gibt wahrlich keine Ehre unter Dieben. Und du, Smokey, hast nie auch nur einen Hauch von Ehre gehabt. Du bist ein drogensüchtiger Trottel."

Er schüttelte den Kopf, als ob er von meinem Vater enttäuscht wäre, aber unter der Oberfläche lag nur ein schwarzes emotionsloses Loch. Tsepov spielte das Menschsein, spielte seine Gefühle, inszenierte das Drama. Für ihn war das nur ein Spiel.

Wir waren Figuren auf einem Schachbrett, entweder Werkzeuge oder Hindernisse. Er wusste, was er wollte. Wir würden helfen, oder er würde uns aus dem Weg räumen. Ich sah es in seinen dunklen Augen. Die Berechnung. Die Erwägung.

Wir waren auf uns allein gestellt, in der Unterzahl, und Tsepov war entschlossen, zu gewinnen.

Mein Vater öffnete den Mund, um zu sprechen, aber ich kam ihm zuvor.

Evers wollte, dass ich vorsichtig war. Dass ich still war.

Ich hätte es getan. Ich wollte es. Aber ich wusste ohne Zweifel, dass die Worte, die aus dem Mund meines Vaters kommen würden, alles nur noch schlimmer machen würden.

Ich wollte nicht sterben, weil Smokey ein verdammter Idiot war, und ich wollte nicht zulassen, dass er Evers umbrachte.

„Er weiß es nicht", schnitt ich ein und begegnete Tsepovs dunklen Augen. „Die Sinclairs auch nicht. Sie haben Smokey bereits befragt und ihn zu Tode erschreckt. Wenn er es gewusst hätte, hätte er es ihnen gesagt. Niemand weiß, was Maxwell genommen hat. Sie werden es finden, wenn Sie ihnen sagen, was es ist."

Tsepov starrte mich verblüfft an, die Augen leer und etwas verwirrt. Er fasste sich wieder und schüttelte ironisch den Kopf. „Ist das wirklich möglich? Maxwell hat seine Jungs aus dem Geschäft herausgehalten? Das überrascht mich nicht", sagte er und nickte mit dem Kopf in die Richtung meines Vaters. „Er ist ein Idiot. Ich dachte immer, Maxwells Jungs wären im Spiel, trotz seiner Beteuerungen, sie seien sauber."

Er richtete seine dunklen, neugierigen Augen auf Evers und fragte: „Stimmt es, dass Sie nichts über die Geschäfte Ihres Vaters wissen?"

Evers starrte Tsepov mit einem so heißen, wütenden Blick an, dass ich halb damit rechnete, dass Laserstrahlen aus seinen Augen schießen würden. Aber dies war kein Superheldenfilm. Anstatt durch die Wucht von Evers' Wut eingeäschert zu werden, zuckte Tsepov mit den Schultern und wandte sich ab.

„Ich sehe, dass ich die Situation vielleicht falsch eingeschätzt habe. Ich hätte Zeit gespart, wenn ich etwas entgegenkommender gewesen wäre. Was geschehen ist, ist geschehen." Als er vom Philosophischen zum Geschäftlichen überging, sagte er: „Kontonummern. Maxwell hat das Geld, das er meinem Onkel schuldete, auf neue Konten überwiesen. Ich will die Konten. Ich will das Geld."

Seine Augen richteten sich auf meinen Vater und er zeigte mit der Waffe auf Smokeys Brust. In einem umgänglichen und freundlichen Ton fragte er: „Jetzt, wo wir das geklärt haben, wo sind die Kontonummern?"

Smokey, der schließlich kapiert hatte, dass Tsepov ihn nicht als einen Verbündeten betrachtete, zog verzweifelt an seinen Fesseln und wimmerte: „Ich weiß nicht, Mann. Ich weiß nichts über irgendwelche Kontonummern. Wenn ich sie hätte, würde ich sie dir geben. Habe ich nicht alles andere getan, was du wolltest?"

Ein weiteres kurzes Achselzucken. „Einiges davon, meistens. Aber die Betäubung der Wachen macht noch lange nicht alles wieder gut, Clive Winters. Du bist nur so lange wichtig, wie du von Nutzen bist. Und wenn du nichts über diese Kontonummern weißt..."

„I-I-Ich…" Smokey suchte nach etwas, irgendetwas, das seine weitere Existenz rechtfertigen würde. Es schien mir offensichtlich, dass er nichts über irgendwelche Kontonummern wusste, aber Tsepov war nicht bereit, auf Vermutungen aufzubauen.

„Vielleicht hilft das deinem Gedächtnis auf die Sprünge", sagte er, senkte die Waffe ein paar Zentimeter und drückte den Abzug.

Es war sehr laut. Im Fernsehen klangen Waffen eher wie ein scharfes Knallgeräusch. Das hier nicht. Der Schuss hallte durch den Raum und brachte meine Ohren zum Klingeln, bis er von Smokeys Schmerzensschreien übertönt wurde.

. . .

Ich sah ein klaffendes Loch in seinem Oberschenkel – aus der tiefen Wunde floss glänzendes, rotes Blut. Der Mistkerl hatte meinen Vater angeschossen.

Ein weiterer Schrei erreichte meine Ohren, kläglich und dünn. Mir wurde bewusst, dass er von mir kam und ich schnappte nach Luft. Evers knurrte neben mir. Ich musste mich zusammenreißen, durfte nicht zusammenbrechen. Smokey war dabei zusammenzubrechen, und er hatte eine Kugel im Bein, was es rechtfertigte.

Er weinte, Tränen liefen ihm über die Wangen, Rotz blubberte aus seiner Nase und tropfte auf sein Hemd, während er schluchzte. „Ich weiß es nicht, ich weiß nicht, ich weiß nicht, ich weiß nicht, oh Gott, oh Gott, bitte, ich weiß nichts", seine Worte verschmolzen zu einem kläglichen Gemurmel, bis er nicht mehr war, als ein verwundetes Tier, das vor Schmerz winselte.

Tsepov, unbeeindruckt von dem, was er meinem Vater angetan hatte, richtete seine Aufmerksamkeit auf Evers. „Und Sie", sagte er leicht, „ich bedauere es, all unsere Zeit verschwendet zu haben. Ich hätte nicht annehmen dürfen, dass das Geschäft Ihres Vaters ein Familienunternehmen ist. Aber jetzt, wo Sie es wissen, wo sind die Kontonummern?"

Evers, das Klebeband noch immer fest über seinem Mund, schüttelte den Kopf in einer Verneinung. Tsepov hob die Pistole und drückte sie Evers auf die Brust.

„Nein!", rief ich, und der Terror trieb mir die Worte aus dem Mund. „Nein, nein, er kann sie nicht finden, wenn Sie ihn erschießen. Er wird sie finden, sie hatten nur keine Ahnung, wonach sie suchen sollten. Ich bitte Sie. Er kann nicht helfen, wenn Sie ihn erschießen."

Das von Evers kommende Geräusch lag irgendwo zwischen einem Knurren und einem verzweifelten Stöhnen. Ich konnte mich nicht dazu durchringen, ihn anzusehen, zu wissen, dass seine Wut auf mich gerichtet war. Er wollte, dass ich still war und ich ihn damit fertig werden ließ.

Sein Pech. Ich hatte nicht vor, meinen Mund zu halten und zuzusehen, wie Tsepov ihn erschoss. Auf keinen Fall. Tsepov senkte die Pistole und sah mich nachdenklich an. Zu dem Gorilla zu seiner Rechten sagte er: „Yanev, lass sie frei. Bring sie zu mir."

Der Mann steckte seine Waffe ins Holster und stellte sich hinter mich. Bis auf das Wimmern und gelegentliches Schluchzen meines Vaters war es still im Raum, sodass das Aufklappen des Messers mir ohrenbetäubend vorkam. Tsepovs Mann, der an meiner Seite kniete und nach Zwiebeln und zu starkem Kölnisch Wasser roch, zog an den Plastikbändern an meinen Hand- und Fußgelenken.

Eine nach der anderen, fielen meine Fesseln weg. Er schloss eine fleischige Hand um meinen Arm und riss mich auf die Füße. Meine Arme waren immer noch hinter meinem Rücken gebunden und ich stolperte, als er mich durch den Raum zu Tsepov zog. Als ich ruckartig zum Stehen kam, wurde ich gedreht, bis ich Seite an Seite mit meinem Kidnapper stand.

Er streckte eine Hand aus und streichelte mit einem Finger über meine Wange. Auf mein instinktives Zurückschrecken hin, verengten sich seine Augen. „Wer hätte gedacht, dass Smokey Winters eine so schöne Tochter hat? Ich habe Fotos gesehen, aber sie wurden dir nicht gerecht."

Sein Finger drückte auf mein Kinn und hob mein Gesicht zu seinem. „Wenn wir uns bei den Kontonummern nicht einigen können, kann ich auf dich zurückgreifen. Du siehst aus wie eine Cheerleaderin. All das blonde Haar. Diese blauen Augen. Noch jung genug, um einen straffen kleinen Körper zu haben. Sehr beliebt im Ausland."

Dunkle, seelenlose Augen wanderten bis zu meinen

Zehen hinunter und nahmen jeden Zentimeter Haut auf, der durch mein seidiges Nachthemd freigelegt war. Mein Magen zog sich hart zusammen und Speichel sammelte sich in meinem Mund. Ich konnte mich nicht auf diesen Mann übergeben, aber da ich wusste, was er andeutete, welchen Nutzen er aus mir ziehen wollte, war ich nicht sicher, ob ich mich davon abhalten konnte.

Am anderen Ende des Raums ließ Evers ein Knurren von solcher Wut und Frustration los, dass ich weinen wollte. Meine Übelkeit verflog sofort. Ich musste mich zusammenreißen. Evers war dabei, die Kontrolle zu verlieren.

Ich hatte nicht vor, es schlimmer zu machen. Er würde nicht zulassen, dass mir etwas zustieß. Ein lächerlicher Gedanke, wenn man bedachte, dass er unbewaffnet und mit Kabelbindern an einen Stuhl gefesselt war. Es spielte keine Rolle. Evers würde nicht zulassen, dass mir etwas zustieß. Ich musste nur durchhalten, Tsepov davon abhalten, noch jemanden zu erschießen, und wir würden den Rest schaffen.

Tsepov nahm seine Hand von meinem Gesicht. Als ob wir Freunde wären, legte er einen Arm um meine Taille und drehte mich zu meinem Vater und Evers.

„Hier sind sie, die beiden Männer in deinem Leben. Dein Vater und dein Geliebter. Du bist ein kluges Mädchen. Also, was denkst du? Lügt dein Vater? Es fällt mir schwer zu glauben, dass er die geistige Disziplin hat, Schmerzen zu ertragen, aber du wärst überrascht, was Menschen für Geld tun."

Er schnippte die Waffe in Richtung Evers und schickte einen Eispflock durch mein Herz. Ich wollte, dass die Pistole irgendwo anders hinzielte, nur nicht auf Evers. „Maxwells Junge. Nun, wenn er nicht mit seinem Vater gearbeitet hat, dann glaube ich, dass er nicht weiß, wo die

Zahlen sind, aber er ist einfallsreich. Nützlich. Ich brauche nur einen von ihnen. Sag mir, wer kann mein Problem lösen?"

Tsepov hob die Waffe an und richtete sie auf Evers, dann schob er sie an meinem leeren Sitz vorbei, um auf Smokey zu zielen, der zuckte und wimmerte. Dann zurück zu Evers, der sich nach vorne lehnte, die Augen brennend vor Wut und kalt vor Angst, die Arme so stark gegen die Plastikbänder gedrückt, dass Blut an seinen Handgelenken heruntertropfte. Er hatte keine Angst um sich selbst. Er hatte Angst um mich.

Tsepov schwang die Waffe hin und her, ein leichtes Lächeln im Gesicht, und wartete auf meine Antwort. Ich warf einen Blick auf meinen Vater, sah seine Angst, seine Schwäche und darunter seine Liebe. Irgendwo in seinem Herzen liebte mich mein Vater.

Ich wusste bis in das Tiefste meiner Seele, dass er sich nie hätte vorstellen können, dass seine Handlungen mich in so große Gefahr bringen würden. Er war dumm, und töricht, und egoistisch, aber er war nicht bösartig.

Ich brauchte nicht zu überlegen.

Vielleicht hätte ich das tun sollen.

Vielleicht war ich ein schrecklicher Mensch, weil ich meine Wahl so schnell getroffen hatte. So leicht.

Es war mir egal. Mein Kopf und mein Herz wussten genau, wen sie wählen sollten.

Meine Augen richteten sich auf Evers, in der Hoffnung, er könne in ihnen die Worte lesen, die ich nie laut ausgesprochen hatte, als ich Tsepov meine Antwort gab.

"Evers. Sie brauchen Evers. Er wird Ihnen besorgen, was Sie wollen."

Ein warmer Atem streichelte mein Ohr. "Braves Mädchen. Das war doch gar nicht so schwer, oder?" Dann drehte er den Kopf und sagte: "Yanev."

Schwarzer Stoff fiel mir über den Kopf und schnitt mir die Sicht ab, fesselte meinen sauren, feuchten Atem, als der Klang meiner keuchenden Atemzüge meine Ohren erfüllte. Eine kalte Hand schloss sich über meiner Brust und drückte fest genug zu, um aus meinen engen Lungen einen schmerzhaften Aufschrei zu entlocken.

Evers brüllte vor Wut hinter den Stoffschichten, Holz klopfte, als ob er in seinem Stuhl getaumelt wäre.

Tsepovs Hand knetete meine Brust, mit einer erfreuten Stimme sagte er in mein Ohr: „Jetzt werden wir sehen, wie brav du wirklich bist."

Ich zitterte vor der Anstrengung, still zu halten, und hatte Angst, dass jeder Widerstand diese Waffe zu Evers zurückbringen würde. Ein weiteres gedämpftes Brüllen. Ich drückte meine Augen zu und betete. *Bitte. Bitte.*

Plötzlich war die Hand weg. Der Sack über meinem Kopf zog sich um meinen Hals zusammen, und ich wurde zurückgeschleift und verlor fast den Halt. Große Hände, nicht die von Tsepov, packten mich unter die Achseln und zogen mich von Tsepov weg. Weg von Evers.

Durch den dicken Stoff über meinem Kopf konnte ich Tsepovs nächste Worte nicht verstehen. Das Einzige, was ich deutlich hörte, war die Pistole. Sie feuerte zwei Schüsse in schneller Folge ab. Meine Knie knickten ein, die Beine gaben nach. Starke Arme rissen mich von den Füßen und warfen mich über eine breite Schulter. Ich konnte nichts sehen, nichts hören.

UND DANN WAREN WIR WEG, der Klang von Schüssen hallte in meinen Ohren.

33

EVERS

Seine Worte wiederholten sich ständig in meinem Kopf. „Ich behalte das Mädchen. Betrachten Sie es als Ansporn. Besorgen Sie mir, was ich will, oder sie verschwindet."

Besorgen Sie mir, was ich will, oder sie verschwindet.

Ich drückte meine Augen zu und versuchte, meine aufsteigende Panik zu kontrollieren, die Erinnerung an seine Hände auf ihr zu blockieren, ihre Augen, weit aufgerissen und verängstigt, bis sie ihr einen Sack über den Kopf zogen und sie aus dem Raum zerrten.

Ich wusste, was *verschwinden* bedeutete, was er ihr vielleicht sogar jetzt schon antat.

Wenn ich Summer fand, wenn sie in Sicherheit war, würde ich ihn in Stücke reißen. In verdammte Stücke.

„Oh, Gott. Oh, Gott, es tut weh. Es tut so weh. Oh, Gott, hilf mir doch jemand." Smokey stöhnte und weinte, und sackte in seinem Stuhl zusammen, sein Körper wurde von Kabelbindern, die ihn festhielten, hochgehalten.

Wenn ich freikam, wollte ich ihn auch töten. Er hatte

sein einziges Kind an ein Monster übergeben und sie ihm auf einem verdammten Tablett serviert.

„Ich sterbe. Du musst mir helfen", schluchzte er.

Scheiß auf ihn. Er konnte von mir aus verbluten. In der Sekunde, in der ich mich von diesem verdammten Stuhl befreien würde, würde ich direkt Summer suchen gehen. Alles, was mir in die Quere kommen würde, würde zu Asche verbrennen.

Nur eine Sache zählte jetzt noch.

Sie zurückholen. Sie retten, bevor ...

Nein.

Ich konnte verdammt noch mal nicht darüber nachdenken, wovor ich sie retten wollte. Konnte nicht an seine Hände auf ihr denken und an die Angst in ihren Augen.

In meinem ganzen Leben hätte ich mir nie vorstellen können, dass ich jemanden so lieben würde, wie ich Summer liebte.

Ich hätte meine Seele verkauft, um sie zu beschützen. Und doch hatte ich versagt. Ich hatte sie so sehr im Stich gelassen, dass sie für immer verloren sein könnte. *Nein.*

Ich würde sie retten oder bei dem Versuch sterben. Das war alles. Summer war alles, was zählte.

Ich ignorierte Smokeys verblassendes Wimmern, schaukelte den Sessel von einer Seite zur anderen und versuchte, ihn auseinander zu brechen. Normalerweise wäre es kein großes Problem, aus den Kabelbindern herauszukommen.

Hätten sie nur meine Hände zusammengehalten, wäre es mir leicht gelungen, aber sie hätten meine Arme am Unterarm und am Bizeps seitlich am Stuhl festgeschnallt, sodass ich keine Hebelwirkung ausüben konnte. Dasselbe galt für meine Beine. Die Reißverschlüsse waren an meinen Knöcheln und Schienbeinen festgezogen, und dieser gottverdammte Sessel hätte genauso gut aus Eisen sein können.

Massive Eiche. Handgeschnitzte Armlehnen. Das verdammte Ding wog mehr als ich, und bis jetzt konnte ihn nichts zerbrechen. Ich konnte es kaum von Bein zu Bein schaukeln, so schwer war es. Da meine Beine von den Knöcheln bis zu den Knien an den Sessel gefesselt waren, war ich fast unbeweglich. Unbeweglich und unbewaffnet. Gefangen.

Ich brauchte Hilfe.

Ich brauchte mein Team. Ich brauchte meine Brüder. Irgendjemanden.

Jeden, außer dem nutzlosen, sterbenden Verräter neben mir.

Ich saß da, unfähig, mich zu bewegen, unfähig zu sprechen, unfähig die Frau, die ich liebte, zu retten... Jeder Zentimeter von mir brannte vor Wut und Frustration und vor Entschlossenheit, dies richtig zu machen und ihr zu geben, was auch immer sie brauchte, um zu verhindern, was er ihr...

Ich warf meinen Kopf zur Seite, als ob ich das Bild aus meinem Gehirn schleudern könnte. Ihre Augen. Ihre Hände hatten gezittert, als sie so sehr versucht hatte, tapfer zu sein. Scheiß drauf, sie hatte *es nicht versucht,* sie *war* tapfer gewesen. Sie hatte mir das Leben gerettet.

Vielleicht hätte ich mich da herausreden können. Oder vielleicht wäre ich jetzt wie Smokey in meinem Stuhl zusammengesackt und würde die letzten Minuten meines Lebens mit dem Ticken der Uhr auf dem Kaminsims herunterzählen.

Summer hatte mich gerettet. Sie hatte mich nicht nur gerettet, sie hatte mir in die Augen gesehen und mich ihrem Vater vorgezogen. Sie wusste, was sie tat. Sie wusste, was passieren würde, und sie hatte sich trotzdem für mich entschieden.

Die ganze Zeit hatte sie mir nie gesagt, dass sie mich liebte. Nicht bis heute. Sie hatte die Worte nicht ausgesprochen, aber bei dem Opfer, das sie gebracht hatte, wie konnte ich daran zweifeln? Sie hatte mich gewählt, mein Leben gerettet und sich selbst geopfert.

Hätte sie Tsepovs Aufmerksamkeit nicht auf sich gezogen, wäre sie still geblieben, dann hätte er sie nicht mitgenommen. Sie hatte sich in die Auseinandersetzung eingemischt, um seine Waffe von mir abzulenken, und jetzt war sie weg.

Ich konnte damit nicht leben. Ich würde damit nicht leben. Ich würde mich von diesem verdammten Stuhl befreien, und ich würde sie finden, und ich würde...

Hör verdammt noch mal auf, darüber nachzudenken, befahl ich mir selbst.

Ich musste mein Mädchen retten und nicht wie eine verdammte tickende Zeitbombe explodieren.

Leichter gesagt als getan.

Dies war keine Mission.

Es war kein Job.

Ich war weder ein Ranger, noch ein Sinclair.

Ich war ein Mann, der verzweifelt in eine Frau verliebt war, die sich in den Händen eines Monsters befand.

Mein Kopf pochte von den Drogen und ein saurer Geschmack überzog meine Zunge. Von den Kabelbindern, die mir in die Handgelenke schnitten, lief mir das Blut an den Händen herunter. Sie waren zu eng, und würden trotz des Blutes nicht abrutschen.

Scheiß auf sie, weil sie klug genug waren, meine Arme zu sichern. Und scheiß auf den Besitzer von Rycroft, weil er diesen gottverdammten, unverwüstlichen Sessel gekauft hatte. Ich schaukelte ihn wieder hin und her, versuchte, von den Vorderbeinen nach hinten zu hüpfen und bekam ihn nur ein paar Zentimeter den Boden entlang. Nicht genug, um umzukippen. Das Ding wog eine verdammte Tonne.

Die Stille im Haus war ohrenbetäubend, das Ticken der Uhr auf dem Kaminsims so laut wie eine Kirchenglocke.

Wo zum Teufel waren alle? Waren sie bewusstlos? Oder bereits tot?

Tsepovs Männer waren in das Haus hineingegangen, als ob es ihnen gehörte. Hatten sie den Kontrollraum gefunden und die Wachen ausgeschaltet?

Es war unmöglich, dass Smokey alle unter Drogen gesetzt haben könnte. Das Team, das die Mauer bewachte, hatte nicht im Haus zu Abend gegessen. Es sei denn, sie hätten während des Schichtwechsels mit Griffen im Kontrollraum Kaffee getrunken. Hoffentlich war das alles. Unter Drogen war besser als tot.

Es spielte keine Rolle. Ich konnte nicht das Geringste für sie tun, während ich an diesen verdammten Sessel geschnallt war. Ich konnte nur dasitzen, an meinen Fesseln zerren, den Sessel schaukeln und nach jeder Bewegung im Haus lauschen.

Eine Ewigkeit verging. Smokeys Wimmern war zu einem vagen, nachlassenden Stöhnen verstummt. Er war noch am Leben. Fürs Erste. Er hatte drei Kugeln in sich, eine im Bein und zwei in der Brust.

Ich war überrascht, dass er noch nicht tot war. Er hätte tot sein sollen. Wenn nicht bald jemand kam, würde er es sein.

Lichter blitzten durch den Raum und fegten an den Fenstern vorbei, wie ein Auto – Gott sei Dank, ein Auto, das vor dem Haus anhielt. Türen knallten, Füße klopften, und eine Stimme rief meinen Namen.

Cooper.

Tränen der puren Erleichterung traten mir in die Augen.

Danke.

Ich blinzelte sie weg und rief seinen Namen hinter dem Klebeband, wobei ich mein Bestes tat, um etwas Lärm zu machen. Er muss mich gehört haben, denn er kam durch die Tür gerannt, bevor er ins Schleudern geriet.

„Verdammte Scheiße", sagte er und nahm die Szene mit einem Blick auf. Über die Schulter sagte er: „Smokey ist angeschossen worden. Ruf einen Krankenwagen. Und ruf Whitmore an. Hol ihn her."

Cooper ging in den Raum, zog ein Messer aus seiner Tasche und schnippte es auf, während er sagte: „Das wird wehtun."

Als er mir einen Fingernagel über meine Wange kratzte, zog er den Rand des Klebebands hoch, riss dann seine Hand nach unten und entfernte es zusammen mit ein paar Hautschichten.

„Tsepov hat Summer", sagte ich schnell. „Hol mich von diesem verdammten Sessel runter. Wir müssen gehen. Sofort."

Cooper starrte mich einen langen Moment lang an, bevor er aufstand und das Messer schloss.

„Was zum Teufel machst du da? Schneid mich los. Hörst du nicht? Tsepov hat Summer. Er hat sie und er wird sie..."

Ich konnte die Worte nicht durch den Kloß in meinem Hals aussprechen. Ich konnte sie nicht laut sagen. Ich kämpfte gegen meine Fesseln und hob den Sessel einige Zentimeter vom Boden, bevor er wieder auf den Boden knallte.

„Sag mir zuerst, was passiert ist", sagte Cooper.

„Schneid mich los, du verdammter Bastard!"

„Nein. Du stehst kurz davor, völlig durchzudrehen, und

das weißt du. Wenn ich dich befreie, bist du zur Tür hinaus, und wir haben immer noch keine verdammte Ahnung, was vor sich geht. Halt still und krieg deinen Scheiß unter Kontrolle. Wir werden Summer finden. Ich schwöre es, aber ich muss wissen, was passiert ist."

Ich kannte meinen Bruder. Ich kannte den Tonfall in seiner Stimme. Er meinte, was er sagte. Er würde mich genau da lassen, wo ich war, bis ich ihn auf den neuesten Stand gebracht hatte.

Und er kannte mich. Ein Blick und er wusste genau, wie nah ich am Abgrund stand. Er hatte keine Ahnung, wie bereitwillig ich über die Klippe springen würde.

Alles.

Ich würde alles tun, um sie zu retten. Um sie in Sicherheit zu wissen. Sonst war nichts wichtig. Nicht mehr.

Ich holte tief Luft und zwang meine zerstreuten Gedanken zur Ordnung.

„Evers. Lagebericht. Jetzt."

Mein Mund öffnete sich, und ich sprach. „Smokey hat uns unter Drogen gesetzt. Ich weiß noch nicht genau wie, wahrscheinlich durch den Wein."

„Griffen? Das Team?"

Ich schüttelte den Kopf. „Ich weiß es nicht. Ich kann nur vermuten, dass sie unten sind. Tsepov will Kontonummern. Vater hat Geld gestohlen, auf Konten überwiesen, und Tsepov will die Nummern."

„Warum zum Teufel hat er uns das nicht einfach gesagt?", fragte Cooper und schüttelte verzweifelt den Kopf.

„Er dachte, wir würden mit Vater zusammenarbeiten. Er dachte, wir wüssten Bescheid, dass wir mit drinsteckten."

„Ich werde Vater verdammt noch mal umbringen, wenn wir ihn finden."

„Er sollte lieber hoffen, dass jemand anderes ihn zuerst findet", sagte ich. In dem Moment, als Tsepovs Hände Summer berührt hatten, als ihr der Sack über den Kopf gezogen wurde und Tsepovs Gorilla sie aus dem Zimmer zerrte, verabschiedete ich mich von dem letzten Fetzen Liebe, den ich für meinen Vater empfand.

Smokey hatte uns verkauft, aber mein Vater war derjenige, der uns überhaupt erst hierhergebracht hatte. Mein Vater hatte die Tür zur Finsternis geöffnet und hatte sie unser Leben infizieren lassen. Er war der Grund dafür, dass Tsepov Summer entführt hatte.

„Er hat Summer als Druckmittel mitgenommen", sagte ich und bemühte mich, meine Stimme flach und emotionslos zu halten. Cooper musste glauben, dass ich mich unter Kontrolle hatte, sonst würde er mich nie von diesem verdammten Sessel befreien. „Je länger wir sie bei ihm lassen..."

„Ich weiß, Evers. Ich weiß, mit wem wir es zu tun haben."

„Dann lass mich von diesem verdammten Sessel runter!", brüllte ich und verlor letztendlich die Kontrolle.

EVERS

Cooper ignorierte mich und wandte sich der offenen Tür zu. Lucas Jackson schritt hindurch, sein kantiges Gesicht ernst, die Augen überschattet.

„Cynthia und der Rest von ihnen sind oben", sagte er. „Immer noch betäubt. Whitmore ist auf dem Weg. Er kann sie untersuchen."

„Wir lassen die Sanitäter nicht wissen, wer noch im Haus ist", sagte Cooper.

„Das Sicherheitsteam ist immer noch bewusstlos. Ich weiß nicht, ob er sie stärker dosiert hat, oder ob es Zufall ist. Alle sind mit Kabelbindern gefesselt. Griffen ist gerade erst wieder zu sich gekommen. Wo ist Summer?"

Auf Lucas' Frage knurrte ich, warf den Stuhl nach vorne und die Kabelbinder schnitten tiefer in meine Arme.

Cooper schickte mir einen vorsichtigen Blick, bevor er zu Lucas sagte: „Tsepov hat sie".

Lucas nickte einmal, und das Mitleid in seinen Augen brachte mich fast um. Lucas konnte ein angsteinflößender Wichser sein. Die Teile seiner Akte, die nicht geschwärzt waren, waren beängstigend. Die leeren Stellen verbargen noch mehr.

Er hatte dieses Leben hinter sich gelassen, aber es lebte in ihm. Er wusste genau, wie ich mich fühlte. Wäre es Charlie gewesen, hätte er die Welt in Stücke gerissen, um an sie heranzukommen.

„Wir werden sie finden, Ev. Das schwöre ich, verdammt. Wir werden sie finden." Lucas warf Cooper einen Seitenblick zu. „Ich lasse ihn frei."

„Nein", hielt ihn Cooper auf. „Du schneidest ihn los, und er wird zur Tür hinaus sein. Er kann nicht klar denken. Er wird sich noch umbringen."

„Fick dich, Cooper", sagte ich. Cooper stand auf meiner verdammten Liste von Personen, die ich töten wollte, gleich nach Tsepov, Smokey, dem Schläger, der Summer aus dem Zimmer gezerrt hatte, und meinem verdammten Vater.

„Er wird nicht abhauen. Ich habe ihn", sagte Lucas, als er an meiner Seite kniete und die Kabelbinder schnell durchschnitt.

In der Sekunde, als der letzte Kabelbinder zu Boden fiel, stürzte ich mich aus dem Sessel und plante bereits meinen nächsten Schritt.

Meine Waffe.

Meine Ersatzwaffe.

Autoschlüssel.

Im Arsenal von Sinclair Security eintreffen. In Richtung...

Ein Arm schloss sich um meinen Hals und riss mich von den Füßen. Ich baumelte eine Sekunde lang in der Luft, bevor meine Schultern auf eine Brust trafen, die so fest wie eine Backsteinmauer war.

Lucas' Bizeps umklammerte meinen Hals und schnitt

mir die Luft ab. Manchmal vergaß ich, wie verdammt groß der Kerl war.

Er stellte mich wieder auf die Füße, den Arm fest zusammengekrümmt, der Sauerstoffmangel bremste mich aus. Seine Stimme dröhnte in meinen Ohren.

„Ich weiß. Ich weiß, dass du halb verrückt bist und nur daran denken kannst, dass du zu ihr gelangen musst. Aber du musst mir zuhören. Ihr werdet beide getötet, wenn du das Haus in diesem Zustand verlässt. Blende die Scheiße aus, Ev. Ich schwöre dir, wir werden sie zurückholen. Ich schwöre es dir. Zwanzig Minuten machen keinen Unterschied. Also, wenn ich dich gehen lasse, läufst du dann weg?"

Ich schüttelte heftig den Kopf. Lucas dröhnte mir ins Ohr: „Lügner."

Als er seinen Griff wechselte, ließ er meinen Hals los, aber einen Augenblick später hatte er mir den Arm hinter dem Rücken verdreht. Ich wollte nicht weiter darüber nachdenken, wie erniedrigend es war, von meinem eigenen Mitarbeiter auf diese Weise aus dem Raum geführt zu werden.

Abgesehen von der Tatsache, dass er ein halber Riese war und aus soliden Muskeln bestand. Ich ließ mich von ihm in die Halle schubsen, als draußen das Heulen von Sirenen einsetzte.

Die Bar von Rycroft stand kurz davor, von Sanitätern überflutet zu werden. Wir mussten die Party sowieso verlegen. Wir machten uns auf den Weg zur Bibliothek. Lucas stieß mich auf einen Stuhl, aber jeder Muskel in meinem Körper zuckte danach, sich zu bewegen. Etwas zu tun, irgendetwas anderes, als herumzusitzen und zu reden.

Ich wusste, dass Lucas und Cooper recht hatten. Ich wusste, dass ich verrückt vor Angst und Adrenalin war. Schlecht für mein Urteilsvermögen. Schlecht für Summer.

So sehr es mich auch zerstörte, zu warten – ich musste es tun. Ich würde tun, was auch immer nötig war, um sie nach Hause zu bringen.

Cooper folgte uns in die Bibliothek. Er hatte ein Team mitgebracht, und ich konnte hören, wie einer von ihnen den Sanitätern die Tür öffnete und sie zu Smokey führte.

Ich schaute Lucas an. „Was zum Teufel machst du überhaupt hier?"

„Ich fuhr gerade in die Garage ein, als ich Cooper aus dem Aufzug fliegen sah, als würden seine Füße brennen. Ich habe ihn geschnappt, er hat mir gesagt, was passiert ist, und hier bin ich."

„Was zum Teufel hast du mitten in der Nacht in der Garage gemacht?", fragte ich, kurz ratlos.

Lucas' Gesicht wandelte sich von hart und grüblerisch zu verlegen. Hatte ich mir die Röte in seinen Wangen nur eingebildet? Wahrscheinlich.

Er zuckte schroff mit den Schultern. „Ich hatte meine Frau seit vier Tagen nicht gesehen. Wollte nicht bis morgen warten."

Cooper murmelte: „Weichei."

Lucas antwortete nicht. Ich hatte nicht vor, ihn zu necken. Das hätte ich vielleicht vor Summer getan – bevor ich wusste, wie es war, sie zu verlassen, während sie zu Hause auf mich wartete.

Cooper erklärte weiter und sagte: „Hendrix hat Franklin angerufen, um ihn wegen ihrer Wette auf die Braves zu ärgern. Als Franklin nicht geantwortet hat, hat Hendrix die Kameras überprüft und gesehen, wie er ohnmächtig am Schreibtisch saß, und rief mich an."

Ich dankte Gott im Stillen für diese blöde Wette. Hendrix und Franklin lagen dieses Jahr ungefähr gleichauf. Ich wollte nicht daran denken, was passiert wäre, wenn

Hendrix nicht gelangweilt genug gewesen wäre, um seinen Kumpel zu ärgern.

Eine Bewegung an der Tür erregte meine Aufmerksamkeit. Griffen trat auf leicht wackligen Beinen ein und hielt eine Hand am Kopf. Ich konnte mir gut vorstellen, dass er die gleichen schlimmen Kopfschmerzen hatte wie ich. Seine Augen suchten den Raum ab, und das erste, was er sagte, war: „Wo ist Summer? Sie ist nicht oben."

„Tsepov hat sie", antwortete Cooper leise und warf mir einen vorsichtigen Blick zu. „Hol die Sanitäter, damit sie einen Blick auf dich werfen können."

„Scheiß drauf. Mir geht's gut."

„Griffen", begann Cooper.

Griffen schüttelte den Kopf und zuckte bei der Bewegung zusammen. Ich kannte das Gefühl. „Spar dir das, Cooper. Mir geht's gut." Er sah mich an. „Wie lange schon? Was zum Teufel ist passiert?"

Die Vordertür schlug mit einem lauten Aufprall auf. Eine Stimme brüllte: „COOPER!"

„Oh, Scheiße", murmelte Griffen.

Coopers Augen blickten anklagend zu Lucas. „Du hast verflucht nochmal Aidan angerufen? Es ist mitten in der gottverdammten Nacht!"

„Ja, ich habe Aidan angerufen. Clive Winters liegt im Sterben. Es wäre ein gottverdammtes Wunder, wenn er die Nacht übersteht. Seine Tochter ist nicht hier, und Aidan ist sein nächster Familienangehörige. Es konnte nicht bis zum Morgen zu warten. Aiden würde es wissen wollen."

Aidan betrat den Raum, sein dunkles, rotbraunes Haar stand aufrecht. Ich konnte mich nicht erinnern, wann ich Aidan das letzte Mal anders als perfekt gekleidet gesehen hatte. Selbst wenn wir Basketball spielten, hätte ich schwören können, dass seine T-Shirts von Designern stammten.

Heute Abend trug er ein verblichenes Emory-Sweat-shirt und eine Jeans mit einem Loch am Knie. Ich hatte vergessen, dass Aiden diese Jeans hatte.

„Was zum Teufel ist hier los, Cooper? Sie verladen Smokey in einen Krankenwagen. Wie konntet ihr das zulassen? Wo zum Teufel ist Summer ?"

Cooper blickte zu Lucas, der leise sagte: „Tsepov hat Summer mitgenommen".

Aiden riss die Augen so weit auf, dass sie ihm fast aus dem Kopf quollen. Unter anderen Umständen hätte ich mich kaputtgelacht. Stattdessen war ich verdammt dankbar, dass endlich jemand Summers Entführung so ernst zu nehmen schien wie ich.

„Wie zum Teufel hat er sie aus diesem Haus geholt? Du hast gesagt, es sei sicher, Cooper. Tsepov kann sie nicht einfach mitnehmen. Hat er eine Ahnung, wer sie ist?"

Cooper wartete geduldig, während Aiden fluchte. Aidan fluchte nicht oft. So gut wie nie. Seine Kontrolle war genauso eisern wie meine. Normalerweise.

Doch Aiden nahm seine Rolle als Familienoberhaupt ernst. Er hatte mit der Kontaktaufnahme gewartet, aber er betrachtete Summer als eine der seinen. Sie war eine Winters, und niemand legte sich mit den Winters an. Schon gar nicht irgendein zweitklassiger russischer Mafioso.

Und dann klicke es in meinem Kopf.

Ich wusste genau, wie wir Summer zurückbekommen würden.

„Aidan, halt die Klappe", sagte ich.

Er sah mich an, bereit, seine Wut zu entfesseln, als er etwas in meinem Gesicht sah und verstummte.

Ich schaute zu Cooper. „Ruf Tsepov an. Sag ihm, er muss mich gegen Summer eintauschen, und zwar sofort.

Sonst wird Aiden Winters einen Scheißsturm anzetteln, den er nicht überleben wird."

Cooper starrte mich mit offenem Mund an, bevor er den Kopf schüttelte. „Nein. Nicht auf diese Weise. Wir werden..."

„Ja, auf diese Weise", unterbrach Griffen. „Wenn du sie zurückholen willst, bevor er die Chance dazu hat, sie..."

Griffen warf mir einen vorsichtigen Blick zu und sprach weiter. „Wir müssen sie zurückholen. Und zwar sofort. Wir haben keine Zeit, einen anderen Plan zu erfinden. Wenn es jemand anderes wäre, vielleicht. Aber nicht er. Er könnte seine Meinung darüber ändern, sie zu behalten." Noch ein vorsichtiger Blick auf mich.

Ich sah Cooper an, wollte, dass er es versteht. Cooper protestierte: „Er wird sie nicht töten."

„Das weiß ich", knurrte ich. „Es gibt Dinge, die schlimmer sind als der Tod. Er kann sie einfach wo anders hinbringen. Sie verkaufen..." Die Worte blieben mir im Hals stecken.

Ich konnte es nicht laut aussprechen. Ich konnte es nicht ertragen, es nicht einmal denken, aber ich wollte Cooper begreifen lassen, dass dies kein verdammtes Spiel war.

Lucas schaltete sich ein. „Cooper, wir müssen ihm klar machen, dass es zu riskant ist, sie zu behalten, und zu heikel, sie wo anders hinzubringen. Er muss wissen, dass er in jeder Sekunde, in der er sie hat, ein Ziel ist. Er will ein Druckmittel? Gib ihm Evers. Du und Knox werdet alles tun, damit euer Bruder in Sicherheit ist, und Evers kann auf sich selbst aufpassen."

Cooper schüttelte erneut den Kopf: „Auf keinen Fall werde ich meinen Bruder an Tsepov ausliefern."

„Ich frage nicht", erwiderte ich, „ich sage es dir. Ruf Tsepov an. Tue es jetzt. Sag ihm, wir wollen einen Handel abschließen. Sag ihm, wenn auch nur ein einziges Haar auf ihrem Kopf gekrümmt wird, wird Aiden mit dem stellvertretenden Direktor des FBI telefonieren."

„Scheiß drauf. Ich werde mit dem gottverdammten Präsidenten telefonieren", spuckte Aiden aus.

Es war kein Bluff. Aiden hatte die persönlichen Nummern des Präsidenten, eines Richters des Obersten Gerichtshofs, verdammt, wahrscheinlich der Hälfte der Mitglieder des Kongresses, ganz zu schweigen vom stellvertretenden Direktor des FBI und einer Handvoll Schlüsselakteure bei der NSA und der CIA.

Wenn das eigene Multi-Milliarden-Dollar-Geschäft den Globus umspannte, entwickelten sich daraus ziemlich umfangreiche Verbindungen. Aiden würde jede einzelne nutzen, um seine Familie zu schützen, sogar eine entfernte Cousine.

„Das ist nicht der richtige Weg", sagte Cooper. Er dachte nicht nach. Seiner Meinung nach war Summer ein Kollateralschaden.

„Du verstehst es nicht", wand Lucas ein. „Ruf Tsepov an. Mach den Handel."

„Ihr wollt, dass ich ihn einfach ausliefere?", fragte Cooper und streckte seine Hand in meine Richtung aus, während Frustration in jede Zeile seines Gesichts geschrieben stand.

„Evers würde für sie sterben", sagte Lucas mit einem tiefen Knurren. „Er würde es gerne tun, wenn sie dann in Sicherheit wäre. Sie haben Recht. Sobald Tsepov begreift, was er getan hat, wird er sie gegen Evers eintauschen. Er wird diese Art von Konfrontation nicht wollen. Aiden wird die Hölle auf ihn herabregnen lassen, wenn er Summer nicht zurückgibt".

„Verdammt richtig, das werde ich", stimmte Aiden zu und starrte Cooper an.

Cooper knurrte zurück: „Was zum Teufel, Aidan? Du kennst Evers seit deiner Geburt und das Mädchen erst seit..."

„Sie gehört zur Familie, verdammt nochmal", antwortete Aiden. „Und ja, ich kenne Evers seit meiner Geburt. Deshalb sage ich dir, dass du den verdammten Anruf machen sollst. Denn wenn du das nicht tust, wirst du ihn verlieren. Sieh ihn dir verdammt noch mal an, Cooper. Du hast keine verdammte Ahnung, was in diesem Moment in ihm vorgeht."

„Und du tust es? Was zum Teufel weißt du davon?"

„Er weiß es, weil er selbst eine Frau hat, für die er zu sterben bereit ist", sagte Lucas, seine Stimme knirschte. Ich wusste, dass er an Charlie dachte, daran, wie weit er gehen würde, um seine Frau zu beschützen.

Ich schauderte bei dem Gedanken, was mit jedem passieren würde, der Charlie nur für eine Sekunde Schmerzen bereitete.

„Nein, du hast Recht", sagte Cooper, „ich weiß es nicht. Verdammt nochmal, ihr seid alle verrückt und denkt mit euren Schwänzen, statt mit euren Köpfen."

Cooper redete nur Scheiße. Ich hätte ihn nie darauf angesprochen, aber mir lief die Zeit davon. „Du weißt es doch, Cooper. Wir beide wissen, dass es eine Person gibt..."

Cooper zeigte mit dem Finger auf mich und stach durch die Luft, als wollte er meine Worte wie ein Ballon platzen lassen. „Halt dein beschissenes Maul."

„...und wenn du nicht so ein verdammtes Weichei wärst, wüsstest du wirklich, wovon wir reden."

„Ja, du nennst mich ein Weichei, während du deine Zeit damit verschwendet hast, Summer anzulügen..."

Cooper verstummte abrupt, als ihm klar wurde, was er gesagt hatte. Sein Gesicht wurde blass. Er knirschte mit den Zähnen und starrte auf den Teppich unter seinen Füßen.

Nach einem langen Moment sagte er: „Es muss eine andere Möglichkeit geben."

„Es gibt keine andere Möglichkeit. Gib mir das Telefon, Cooper", forderte ich und streckte meine Hand aus. Er warf mir einen wütenden Blick zu.

„Nein. Du bist ein verdammtes Chaos. Ich lasse nicht zu, dass du mit ihm telefonierst. Du wirst drohen, ihn auszuweiden, wenn er sie anfasst, und die ganze Sache geht in die Hose. Ich werde ihn anrufen."

Er aktivierte das Display und suchte nach der Nummer, die er sich aus Tsepovs Voicemail notiert hatte. Als der Kontakt erschien, hielt er das Telefon an sein Ohr und ging auf die Tür zu.

„Bleib hier, Cooper. Ich will hören, was du sagst."

Cooper blickte finster drein, blieb aber direkt vor der Tür stehen. Tsepov antwortete, als Cooper die Nummer zum zweiten Mal wählte.

Ihr Austausch war glücklicherweise kurz. Tsepov war zwar bei weitem nicht so schlau wie sein Onkel, aber er war kein völliger Narr. Er hatte Summer mitgenommen, weil er dachte, sie sei keine echte Winters, dass es Aidan auf die eine oder andere Weise egal wäre, wenn ihr etwas zustieße.

Als ihm klar geworden war, dass sie eine Belastung war, stimmte er eifrig zu, sie gegen mich einzutauschen. Er versprach, dass es ihr gut ging, und verlangte, dass Aiden nichts unternahm, bis er sich selbst davon überzeugt hätte, dass Summer unverletzt war.

Cooper arrangierte ein Treffen in Smokeys Wohnung in einer Stunde. Tsepov wollte nicht, dass wir über seinen Versteck Bescheid wussten, und vertraute uns nicht genug, um zu uns zu kommen.

Also war er anscheinend nicht völlig dämlich. Smokeys Wohnung stand leer, vorübergehend verlassen, und war isoliert genug, um neugierigen Blicken zu entgehen.

Cooper legte auf und schob das Telefon in seine Tasche. „Ich hoffe, du weißt, was du tust", sagte er.

„Du weißt, dass ich das tue."

Cooper schüttelte resigniert den Kopf.

Ich dachte bereits an Summers Rettung und sagte: „Bin gleich wieder da. Mach dich an die Arbeit und fang an zu planen."

Ich verließ die Bibliothek und begab mich zur Treppe zu unseren Räumen. Aiden sagte etwas über den Weg ins Krankenhaus. Alles, woran ich denken konnte, war Summer in ihrem dünnen Seidennachthemd, das so kurz war, dass es kaum ihren Po bedeckte.

Ihr war wahrscheinlich kalt. Egal, ob es der Juli war, sie fror, und sie würde nicht nackt sein wollen, nach dem, was sie durchgemacht hatte.

Ich drückte ihre Tür auf, meine Augen blickten auf den Bademantel, der über dem Stuhl in der Ecke lag. Meine Finger schlossen sich um die üppige Baumwolle. Der Duft von Zitrone, Blumen und Salzwasser trieb mir in die Nase und erinnerte mich an jene Nacht im Pool. An ihren himbeerroten Bikini.

Den Bademantel in meinen Armen gefaltet, lief ich voller Hoffnung die Treppe hinunter. Tsepov hatte sich bereit erklärt, sie zurückzugeben. Sie war unverletzt. Jetzt, da der Tausch vereinbart worden war, war sie so sicher, wie es nur ging.

In einer Stunde würde sie bei meinen Brüdern sein. Ich verschwendete keinen Gedanken daran, was mit mir geschehen könnte.

Jedes Risiko war akzeptabel, wenn Summer sicher war. *Jedes Risiko.*

Ich würde sie mit meinem Leben schützen. Wenn das bedeutete, dass ich nicht nach mehr nach Hause kam, war das in Ordnung, solange es ihr nur gut ging.

35

SUMMER

Der Sack über meinem Kopf ließ mein Gesicht jucken. Ich hatte größere Sorgen als ein juckendes Gesicht, aber das war die einzige, an die ich bereit war, zu denken. Alles andere war zu beängstigend, um mich damit zu befassen.

Ich hatte nicht vor, über die Fahrt von Rycroft dorthin, wo wir jetzt waren, nachzudenken. Ich wollte nicht daran denken, wie ich auf dem Rücksitz der Limousine neben Tsepov saß, seine kalte, schlanke Hand um meinen Arm geschlungen – ich knirschte mit den Zähnen.

Es ist nichts passiert. Es ist verdammt noch mal nichts passiert, Summer. Hör auf, darüber nachzudenken.

Ich zitterte. Sie hatten die Klimaanlage aufgedreht, und es fühlte sich an wie im Januar hier drin.

Als wir hier ankamen, hatte mich jemand hineingetragen, auf einen Stuhl geworfen und etwas um den Beutel auf meinem Kopf gewickelt, sodass er mir in die Augen und über die Ohren gedrückt wurde, bis ich kaum noch hören oder atmen konnte.

Sie trugen mich eine weitere Treppe hinauf und ließen

mich auf eine Matratze fallen. Ich war allein, mit gefesselten Armen und Beinen, blind und taub und zu Tode erschrocken.

Alles, woran ich denken konnte, war Evers. Er würde mich holen kommen. Daran hatte ich keinen Zweifel. Seine Augen waren das Letzte, was ich gesehen hatte, bevor der Sack über meinen Kopf fiel. Sie waren von verzweifelter Wut, Schuldgefühlen, und Liebe erfüllt.

Er würde mich finden. Ich musste einfach durchhalten. Ruhig bleiben und zu allen Göttern, die zuhörten, beten, dass Evers nichts Unüberlegtes tat. Ich könnte es nicht ertragen, wenn ihm etwas zustoßen würde.

In einer anderen Situation würde ich Evers' Urteilsvermögen vertrauen.

Jetzt sofort?

Im Moment hatte ich nichts, worauf ich vertrauen konnte.

Ich weigerte mich, an die Schüsse zu denken. Sie hallten in meinem Kopf wider, prallten hin und her, bis sie sich zu einem Sperrfeuer vervielfachten.

Es war kein Sperrfeuer gewesen, nur zwei einzelne Schüsse, und ich hatte keine Ahnung, wo sie gelandet waren.

Nicht in Evers. Evers konnte es nicht gewesen sein. Hatte ich Tsepov nicht gesagt, dass er Evers brauchte? Was bedeutete...

Denk nicht darüber nach. Denk nicht an deinen Vater. Denk nicht daran, wie du dem Kerl mit der Waffe gesagt hast, dass er ihn töten soll.

Mein Vater war der Grund, warum ich hier war. Er hatte uns alle in Gefahr gebracht, und wofür? Für noch mehr Geld?

Ich hatte die Zahlen auf den Bankbelegen gesehen. Wo war das alles geblieben? Er hatte genug bekommen. Er hatte mehr, als die meisten Menschen in ihrem Leben gesehen hatten, und ich war hier, halbnackt, gefesselt und mit verbundenen Augen, in den Händen eines Mannes, der Frauenhandel betrieb. Wegen meines Vaters.

Ich wusste von Emma, welche Art von Geschäften die Tsepovs betrieben. Ich wusste, was mit mir geschehen würde, wenn ich nicht mehr nützlich war.

Schlimmer noch, mein Vater wusste es auch. Mein Vater wusste genau, was Tsepov mit mir machen würde, und er hatte uns trotzdem alle verraten.

Wenn mich das Retten von Evers' Leben auf Kosten meines Vaters zu einem schlechten Menschen machte, konnte ich damit leben. Solange Evers nicht am anderen Ende dieser Waffe gesessen hatte, dachte ich, ich könnte mit so ziemlich allem leben.

Ich schlief nicht. Ich war mir nicht sicher, ob ich jemals wieder schlafen würde, aber ich ließ mich treiben. Vielleicht war mir schwindelig vom Sauerstoffmangel. Vielleicht war es der Stress oder das Adrenalin. Alles fing an, wie in einem Traum zu erscheinen.

Als die Zimmertür aufschlug, brauchte ich eine Minute, um zu erkennen, dass jemand in den Raum gekommen war. Grobe Hände zogen mich von der Matratze und warfen mich über eine Schulter.

Zwiebeln und Kölnisch Wasser. Es war der Kerl, der mich aus Rycroft rausgetragen hatte. Ich war in Bewegung. *Nein!* Es war zu früh. Evers brauchte Zeit, um sich zu befreien und mich zu finden. Wenn Tsepov mich transportieren, mich verkaufen wollte...

Er ließ mich auf einen Sitz fallen. Weich. Eine Couch? Nein, ein Auto. Vielleicht das gleiche wie vorher. Lederbezüge, die an meinen nackten Oberschenkeln klebten. Eine Hand schloss sich um meinen Arm, zog mich über den Sitz und drückte mich nach unten.

Feine Wolle unter meiner Wange. Eine Hand auf meiner Schulter, Finger krallten sich in mir fest. Mein Nachthemd war um meine Hüften gewickelt. Männerstimmen. Wohin brachten sie mich? Wie sollte Evers mich finden, wenn sie mich wegbrachten? Ich würde verschwinden und...

Ich zitterte vor der Anstrengung, meine Übelkeit zurückzuhalten. Der Beutel über meinem Kopf war fest um meinen Mund gezogen. Ich durfte mich nicht übergeben und schluckte heftig dagegen an.

Oh, bitte, bitte lass mich nicht kotzen.

Ich war so darauf konzentriert, den Würgereiz zurückzuhalten, dass ich kaum die Hand auf meiner Hüfte registrierte. Ich wand mich und versuchte wegzukommen, aber es war vergeblich. Ich war gefesselt und konnte nichts sehen. Ein Arm fiel über meine Brust und drückte mich fest an meinen Platz.

Ich hielt still, meine Lungen hoben sich, verlangten nach mehr, als der dumpfen, heißen Luft, die ich durch den Sack über meinem Kopf einzog. Nicht genug Sauerstoff.

Mein Instinkt drängte mich zu kämpfen, mich zu bewegen und alles zu tun, um diese verdammten Hände von mir zu bekommen. Mein Verstand warnte mich jedoch, dass es das nur noch schlimmer machen würde.

Ich musste mich beruhigen. Ich konnte kaum noch atmen. Mein Kopf drehte sich. Kämpfen würde mich nur schwächen.

Ich blieb still liegen und betete, dass die Fahrt bald zu Ende sein würde. Wenn sie den Sack abgenommen und mich losgebunden hätten, hätte ich vielleicht eine Chance gehabt.

Solange ich lebte, gab es Hoffnung.

Was auch immer sie mir antun wollten, was auch immer passierte, ich musste am Leben bleiben.

Evers würde mich finden. Wenn ich nur am Leben bleiben könnte, würde Evers...

Die Schüsse waren nicht auf ihn gerichtet. Das konnten sie auch nicht gewesen sein. Tsepov hatte keinen Grund, Evers zu erschießen.

Evers würde mich holen kommen.

Tränen liefen mir aus den Augen, aufgesaugt von dem Beutel, der so fest um mein Gesicht gebunden war.

Evers würde mich finden.

Was auch immer passierte, ich musste einfach am Leben bleiben.

Das war alles, was ich denken konnte. Alles andere - das Auto, diese Hände auf meinem Körper, meine brennenden Lungen und mein sich drehender Kopf - war zu schrecklich.

Das Auto kam zum Stehen, und der Schoß unter meinem Kopf rutschte weg. Die Tür öffnete sich, und ich wurde an den Füßen über den Sitz gezogen, bis mein Nachthemd über meine Hüften rutschte und meine Unterwäsche entblößte. Ich hatte keine Zeit zusammenzuzucken, bevor ich in der Luft war, über die nun vertraute breite Schulter geworfen und von seinem üblen Geruch überfallen wurde.

Eine Minute lang verband sich der Geruch mit nassem Gras. Dann war es Marihuana.

Warum roch es nach Drogen?

Die Luft auf meiner Haut hatte sich verändert, der Tau des frühen Morgens wurde gegen abgestandene Hitze eingetauscht, wie in einem Haus, das zu lange verschlossen war. Ich holte noch einmal Luft, und durch die Haube fing ich Schimmel und Cannabis ein.

Ich kannte diesen Geruch. Warum kannte ich diesen Geruch? Ich wurde auf etwas Weiches fallen gelassen. Auf ein Bett? Ein Sofa?

Ich dachte darüber nach, aufzustehen und verwarf den Gedanken sofort wieder. Meine Hände waren hinter meinem Rücken gefesselt, die Knöchel so fest verbunden, dass die Knochen aneinander rieben. Was hätte ich tun können, hüpfen? Ich wäre wahrscheinlich direkt in eine Wand gesprungen.

Ich hasste es, so hilflos zu sein. Ich war nicht viel besser als ein Sack Kartoffeln, herumgeschleppt, unfähig zu sprechen und unfähig, mich zu wehren.

Es war ruhig, soweit ich das beurteilen konnte, aber ich war mir sicher, dass ich nicht allein war. An unserem vorherigen Standort hatte ich gewusst, dass das Zimmer leer war, auch ohne sehen zu können. Die Luft war ruhig gewesen. Still.

Hier, wo auch immer ich war, hörte ich nichts, aber ich spürte Menschen. Bewegung.

Ich hatte versucht zu reden, zu betteln, aber ich konnte keinen vernünftigen Ton hervorbringen. Nur verzweifeltes Gemurmel, womit ich aufhörte, als eine Faust meinen Hinterkopf packte und eine dumpfe Stimme mit starkem Akzent sagte: „Halt die Klappe.“

Ich wurde wieder hochgehoben, diesmal wie ein Kind, an eine feste Brust gedrückt, und war wieder dem ekligen Geruch ausgesetzt. Wieder er. Jemand sollte ihm von seinem Eau de Cologne erzählen. Und von den Zwiebeln.

Schritte und kühle Luft auf meiner Haut.

Stimmen.

Neue Arme, Schritte und kühle Luft auf meiner Haut.

Stimmen.

Neue Arme, und ich wurde auf etwas Weiches geworfen.

Ein Autositz.

Leder.

Bevor ich mich orientieren konnte, fiel ein Körper halb

auf mich und Autotüren knallten zu. Es gab einen Bewegungsruck, Reifen quietschten, und wir rutschten aus und fielen fast von der Sitzbank.

Die Hände schlossen sich über meinen Armen, zogen mich hoch, und ich flippte aus.

Es waren die Hände. Mehr Hände, die nach mir griffen, meine nackte Haut berührten, an mir zogen, mich auf den Sitz brachten.

Nicht mehr.

Sie hatten mich verkauft, brachten mich weg, und Evers würde mich nicht mehr finden können. Verzweiflung und Terror übertönten alles andere. Ich kämpfte, die Geräusche in meiner Kehle wurden wild und panisch.

Ich versuchte, meine Knie bis zur Brust hochzuziehen, meinen Kopf nach unten zu drücken und alles zu tun, um jeden Zugang zu meinem Körper zu blockieren. Ich drehte mich und grub mich im Fußraum ein, um den Händen zu entkommen, die nach mir griffen.

Unklare Stimmen drangen durch die Kapuze. Hände zogen an dem Stoff, und die Verengung um Mund und Ohren fiel weg.

Mein Name.

Ich hörte meinen Namen.

„Summer! Summer, verdammt noch mal, hör auf zu schreien! Ich bin's, Griffen. Cooper und Lucas sind hier. Wir haben dich, Summer. Alles ist gut."

Griffen?

Ich kannte diese Stimme.

Ich hörte auf zu kämpfen und wurde schlaff, konnte endlich ungehindert atmen. Griffen Hände glitten unter meine Achseln und zogen mich auf den Sitz.

„Nicht bewegen. Lass mich dich aus diesem Ding rausholen."

Meine Handgelenke waren frei, und er steckte meine

Hand in einen Ärmel. Dicke, weiche Baumwolle. Der Geruch meiner Körpercreme. Zitrone und Blumen. Mein Bademantel.

Stoff drapierte sich um meinen Körper, schirmte mich ab, und ein Teil des Eises in meinen Knochen begann zu schmelzen. Eine Träne lief mir über die Wange. Ich hätte nie gedacht, dass ich so dankbar sein würde, einfach nur bedeckt zu sein.

Ich zog den Bademantel eng um mich und setzte mich auf, wobei ich meine Knie an die Brust zog, als Griffen mir die Tasche ganz vom Kopf zog, und ich einen süßen, sauberen Lufthauch einsaugte.

Meine Augen huschten im Innern des Sinclair Security Fahrzeugs herum.

Cooper fuhr. Lucas saß auf dem Beifahrersitz, und Griffen saß mit mir auf dem Rücksitz.

Aber wo war Evers?

Wo zum Teufel war Evers?

36

SUMMER

Ich fragte das einzige, was mich interessierte.
„Wo ist Evers?"

Das Schweigen dehnte sich aus, die Männer warfen sich heimlich Blicke zu, aber keiner von ihnen sprach.

Ich hasste die Spur der Hysterie in meiner Stimme und fragte wieder: „Wo ist Evers?"

Griffen streckte eine besänftigende Hand aus. „Summer, beruhig dich, Schatz. Es ist alles in Ordnung. Bist du verletzt? Haben sie dir wehgetan?"

Er warf einen düsteren Blick zu den Vordersitzen des Wagens. Cooper begegnete meinen Augen im Rückspiegel, bewertend und kühl. Lucas starrte mich an und suchte nach etwas in meinem Gesicht.

Ich zog das Gewand fest um mich, machte einen Knoten in den Gürtel und schüttelte den Kopf. „Es geht mir gut. Sie haben nichts getan, nur..."

Ich konnte es nicht sagen. Die Worte „greifen" und „berühren" beschrieben nicht die Verletzung dieser Hände, die Art und Weise, wie meine Haut unter ihnen gefror. Die Angst.

Ich schüttelte wieder den Kopf.

„Es geht mir gut. Sag mir, wo Evers ist."

„Er ist-", fing Griffen an.

„Hat Tsepov ihn erschossen?" Ein Schluchzen erstickte meine Stimme. „War es Evers?" Meine Worte quietschten heraus, erstickt von Tränen und Panik.

Nein! Er hätte hier sein sollen. Er sollte mich retten und hier sein. Wo war er?

„Er wurde nicht erschossen", sagte Griffen schnell.

Wenn diese Kugeln nicht für Evers bestimmt waren, bedeutete das, dass sie meinen Vater getroffen hatten. Darum würde ich mich später kümmern. „Sag es mir einfach. Geht es ihm gut?"

Coopers Augen, hart und wütend, blitzten auf, um meinen im Rückspiegel zu begegnen. „Ich schätze, das kommt darauf an. Wir haben ihn gegen dich eingetauscht."

Mein Kopf drehte sich. Was? Warum? Ich konnte Coopers anklagenden Blick nicht ertragen. Ich schaute zu Lucas und Griffen. „Warum? Warum habt ihr das getan? Was, wenn sie ihm wehtun?"

„Sie werden ihm nichts tun", knurrte Lucas. „Evers war ein Ranger. Er ist verdammt zäh. Diese Typen", Lucas schüttelte spöttisch den Kopf, „er wird mit diesen Typen fertig, Summer. Du hättest es nicht gekonnt."

„Du warst bei ihnen in viel größerer Gefahr, als Evers jetzt ist", sagte Griffen. „Und ehrlich gesagt, er war uns nicht von Nutzen, solange sie dich hatten. Er war halb verrückt. Das Einzige, was ihn interessierte, war, dich zurückzubekommen."

Ich schlang meine Arme um meine Brust, lehnte mich zurück und versuchte, die Teile in meinem Kopf zusammenzufügen. Sie hatten Evers.

Ich wollte mir nichts vormachen. Ich war dankbar, von Tsepov weg zu sein, weg von diesen Händen und der

Kapuze. Ich wollte nach Hause gehen und eine lange, heiße Dusche nehmen. Ich wollte Kleidung anziehen, und zwar viel davon. Ich wollte jeden Zentimeter meiner Haut sauber und hinter dicken Stoffschichten haben.

Ohne Evers wollte ich das alles nicht.

„Wann bekommt ihr ihn zurück?", fragte ich. „Sagt mir nicht, dass ihr ihn dort lasst. Sagt mir, dass ihr einen Plan habt."

„Wir haben einen Plan", bestätigte Cooper. „Wir treffen uns in zwei Stunden mit dem FBI auf Rycroft. Evers hat einen Peilsender in seiner Kleidung versteckt."

„Was, wenn sie ihn finden?", unterbrach ich.

Griffen schenkte mir ein mildes Lächeln. „Er hat mehr als einen. Ich garantiere dir, dass sie nicht alle finden werden."

„Also, ihr findet heraus, wo sie ihn haben, und ihr geht rein und holt ihn?"

„So etwas in der Art. Glaub mir, Evers kann sich aus fast jeder Gefangenschaft befreien. Wenn diese Typen raffinierter wären, eine andere Art von Kriminellen, würde ich mir Sorgen machen", sagte Griffen, „aber er wird es schaffen. Wenn er das nicht kann, wissen wir wenigstens, wo er ist."

Ich teilte die Zuversicht von Griffen nicht. „Das gefällt mir nicht. Er hätte es nicht tun sollen."

„Wir konnten ihn nicht davon abhalten", sagte Cooper mit flacher Stimme. „Er war fest entschlossen. Ich hoffe, du bist es wert."

Coopers Worte trafen den Nagel auf den Kopf. Nicht, weil ich dachte, er hätte Recht. Ich *war* es wert. Ich wusste, dass ich es war. Ich war es wert, weil ich Evers liebte. Ich liebte ihn mehr als alles andere, mehr als meinen Vater.

Mehr als mich selbst.

Hätte ich eine Ahnung gehabt, was sein Plan war, hätte ich ihm das nie durchgehen lassen. Was hatte ich von meiner Freiheit, wenn er in Gefangenschaft war?

Nein, Coopers Worte schmerzten, weil ich nie die Gelegenheit hatte, ihm zu sagen, dass ich ihn liebte. Die ganze Zeit wollte ich es ihm sagen, und ich konnte die Worte nicht herausbekommen. Meine Angst hatte mich zurückgehalten. Jetzt war er weg, dem Mann ausgeliefert, der meinen Vater so gewissenlos erschossen hatte. Ganz einfach.

Dieser Mann hatte Evers, und Evers wusste nicht, dass ich ihn liebte.

Eine heiße Träne lief mir über die Wange. Ich wischte sie mit dem Handrücken weg, wütend auf mich selbst.

„Hey, wir werden ihn nach Hause holen", sagte Lucas, seine grünen Augen ernst und freundlich. „Ich schwöre dir, wir werden ihn nach Hause holen."

Ich starrte schweigend aus dem Fenster und sah, wie die Straße vorbeiflog. Plötzlich fiel mir etwas ein und ich fragte: „Lebt mein Vater noch? *Er* wurde erschossen, nicht wahr?"

Cooper antwortete: „Er ist im Krankenhaus, in der Chirurgie, soweit ich weiß. Aiden ist bei ihm. Ich glaube, er hat deine Mutter angerufen und gesagt, dass sie unterwegs ist."

„Glaubst du, dass er es schaffen wird?" Ich wusste nicht, ob ich seine Antwort hören wollte.

Ich hatte Recht.

„Das ist schwer zu sagen", sagte Cooper sanft. „Seine Chancen sind nicht groß. Er hat eine Menge Blut verloren, bevor er ins Krankenhaus gekommen ist. Willst du, dass wir dich zu ihm bringen?"

Ich dachte darüber nach. Wollte ich das? Ich sollte es. Ich sollte da sein, wenn er aus der OP kam.

Ich schüttelte den Kopf. „Nein. Ich gehe nirgendwohin, bis Evers nach Hause kommt."

Coopers Augen leuchteten zum ersten Mal vor Zustimmung. Er sagte nichts, nickte nur zügig und wandte seine Aufmerksamkeit wieder der Straße zu.

Tsepov hatte Evers. Das war genauso die Schuld meines Vaters, wie der Rest davon. Ich konnte jetzt nichts mehr für meinen Vater tun. Sein Leben lag in den Händen der Ärzte. Ich konnte auch nicht viel für Evers tun, aber ich konnte den Gedanken nicht ertragen, Rycroft zu verlassen und das Treffen mit dem FBI zu verpassen.

Ich konnte es nicht ertragen, nicht zu wissen, was vor sich ging, nicht zu wissen, wie nahe er dran war, nach Hause zu kommen. Wenn ich im Krankenhaus wäre, würde ich nicht wissen, was los war. Ein unerträglicher Gedanke. Das konnte ich nicht zulassen.

Schloss Rycroft war seltsam still, als wir ankamen. Das Personal war für den Tag freigestellt worden, abgesehen von der Köchin. Cynthia, Clint, Angie und Viggo waren auf ihre Zimmer beschränkt und wurden bewacht, bis sich die Situation mit Tsepov stabilisiert hatte.

Griffen wies mir den Weg zu der Halle, die zu meinem Zimmer führte. „Ich werde die Köchin bitten, Frühstück zu machen. Brauchst du Hilfe beim Frischmachen? Willst du, dass ich Cynthia hole? Oder Angie?"

„Nein. Es geht mir gut. Es wird nicht lange dauern."

Mehr konnte ich nicht sagen. Ich wusste, dass Griffen sich Sorgen machte, und ich wollte nicht darüber nachdenken. Ich wollte nur eine heiße Dusche.

Das Wasser brannte auf meiner Haut, wo die Kabelbinder festgezogen waren. Ich drehte es so heiß auf, wie es ging, und ließ es über mich fließen.

Alles war falsch.

Alles stand auf dem Kopf.

Ich wusste, dass Evers mich retten würde. Ich hatte es mit jeder Zelle meines Körpers und jedem Schlagen meines Herzens geglaubt. Niemals hätte ich mir in all der Hoffnung und dem Glauben vorstellen können, dass er mich retten würde, indem er sich selbst opferte.

Ich wollte ihm die Hölle heiß machen, wenn er nach Hause kam. So heiß, dass er so etwas Dummes nie wieder tun würde. Ich schrubbte meine Haut dreimal, rasierte mich, wusch und pflegte mein Haar.

Als ich fertig war, fühlte ich mich immer noch nicht sauber. Der Fleck befand sich in meinem Inneren, und keine Seife konnte ihn wegwaschen.

Ich war erschöpft und hungrig und immer noch zu Tode erschrocken. Eine weitere halbe Stunde unter dem heißen Wasser würde nichts davon ändern. Essen vielleicht. Es könnte nicht schaden.

Ich kämmte meine Haare und band es zu einem lockeren Knoten im Nacken zusammen. Als ich mich daran erinnerte, dass das FBI kommen würde, nahm ich mir ein paar Minuten Zeit, um etwas Wimperntusche und Eyeliner aufzutragen. Wir wollten Evers zurückholen, und wenn ich ihn sah, wollte ich nicht verweint und aufgedunsen aussehen.

Ich war stark. Ich hatte mich unter Kontrolle. Ich hatte überlebt, und ich würde jetzt nicht zusammenbrechen. Ich stand vor meinem Schrank und dachte nach. Meine Kleider erinnerten mich zu sehr an mein weggeworfenes Nachthemd.

Ich wusste, dass ich sicher war. Ich wusste, dass niemand in diesem Haus mich auf eine Weise berühren würde, die ich nicht wollte, und doch konnte ich es nicht ertragen, mich so unbedeckt zu fühlen. Ich konnte den Bademantel auch nicht den ganzen Tag tragen. Sonst würden alle merken, dass es mir ganz und gar *nicht* gut ging.

Wenn sie dachten, ich würde zusammenbrechen, würden sie mich wie die anderen unter Bewachung stellen, und ich wäre von dem, was mit Evers geschah, ausgeschlossen.

Am Ende zog ich ein marineblaues Maxikleid und eine weiße Strickjacke an. Die Strickjacke war zu warm für Juli in Atlanta, aber die Klimaanlage im Haus machte sie fast akzeptabel. Ich hätte Jeans bevorzugt, aber ich hatte keine mitgebracht. Zumindest bedeckte mich das Maxikleid von den Schultern bis zu den Knöcheln. Es war nicht mein schmeichelhaftestes Outfit, aber es war nicht schrecklich, und ich fühlte mich dadurch sicher. Das war das Beste, was ich im Moment tun konnte.

Das FBI hatte sich mit Lucas, Cooper und Griffen an den Tisch im Esszimmer gesetzt.

Ein großer, schlaksiger Mann mit gütigen Augen erhob sich, um mir die Hand zu schütteln, als ich den Raum betrat.

„Ich bin Agent Holley. Es ist schön, Sie sicher und wohlauf zu sehen", sagte er. „Wir werden Evers so schnell wie möglich nach Hause holen."

„Danke", murmelte ich, als ich mich setzte. Holley stellte die beiden anderen Agenten vor. Ihre Namen schwebten in meinem Gehirn herum, aber meine Nerven waren zu angespannt für gute Manieren.

Ich nickte in ihre Richtung und alle anderen nahmen ihre Diskussion über Tsepov und den Plan, den sie gegen ihn aufstellten, wieder auf.

Keiner von ihnen erwähnte meinen Vater, und dafür war ich dankbar. Mir war klar, dass mein Vater, falls er es überlebte, wahrscheinlich ins Gefängnis gehen würde. Ich hatte keinen Zweifel daran, dass Cooper das Geständnis meines Vaters in ihrem Schutzraum aufgenommen hatte.

Die Köchin brachte mir einen Teller und eine dampfende Tasse Kaffee. Ich aß und versuchte, dem Gespräch zu folgen. Griffen beugte sich vor und flüsterte: „Wir haben Evers' Signal aufgefangen. Wir wissen, wo sie ihn festhalten, und seine Lebenszeichen sind gut."

„Woher kennt ihr seine Lebenszeichen?", flüsterte ich zurück.

Griffen zwinkerte mir zu. „Oh, wir haben jede Menge Spielzeug."

„Ich wette, dass ihr das tut", murmelte ich.

Ich aß mechanisch, nur leicht beruhigt durch die Anwesenheit von Cooper, Lucas, Griffen und dem FBI. Coopers Wut auf mich schien verflogen zu sein, jetzt, da er wusste, dass es Evers gut ging.

Trotz seiner Fassade wusste ich, dass er nicht so zuversichtlich war, wie er es mich glauben lassen wollte. Er klopfte mit einem Finger im schnellen Takt auf den Tisch, so wie er es getan hatte, als er kurz davorstand, meinen Vater im Schutzraum zu foltern.

Cooper mochte ruhig aussehen, aber im Inneren war er alles andere als das. Wenn Cooper so nervös war, dann war es nicht so einfach, Evers zurück zu bekommen, wie sie es vorgaben.

Sie hatten einen Plan. Sozusagen. Ich war kein Experte, aber es hörte sich für mich so an, als ob der größte Teil des Plans darauf hinauslief, zu warten, bis Evers einen Zug machte.

Das gefiel mir nicht.

Mir gefiel besser, das *Haus zu stürmen und Evers irgendwie rauszuholen*. Ich wollte nicht warten. Ich hatte die halbe Nacht gewartet. Ich wollte Evers bei mir haben. Und zwar sofort.

Es sah so aus, als würde mein Wunsch nicht so schnell in Erfüllung gehen.

Cooper schob seinen Stuhl vom Tisch zurück. „So, das war's. Wir gehen ins Büro, treffen uns dann am vereinbarten Treffpunkt und gehen in Position."

„Hört sich gut an", sagte Agent Holley und stand auf. Die beiden Agenten, die er mitgebracht hatte, erhoben sich ebenfalls. Zu mir meinte er: „Miss Winters, es war schön, Sie kennenzulernen. Hoffentlich findet das nächste Treffen unter besseren Umständen statt."

Wenn man bedachte, dass das nächste Mal wahrscheinlich wäre, wenn er meinen Vater verhaften würde, stimmte ich ihm nicht zu, aber mir gelang immerhin ein Lächeln.

„Es hat mich auch gefreut, Sie kennenzulernen. Werden Sie Evers nach Hause bringen?"

„Wir werden alles tun, was wir können", versicherte er mir.

Cooper umrundete den Tisch und blieb bei meinem Stuhl stehen. Er legte mir eine schwere Hand auf die Schulter und sah mir in die Augen. „Wir werden ihn nach Hause bringen. Ich verspreche es."

Ich begann, meinen Stuhl zurückzuschieben und sagte: „Ich möchte mitkommen."

Jeder Mann im Raum sagte: „Nein!", und ihre Stimmen überschnitten sich in einem Chor von männlichem Affront und Verzweiflung.

Coopers Hand auf meiner Schulter wurde zu einer Eisenklammer, die mich an Ort und Stelle hielt. „Auf keinen Fall. Du wärst nur im Weg."

„Charlie kommt gleich hierher", sagte Lucas von der anderen Seite des Tisches aus. „Ich dachte mir, dass du nicht alleine warten möchtest, und sie ist zu aufgeregt um zu arbeiten. Sie wird in ein paar Minuten hier sein, und wahrscheinlich am Verhungern sein. Ihr beide könnt euch gegenseitig Gesellschaft leisten, denn du kommst auf keinen Fall mit uns mit, verdammt."

Ich wollte protestieren, aber ich hielt den Mund. Gegen so viel Widerstand hatte ich keine Chance, vor allem nicht, da sie Recht hatten. Ich wäre ihnen im Weg. Ich hasste nur den Gedanken, herumzusitzen und Toast und Rührei zu essen, währen Evers in Gefahr war, weil er sich gegen mich eingetauscht hatte. Ich starrte auf meinen Teller. „Okay."

Cooper drückte meine Schulter noch einmal und klopfte mir beruhigend auf den Rücken.

„Halt einfach durch. Evers weiß, was er tut."

EVERS

I ch hatte keine Ahnung, was ich da tat.
    Mein Plan war einfach:
Tausche dich selbst gegen Summer.
Bring Summer in Sicherheit.

Dann mach dich frei, verfolge Tsepov und informier das Team, wenn es Zeit ist, anzugreifen.

Der erste Teil war einfach.

Der Rest war alles andere als das.

Sie hatten mich auf Waffen und Elektronik überprüft. Kabel, GPS-Sender, alles, was sie verraten oder zurückkommen und ihnen in den Hintern beißen könnte. Sie fanden zwei der winzigen GPS-Sender, die in meine Kleidung eingenäht waren.

Ich war nicht verkabelt, aber sie durchsuchten mich. Gründlich. Ich konnte nicht anders, als mir vorzustellen, dass sie Summer auf die gleiche Weise durchsucht hatten. Der Gedanke daran brachte mein Blut zum Kochen.

Ich hatte nie ein Problem damit, mich unter Kontrolle zu halten.

Aber ich konnte es nicht, wenn es dabei um Summer ging.

Sie war sicher, bei meinen Brüdern und außer Gefahr.

Das hätte genügen müssen.

Tat es aber nicht.

Ich würde mich erst beruhigen können, wenn ich sie mit eigenen Augen sah. Nicht das Bild von ihr, mit einem Sack über dem Kopf und in einem zerrissenen Nachthemd. Ich wollte sie in meinen Armen halten, ihr in die Augen sehen und ihr direkt ins Herz blicken. Ich musste wissen, dass es ihr gut ging, dass diese Katastrophe bei ihr keine bleibenden Narben hinterlassen hatte.

Ich würde es nie herausfinden, wenn ich nicht aus diesem verdammten Raum verschwinden würde. Bislang hatten sie mich durchsucht, gefesselt und in einem Raum im zweiten Stock von Tsepovs provisorischem Hauptquartier zurückgelassen. Es könnte derselbe Raum gewesen sein, in dem sie Summer festgehalten hatten. Es kam mir vor, als hätte ich auf der Bettdecke eine schwache Spur ihres Parfüms gespürt.

Sie hatten sich nicht um eine Kapuze gekümmert und mich mit dem Gesicht nach unten auf dem Rücksitz gehalten, so dass ich nicht sehen konnte, wohin wir fuhren, aber ich konnte einen Blick auf die Nachbarschaft werfen, als sich das Garagentor hinter uns schloss. Dicht gedrängte McMansions in einer Sackgasse. Nicht gerade versteckt. Andrej Tsepov war nicht sehr subtil.

Nun, da der erste Teil des Plans erledigt war, ging es nun weiter mit dem nächsten Schritt.

Mich befreien.

Es war schon eine Weile her, dass mich jemand gefesselt hatte, aber in meiner Branche zahlte es sich aus, vorbereitet zu sein. Ich konnte Handschellen hinter meinem

Rücken öffnen und Kabelbinder im Handumdrehen durchbrechen.

Sie hatten mit diesem unverwüstlichen Stuhl auf Rycroft Glück gehabt, besonders, wenn man bedachte, wie sie mich festgeschnallt hatten, aber hier waren sie nicht so gründlich gewesen.

Sie hatten Kabelbinder benutzt, um meine Hände hinter meinem Rücken zu sichern, und noch mehr, um sie an meinen Knöcheln zu befestigen. Als das erledigt war, hatten sie das ganze Durcheinander mit Klebeband umwickelt, und sind mit dem Gedanken, dass ich keine Bedrohung mehr war, aus dem Raum gelaufen.

Da hatten sie sich geirrt. Und sie lagen auch falsch, als sie dachten, dass ein paar Kabelbinder und etwas Klebeband mich bewegungsunfähig machen würden.

Zuerst musste das Klebeband abgezogen werden.

Es war schon eine lustige Sache. Klebeband ist auf seine eigene Art stark, aber so konstruiert, dass es leicht zerrissen werden kann. Ironischerweise ist es umso leichter, einen Streifen von der Rolle abzureißen, je teurer die Marke des Klebebandes ist, was es im Haus sehr praktisch macht, aber keine gute Option ist, um Hände zusammenzubinden.

Nur Leute, die zu viele Filme gesehen hatten, dachten, Klebeband funktionierte wie Handschellen. Verdammte Amateure. Die Crew von Sergej Tsepov hätte niemals diese Art von Fehler gemacht. Waren Sergejs Jungs weggegangen, als sein weitaus weniger kompetenter Neffe das Ruder übernahm? Das war eine Frage für einen anderen Tag.

Ein leichtes Verdrehen und Zerren meiner Handgelenke, und ich hatte einen kurzen Riss im Band. Nachdem das Klebeband gerissen war, musste man einfach daran arbeiten, bis es auseinanderfiel. Streifen für Streifen deckte ich meine Handgelenke und dann meine Knöchel auf.

Ein paar Minuten später war ich von silbernen Fetzen umgeben, sodass nur die Kabelbinder überblieben, um die ich mich kümmern musste. Es gab einige Möglichkeiten, Kabelbinder zu lösen, und ich war Experte für alle. Alle Methoden liefen auf eines von zwei Dingen hinaus: die Manipulation des Verbinders oder das Brechen des Kunststoffs selbst.

Als ich auf Rycroft an den Stuhl geschnallt war, konnte ich keins von beidem tun. Die Hebelwirkung reichte nicht aus, um den Kunststoff zu brechen, und meine Finger waren zu weit von den Bändern entfernt, um den Verbinder zu erreichen. Hier, gefesselt auf einem Bett, hatte ich allen Zugang, den ich brauchte.

Sie waren klug genug gewesen, die Enden der Kabelbinder abzuschneiden. Hätten sie sie gelassen, hätte ich sie zurückbiegen, unter die Lasche schieben können, die den Reißverschluss geschlossen hielt, und sie so aufschneiden können. Das war etwas schwieriger mit meinen Fingernägeln zu machen, aber nicht unmöglich.

Zuerst machte ich mich an meinen Knöcheln zu schaffen und befreite sie leicht. Ich konnte die Lasche am Verbindungsstück an meinen Handgelenken nicht erreichen, aber jetzt, da meine Füße frei waren, brauchte ich das auch nicht mehr. Als ich mich vom Bett rollte, um aufzustehen, lehnte ich mich vor, schob meine Arme hinter mir hervor und legte meine gefesselten Handgelenke fest auf meinen Rücken.

Die Plastikreißverschlüsse schnitten in meine bereits aufgerissenen Handgelenke, brachen aber nicht. Ich versuchte es noch einmal, fühlte die plastische Dehnung, aber sie hielten. Es war viel einfacher, dies von vorne zu tun, aber ich war zu ungeduldig, um mir die Zeit zu nehmen, meine Handgelenke nach vorne zu bringen.

Ich lehnte mich erneut vor, beugte meine Knie und drückte meine Arme so weit und so fest wie möglich nach hinten. Ich brach sie mit einem scharfen Schlag gegen meinen Rücken auf. Mit einem hörbaren Knacken sprangen die Plastik-Verschlüsse auf, und meine Hände waren frei.

Jetzt wurde es schwierig. Ich war allein und ohne Waffen in der feindlichen Festung, umgeben von bewaffneten Männern, die nicht zögern würden, auf mich zu schießen.

Ich hatte zwei Möglichkeiten. Ich konnte unbemerkt aus dem Haus fliehen, zu Cooper gelangen und nach Hause gehen. Oder ich könnte mir eine Waffe besorgen, Tsepov finden und ihn festhalten, bis das FBI in der Lage war, einzubrechen und ihn festzunehmen.

Ratet mal, für welche ich mich entschieden hatte.

Ich musste es tun.

Ich war nicht mein Vater.

Maxwell war wegen des Geldes und des Ruhms ins Familienunternehmen eingestiegen.

Ich mochte Geld. Wer tat das nicht? Und Ruhm, nun ja, Ruhm war schön, wenn er verdient war.

Keins von beidem war der Grund, weswegen ich hier war.

Im Kern ging es mir darum, Menschen zu helfen. Das Richtige zu tun. Das bedeutete mir etwas. Ich war in die Armee eingetreten, weil ich meinem Land dienen wollte. Ich war den Rangern beigetreten, weil ich wissen wollte, wie viel ich zu geben hatte.

Die Antwort war: verdammt viel.

Ich konnte dieses Haus ebenso wenig ohne Tsepov verlassen, wie ich Summer in den Händen dieses Monsters hätte lassen können. Es ging nicht mehr um meine Familie. Hier ging es um die Frauen, die ihm und seinem Onkel nicht entkommen waren, um die Kinder.

Scheiße, ich wollte nicht darüber nachdenken, was er mit Kindern machte. Ich wusste es, ich wollte nur nicht darüber nachdenken. Waffen und Drogen waren schlimm genug, aber ich hätte das vielleicht durchgehen lassen können. Nicht für immer, aber lange genug, damit wir uns neu formieren und herausfinden konnten, wo mein Vater war.

Der Menschenhandel stellte die Dinge auf eine ganz andere Ebene. Keiner von uns konnte davor weglaufen.

Ich musste mir eine Waffe besorgen und Tsepov finden. Ich musste Cooper ein Zeichen geben. Alles einfache Dinge in der Theorie, in der Realität jedoch nicht leicht auszuführen. Tsepovs Schläger waren nicht übermäßig hell, aber sie waren stark, schnell und sehr gut bewaffnet.

Auf Rycroft war mir aufgefallen, dass außer den halbautomatischen Gewehren, die sie in den Händen hielten, - verheerend in einem verdammten Wohnzimmer - alle eine zweite Pistole dabeihatten, und ich hätte wetten können, dass mindestens eine weitere versteckt war.

Ich lehnte mich an die Tür und atmete gleichmäßig, um meinen Geist zu klären, bis ich mich konzentrieren konnte. Die nächsten paar Minuten würden darüber entscheiden, ob ich lebte oder starb.

Nur wenn ich unglaubliches Glück hatte, gab es einen Weg durch den nächsten Schritt des Plans ohne den Verlust von Menschenleben. Keiner dieser Männer würde sich von mir entwaffnen lassen. Sie würden bis zum Tod kämpfen, um ihren Boss zu schützen. Wenn ich lebend herauskommen und helfen wollte, Tsepov zu Fall zu bringen, musste ich bereit sein, das bis zum Ende durchzuziehen.

Das *war* ich.

Ich hasste es, töten zu müssen. Mir gefiel es nicht, Macht über das menschliche Leben zu haben. Wenn ich dachte, ich könnte schießen, um zu verstümmeln, würde ich es tun, aber das funktionierte nur in Filmen. Wenn man im echten Leben eine Waffe zog, musste man darauf vorbereitet sein, sie zu benutzen. Den Feind am Leben zu lassen, war eine großartige Möglichkeit, sich töten zu lassen. Ich hatte nicht die Absicht zu sterben. Nicht heute.

Hände ruhig, Atem gleichmäßig, Geist klar.

Ich durchquerte den Raum und öffnete das Fenster, das gegenüber der Tür lag. Ich hielt inne und wartete darauf, dass ein Alarm ertönte. Nichts geschah. Sogar die Reichen hatten billige Alarmanlagen und brachten selten Sensoren an den Fenstern im zweiten Stock an. Ein Fehler.

Ich ließ das Fenster offen, durchquerte den Raum und öffnete die Tür. Der Flur war leer. Mehrere Stunden waren vergangen, seit wir den Handel abgeschlossen hatten. Genug Zeit für Cooper und Agent Holley, um sich vorzubereiten. Sie würden auf mein Signal warten.

Sie hatten vielleicht gesehen, dass das Fenster offen war, aber ohne ihre Position zu kennen, konnte ich mich nicht darauf verlassen. Ich musste ein Telefon in die Hände bekommen. Stimmen hallten die Treppe am anderen Ende des Flurs hinauf. Ich stand völlig still und hörte zu.

Im zweiten Stock gab es keine Spur von Bewegung. Kein Knarren der Bodenbretter, keine Stimmen, keine quietschenden Stühle und kein Fernseher- oder Radio-Gemurmel.

Ich war der Einzige hier oben. Das war unerfreulich.

Ich könnte zurück ins Zimmer gehen und warten, bis jemand nach mir sah – möglicherweise der klügste Ansatz. Es würde mir Zeit geben, mich in Position zu bringen, und wer auch immer kommen würde, würde nicht erwarten, dass ich frei war. Es bedeutete aber auch, weiß Gott wie lange zu warten, und Cooper und das FBI in der Schwebe zu lassen.

Summer würde sich Sorgen machen.

Oder ich könnte die Aufmerksamkeit auf den Raum lenken und hoffen, dass nur einer oder zwei von ihnen hochkamen, um nachzusehen. Das gab mir zwar immer noch die Oberhand, aber dadurch wären sie in Alarmbereitschaft versetzt worden, und ich wäre möglicherweise zu sehr in der Unterzahl, um die Kontrolle zu übernehmen.

Ich war gut, aber mit leeren Händen gegen zwei oder mehr schwer bewaffnete Leibwächter anzutreten, war nicht unbedingt von Vorteil.

Dann gab es noch die Action-Helden-Option – die Treppe hinunterzugehen und den ersten Schläger, den ich sah, zu entwaffnen, bevor ich direkt auf Tsepov zusteuerte. Verrückt, rücksichtslos und mit ziemlicher Sicherheit mein Tod.

Ich entschied mich für Option Nummer zwei.

EVERS

Ich ging zurück ins Zimmer und sah mich um.
Ein Bett, eine Kommode und ein Sessel.

Ich legte eine Hand auf jede Seite der Kommode und warf mein Gewicht dagegen, hob sie auf zwei Beine und schwenkte sie von der Wand weg. Das Mistding war schwer. Massivholz, nichts aus diesem modernen Pressspan-Schrott, der heutzutage so beliebt war. Perfekt.

Ich senkte sie sanft genug ab, um das Geräusch der sich bewegenden Möbel zu überdecken. Als ich auf die andere Seite ging, wiederholte ich den Drehpunkt und bewegte die Kommode leise von der Wand zur Tür. Sobald ich sie in Position gebracht hatte, lehnte ich mich an das schwere Möbelstück, hob es auf die Seite und kippte es vor der Tür über einen Fuß.

Es landete mit einem Krach, der laut genug war, um sie zu alarmieren. Da die Kommode fast die Tür blockierte, konnten sie zwar in den Raum gelangen, aber sie waren gezwungen, einzeln hineinzugehen. Das glich die Chancen nicht ganz aus, war aber hilfreich.

Auf Schreie folgten Füße, die die Treppe hinaufkamen.

Ich konnte nicht sagen, ob es zwei oder drei waren, aber es war definitiv mehr als einer. Ich kauerte hinter der Kommode und benutzte sie als massives Schutzschild.

Sie war nicht so gut gebaut wie der Stuhl in Rycroft, aber sie war nah dran. Die mehreren Schichten aus dickem Holz boten einen weitaus besseren Schutz als die dünne Holztür und die Trockenbauwand.

Tsepovs Gorillas waren ein wenig klüger, als ich ihnen zugetraut hatte. Die hämmernden Füße kamen vor der Tür zum Stehen, und über meinem Kopf erschienen vier präzise Einschusslöcher.

Gut, dass ich nicht dort gestanden und gewartet hatte.

Auch gut zu wissen, dass es ihnen nichts ausmachte, mich zu töten. Das änderte die Lage. Ich war bereit gewesen, das zu tun, was ich tun musste, um aus dem Haus zu kommen, aber mein Gewissen beruhigte sich, weil ich wusste, dass meine Gegner nicht zögern würden, mich zu töten.

Ich blieb, wo ich war, hockte hinter der Kommode und wartete. Die Tür knallte auf, flog in die Kommode hinein und prallte zurück. Dem empörten Schrei nach zu urteilen, konnte ich nur vermuten, dass sie Gorilla Nr. 1 ins Gesicht geschlagen hatte.

Er war kurz davor, viel größere Probleme als eine geprellte Nase zu haben. Gorilla Nr. 2 lachte, und der dumpfe Schlag einer Faust gegen ein Körper sagte mir, dass es Gorilla Nr. 1 nicht gefiel, wenn man sich über ihn lustig machte.

Gut. Je ärgerlicher sie miteinander waren, desto weniger würden sie sich auf mich konzentrieren. Einer von ihnen beschloss, es noch einmal zu versuchen. Die Mündung einer Pistole zeigte sich um den Rand der Tür, als eine vorsichtige Hand sie aufstieß. Mit seiner Pistole voran drückte Gorilla Nr. 1, dessen rote Nase ihn verriet, seinen Kopf durch den Spalt.

Die große Kommode bot gute Deckung. Aus seinem Blickwinkel konnte Gorilla Nr. 1 nur das leere Bett und das offene Fenster sehen. Seine Augen richteten sich auf die Vorhänge, die im Wind flatterten, und er sagte etwas auf Russisch zu seinen Kameraden.

Schritte bewegten sich den Flur hinunter, wahrscheinlich um den Hinterhof unter dem offenen Fenster im zweiten Stock zu überprüfen.

Der scheinbar leere Raum und das offene Fenster entspannten Gorilla Nr. 1, als er die Tür gegen die Kommode drückte und sich durch die enge Öffnung zwängte. Er hätte besser aufpassen sollen.

Er hatte mich nicht gesehen, bis sein Körper durch die Tür kam. Er war gerade hindurch, als ich aus der Hocke nach vorne sprang, die schwere Kommode vor die Tür schob, und sie verkeilte, was uns im Zimmer gefangen nahm.

Gorilla Nr. 1 hatte im Gegensatz zu mir immer noch mehrere Waffen, aber ich konnte wetten, dass ich den Unterschied ausgleichen konnte. Aufgeschreckt und geschockt, feuerte Gorilla Nr. 1 wild um sich herum und traf die Wand, die Decke und den Teppich.

Er hatte mich verfehlt, aber lange würde das nicht anhalten. Ich war ein zu großes Ziel, und er war nur wenige Meter entfernt. Ich war auf ihm, bevor er reagieren konnte, stieß ihn zu Boden und rammte ihm ein Knie in den Hals. Ich schloss eine Hand um sein Handgelenk und riss ihm die Waffe aus den Fingern.

Die Knochen knackten, mein Knie zerdrückte seinen Kehlkopf, aber er kämpfte weiter und drehte sich wild unter meinem Gewicht. Ich war groß und stark, aber dieser

Kerl war mindestens 30 Kilo schwerer als ich. Ich konnte ihn nicht lange so halten.

Ich stieß die Waffe gegen seine Stirn und drückte den Abzug zwei Mal. Sein Körper erschlaffte sofort. Ich hatte keine Zeit, darüber nachzudenken, was ich getan hatte. Später.

Ich wusste aus Erfahrung, dass Gorilla Nr. 1 zurückkommen würde. Er würde meine Träume und meine Alpträume im Wachzustand verfolgen, seine Seele würde verweilen, in mein Ohr flüstern und mich daran erinnern, dass ich ihm sein Leben genommen hatte.

Darum würde ich mich später kümmern. Zuerst musste ich die Mission beenden.

Gorilla Nr. 1 würde nicht das einzige Todesopfer sein.

Ich hoffte, dass ich nicht unter ihm auf der Liste stehen würde.

Ich suchte nach den restlichen Waffen und stieß auf Gold – ein Revolver an seinem Knöchel und eine Halbautomatik in einem Schulterholster. Sein Knöchelholster war mit Klettverschluss gesichert und ließ sich leicht von seinem Bein auf meins übertragen. Seine 9 mm legte ich beiseite, während ich mit meine Suche fortfuhr.

Die Schusswaffen hatten mich nicht überrascht, aber ich war beeindruckt, wie viele Messer er an seinem Körper trug. Ein Schmetterlingsmesser, ein Springmesser und ein verdammtes Jagdmesser in einer Lederscheide. Dachte er, er würde in diesem McMansion einem Berglöwen begegnen?

Ich nahm das Schmetterlingsmesser und das Springmesser, ließ aber das Jagdmesser zurück. Kein Handy. Zwei Pistolen, drei Messer und kein Handy? Das sagte viel über die Prioritäten von Gorilla Nr. 1 aus.

Gorilla Nr. 2 hämmerte auf die Tür ein und verdrehte den Griff, als ob dies die Kommode aus dem Weg räumen würde. In der Halle waren Stimmen zu hören und ich wusste, dass ich mich nicht ewig verstecken konnte.

Die Kugeln aus der Handfeuerwaffe hatten es durch die Tür geschafft, nicht durch die Kommode, aber ihre Sturmgewehre würden das dicke Holz zerfetzen und mich mit ihm zusammen. Ich lauschte angestrengt und vermutete, dass sie zu dritt waren, zwei direkt hinter der Tür und einer in der Halle rechts von der Tür.

Da ich immer noch die Kommode als Deckung benutzte, schoss ich durch die Wand, etwas rechts vom Türrahmen. Eine Kugel traf einen Nagel und wich vom Kurs ab. Die zweite traf ihr Ziel.

Zwei endlose Sekunden, nachdem ich geschossen hatte, ertönte ein Donnern im Flur und der Boden bebte vom Aufprall. Gorilla Nr. 4 am Boden, zwei Gorillas links, und mir lief die Zeit davon.

Zu diesem Zeitpunkt war die Kommode mehr Hindernis als Hilfe. Ich blieb unten, stützte meine Füße gegen die Kommode und schob so fest, wie ich konnte. Dann griff ich nach oben und drehte die Türklinke.

Die Tür schwang ein paar Zentimeter auf und Gorilla Nr. 2 hatte den Köder geschluckt. Er nahm denselben Weg wie der erste, die Mündung seiner Waffe drang zuerst durch den Türspalt.

Hatten diese Jungs nicht gemerkt, wie deutlich das ihre Position verriet?

Offensichtlich nicht.

Ich hob die Waffe, die ich mir geborgt hatte, und feuerte zweimal. Gorilla Nr. 2 fiel zu Boden und blockierte die Tür, als ein empörter Schrei im Flur ertönte. Nur Gorilla Nr. 3 war noch in der Halle. Fürs Erste.

Ich hatte keine Ahnung, wie viele Männer Tsepov im Haus hatte. Alles, was ich tun konnte, um die Herde auszudünnen, würde meine Fluchtchancen nur erhöhen und es dem FBI erleichtern, Tsepov zu fassen.

Ich hatte erwartet, dass Gorilla Nr. 3 seinem Kollegen durch die Tür folgen würde, aber er war entweder klüger oder hatte einen besseren Selbsterhaltungssinn. Die Schritte donnerten auf dem Teppich, als er den Flur hinunter zur Treppe floh.

Mir lief die Zeit davon, und ich saß in der Falle. Ich musste Cooper ein Zeichen geben. Die Masse von Gorilla Nr. 2 war in der Tür eingeklemmt. Ich hockte mich über ihn, suchte nach seinem Telefon und hielt meine Augen von seinem Gesicht fern.

Meine erste Kugel war durch seinen Wangenknochen gegangen, hatte Zähne zersplittert und das Fleisch aufgerissen. Die zweite hatte seinen Hals getroffen. Kaum zwei Minuten waren vergangen, seit er gestürzt war, und sein Hemd war rot gefärbt, der Teppich unter seinem Körper von Blut durchtränkt.

Ich ignorierte das Chaos, überprüfte seine Taschen und fand endlich ein Handy in der Innentasche seines Anzugsmantels. Ich wischte das Blut mit dem Daumen weg, entsperrte damit das Display und schickte Cooper einen kurzen Text.

Im Schlafzimmer im zweiten Stock. Drei sind tot.

Standort von Tsepov unbekannt. Ich bin bewaffnet. Gehe auf die Jagd.

Wie ich gehofft hatte, reagierte Cooper fast sofort.

In Position.

Unterwegs.

Bleib in Deckung.

Wenn Cooper dachte, ich würde in diesem Raum sitzen und darauf warten, bis sie mir zu Hilfe kamen, war er verrückt.

Ich hatte nicht vor, den Helden zu spielen. Ich wäre

mehr als glücklich, wenn das FBI mit gezogenen Waffen angreifen und den Bösewicht verhaften würde.

Ich war hier oben leichte Beute, und sie hatten Sturmgewehre. Auf meine Rettung zu warten wäre ein Todesurteil. Verglichen mit dem Arsenal von Tsepov waren zwei Gewehre und ein paar Messer nicht viel.

Ich lehnte mich über Gorilla Nr. 2, schaute am Körper von Gorilla Nr. 4 vorbei, der vor der Tür ausgebreitet lag, und sah einen leeren Flur. Er würde nicht lange leer bleiben. Zeit, auf Erkundungstour zu gehen.

Auf dem Weg zur Treppe war ich gerade dabei, eine Strategie für das Treppenhaus zu entwickeln und den unbekannten Grundriss der ersten Ebene auszuarbeiten, als mein Instinkt meinen Blick nach oben zog.

Ich hatte ihn fast nicht rechtzeitig gesehen – den schwarzen Sechs-Zoll-Zylinder, der den Flur hinunter flog, sich um die eigene Achse drehte und direkt auf mich zukam. Mein Körper bewegte sich, bevor mein Gehirn die Gefahr vollständig verarbeitet hatte.

Ich sprang durch die nächste Tür und stürzte mich aus der Halle, als die Blendgranate explodierte. Sogar in einem anderen Raum ließ mich das glühende Licht vorübergehend erblinden und taub werden.

Ich hatte zuvor mit Granaten trainiert und hätte die Wirkung damals etwas schneller abschütteln können. Jetzt aber schwankte ich und mir tanzten schwarze Punkte vor den Augen, als ich aufstand.

Gorillas mit Gewehren waren im Anmarsch. Ich wünschte, ich hätte selbst eine Blendgranate, um sie die Treppe hinunterzuwerfen und den Eingang freizumachen. Eine Granate, ein Sturmgewehr – alles, was besser war, als die Neun-Millimeter in meiner Hand.

Wäre ich in der Halle gewesen, als die Granate einschlug...

Ich blickte durch die offene Tür und sah die Leiche von Gorilla Nr. 4 in Flammen stehen. Sie fraßen an seinen Kleidern und stiegen auf, um an den Wänden zu lecken.

Blendgranaten waren kein Spaß, wenn man sich im selben Raum befand. Wenn sie einen trafen? Das Licht und der Lärm waren dann das geringste Problem. Nicht, dass Gorilla Nr. 4 noch Probleme gehabt hätte.

Ich hatte keine Optionen mehr, und eine Strategie war hier nutzlos. Ich konnte mich nicht auf den Zufall verlassen und mich hier oben verstecken, bis Cooper und das FBI ins Haus kamen. Nicht mit der Leiche von Gorilla Nr. 4, die den zweiten Stock gerade in ein Lagerfeuer verwandelte.

Selbst, wenn es mir gelang, die Flammen zu löschen, war ich verwundbar, solange sie genau wussten, wo ich war.

Als ich an dem brennenden Körper vorbeiging, beschloss ich, mein Glück unten zu versuchen.

EVERS

Ich schaute um die Ecke am oberen Ende der Treppe und presste dabei mein Rücken an die Wand. Die Treppe war aus weißem Marmor und wölbte sich um den zweistöckigen Eingang herum, als sie zum Foyer aus weißem Marmor hinunterlief.

Anspruchsvoll und viel zu groß für das Haus, hätte die Treppe besser in Rycroft Castle als in ein Vorstadthaus gepasst. Sie ermöglichte mir eine freie Sicht auf die Eingangstür, die Treppe, das Foyer und den breiten Flur. Alles war leer, aber irgendwas stimmte nicht. Nach der Blendgranate hätte jemand auf der Treppe sein müssen. Sie mussten sie geworfen haben und abgehauen sein.

Aber warum?

Das musste ich mich nicht lange fragen.

Gorilla Nr. 5 kam um die Ecke und rannte bereits die Treppe hinauf, bevor er mich entdeckte. Er sah so überrascht aus, mich zu sehen, wie ich überrascht war, dass er allein war. Seine Augen blitzten weit auf, als er sein Gewehr hob.

Nicht schnell genug.

Er war tot, noch bevor sein Kopf auf die Marmorstufen krachte und er eine Chance gehabt hatte zu begreifen, was geschehen war. Ich sprang über seinen Körper und hoffte, dass Agent Holley bereit war, all diese Leichen zu erklären. Ich würde nicht warten, bis Tsepov mich tötete.

Ich durchquerte das Foyer so schnell ich konnte, mir gefiel dieser weite offene Bereich nicht. In dem breiten Flur, die zum Rest des Hauses führte, fand ich geradeaus einen großen leeren Raum, dessen hohe Fenster auf den Wald, jenseits des Hinterhofs, hinausblickten.

Ich dachte, ich hätte Bewegungen in den Bäumen entdeckt und hoffte, dass es kein Wunschdenken war. Zu meiner Linken befand sich ein schmaler Flur, der zu einer Küche und einem Frühstücksraum zu führen schien. Tsepov war nicht der Typ, der in seiner Küche herumhing.

Ich entdeckte einen weiteren Saal zu meiner Linken, gesäumt von Ölgemälden und dunkel gefärbten Täfelungen. *Bingo*. Ich versteckte mich hinter einer Tür, als zwei Schlägertrupps vorbeirauschten und mit gezogenen Waffen auf die Hintertür zusteuerten.

Die Bewegung in den Bäumen war kein Wunschdenken gewesen. Die beiden waren nicht hinter mir her. Gut. Je abgelenkter sie waren, desto besser standen meine Chancen, Tsepov zu finden.

Ich ging den Flur hinunter in die Richtung, aus der die beiden Schlägertypen gekommen waren, und hoffte, dass sie dort von ihrem Boss Befehle erhalten hatten. Die erste Tür, zu der ich kam, war ein Badezimmer, die zweite ein Wohnzimmer. Beide waren leer. Eine weitere, am Ende des Flurs, war angelehnt.

Ich lehnte mich vor und lauschte. Stimmen in der Ferne. Eine sich öffnende Tür. Der Raum vor mir war ruhig, aber ich glaubte nicht, dass er leer war. Durch den Spalt der halb geöffneten Tür konnte ich sehen, dass es ein Büro oder eine Bibliothek war. Genau das, was ich suchte.

Ich stieß die Tür mit dem Fuß auf. Ein schneller Blick zeigte mir einen einzelnen Mann hinter einem breiten Mahagonischreibtisch. Ich war durch die Tür mit erhobener Waffe, bevor Andrej Tsepov sich rühren konnte.

„Denk nicht einmal daran", warnte ich. „Ich jage dir eine Kugel in den Kopf, bevor du schießen kannst."

Tsepov warf einen Blick auf die Waffe auf seinem Schreibtisch, machte aber keine Anstalten, sie aufzuheben. Mein Finger spannte sich am Abzug, während er lässig die Hände in die Taschen steckte, als ob er nicht im Geringsten besorgt wäre, dass meine Waffe auf seinen Kopf gerichtet war.

Ich ging in den Raum hinein, stellte mich mit dem Rücken zur Wand, so dass ich die offene Tür und die Fenster sehen konnte, und hielt meine Waffe auf Tsepov gerichtet.

„Du hast eine beachtliche Anzahl an Leichen hinterlassen", kommentierte er und schien über den Verlust so vieler loyaler Gefolgsleute nicht sehr traurig zu sein.

Ich ignorierte das innere Zusammenzucken bei der Erinnerung an das, was ich getan hatte. Später. Später konnte ich all dies verarbeiten. Ich musste es erst zu Ende bringen.

„Du hättest Summer nicht anfassen dürfen."

Es stimmte. Hätte er Summer nicht entführt, hätte er sie nicht gegen mich eintauschen müssen. Hätte er mich nicht genommen, hätte ich mir nicht den Weg nach draußen freischießen müssen.

„Ich muss zugeben, dass das eine Fehleinschätzung war", räumte Tsepov mit einem arroganten Kopfnicken ein. „Ich werde keine weitere machen."

„Darauf wette ich", sagte ich. „Du bist erledigt."

Tsepov lachte, und das großspurige, selbstgefällige Geräusch ließ meinen Finger am Abzug vibrieren.

Ein wilder Instinkt in mir wusste, dass er wie ein tollwütiger Hund eingeschläfert werden musste.

Er hatte es verdient. Für seine Verbrechen an so vielen unbekannten Opfern. Für die Frauen und Kinder, die er verkauft hatte. Dafür, dass er seine Hände auf Summer gelegt hatte. Dafür, dass er sie verdammt noch mal angefasst hatte. Dafür, dass er ihr Angst gemacht hatte. Für die Rolle, die er bei den Fehlentscheidungen meines Vaters gespielt hatte. Für jedes Leben, das er zerstört hatte, wollte ich den verdammten Abzug drücken.

Aber ich tat es nicht.

„Das FBI wird dich verhaften", sagte ich, wütend, als er mit den Schultern zuckte und den Kopf schüttelte.

„Sie können mich verhaften, aber sie werden mich nicht festhalten können."

Ich knirschte mit den Zähnen, korrigierte meine Haltung und hielt die Waffe auf seine Stirn gerichtet.

Deine Aufgabe ist es, ihn hier festzuhalten, bis Holley und seine Männer eintreffen, rief ich mir ins Gedächtnis. *Das ist alles. Mach deinen Job und bleib ruhig.*

Tsepov musste gewollt haben, dass ich abdrückte, weil er verdammt noch mal nicht die Klappe halten konnte.

„Zeitverschwendung", sagte er. „Ich weiß, wer die Kontonummern hat. Ich habe Männer los geschickt. Sobald wir die Zahlen haben, werden wir die Frau und Ihren Bruder los, und dann kommen wir den Rest von euch holen. Dich, Cooper, Axel. Maxwell, seine Hure und zuletzt das Mädchen."

Das Gift in seiner Stimme brannte wie Säure. Mein Vater hatte durch den Diebstahl seinen Stolz so sehr verletzt, dass er alle, die ich liebte, aus Rache vernichten wollte. Tsepov kümmerte sich nicht um Kollateralschäden.

Ich konnte mir denken, wer *die Frau* war, wenn ich Knox' aktuelle Aufgabe in Betracht zog. Ich konnte nur hoffen, dass er und Lily Spencer in Sicherheit waren.

Was zum Teufel meinte er mit *Maxwell, seiner Hure und dem Mädchen*? Es ergab keinen Sinn.

„Nenn meine Mutter nicht eine Hure", sagte ich und versuchte, ihm weitere Informationen zu entlocken.

Tsepov fiel nicht auf meinen Trick rein. „Deine Mutter hat damit nichts zu tun. Sie war praktisch, das ist alles."

„Wovon zum Teufel redest du dann? Was meinst du mit *seiner Hure und dem Mädchen*?"

Tsepovs Mund verzog sich zu einem spöttischen Lächeln, als eine Stimme aus einem Lautsprecher das Haus erfüllte.

FBI! Waffen runter! Gesicht zur Wand und Hände hoch!

Tsepov wusste, dass meine Zeit abgelaufen war und schüttelte den Kopf. „Du weißt nicht, wie tief Helden sinken können, aber du wirst es noch erfahren." Er lachte, hob die Hände in die Luft und drehte sich mit dem Gesicht zur Wand. Mit einem letzten selbstgefälligen Blick über die Schulter wiederholte er: „Wirst du."

Die Tür zum Büro schwang auf und Agent Holley kam mit erhobener Waffe herein, begleitet von drei weiteren Agenten, von denen einer mit einem glänzenden Satz Handschellen aufblitzte. Holley las Tsepov seine Rechte vor, legte ihm Handschellen an und schickte ihn mit den anderen Agenten hinaus. Ich hätte mich besser gefühlt, wenn Tsepov durch seine Verhaftung auch nur ein wenig beunruhigt gewesen wäre.

Holley betrachtete mein blutiges Hemd und die roten Flecken auf meinen Händen. „Habe gehört, dass oben der Teufel los war. Sie kommen mit mir."

Ich wollte ihn auf später vertrösten, aber er schnitt mir

das Wort ab. „Wir lassen Ihre Familie wissen, dass es Ihnen gut geht. Sie wollen bestimmt nicht, dass Summer Sie so sieht. Sie ist auch so schon verrückt vor Angst. Und ich lasse Sie nicht aus den Augen, bis Sie befragt worden sind."

Ich sicherte meine Waffe und legte sie auf den Schreibtisch, das Adrenalin begann schließlich zu schwinden, und meine Hände zitterten. Ich wollte mich hinsetzen. Ich brauchte Schlaf. Ich wollte dieses Haus verlassen und alles vergessen, was hier geschehen war.

Cooper kam durch die Tür. Seine Augen strahlten vor Erleichterung, obwohl er nur fragte: „Musstest du diesen Kerl in Brand stecken?"

„Das war ich nicht. Diese Idioten haben eine Blendgranate geworfen und sie ist genau auf ihrem Typen gelandet."

Cooper murmelte leise: „Verdammte Amateure."

Danach gingen die Dinge schnell voran. Schnell und zugleich eisig langsam.

Lucas fuhr zurück zu Rycroft, um Charlie abzuholen und Summer wissen zu lassen, dass es mir gut ging. Ich wollte selbst anrufen, aber Agent Holley war dagegen. Keine Anrufe, keine Abstecher. Er sagte, wir würden direkt zum FBI-Gebäude fahren, ohne Kontakt zur Außenwelt aufzunehmen, bis sie mit mir fertig wären. Holley wollte alles nach Vorschrift tun, ohne besondere Ausnahmen, die Tsepovs Anwälte später nutzen konnten.

Ich fuhr mit Agent Holley ins Büro, und abgesehen von einer schnellen Dusche und sauberer Kleidung, die Cooper mitgebracht hatte, verbrachte ich die nächsten Stunden damit, meine Zeit in Tsepovs Höhle mit qualvoll langweiligen Details durchzugehen.

Ich hatte meinen Besuch schon beim ersten Mal nicht gerade genossen. Auf ein zweites Mal konnte ich gerne verzichten. Schließlich entließ mich Holley mit der Warnung, vorsichtig zu sein. Nur weil sie Tsepov und die Männer, die im Haus gewesen waren, verhaftet hatten, bedeutete das nicht, dass er neutralisiert wurde.

Auf der Heimfahrt sagte Cooper: „Du hast getan, was du tun musstest, Ev. Lass es nicht an dir nagen."

„Ich weiß."

Das war die Wahrheit, aber ich wusste auch, dass es an mir nagen *würde*. Wenn das der Preis war, den ich zahlen musste, um lebend da raus zu kommen, dann sollte es so sein.

Ich war noch nie so froh, Rycroft Castle hinter den Bäumen auftauchen zu sehen. Summer wartete auf der Treppe. Ich sprang vom Beifahrersitz und Summer flog die Treppe hinunter, nahm zwei Stufen gleichzeitig, bis sie vor mir zum Stehen kam.

Sie nahm mein Gesicht in ihre Handflächen und suchte nach Anzeichen von Verletzungen.

„Mir geht es gut", versicherte ich ihr, „ich habe nicht einen Kratzer abbekommen."

Als sie das hörte, warf sie sich in meine Arme und drückte mich so fest, dass sie mir die Luft aus der Lunge trieb. Ich legte meine Wange auf ihren Kopf und zog ihren frischen Duft ein. Zu Hause. Ich war zu Hause.

Ich dachte gerade, dass ich sie für immer in den Armen halten könnte, als sie sich aufbäumte und mir auf die Brust schlug.

„Was zum Teufel hast du dir dabei gedacht? Sie hätten dich verletzen können! Sie hätten dich töten können!"

Ihre Hände fuchtelten in der Luft, als sie schrie, und ich hatte das Gefühl, dass sie mich noch einmal schlagen wollte. Ich packte ihre Arme und zog sie fest an mich.

„Ich würde es sofort wieder tun. Ich würde nie zulassen, dass dir etwas passiert."

Summers Augen waren groß und blau und schwammen vor Tränen.

„Ich konnte es dir nie sagen. Alles ging so schnell, und ich konnte es dir nie sagen."

„Mir was sagen?", fragte ich und beobachtete wie ihre Tränen langsam über ihre Wangen liefen.

„Ich liebe dich. Ich bin nie dazu gekommen, dir zu sagen, dass ich dich liebe."

„Ich weiß", sagte ich und lächelte sie an.

Summer starrte mich durch ihre Tränen an, Empörung machte sich auf ihrem Gesicht breit. Sie holte aus und zielte mit ihrer Faust auf meinen Kopf.

Das war mein Mädchen.

Ich erwischte ihre Faust, bevor sie sie mir aufs Kinn hauen konnte.

„Du weißt das?", schrie sie. „Endlich sage ich dir, dass ich dich liebe, und alles, was du zu sagen hast, ist *ich weiß?*"

„Ich weiß, dass du mich liebst. Natürlich weiß ich das. Du hast mir das Leben gerettet, Summer. Dein Vater..."

Sie gab auf, mich schlagen zu wollen. Mit hängenden Schultern und auf den Boden gerichteten Augen flüsterte sie: „Ich konnte nicht zulassen, dass er dich erschießt."

Ich zog sie wieder in meine Arme und legte meine Wange auf ihren Kopf. „Es tut mir leid. Es tut mir so leid, aber ich bin froh, dass du mich so sehr liebst, dass du mich gewählt hast."

„Immer", wisperte sie. „Ich werde dich immer wählen."

„Ist dein Vater...?" Ich fürchtete mich vor der Frage.

Summer seufzte schwer. „Er ist stabil. Fürs Erste. Sie haben gesagt, er kann keine Besucher haben, während er sich von der Operation erholt."

„Geht es allen anderen gut?"

„Ja, sie sind nur müde von den Drogen." Sie lehnte sich zurück und schaute kurz zu mir auf, bevor sie wegsah. „Es tut mir so leid."

Sie fing wieder an zu weinen, und mein Bauch krallte sich in Panik zusammen.

Warum weinte sie?

Ich war zu Hause, wir waren in Sicherheit, ihr Vater lebte. Tsepov war im Gefängnis. Wir hatten nichts von Knox gehört, aber ich kannte meinen Bruder. Er würde schon auftauchen. Es gab keinen Grund zum Weinen.

„Was? Warum? Es gibt nichts, was dir leidtun müsste."

„Du hast gewusst, dass mein Vater ein Problem war, und ich habe dir nicht geglaubt. Ich habe ihn nach Rycroft gebracht, und er hat uns alle fast umgebracht. Es ist meine Schuld."

„Das ist Schwachsinn", widersprach ich. Summer trug keine Schuld an den Missetaten ihres Vaters. „Dein Vater, mein Vater, Tsepov – sie sind die Verantwortlichen. Sie haben das getan. Nicht du, Summer. Auf keinen Fall."

„Ich hätte es wissen müssen", sagte sie und wischte sich die Tränen weg.

„Er ist dein Vater, und du wolltest das Gute in ihm sehen. Niemand versteht das besser als ich".

„Es tut mir leid", sagte sie erneut.

„Mir aber nicht." Summer schaute mich überrascht an. „Mir nicht", beharrte ich. „Du bist loyal. Du siehst das Beste in den Menschen, die du liebst. Das ist es, was du bist, Summer. Ich liebe dich. Alles an dir."

„Auch, wenn ich dich fast erschießen lassen habe?"

„Selbst dann. Ich habe dich von Anfang an geliebt. Ich glaube, ich habe dich seit dem Tag geliebt, an dem wir uns kennen gelernt haben. Ich habe dich auf dieser Konferenz ausfindig gemacht und dir gesagt, dass du mit mir kommen sollst, und du hast mich nur angestarrt und in diesem rotz-frechen Ton geantwortet: *ich denke nicht.*"

„Ich war nicht rotzfrech", protestierte sie und lachte durch die letzten Tränen. „Du warst ein völlig Fremder."

„Du bist trotzdem mitgekommen", neckte ich.

„Du warst überzeugend."

„Ich war verloren. Als ich dich nach Atlanta zurückge-bracht hatte, war ich süchtig nach dir. Du hast mich zu Tode erschreckt."

„Das muss ich wohl", sagte sie, „weil du wie ein kleiner Junge davongelaufen bist."

Ich nahm ihr Gesicht in meine Hände, studierte jeden Zentimeter davon, absorbierte ihre Augen, ihre tränen-feuchten Wimpern und ihre vollen, rosa Lippen. Jeder Teil von ihr war ein Schatz.

„Das bin ich", gab ich zu. „Ich bin wie ein verängs-tigter Junge davongerannt. Es dauerte viel zu lange, bis mir klar wurde, dass ich nie das haben würde, was ich am meisten wollte, wenn ich mich nicht zusammenreißen und ein Mann sein würde. Ich hatte keine Angst vor dir, Summer, ich hatte Angst vor mir. Davor, nicht gut genug zu sein. Davor, alles kaputt zu machen. Dir wehzutun. Dann hast du mich rausgeworfen, und mir wurde klar, dass es nur eine Sache gab, vor der ich wirklich Angst hatte – dich zu verlieren."

„Du bist weggeblieben", sagte sie. „Ich dachte, du würdest zurückkommen, aber du hast nie..."

„Ich habe an einem Plan gearbeitet, um dich zurückzu-gewinnen."

Summer blickte über die Schulter zu Rycroft Castle, das sich mit seinen Türmen und weißen Kalksteinmauern über uns erhob und aus einem anderen Jahrhundert zu stammten schien. „Ein ausgeklügelter Plan. Du hättest einfach Blumen schicken können."

„Als ob das funktioniert hätte. Du hättest sie in den Müllschlucker gesteckt und mir die Stiele zurückgeschickt."

Summers Lippen verzogen sich zu einem Grinsen. „Wahrscheinlich. Trotzdem war es übertrieben."

„Das war einfach nur Glück." Ich dachte an unsere Väter und an alles, was sie getan hatten. „Vielleicht kein Glück. Ein Glückstreffer?"

„Was auch immer es war, ich bin froh, dass es dich zu mir zurückgebracht hat."

„Ich komme immer zu dir zurück, Summer. Ich liebe dich."

„Ich liebe dich auch." Sie erhob sich auf die Zehenspitzen, küsste mich und schob ihre Finger in meine Haare im Nacken.

Als sie sich zurückzog, fragte sie: „Bist du fertig mit dem FBI? Können wir reingehen, damit ich deinen Anzug ausziehen und sicherstellen kann, dass du wirklich unverletzt bist?"

„Ich habe doch gesagt, mir geht's gut."

Summer hob eine Augenbraue und knöpfte den obersten Knopf meines Hemdes auf.

„Ich weiß, aber ich möchte absolut sichergehen. Ich werde jeden Zentimeter von dir untersuchen müssen."

„Oh, nun, in diesem Fall weiß man nie. Vielleicht habe ich doch die eine oder andere Verletzung. Du solltest mich lieber untersuchen. Gründlich."

Summer trat zurück, nahm meine Hand und führte mich die Treppe hinauf. Sie zwinkerte mir zu und sagte:

„Oh, ich habe vor, dich sehr gründlich zu untersuchen. Und das sehr sehr lange".

EPILOG

SUMMER

Am Ende hatte ich Evers nicht untersucht.

Ich führte ihn nach oben in mein Zimmer und machte mich an den Knöpfen seines Hemdes zu schaffen, meine Finger langsam und unbeholfen.

Jedes Mal, wenn ich Evers berührt hatte, brauchte ich nicht zu denken. Ich sah ihn, und mein Körper schaltete auf Autopilot, getrieben von Sehnsucht.

Und von Verlangen.

Ich wollte Evers. Immer.

Aber als seine Finger den oberen Knopf meiner Strickjacke lösten, wurde ich steif.

Ich wollte es nicht und wusste nicht einmal, dass es geschah, bis er die Hände zur Seite fallen ließ und eine Welle der Sorge über sein Gesicht schwappte.

Er legte seine Hände leicht auf meine Schultern. „Du zitterst."

Die Scham hätte meine Wangen mit Hitze überfluten sollen, aber ich fühlte mich kalt, beschämt und ängstlich.

Ich wagte einen Blick auf Evers. Sein Kiefer war angespannt und der Muskel zuckte, als er die Zähne zusammenbiss, aber seine Worte waren sanft. „Cooper hat gesagt, dass er dir nichts getan hat. Dass er dir nicht wehgetan hat."

Ich musste schwer schlucken. Meine Stimme knirschte in meinen Ohren. „Er hat mir nicht wehgetan. Nicht wirklich. Aber er..." Ich konnte es immer noch nicht aussprechen.

Das war nicht nötig. Evers schloss seine Augen. Mit tiefer, knurrender Stimme sagte er: „Er hat dich angefasst."

Ich nickte steif und riskierte einen winzigen Schritt näher. Evers' Hände auf meinen Schultern glitten hinter meinen Rücken und zogen mich in seine Arme.

Mein Herz schmerzte vor Liebe.

Ich wusste, dass der Gedanke, dass mich jemand angefasst hatte, ihn in den Wahnsinn treiben musste. Dass es Andrej Tsepov gewesen war, machte es nur noch schlimmer. Er versuchte, es zu verdrängen, doch dieser flackernde Muskel in seinem Kiefer verriet seine Gefühle.

Seine Hände auf meinem Rücken waren leicht, so leicht, dass ich mich jederzeit hätte befreien können, wenn ich wollte.

Wollte ich aber nicht. Die Vorstellung, von jemand anderem berührt zu werden, drehte mir den Magen um. Von jedem, außer von Evers. Ich lehnte mich gegen ihn, legte meine Wange an seine Brust und die Kälte kroch davon, als sich seine Arme um mich schlossen.

„Mir geht es gut", flüsterte ich. „Es war nichts."

Evers' Lippen streiften meine Schläfe. „Du bist okay, Summer, aber es war nicht nichts. Ich weiß, dass du es verdrängen willst. So tun, als wäre es nicht passiert. Tu es nicht."

„Ich will nicht darüber nachdenken", gab ich zu. „Es ist vorbei, und ich will nie wieder daran denken."

Evers ließ einen schweren Seufzer los, die Arme noch immer um mich gelegt.

Wir standen eine Weile so da. Lange genug, bis ich mich endlich wieder warm fühlte. Bis mir klar geworden war, wie erschöpft ich war.

„Können wir uns hinlegen?", fragte ich.

Evers antwortete nicht. Er berührte weder seine, noch meine Kleidung, führte mich lediglich zum Bett und zog eine Decke über uns, nachdem wir uns vollständig bekleidet hingelegt hatten. Ich drückte mein Ohr an seine Brust und hörte seinem Herzschlag zu.

Ich dachte er war eingeschlafen, als er sagte: „Ich habe heute vier Männer getötet."

Ich wusste nicht, was ich dazu sagen sollte. Ich drückte meinen Arm um seine Brust und flüsterte: „Es tut mir leid."

„Nicht deine Schuld. Ich hatte keine andere Wahl. Ich musste entscheiden. Sie oder ich. Ich habe mich für mich entschieden."

„Ich bin froh, dass du es getan hast", sagte ich.

„Ich auch. Du denkst, dass das, was mit Tsepov passiert ist, keine große Sache ist. Dass es vorbei ist. Das ist es auch. Alles, was passiert ist, ist vorbei. Aber ich weiß aus Erfahrung, dass es nie wirklich vorbei ist. Das muss man sich klarmachen, denn es wird zurückkommen. Wenn man es am wenigsten erwartet, wird es zurückkommen."

„Ich will einfach, dass es weggeht", sagte ich in sein Hemd.

„Ich weiß, ich auch. So funktioniert das aber nicht. Die meisten unserer Jobs sind ziemlich zahm, aber die Fälle, die es nicht sind..." Er atmete aus. „Scheiße passiert. Wir haben ein paar Psychologen, mit denen wir zusammenarbeiten. Es gibt eine Psychologin, von der die Frauen sagen, sie sei gut, besonders wenn es um Körperverletzung geht...“

„Es war nicht... Er hat nicht...“

„Ich denke, du solltest mit ihr reden. Wenigstens einmal, okay? Nur einmal.“

„Okay“, hauchte ich.

Ich wollte mit niemandem sprechen. Reden hätte bedeutet, es noch einmal erleben zu müssen, und ich wollte nie wieder zurück. Während Tsepov mich gefangen hielt, hatte ich mir immer wieder eingeredet, dass ich nur am Leben bleiben musste. Das hatte ich getan. Ich war am Leben. Es war vorbei.

Wenn Evers sich dadurch besser fühlte, würde ich mit seiner Psychologin sprechen.

Ich dachte über diese vier Männer nach. Wie sie ihn belasten würden. „Was ist mit dir?“

Er küsste meinen Kopf. „Standardverfahren. Nicht nach jedem Job, aber wenn es zu Todesfällen kommt? Immer.“

„Wirklich?“ Alle, die ich im Sinclair-Team getroffen hatte, Männer und Frauen, sahen knallhart aus, wie Soldaten und Kommandotruppen. Stark und unnachgiebig.

„Wirklich“, bestätigte Evers. „Wie ich schon sagte, Scheiße passiert. Zu viele Dinge, von denen wir denken, dass wir auf sie vorbereitet sind. Wir glauben, dass wir damit umgehen können, aber wir können es uns nicht leisten, dass es später auf uns zurückfällt und uns im falschen Moment fertigmacht. Wir müssen es verarbeiten und herausfinden, wie wir damit leben können, bevor wir weitermachen.“

Ein weiterer Kuss auf die Stirn.

„Die schlechten Dinge zu ignorieren, macht dich nicht stärker. Es hinterlässt nur Schwachstellen, die man erst sieht, wenn es zu spät ist. Ich weiß, dass du nicht darüber reden willst. Ich will nicht, dass du darüber reden musst. Aber vertrau mir, wenn ich dir sage, dass du dich danach besser fühlen wirst."

„Ich will dir nicht sagen..."

Sein Arm verkrampfte sich wieder um mich. „Wenn es nicht sein muss, will ich es nicht hören. Ich denke, das ist wahrscheinlich besser so. Wir werden das überstehen. Versprochen."

EVERS HATTE RECHT. Mit vielen Dingen. Nach zwei weiteren gescheiterten Annäherungsversuchen, die ich in dem verzweifelten Versuch unternommen hatte, mich davon zu überzeugen, dass ich Tsepov hinter mir gelassen hatte, vereinbarte ich einen Termin mit der von Evers empfohlenen Psychologin.

Es war keine magische Lösung. Sie war nett, und ich mochte sie, aber es war immer noch qualvoll, darüber zu sprechen, woran ich mich aus meiner Zeit bei Tsepov erinnerte.

Der Sack über meinem Kopf.

Diese Hände.

Quälend.

Ich konnte nicht sagen, dass ich mit einem normalen Gefühl aus ihrem Büro gegangen war, aber es war eine Erleichterung, diese Geschichte erzählt zu haben. Sie akzeptierte mich, mit all den schlechten Erinnerungen und schlimmen Momenten, die ich seitdem erlebt hatte. Wie ich in der Nacht aufwachte und vor Evers zurückschreckte. Die Scham darüber, dass mein Kopf ihn in der Dunkelheit mit jemand anderem verwechselte.

Ich war von mir selbst überrascht, als ich einen zweiten Termin vereinbarte. Ich brauchte Zeit, und ein bisschen mehr reden schadete nicht.

Es trug dazu bei, dass ich ruhig blieb, als Tsepov ins Gefängnis ging. Er blieb dort ganze fünf Tage, bevor sein Anwalt die Kaution beantragte und einen fetten Scheck überreichte, der Tsepov freiließ. Andrej Tsepov spazierte aus dem Gefängnis und verschwand.

Ich hatte keine Zeit, darüber nachzudenken, was das bedeutete. Mein Vater hatte die Operation überstanden, erlitt aber am nächsten Tag zweimal einen Herzstillstand. Schließlich fiel er ins Koma. Er wachte nie wieder auf. Meine Mutter und ich saßen bei ihm und hörten das Piepen der Maschinen, während er leise in die Stille glitt.

Ich hatte Mühe, damit umzugehen. Meine Emotionen waren ein Wirrwarr von Widersprüchen. Ich konnte nicht vergessen, dass mein Vater der Grund dafür war, dass ich bei Tsepov gelandet war. Mein Vater hätte alle auf Rycroft umbringen können.

Lebendig war Smokey eine Gefahr für mich, für meine Mutter, und für alle, die ich liebte. Wir waren sicherer, da er nun tot war, und ich trauerte, als wäre er der Vater des Jahres gewesen, trauerte um die verlorenen Chancen und um alles, was wir nie gehabt hatten.

Meine Mutter blieb eine Woche lang und wurde von Cynthia zu einem Aufenthalt auf Rycroft eingeladen. Die Chance, in einem Schloss mit zwei Filmstars aus dem wirklichen Leben zu wohnen, reichte nicht aus, um den Verlust ihres Ex-Mannes auszugleichen, aber es half.

Ich vermutete, Cynthia war glücklich, dass meine Mutter mich ablenkte, damit sie ihre ganze Aufmerksamkeit auf Clint richten konnte. Die beiden schwirrten um Rycroft herum wie Frischverliebte. Ich konnte nicht aufzählen, wie oft ich um die Ecke kam und sie beim Knutschen erwischte.

Cynthia war meine Lieblingskundin, aber es gab Dinge, die ich nicht sehen musste.

Nach Smokeys Beerdigung nahm mich Evers zur Seite und überreichte mir den Ring meines Großvaters.

„Er gehört jetzt dir. Eines Tages, wenn du willst, kannst du ihn weitergeben."

Ich schloss meine Finger um den Ring und hielt am Andenken an meinen Vater fest. An meiner Geschichte und der Vergangenheit, die ich nie gekannt hatte.

Ich brachte meine Mutter zu einer Familienfeier im Winters House mit, den Ring fest an meinem Finger. Wir hatten uns geirrt, wohlhabende Leute liebten Barbecues, und es schadete überhaupt nicht, dass der Koch der Winters ein Meister war. Ich hatte in meinem Leben noch nie bessere Rippchen gegessen.

Meine Mutter passte genau zu den Winters, nicht zuletzt wegen ihrer Berühmtheit. Ich dachte, ich würde in Ohnmacht fallen, als sie anfing, Aiden über die Umweltbilanz eines seiner Tochterunternehmen zu belehren.

Zu meinem Erstaunen nahm er sie ernst, gab ihr seine E-Mail und forderte sie auf, einen formellen Bericht einzureichen. Er versprach nicht, irgendwelche Änderungen vorzunehmen, aber er versicherte ihr, dass er den Bericht selbst überprüfen würde. Meine Mutter strahlte und ging glücklich nach Hause, in dem Bewusstsein, dass ich Evers an meiner Seite und meine Familie um mich hatte.

Cynthia kehrte ein paar Wochen früher nach L.A. zurück, mit Clint im Schlepptau, und Evers und ich zogen aus Schloss Rycroft aus. Zu behaupten, dass meine Wohnung nach Rycroft eine Enttäuschung war, wäre eine Untertreibung gewesen. Vorher hatte sie mir immer gefallen, aber nach Rycroft fühlte sie sich wie ein Schrank an.

Evers, mit seiner charakteristischen Kombination aus hinterhältig und süß, begann mich langsam in sein Haus umzusiedeln. Er fragte mich nie formell, ob ich einziehen wollte, sagte nur: „Das solltest du zu mir nach Hause bringen", über meine viel bessere Kaffeemaschine oder: „Mein Schrank ist zur Hälfte leer. Es gibt genug Platz für deine Sachen."

Er hatte gesagt, sein Haus müsse renoviert werden, aber es sah für mich gut aus. Die Küche konnte eine Auffrischung vertragen, und die Tapeten und Teppichböden waren veraltet, aber sein Pool war spektakulär.

Wir sprachen über Verbesserungen, hatten aber noch nichts unternehmen können, obwohl es so einfach gewesen wäre, Charlie und Lucas anzurufen.

Stattdessen stagnierten wir, in einer Warteschleife gefangen.

Die Kontonummern fehlten immer noch, ebenso wie Maxwell Sinclair. Cooper und Evers taten von Atlanta aus alles, was sie konnten.

Axel wurde langsam ungeduldig, da er zum ersten Mal seit der High-School wieder mit seiner Mutter zusammenleben musste und es überhaupt nicht genoss. Sogar Emma hätte es begrüßt, wenn Lacey Sinclair wieder nach Florida zurückzukehrt wäre.

Und Knox... Knox machte Fortschritte, aber nicht schnell genug. Lily Spencer war mehr als nur eine Witwe mit Sicherheitsproblemen. Statt Antworten brachte Lily nur noch mehr Probleme mit sich. Gefährliche Probleme. Evers wollte seinen Bruder zu Hause haben, und zwar sofort, aber Knox' Prioritäten hatten sich geändert.

Die Bedrohung die Tsepov mit sich brachte, hing über uns allen.

Ich wollte, dass die Situation mit Maxwell und Tsepov um der Sinclairs willen gelöst wurde, aber ich hatte es nicht eilig, dass das Leben uns wieder was Neues bescherte. So vieles hatte sich so schnell geändert, und ein Teil von mir konnte immer noch nicht damit fertigwerden.

Vor wenigen Wochen hatte ich geschworen, nie wieder

mit Evers zu sprechen, und nun lebten wir praktisch zusammen. Ich hatte kein Problem damit, dass die Dinge für eine Weile so blieben, wie sie waren.

Evers jedoch nicht.

Wir hatten es uns angewöhnt, nach dem Abendessen im Pool zu schwimmen. In der Hitze des Sommers war es eine großartige Möglichkeit, uns nach einem langen Tag zu entspannen. Ich, allein mit Evers, meist nackt. Ich konnte mir nicht viele Dinge vorstellen, die besser waren.

Eines Abends, einige Wochen nachdem Cynthia wieder in L.A. war, sprang ich ins Wasser, bereit, einen Tag voller Telefonanrufe und Social-Media-Posts wegzuspülen. An den meisten Tagen liebte ich meine Arbeit, aber nicht an diesem.

Evers sprang hinter mir her, schnappte mich und drückte mich an die Seite. Er küsste meinen Hals, wobei er mit einem Finger am Träger meines Himbeer-Bikinis herumspielte.

„Was ist das?", fragte er und löste geschickt den Knoten in meinem Nacken.

„Ähm, mein Bikini?"

Evers zog das Oberteil herunter, holte aus und warf es auf die Steinplatte am Beckenrand, wo es mit einem nassen Plopp landete.

„Habe ich dir die neue Regel nicht erklärt?"

Ich schüttelte den Kopf, abgelenkt durch das Zupfen seiner Finger an den Schleifen an meinen Hüften, die mein Bikinihöschen zusammenhielten.

„Ich habe eine Regel eingeführt, nach der Badekleidung verboten ist", sagte er, als er das Unterteil löste und zu meinem Oberteil an den Beckenrand warf.

Ich dachte, er trug eine Badehose, als er aus dem Haus kam, aber als ich meine Hände an seinen Seiten nach unten streifte, wurde mir klar, dass sie irgendwo auf dem Weg hierher verschwunden war.

„Das wird peinlich, wenn Leute zum Schwimmen rüberkommen", kommentierte ich, und nahm seinen Schwanz in meine Hand, um seine harte Länge mit meinen Fingern zu umschließen.

„Die Regel wird ausgesetzt, wenn wir Gesellschaft haben", räumte er ein, „aber nur dann. Ansonsten wird in diesem Pool nur nackt gebadet."

Ich öffnete meinen Mund, um eine spitze Bemerkung zu machen, aber Evers' Lippen streichelten die empfindliche Haut unter meinem Ohr, und die Worte blieben mir im Hals stecken. Seine Finger glitten zwischen meine Beine und blendeten alles aus, was ich sagen wollte.

Evers bewegte sich rückwärts zur Treppe in der Ecke, und zog mich mit sich. Er setzte sich, zog mich auf seinen Schoß und füllte mich in einer saften Bewegung mit seinem Schwanz aus.

Wir hatten viele Varianten gefunden, im Pool Sex zu haben, sehr viele. Ich mochte diese am meisten.

Schwimmend im Wasser schaukelte ich auf ihm, seine Hände und sein Mund waren überall. Ich kostete und streichelte, während sich meine Klitoris mit jedem Rollen meiner Hüften gegen sein Becken drückte, immer und immer wieder, bis ich zum Orgasmus stürzte.

Zweimal.

Es gab einen Grund dafür, dass die Treppe mein Lieblingsplatz im Pool war.

Als ich das zweite Mal kam und meine Nägeln in Evers' Schultern vergrub, folgte er mir und seine Hände drückten meinen Hintern fest gegen ihn, damit seine Länge mich mit jedem harten Stoß füllen konnte. Sein Stöhnen war Musik in meinen Ohren.

Dann, als ich mich von ihm lösen wollte, legte er seine

Arme um mich, bis ich auf ihm lag und mein nasses Haar auf seine Schultern fiel.

Seine feuchten Lippen kuschelten sich an mein Ohr. „Heirate mich."

„Was?" Ich musste ihn nicht richtig verstanden haben.

„Heirate mich", wiederholte er und lehnte sich zurück, während ich mich aufrichtete, um ihn anzustarren.

„Hast du mich gerade gefragt, ob ich dich heirate, während wir Sex hatten?"

„Nicht währenddessen. Danach." Er verlagerte sein Gewicht auf einen Arm, legte seine andere Hand auf meine Hüfte und verankerte mich an Ort und Stelle. Ich schob mir die Haare aus dem Gesicht, mein Mund stand offen und ich war sprachlos.

„Ist das dein Ernst?"

„Mein voller Ernst." Er hob einen Finger, um meinen Wangenknochen nachzuzeichnen, unsere Augen waren auf gleicher Höhe und seine zeigten keinen Hauch von Belustigung.

Er scherzte nicht.

„Hast du einen Ring?", fragte ich.

„Nicht bei mir."

„Nicht bei dir? Heißt das, du *hast* einen Ring?" Wenn er einen Ring hatte, hatte er das geplant. Wenn er einen Ring hatte, hatte er nicht spontan gefragt.

Evers setzte sich auf, schlang seine Arme um mich und streichelte mit seinem Mund über meinen.

„Ich habe den Ring schon seit Wochen. Ich wollte warten. Warten, bis sich die Lage beruhigt hat. Warten, bis die ganze Scheiße mit meinem Vater geklärt ist. Aber ich will nicht warten, ich will unser Leben nicht wegen anderen Menschen aufschieben. Ich liebe dich. Ich will, dass du meine Frau wirst. Ich will dieses Hin und Her mit deiner Wohnung beenden. Ich will, dass dies unser Haus ist. Ich will, dass du zu mir gehörst."

„Ich gehöre bereits zu dir", sagte ich taumelnd.

Ich hatte angenommen, dass wir irgendwann hier ankommen würden. Er hatte mir bereits gesagt, dass er mir einen Antrag machen wolle. Eines Tages. Ich hätte nie erwartet, dass *eines Tages* so schnell kommen würde.

„Wir können eine lange Verlobungszeit haben", sagte er, ein Hauch von Besorgnis in seinen Augen. „Hochzeiten brauchen sowieso eine Weile zum Planen. Aber ich will nicht warten, bis ich meinen Ring an deinen Finger stecken kann."

Ich versuchte immer noch, es zu begreifen, und fragte: „Was ist, wenn ich jetzt heiraten will? Was ist, wenn ich nach Vegas fahren und es morgen tun will?"

„Willst du?" Er bewegte sich auf den Stufen, als ob er losstürmen wollte, und brachte mich zum Lachen. Meine Hände schlossen sich um seine Schultern, um mich fest-zuhalten.

„Nein", keuchte ich, „ich will nicht in Vegas heiraten."

Evers setzte sich wieder auf die Stufen. „Aber du willst mich heiraten?"

Ich dachte darüber nach, ihn wegen seines eindeutig ungeplanten Antrags etwas zu quälen. Dann dachte ich daran, dass er den Ring vor Wochen gekauft hatte, sich daran festhielt und wahrscheinlich über die beste Zeit und den besten Ort für seine Frage nachgedacht hatte. Ich dachte an die Worte, die jetzt ausgesprochen wurden, als wir miteinander verbunden waren, so nahe, wie es zwei Menschen nur sein konnten. Ich wollte nicht sticheln.

„Ja", antwortete ich. „Ja, ich will dich heiraten. Ich möchte deine Frau werden."

Sein Mund schloss sich über meinem, und als er sich

zurückzog, murmelte er: „Gott sei Dank. Ich dachte schon, du würdest Nein sagen."

„Wann habe ich jemals Nein zu dir gesagt?", fragte ich.

„Abgesehen von der Zeit, als du mich rausgeworfen hast und zwei Monate lang nicht mit mir gesprochen hast?"

„Nun, das hast du verdient. Und abgesehen davon, wann sonst noch?"

„Niemals. Ich wollte trotzdem ein Ja von dir hören."

Ich küsste seinen Kiefer, liebte das Kratzen der Stoppeln auf meinen Lippen, das Schlagen seines Pulses unter der Haut. „Natürlich ist das ein Ja."

Evers stand auf und lachte, während ich überrascht kreischte, meine Beine um seine Taille und meine Arme um seinen Hals schlang. Er ignorierte unsere nassen Badesachen am Rande des Pools und ging ins Haus, die Treppe zum Schlafzimmer hinauf.

Evers ließ mich in der Mitte des Bettes fallen, mit den Gliedern gespreizt und nassem Haar auf der Bettdecke. Ich wollte mich aufsetzen.

„Bleib dort", befahl er. „Nur für eine Minute."

Als er den Raum zu seiner Kommode durchquerte, öffnete er die oberste Schublade und zog ein kleines, königsblaues Samtkästchen heraus. Er ging durch den Raum und seine muskulöser Körper schimmerte im gedämpften Licht. Ich konnte Evers den ganzen Tag lang nackt betrachten. Als er das Kästchen öffnete, zog er einen Ring heraus und schob ihn mir an den Finger.

„Wenn er dir nicht gefällt..."

Der Solitär funkelte, einfach und schön.

„Ich liebe ihn."

Evers streckte sich neben mir aus und fädelte seine Finger durch meine. Wir sahen gemeinsam den Ring an meinem Finger an.

„Seit ich ihn gekauft habe, habe ich mir vorgestellt, ihn auf deiner Hand zu sehen, genau so." Er zog unsere Hände zu seinem Mund und küsste meinen Finger, an dem der Ring war. „Ich wusste nie, wie sehr ich das wollte, bis ich dich verlor. Dann war es alles, was ich wollte. Dich, neben mir, mit mir, für immer."

„Ich wollte dich auch", sagte ich. „Ich hätte nur nie gedacht, dass du es auch wollen würdest."

„Mit dir?", fragte Evers. „Für immer mit dir klingt wie der Himmel auf Erden."

Wieder einmal hatte Evers recht. Für immer mit ihm war der Himmel auf Erden.

SNEAK PEEK

OFFENBART

KAPITEL EINS: LILY

Meine Augen öffneten sich in der Dunkelheit der Nacht.

Ich hatte vom See geträumt, vom Mondlicht, das auf dem Wasser spielt, vom Nachtschwimmen und von unsichtbaren Händen, die mich unter die Oberfläche zogen, währen Wasser meine Lungen füllte.

Die meiste Zeit meines Lebens hatte ich fest wie ein Murmeltier geschlafen.

Im letzten Jahr, seit Trey gestorben war, hatte ich mich daran gewöhnt in der Nacht aufzuwachen, und nur Schatten an den Wänden als Gesellschaft zu haben.

Ich drehte mich um, schüttelte das Kissen unter meinem Kopf auf und versuchte eine bequeme Position zu finden. Manchmal konnte ich wieder einschlafen, manchmal lag ich bis zum Morgengrauen wach.

Das dunkle Wasser im Mondlicht bedrückte mich. Ich war mir nicht sicher, ob ich meine Augen wieder schließen oder aufgeben und bis zum Morgen lesen wollte.

Schlaf. Ich brauchte eine ganze Nacht Schlaf, und es

war möglich, dass der Alptraum nicht wiederkommen würde. Ich konnte nur hoffen.

Mir fielen die Augen zu, als ich es hörte.

Ein Klopfen. Ein Schlurfen. Etwas wurde geschleift, oder jemand lief mit Socken an den Füßen.

Ich setzte mich auf, warf die Bettdecken beiseite, blieb dann aber auf der Bettkante sitzen, die Füße verkrampft auf dem Teppich, nach vorne gelehnt, und versuchte auf das leiseste Geräusch zu achten.

Hatte ich etwas gehört? Es war nicht das erste Mal, dass mich ein Geräusch geweckt hatte. Das Haus war isoliert, am Rande des Sees und von Wäldern umgeben. Zwischen den wilden Tieren und dem Wind waren nächtliche Geräusche nicht ungewöhnlich.

Dies war anders.

Seit Trey gestorben war, war alles anders.

Ich hörte zu, hielt den Atem an und hörte nichts außer dem schwachen Echo der Grillen.

Ich holte tief Luft und erinnerte mich daran, dass die Türen verschlossen waren. Die Alarmanlage war eingeschaltet. Das Haus war gesichert.

Das letzte Mal, als ich dachte, ich hätte ein Geräusch gehört, war ich absolut sicher, dass jemand im Haus war, und rief die Polizei, nur um mich am Ende wie ein Idiot zu fühlen, obwohl Deputy Morris verständnisvoll reagierte.

Castle Falls war eine kleine Stadt. Deputy Dave Morris war mit Trey zusammen angeln gewesen. Er war ein Freund. So gut befreundet, dass er mir nicht direkt sagte, dass er dachte, ich würde mir das einbilden, aber ich kannte Dave schon seit Jahren und konnte zwischen den Zeilen lesen.

Wenn ich ihn jetzt anrief, würde er in seinen Streifenwagen springen und sofort hierherfahren. Er würde das Haus von oben bis unten durchsuchen, und wenn er nichts fand, würde er mir einen mitfühlenden, besorgten Blick zuwerfen und fragen, ob ich Hilfe bräuchte.

Ich brauchte jede Art von Hilfe, aber nicht von Dave Morris.

Da war nichts.

Es war der Alptraum, das ist alles.

Der Stress.

Zu viele Nächte mit unterbrochenem Schlaf, die meinem Verstand Streiche spielen.

Ich hatte mich fast davon überzeugt, dass ich mir Dinge einbildete. Ich drehte mich um, bereit, meine Füße wieder unter die Decke zu schieben, als es wiederkam. Ein weiches, schlurfendes Klopfen. Nicht ganz jemand, der lief. Etwas, das gezogen wurde?

Ich wusste es nicht, aber ich musste es herausfinden.

Ich stand langsam auf, meine Handflächen klamm, als mein Herz raste. Mein Bademantel lag am Fußende des Bettes, wo ich ihn Stunden zuvor hingeworfen hatte. Ich zog ihn an und band den Gürtel fest. Mein Haar fiel mir ins Gesicht, da ich es zum Schlafen locker auf meinem Kopf gebunden hatte. Ich wickelte es zu einem unordentlichen Knoten und drückte die Locken um es aus meinen Augen zu kriegen.

Das Haus war ruhig, aber diesmal hatte ich etwas gehört.

Hatte ich.

Ich hatte mir das nicht eingebildet. Ich bildete mir diese Dinge nicht ein. Ich hatte ein Geräusch im Inneren des Hauses gehört.

Ich nahm mein Handy in die Hand und starrte auf den Bildschirm. *Ruf Dave einfach an*, flüsterte eine kleine Stimme.

Ich entsperrte den Bildschirm, suchte nach Daves Nummer und hielt an. Daves Gesicht kam mir in den Sinn, sein Ausdruck, als er mich das letzte Mal, als ich mitten in der Nacht angerufen hatte, anstarrte. Seine Geduld wäre süß gewesen, wenn sie nicht von Herablassung befleckt gewesen wäre.

Er hatte mir vorgeschlagen, Adam mitzunehmen und nach Hause zu ziehen, mir von meiner Familie helfen zu lassen. Er legte mir eine Hand auf die Schulter, um mich zu trösten, und sagte, es wäre in Ordnung, wenn ich nicht bereit war, allein zu leben. Es wäre in Ordnung, ohne Trey Hilfe zu brauchen. Dann die Annahme, die so behutsam geäußert wurde, dass ich vielleicht einfach nur einsam war.

Als ob ich Dave mitten in der Nacht angerufen hatte, weil ich etwas Gesellschaft wollte.

Dachte er, ich war so erbärmlich? Ich glaube schon.

Ich war nicht erbärmlich.

Ich hatte Angst.

Mit dem Telefon in der Hand schaltete ich mein Schlafzimmerlicht an. Ich wusste, dass ich alleine im Zimmer war, und trotzdem war ich erleichtert, die vertrauten weißen Wände, meine Aquarelle und mein unordentliches Bett zu sehen.

Ich schaltete das Licht im Flur an, und ging in Richtung von Adams Schlafzimmer. Trey hatte darauf bestanden, dass unser Sohn so weit wie möglich von uns entfernt schlief. Damals hatte es mir nichts ausgemacht. Es war mühsam, meinen Kleinen zum Schlafen zu bringen, aber sobald er eingeschlafen war, konnte ihn nichts aufwecken. Trey scherzte immer, dass Adam genauso fest schlief wie ich. Wie ich geschlafen hatte. Früher. Jetzt hasste ich die Entfernung zwischen unseren Zimmern, aber Adam wollte nicht in ein anderes Zimmer.

Ich ging in sein Zimmer und stand schweigend an seinem Bett. Er lag mit dem Gesicht nach unten auf der Matratze, die Steppdecke war ihm von den Füßen

gerutscht und sein Cartoon-Pyjama war um seinen Ober-
körper gedreht.

Er schlief wie ein Fels, aber er bewegte sich ständig.
Ab und zu habe ich ihn in meinem Bett einschlafen lassen,
aber ich brachte ihn immer zurück in sein eigenes Bett. Ich
war zu viele Nächte durch einen Tritt in die Nieren, oder
einen kleinen Zeh im Ohr aufgewacht. Er schlief fest, aber
er war nie lange still.

Sein blondes, von der Sonne gebleichtes Haar breitete
sich über den marineblauen Kissenbezug aus. Ich fuhr mit
den Fingern durch die seidigen Strähnen, so wie ich es bei
Trey tat. So anders als meine eigenen dunklen Locken. Er
würde bald einen Haarschnitt brauchen.

Ich richtete mich auf, ging zur Tür und schloss sie
hinter mir. Wäre ich allein gewesen, hätte ich das
Geräusch vielleicht ignoriert. Vielleicht hätte ich mich
stärker bemüht, mich selbst davon zu überzeugen, dass ich
Dinge hörte. Aber ich hatte Adam, und seine Sicherheit
war mir wichtiger als alles andere.

Ich blieb oben an der Treppe stehen, und beobachtete
die dunkle Höhle am Ende der Stufen, in der sich alles
verbarg, was dieses komische Geräusch gemacht hatte. Ich
wartete mit gespitzten Ohren. Nichts bewegte sich in den
Schatten.

Ich legte den Lichtschalter um und beleuchtete den
leeren Saal darunter. Ich beobachtete den leeren Flur und
die Alarmtafel an der Wand, mit ihren blinkenden grünen
Lichtern. Grün, nicht rot.

Grün.

Mein Herz schlug mir in der Brust, mein Atem würgte
in meiner Kehle.

Ich hatte den Alarm eingeschaltet, das stand außer
Frage, ich vergaß es nie.

Ich war in einer Vorstadt aufgewachsen, nicht auf dem

Land. Die Isolation des Hauses, das Trey für uns gebaut hatte, hatte mir nie gefallen. Selbst als er noch lebte, schaltete ich jede Nacht den Alarm ein. Ich vergaß es nie.

Diese grünen Lichter, die mich anleuchteten, machten mich stutzig. Sie ließen mich zweifeln. Ich vergaß es nie, aber hatte ich es?

Konnte ich das? Ich ging langsam die Treppe hinunter und zermarterte mir das Hirn.

Wir hatten früh zu Abend gegessen. Nuggets mit Honigsenf für Adam, zusammen mit zwei verhassten Karotten. Reste der Lasagne für mich. Danach ein Bad für Adam. Pyjamas für uns beide. Dann, zusammengerollt auf der Couch, mit seinem Lieblings-Plüschaffen zwischen uns, sahen wir uns einen halben Film an. Curious George. Schon wieder. Adam war verrückt nach Curious George, und wir hatten uns den Film in den letzten zwei Wochen jeden Abend angesehen. Dann Schlafenszeit für Adam. Eine Geschichte und eine Rückenmassage später, und Adam war eingeschlafen.

Ich ging nach unten, schaltete den Alarm an und kochte mir eine Tasse Tee, die ich mit einem Buch ins Bett mitnahm.

Ich hatte den Alarm eingeschaltet, während ich darauf wartete, dass das Wasser kochte. Dann lief ich durch den ersten Stock, schaltete das Licht aus und die Alarmanlage leuchtete rot. Gerüstet.

Wieso war es jetzt grün? Der Gedanke trieb mich in den Wahnsinn. Nur Trey und ich hatten den Code, und Trey war tot. Der Alarm hatte nie eine Fehlfunktion gehabt. Wäre dies der Fall, wäre die Polizei gekommen.

Jemand musste ihn manipuliert haben. Aber wer? Und wie? Selbst wenn jemand den Code hatte, wäre die Sirene beim Öffnen der Tür losgegangen. Die einzige Möglichkeit, den Alarm leise abzuschalten, war von innen.

Dieser Gedanke schickte Eis durch mein Herz. Nein. Ich war durchs Haus gegangen. Niemand war drinnen gewesen. Niemand. Es war unmöglich.

Nicht unmöglich. Das Haus war groß und hatte so viele Orte, um sich zu verstecken.

Ich verdrängte die Stimme. Ich hatte nicht vor, hysterisch zu werden. Es musste eine einfache Erklärung dafür geben. Vielleicht war der Strom ausgefallen, während ich schlief.

Backup-Batterie.

Schlafwandeln? Hatte ich den Alarm im Schlaf ausgeschaltet?

Ich blieb unten vor der Treppe stehen und wandte mich von dem grünen Licht der Alarmanlage ab. Die Eingangstür war geschlossen und verriegelt, die Fenster auf beiden Seiten dunkel.

Ich atmete mutig durch, schritt vorwärts und betätigte jeden Schalter an der Schalttafel. Helles Licht durchflutete die Stufen draußen und den Weg von der Einfahrt aus. Der See schimmerte jenseits des Weges, schwarz im Mondlicht, wie in meinem Traum. Die Lichter vom Dock leuchteten warm und einladend.

Niemand war dort. Niemand auf dem See. Niemand auf dem Dock. Niemand auf dem Weg.

Ich blickte in die Dunkelheit. Der größte Teil des ersten Stockwerks war ein offener Raum, der von hoch aufragenden Glasfenstern umgeben war. Trey hatte das Haus mit der Hilfe eines bekannten, modernistischen Architekten entworfen. Ich hatte es von Anfang an gehasst.

Dieser Teil von Maine war voll von klassischer Neuengland-Architektur, wie Kolonialbauten, Salzkammern, Cape Cods, Georgier, Föderalisten und sogar ein paar viktorianischen Gebäuden, bemalten Gleisanschlüssen, Backsteinen, Fensterläden und Vordächern.

Dieses Haus, mit seinen flachen Fenstern und scharfen Ecken aus Metall und Beton, sah aus, als wäre es aus einer anderen Welt. Oder Kalifornien. Hier in Maine war alles dasselbe.

Modern und aggressiv, ragte es über die Halbinsel hinaus, drang in den See ein und brach die Uferlinie auf. Das von Trey gebaute Haus verlangte Aufmerksamkeit und setzte sich durch, anstatt mit den Bäumen und dem Wasser zu verschmelzen.

Ich hasste es, meine Adresse an jemanden weiterzugeben, der sie nicht bereits kannte. *Oh, dieses Haus*, würden sie sagen. *Warum haben Sie so ein Ding gebaut?*

Wenn ich jedes Mal einen Dollar bekam, wenn ich das hörte, würde ich es mir leisten können, das Ding niederzubrennen und wegzuziehen.

Ich konnte es mir auch ohne diese Dollars leisten, aber ich war an Ort und Stelle geblieben. Das war mein Zuhause. Es war vertraut. Adams Erinnerungen an seinen Vater waren hier. Ich brachte es nicht übers Herz, ihn fortzuschleppen.

Zum ersten Mal war ich dankbar für das offene Design. Ein Knopfdruck und ich konnte alles sehen. Fast alles.

Die Küche, leer. Die Essecke, die Sitzecke, leer. Die Türen zu den Decks, alle geschlossen und verriegelt.

Ich durchquerte den leeren Raum und legte mehr Schalter um.

Die Decklichter blinkten auf.

Leer.

Niemand war hier. Ich hatte es mir nur eingebildet.

Meine Nerven waren kaputt, wie Dave sagte.

Ich drehte mich auf den Füßen, das Telefon immer noch in meiner Hand, bereit, die ganze Sache als Wahnvorstellung abzuschreiben, als eine Überreaktion.

Nur noch zwei weitere Zimmer waren übrig, dann

konnte ich mich selbst davon überzeugen, dass ich vielleicht verrückt war, aber wenigstens niemand außer Adam und mir hier war.

Kaum hatte ich mich umgedreht, erfüllte ein scharfes Krachen den Saal. Etwas aus Metall klapperte. Rollte.

Der Lehmkeller. Das musste es sein. Das Einzige, was sich weiter unten in diesem Flur befand, waren ein Badezimmer, das Kellerzimmer selbst und dahinter die Garage. Und die Hintertür.

Als Trey starb, hatte ich seine Waffen verkauft. Ich wollte sie nicht im Haus mit einem kleinen Jungen haben. Adam kletterte bereits mit vier Jahren wie der Affe, den er so sehr liebte, und es gab keinen Ort, an dem ich die Waffen verstecken konnte, den er nicht finden würde.

Trey hatte nie einen Waffenschrank gewollt, und sagte, dass es nichts brachte, Waffen zu haben, wenn man so hart arbeiten musste, um an sie heranzukommen. Ich war kein guter Schütze. Ich hatte nicht so viel Spaß am Schießen gehabt wie er, aber für das Gewicht seiner Glock 9mm in meiner Hand hätte ich jetzt alles gegeben. Für alles andere, als für mein Telefon, hätte ich alles gegeben.

Ich schaute zur Küche. Ich hatte zwar keine Pistole, aber ich hatte eine außergewöhnliche Messersammlung. Ich liebte es zu kochen, und meine Messer waren mein Luxus. Japaner, handgefertigt aus geschichtetem Stahl, sie waren Kunstwerke und Werkzeuge zugleich. Und jedes einzelne war verdammt scharf.

Ich drehte mich, rannte in die Küche, schob die Messerschublade auf und zog mein längstes und schärfstes Instrument heraus. Der Griff passte in meine Handfläche, als wäre es für mich gemacht worden. Ich konnte ein Huhn entbeinen, wie kein anderer, aber ich hatte nie daran gedacht, das Messer an einem Menschen zu benutzen. Ich wusste nicht, ob ich es konnte.

Adam schlief oben. Wenn es um Adam ging, könnte ich alles tun. Ich würde alles tun, auch wenn ich es nicht wollte.

Ich rannte zwar in die Küche, aber ich kam viel langsamer auf den Lehmkeller zu. Ich hielt mein Telefon in der Hand und dachte, es wäre vielleicht Daves herablassende Beruhigungen wert, um zu vermeiden, dass ich mich demjenigen stellen musste, der dieses Geräusch im Lehmkeller machte. Außer...

Das letzte Mal, als er hier war, hatte er seine Hand auf meine Schulter gelegt und mit sanften, besorgten Augen auf mich herabgeschaut und gesagt, dass die Anstrengung, mich allein um Adam zu kümmern, vielleicht zu viel war. Vielleicht brauchte ich eine Pause. Er hatte nicht gesagt, dass er das Jugendamt anrufen würde. Er hatte nicht gesagt, dass er vorhatte, ihnen zu sagen, dass Adams Mutter verrückt und wahnhaft war, aber das brauchte er auch nicht.

Ich konnte Dave nicht anrufen, nicht, wenn ich mir unsicher war, ob ich eine andere Wahl hatte.

Das Licht in der Halle hätte beruhigend sein sollen. Das war es aber nicht.

Das Bad war leer. Warme, schwere Luft wehte den Flur hinunter, fehl am Platz in dem sterilen, klimatisierten Haus. Meine Finger verkrampften sich am Griff des Messers, als ich durch die Tür der Toilette griff und mit der Seite meines Handgelenks den Lichtschalter drückte.

Die Leuchtstoffröhren in der Decke ließen meine Augäpfel brennen. Ich blinzelte heftig, die Szene vor mir rückte langsam in den Fokus. Die Hintertür klaffte auf, der Wald hinter dem Haus war schwarz. Undurchdringlich. Ich konnte nicht sehen, dass sich etwas bewegte, aber es war so dunkel unter den Bäumen, dass jemand direkt vor der

Tür lauern konnte, ohne dass ich davon wissen würde, bis er auf mir war.

Der hohe, metallene Schirmständer an der Hintertür lag auf der Seite, der Schirm selbst flatterte auf den Fliesen. Das war das Krachen, das ich hörte. War jemand gegangen?

Ich wollte glauben, dass es jemand war, der gegangen war.

Die Alternative, dass jemand im Haus war, war zu beängstigend, um darüber nachzudenken.

Mein Gehirn steckte in einer Schleife fest.

Heb den Schirmständer auf und schließ die Tür.

Heb den Schirmständer auf.

Schließ die Tür.

Das tat ich.

Das Schnappen des Schlosses, der Bolzen, der in die richtige Position glitt, hätte mir ein Gefühl der Sicherheit vermitteln sollen, tat es aber nicht.

Der Alarm war ausgeschaltet. Die Tür war offen. Jemand war in meinem Haus gewesen.

Ich hätte mir das Geräusch, das Schlurfen und das Klopfen einbilden können, aber ich hatte mir nicht eingebildet, dass der Alarm ausgeschaltet war. Ich konnte mir nicht vorstellen, dass die Tür von selbst aufging und der Schirmständer umgestoßen wurde.

Ich stand da, starrte auf die verschlossene Tür und versuchte nachzudenken. Ich hätte ein Foto machen sollen. Ich hätte Dave anrufen sollen, als der Schirmständer noch umgeworfen lag und die Tür noch offen stand. Hätte ich ihn jetzt angerufen, ohne einen Beweis, würde er mir nicht glauben.

Aber wenn jemand hier gewesen war, wollte ich die Tür nicht offen lassen. Ich wollte sie abgeschlossen haben. Ich wusste nicht, was ich tun sollte. Ich umfasste das

Messer und verlagerte mein Gewicht von einem Fuß auf den anderen, gefangen durch Unentschlossenheit.

Warum sollte jemand in mein Haus einbrechen?

Ein Dieb hätte allein mit Kunstwerken aus dem ersten Stock ein Vermögen machen können. Als ich durch das Haus ging, hatte ich nicht bemerkt, dass etwas fehlte.

Da ich nicht wusste, was ich sonst tun sollte, verließ ich den Lehmkeller und ging durch den ersten Stock. Es fehlte nichts. Nichts, was ich sehen konnte. Warum sollte jemand einbrechen, ohne etwas zu stehlen?

Ich dachte an Adam, der in seinem Bett schlief. So klein. So verletzlich. Ich musste ihn beschützen. Ich hatte eine Alarmanlage und die besten Schlösser, die man für Geld kaufen konnte. Trotzdem waren wir nicht sicher.

Wir hätten in Sicherheit sein sollen.

Ich hatte zwar die Tür des Lehmkellers abgeschlossen, aber ich war verunsichert.

Hatte ich jemanden ausgesperrt? Oder hatte ich ihn eingeschlossen?

Ich stand in der Mitte der Küche und scannte das ruhige, hell erleuchtete Haus.

Was konnte ich tun? Was zum Teufel hätte ich tun sollen?

Und dann erinnerte ich mich. Nicht lange vor seinem Tod begann Trey über ein neues Sicherheitssystem zu sprechen. Ich hatte ihn nicht ernst genommen, hatte nicht wirklich zugehört. Das System, das wir hatten, war übertrieben für eine kleine Stadt in Maine, selbst wenn man die Kunstwerke berücksichtigte, die Trey gesammelt hatte.

Er war in den letzten Monaten unruhig und ängstlich gewesen. Er versicherte mir, dass alles in Ordnung war, dann sprach er davon, mehr Waffen zu kaufen und eine bessere Alarmanlagen installieren zu lassen. Er war jähzornig und leicht reizbar. Er war verärgert, wenn ich Fragen stellte, also hörte ich auf.

Er hatte einmal gesagt, wenn etwas passierte, wenn ich Hilfe brauchte und er nicht da war, sollte ich jemanden anrufen. Er hatte eine Karte. Ich konnte mich nicht mehr an den Namen erinnern, aber es hatte einen Löwenkopf und einen Kreis gehabt. Schwarz auf Weiß.

Mit dem Messer immer noch in der einen Hand und dem Handy in der anderen, ging ich an der Haustür vorbei und den anderen Flur hinunter zu Treys Büro. Ich ging dort nicht oft rein. Nicht vor seinem Tod, und auch nicht danach. Es war sein Raum, sein Zimmer.

Sein Schreibtisch war genauso ordentlich, wie er ihn verlassen hatte. Alles war aufgereiht und an seinem Platz.

Keine Visitenkarten.

Ich hätte aufpassen sollen. Ich hätte zuhören sollen, aber er war damals so unberechenbar gewesen. Ich hatte mich daran gewöhnt, ihn auszublenden, wenn er mit einer paranoiden Tirade über Waffen oder Alarmanlagen anfing. Über Leute, die hinter ihm her waren. Wenn er um Adam Angst gehabt hätte, hätte ich ihn ernst genommen, aber es ging immer nur um ihn. Niemals um uns.

Die oberste Schublade öffnete sich geräuschlos, der Inhalt so übersichtlich wie die Oberfläche des Schreibtisches. Stifte aneinandergereiht, Büroklammern nach Größe geordnet und in der Ecke ein ordentlicher Stapel Visitenkarten.

Widerwillig schälte ich meine verschwitzten Finger vom Griff des Messers ab und legte es auf den Schreibtisch. Die Klinge schimmerte obszön gegen das warme Mahagoni. Die erste Karte in dem Stapel war von seinem Börsenmakler. Die zweite von einem örtlichen Reinigungsdienst. Die dritte von der Zeitung Castle Falls.

Darunter war eine weiße Karte mit schwarzem

Aufdruck. Ein Löwenkopf, umgeben von einem runden Banner mit der Aufschrift „Sinclair Security". Darunter standen der Name Maxwell Sinclair und zwei Telefonnummern, eine gebührenfreie und die andere von einer Telefonzentrale, die ich nicht kannte.

Es war mitten in der Nacht. Niemand würde im Büro sein. Bevor ich es mir anders überlegen konnte, wählte ich die gebührenfreie Nummer und wartete. Das Telefon klingelte drei Mal, bevor ein Klick ertönte, als würde der Anruf weitergeleitet werden. Es klingelte erneut, und eine Frauenstimme teilte mir mit, dass ich Sinclair Security nach Büroschluss erreicht hatte, aber gerne eine Nachricht hinterlassen könnte.

Ein langer Piepton ertönte in meinem Ohr und ich begann zu plappern. „Hier spricht Lily Spencer. Ich, mein Ehemann - mein ehemaliger Ehemann - ich bin eine Witwe, äh, sagte mir, ich solle Sie anrufen, falls es jemals Probleme geben sollte. Ich… wir leben, ich wohne in Maine, und es gab einige Einbrüche. Äh, glaube ich. Die Polizei hat nichts gefunden, aber heute Nacht ist jemand eingebrochen. Sie haben den Alarm abgeschaltet. Ich weiß nicht, was ich tun soll. Ich weiß nicht, ob Sie helfen können, aber Trey sagte, wenn je etwas passiert, soll ich Sie anrufen, also rufe ich an. Bitte, wenn Sie mich zurückrufen könnten, wäre ich Ihnen sehr dankbar. Nochmals, hier ist Lily Spencer."

Ich tippte mit dem Finger auf das Display meines Handys und legte auf. Meine Wangen waren heiß vor Verlegenheit, die niemand sehen konnte. Ich hätte planen sollen, was ich sagen wollte. Ich hätte darüber nachdenken sollen, aber ich war verunsichert.

Nicht verunsichert.

Ich hatte Angst.

Ich ließ die Karte offen auf der Schreibunterlage liegen

und nahm das Messer in die Hand. Ich dachte daran, mir eine Tasse Tee zu machen und den Fernseher einzuschalten, um Gesellschaft zu haben, oder wieder durch das Haus zu gehen.

Ich tat nichts davon. Ich ging zur Treppe und stieg in den zweiten Stock hinauf, wobei ich jeden Raum, an dem ich vorbeikam, kontrollierte. Ich blieb vor Adams Tür stehen und drehte den Knauf, hielt den Atem an und betete inbrünstig, dass er so war, wie ich ihn verlassen hatte.

Er schlief fest.

Er hatte sich umgedreht, sein Kissen auf den Boden geschoben, und Curious George unter seinen Kopf geklemmt. Er war immer noch aufgedeckt, die Wangen vom Schlaf gerötet und seine Brust hob und senkte sich in einem regelmäßigen Rhythmus.

Mein süßer Junge.

Wenn es ihm gut ging, ging es auch mir gut.

Ich schloss die Tür, drehte das fast nutzlose Schloss an der Klinke und setzte mich auf den Teppich, bevor ich mich gegen das Bettgestell lehnte und das einzige Geräusch im Raum Adams gleichmäßiger Atmen war.

Als ich meine Knie an die Brust zog, hörte ich auf jeden Hinweis, auf jede Störung, auf jedes Anzeichen, dass wir nicht allein waren.

Mit den Augen auf die Tür gerichtet, dem Messer in der rechten Hand und dem Telefon in der linken, wartete ich auf das Tageslicht und das falsche Versprechen von Sicherheit.

SIND SIE BEREIT FÜR DIE GESCHICHTE VON KNOX?

Gehen Sie auf IvyLayne.com/Offenbart, um zu sehen, was als Nächstes passiert!

VON IVY LAYNE

Join Ivy's Readers Group @ ivylayne.com/deutsche

DIE ENTFESSELT-REIHE

Enträtselt

Offenbart

Enthüllt

ÜBER IVY LAYNE

Ivy Layne

Ivy Layne hat ihre Nase in Büchern, seit sie gelernt hat zu lesen.

Sie stolperte in ihren frühen Teenagerjahren über ihre erste Romanze, und die Würfel waren gefallen. Während sie vorgab, ihrem Lehrer für kreatives Schreiben Aufmerksamkeit zu schenken, träumte sie davon, heiße Liebesromane zu schreiben.

Heutzutage steckt sie bis zum Hals in Alpha-Helden und den klugen, sexy Frauen, die sie lieben.

Sie ist mit ihrem ganz persönlichen Alpha-Helden verheiratet (der ihr nach einem langen Tag des Schreibens den Rücken massiert, aber auch seine Socken auf dem Boden liegen lässt) und lebt in den Bergen von North Carolina, wo sie und ihre bessere Hälfte riesengroßen Spaß beim Großziehen ihrer zwei energischen Jungs haben. Abgesehen von ihrer Familie liebt Ivy am meisten Kaffee und Schokolade (am besten zusammen).

BESUCH IVY

Facebook.com/AutorIvyLayne
Instagram.com/authorivylayne/
www.ivylayne.com
books@ivylayne.com